모더니티의 異面 이 면

The Other Side of Modernity

고봉준은 부산외국어대학교 국문학과를 졸업하고 경희대학교에서 「한국 모더니즘 문학의 미적근대성 연구」로 박사학위를 받았다. 2000년『서울신문』신춘문예로 등단하여 평론을 쓰고 있으며 평론집『반대자의 윤리』(2006)가 있다. 현재 연구공간 '수유+너머'의 연구원, 반년간『작가와비평』의 편집동인, 민예총 웹진 「컬처뉴스」의 편집위원으로 활동하고 있다.

모더니티의 이면異面

1판 1쇄 인쇄 2007년 12월 10일
1판 1쇄 발행 2007년 12월 20일

지은이 / 고봉준
펴낸이 / 박성모
펴낸곳 / 소명출판
출판고문 / 김호영
등록 / 제13-522호
주소 / 137-878 서울시 서초구 서초동 1621-18 (란빌딩 1층)
대표전화 / (02) 585-7840
팩시밀리 / (02) 585-7848
somyong@korea.com / www.somyong.co.kr

ⓒ 2007, 고봉준

값 16,000원

ISBN 978-89-5626-284-0 93810

소명출판

모더니티의 이면

The Other Side of Modernity

고봉준 지음

소명출판

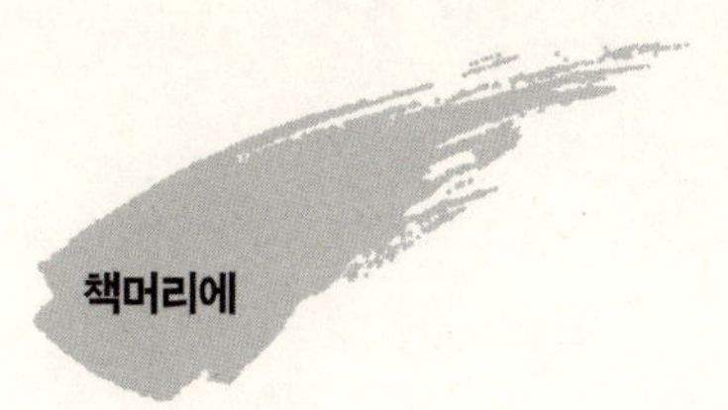

　사람들은 종종 박사학위 논문을 전공이라는 이름으로 부른다. 전공이라는 제도적 명칭에는 학문의 영토성, 즉 특정한 분야의 전문가라는 암묵적 동의가 전제되기 마련이고, 그런 연유에서 학문 연구자의 대다수는 자신의 학위논문의 대상에 무한한 애정을 느끼고, 또 느껴야 한다고 생각한다. 그러나 돌이켜보건대, 이 책에 수록된 학위논문을 비롯한 몇 편의 논문이 나의 학문적 입장이나 취향과 동일한 것인지는 자신이 없다.

　이 책은 크게 두 부분으로 나뉜다. 1부 '모더니티의 이면(二面)'은 박사학위 논문을 다듬은 것이고, 2부 '이면(異面)들'은 그 후속작업의 결과물들이다. 제도적 글쓰기의 하나인 학위논문에는 일정한 형식적 강제들이 뒤따른다. 나는 그러한 형식적 장치들을 지우는 방식으로 학위논문을 수정하였다. 학위논문을 전후하여 발표한 2부의 논문들은 모더니즘을 논리적 측면에서 이해하려는 시도에서 출발했다. 거칠게 말하자면, 이면(二面)과 이면(異面)의 고찰을 통해 이면(裏面)의 감각적·이성적 논리를 드러내는 것, 그것이 이 책의 커다란 목표였다. 이 책에 등장하는 두 개의 '이면'이 둘이 아니라 셋으로 읽혔으면 한다.

　20세기 초, 박래품의 하나로 수입된 모더니즘은 한국문학사에서 두 번의 굴절을 경험해야 했다. 물론, 문학사에서 모더니스트로 불리는 시인들은 숱하게 많다. 그러나 문학사적 감각으로 볼 때, 그 모든 시인들이 특이점을 형성하지는 못한 듯하다. 왕도(王都)로서의 성스러움이 무너진 1930년대의 세속도시 '경성'에서의 근대체험이 첫 번째 굴절이라면, 1950년대 전후의 암울한 정치상황과 폐허로 변한 삶의 터전에서 출발하는 '서울'에서의 근대체험은 두 번째 굴절이라고 부를 수 있으리라. 시인 이상(李箱)은 경성이라는 도시적 삶의 감각을 '권태'로 표현했고, 그것은 불과 30년 후에 김수영에게서 '피로'의 감각으로 바뀌고 말았다. 권태와 피로, 이것은 한국문학사에서 모더니즘의 위상을 가리키는 바로미터이다. 권태와 피로라는 이 모더니티의 감각이야말로 이 논문의 진정한 출발점이었을 것이다.

미적 근대성이라는 가면에 둘러싸인 모더니즘은 종종 미적 자율성의 동의어로 사용된다. 그러나 한국의 근현대문학사에서 모더니즘은 독일 낭만주의의 자율성 테제와는 달리 역사 및 현실과 구체적인 긴장 관계를 형성해 왔으며, 그것은 대개 특유의 감각과 논리를 동반하는 문학적 사유의 방식으로 표현되었다. 그리하여 나는 2부에서 김기림과 최재서의 모더니즘의 논리가 식민지라는 구체적인 조건 하에서 어떻게 작동했으며, 결국 그 논리가 어떤 과정을 거쳐 모더니즘의 코스모폴리탄적인 비전을 벗어나게 되었는가를 해명하려 했다. 물론 식민지 문학에 대한 평가는 여전히 친일이냐 저항이냐라는 민족주의적 시각에서 자유롭지 못하다. 그러나 바로 그렇게 때문에 식민지라는 현실은 모더니스트들의 내적 논리가 무엇이었는가를 극명하게 보여주는 시·공간이 될 수 있었다.

서문을 빌려 많은 분들에게 감사를 표하고 싶다. 오랜 세월 자식의 뒷모습을 침묵으로 지켜봐주신 어머니, 아내 경연과 딸 은결, 그리고 연구공간 〈수유+너머〉의 동료들, 그들은 모두 나의 학문적 배후들이다. 그리고 부족한 원고의 출판을 맡아주신 소명출판의 박성모 사장님께도 고마움을 전한다. 이 글을 빌어 그들에 대한 감사의 마음이 조금이나마 전해졌으면 좋겠다. 이 책을 부모님께 바친다.

2007년 10월
고봉준

차례

제1부
모더니티의 이면二面
이상과 김수영

제4장　결론　185

제2부
이면異面들

제1장　김수영 문학의 근대성과 전통　197
시간 의식을 중심으로

제1부
모더니티의 이면二面
이상과 김수영

제1장

모더니티와 미적 근대성

　미적 근대성은 미적 자율성이라는 낭만주의적 전통에 의해 오염되어 있다. 모더니즘이 단순히 새로움에 대한 열광이 아니듯이, 미적 근대성 또한 예술의 자율성과는 다르다. 모더니즘을 전통과의 단절로 간주하고, 미적 근대성을 미적 자율성과 동일한 것으로 간주하려는 태도는 '예술은 그 자체가 목적이다'라는 근대적 예술론 위에서 작동한다고 할 수 있다. 그러나 근대예술의 특징인 자율성은 그것의 성격을 어떻게 규정하느냐에 따라 전혀 다른 양상으로 드러난다. 예술의 자율성은 근대적 분과 학문으로서의 예술을 옹호하는 논리일 수도 있고, '미적 저항'이라는 개념처럼 모더니티에 대한 비판으로 의미화될 수도 있다.

　근대적 의미의 예술은 종교가 지배하던 중세적 세계로부터 과학과 철학을 비롯한 여타의 분과학문들이 분화되는 세속화의 과정에서 등장했다. 17세기 초부터 본격화된 근대 미학에서 예술작품은 오로지 주관성을 준거로만 의미를 지녔음에 반해, 이후 예술은 세상을 비추는 거울이기를 거부하고 스스로 하나의 세상을 창조하는 것이기를 원했다. 근대예술의 성립 과정은 종교나 도덕과는 무관한, 예술의 자율적 영역에 대한 사유와 일맥상통하는데, 미적 근대성을 예술의 근대적 성격이나 예술을 통해 발현되는 근대성으로 정의한다면 그것은 곧 미적 자율성의 문제와 직접적인 관련을 지닌다. 미적 근대성 연구가 주로 모더니즘이라는 근대적 문예사조에 집중되고 있는 것도 이 때문이다. 그러나 모더니즘 예술이 성립되었을 때 미적 자율성은 이미 제도적으로 인정된 상태였다. 그러므로 모더니즘 문학의 미적 근대성을 미적 자율성에 국한시킨다면, 그것은 제도적으로 이미 공인된 근대예술의 성립조건을 재확인하는 것 이상의 의미를 밝혀내기 어려울 것이다. 이는 미적 근대성의 문제가 미적 자율성이 아니라 모더니티와의 위상학적인 관계 하에서 규정되어야 하는 이유이기도 하다.

보들레르의 '모데르니테' 개념에 주목하자. 보들레르에서 시작되는 미적 근대성은 자본주의적 근대와의 이중적 관계로 설명될 수 있다. 이는 먼저 새로운 삶의 조건으로 등장한 도시 공간과 자본주의에 대한 삶의 태도라고 할 수 있으며, 나아가 자본주의적 근대를 떠받치고 있는 근대적인 가치들에 대한 가치평가의 문제라고 할 수 있다. 이처럼 미적 근대성은 '도시체험'과 '근대성 비판'의 두 축을 동시에 함축하고 있다. 도시체험과 근대성 비판은 자본주의적 근대에 대한 미적 반응이라는 점에서 동일한 장 속에 놓여 있다고 할 수 있다. 그러나 도시체험의 경우, 자본주의적 근대에 대한 비판적 태도보다는 체험의 다양한 양상이 두드러진다. 이는 미적 근대성이 자본주의적 근대에 대한 비판과 등가화될 수 없음을 의미한다. 이상(李箱) 문학에서 도시는 비판의 대상이기 이전에 삶의 조건이다. 반면 근대성 비판에서는 자본주의적 근대에 대한 비판과 부정이 보다 확연하게 드러난다. 모더니티에 대한 관계의 상이함은 한국문학사에서 '모더니즘'으로 통용되는 문학적 경향의 산물이며, 나아가 우리 문학사가 걸어온 굴절로서의 근대의 반영이라고 할 수 있다. 즉 한국문학사에서 모더니즘은 문명체험이라는 측면과 그것에 대한 비판이라는 이중의 기획 속에서 전개되어 왔다고 할 수 있다. 이러한 이중성은 '미적 근대성'이 특정한 역사적 맥락과 조우하는 가운데 시대적·역사적으로 요청되는 것임을 말해준다. 그러므로 '미적 근대성' 개념 역시 결코 단수적 개념이라고 말할 수는 없다.

1. '도시체험'으로서의 미적 근대성

1) 근대적 삶의 조건으로서의 '체험'

발터 벤야민의 『아케이드 프로젝트』나 칼 쇼르스케의 『세기 말의 비엔나』 같은 선구적 업적이 보여주듯이 미적 근대성은 일차적으로 대도시 공간에서 발생하는 새로운 '미적 체험'[1])의 문제와 관련된다. '미적 체험'으로서의 미적 근대성이 자본주의 일반에 대해 비판적 거리를 갖지 않는 것은 아니지만, 그것은 자본주의나 역사·철학적 모더니티에 대한 비판으로 환원되지 않는다는 점에서 구분될 필요가 있다. 그것은 차라리 푸코가 근대성을 정의했듯이 '태도', 다시 말해 '대도시'라는 새로운 공간에 대한 미적 반응이나 태도와 관계된다. 새로운 '체험'으로서의 미적 근대성은 두 가지 문제를 동시에 함의한다. 하나는 '경험(Erfahrung)'과는 구분되는 의미에서의 '체험(Erlebnis)'의 문제이며, 다른 하나는 상품-물신의 자본주의와 소비 공간으로서의 도시를 '미적' 체험의 대상으로 삼는

---

1) 벤야민은 19세기에 등장한 새로운 종류의 미적 체험을 파노라마적(Panorama) 지각체험, 판타스마고리적(Phantasmagorie) 상품체험 그리고 충격체험(Chockerfahrung)으로 설명한다.

다는 점이다.2) 벤야민은 「얘기꾼과 소설가」에서 '경험'과 '체험'을 구분했다. 벤야민에 따르면, '경험'은 언어로 전승되는 인류의 집단적 지혜인 반면, '체험'은 개인적 지각의 영역이다. 그는 미적 대상으로서의 대도시를 '경험'이 사라지고 '체험'이 지배하는 공간으로 정의했다. 짐멜에 의하면, 대도시에서 살아가는 존재들의 '무감각(blasé)'한 태도는, 도시의 급변하는 이미지와 불연속적인 인상들이 가져다주는 신경자극에 대한 일종의 방어기제라고 할 수 있다. 이는 새로운 삶의 공간으로 등장한 '도시'가 당대인들에게 이미지의 급증이나 새로운 시각체제의 등장이라는 자극의 원천으로 인식되었다는 것을 말해준다.

신문을 들여다 볼 때마다 우리는 언제나 경험의 가치가 새로운 하강선을 긋고 있고, 또 외적 세계의 이미지뿐만 아니라 도덕적 세계의 이미지까지도 하룻밤 사이에 전혀 상상도 할 수 없을 정도의 변화를 겪고 있음을 알 수 있다. 이러한 진행과정은 일차세계대전 이후 명백해지기 시작하였고, 또 그 이후에도 간단없이 계속되고 있다. 전쟁이 끝나자 전쟁터로부터 귀환한 사람들이 입을 다물고 있다는 사실, 그러니까 직접적 경험을 서로 나누는 일이 더 풍성해진 것이 아니라 더 빈약하게 되었다는 사실이 부쩍 눈에 띄지 않았던가? 그리고 그 후 10년 동안 전쟁에 관한 홍수처럼 쏟아진 책이란 것도 따지고 보면 결코 입에서 입으로 전해진 경험이 아니었다.3)

부르주아 시대의 장편 서사시인 '소설'은 가장 근대적인 이야기의 형식이다. 그것은 곧 근대가 '경험'의 가치가 하락된 시대라는 것을 의미한다. '소설'이라는 근대적 형식이 "경험을 주고받을 수 있는 능력"이

---

2) 길로치는 '경험'과 '체험'을 다음과 같이 구분한다. "경험은 지식의 축적과 관련된다. Erfahrung에서 fahren은 '여행하다'를 의미한다. 그것은 널리 여행하고 많은 것을 목격함으로써 지혜를 얻는 것을 가리킨다. 경험은 이야기꾼과 관련된다. 반면 체험은 심리생활의 혼란스러운 내용을 담고 있는 내적 생활의 지배와 관련된다." Gilloch, G, *Myth & Metropolis : Walter Benjamin and the City*, Polity, 1996, p.143.
3) 발터 벤야민, 반성완 역, 『발터 벤야민의 문예이론』, 민음사, 1983, 166면.

박탈된 특정한 시대에 등장했음은 매우 상징적이다. 벤야민은 여기에서 응집된 경험의 분열이 내적 삶의 분열로서의 체험으로 대체되는 과정에 주목하고 있다. 체험이란 파편화된 인상과 지각들이 하나의 총체를 이루지 못하고, 그 자체로 머무는 상태를 가리킨다. 그에 따르면, 근대는 '경험'의 시대가 아니라 '체험'의 시대이다. 경험은 먼 곳에서 온 장사꾼이나 선원의 입을 통해, 입에서 입으로 전해지는 집단적 지혜이다. 반면 체험은 자신이 태어나고 자란 고향에서 대지에 붙박혀 살아가는 정착민들의 이야기이다. 전자가 집단적 맥락을 갖는 '이야기'라면, 후자는 고독한 공간에 유폐되어 살아가는 개인의 고독한 '소설'에 해당한다. 소설가와는 다른 존재인 이야기꾼의 최고 덕목은 그가 이야기를 듣는 사람에게 '조언'을 해줄 줄 아는 존재라는 사실이다. 집단적 지혜인 '경험'과 개인의 '체험'에 대한 벤야민의 구분에서 중요한 것은 경험의 '빈곤'이나 '상실'이 전혀 부정적인 의미를 갖지 않는다는 사실이다. 그는 이러한 과정에서 '몰락의 현상'이나 '현대적 현상'만을 지각하는 것의 어리석음을 경계한다. 이것은 미적 근대성이 '체험'을 문화적 소외의 과정으로 인식하는 모더니즘 일반과 구분되는 지점이기도 하다. 벤야민은 경험의 몰락 과정이 "역사의 세속적 생산력과 함께 나타난 하나의 부수 현상, 다시 말해 생생하게 살아 있는 말의 영역으로부터 점차 체험적 얘기가 배제됨에 따라 이와 함께 사라져 가는 것 속에서 하나의 새로운 아름다움을 느끼도록 만드는 부수 현상"이라고 주장한다.

근대는 '경험'의 총체성이 사라진 '체험'의 시대이다. 체험으로서의 근대는 대략 '파노마라적(Panorama)⁴⁾ 지각체험'과 '판타스마고리적(Phanta-smagorie)⁵⁾ 상품체험' 그리고 '충격(Chockerfahrung)⁶⁾체험'이라는 세 가지 현

4) 파노라마는 흔히 새로운 시대의 쾌락장치라고 불렸다. 파노라마는 에딘버그 출신의 초상화가 로버트 파커의 발명품이었다. 그는 원통의 표면에 사실적인 풍경화를 그리는 방법을 고안하여, 이를 흥행물로 응용하고자 거대한 원통형 돔 안에 관객들에게 전망대에서 주위의 파노라마 그림을 바라보게끔 하여, 마치 현실 풍경을 보는 듯한 기분이 드는 새로운 시각의 스펙터클을 발명한 것이다.

상으로 드러난다.[7] 이 모든 체험은 '대도시'라는 공간에서 발생한다. 따라서 미적 근대성은 '도시체험'의 문제라고 정의할 수 있다.[8] 미적 근대성은 보편적인 차원에서 도시, 특히 근대 이후의 대도시를 경험의 대상으로 삼는다. 미적 근대성의 관점에서 대도시는 국가의 부분이 아니라 국가보다 앞서 존재한다.[9] 군사적 용어로 사용되던 '충격'이라는 개념은 교통수단이 발달하고 유동인구가 증가한 19세기 이후의 대도시에서 일상적인 것이 되었다. 대도시의 경험은 일종의 '충격체험'이다. 이글턴은 '충격'은 '체험'과 관계되며, '경험'은 '아우라'와 관련된다고 주장했다.[10] 보들레르의 파리 분석 역시 이러한 충격체험에 기반하고 있다. 유럽에서 19세기는 지각체험이 근본적으로 바뀌는 시기였다. 그것은 열차와 같은 교통수단의 등장과 그러한 교통수단의 속도에 상응하는 새로운 시각매체[11]의 등장에서 기인하는 현상이다. 이러한 발명은 대략 1세기 후 식민지 조선의 수도인 '경성'에서 비슷하게 경험된다. 영화나 사진 같은 새로운 매체의 등장은 체험의 지반을 뒤흔들어 놓았으며, 신작

---

5) 판타스마고리는 시각적 환영을 생산하는 마술-환등쇼로서 크기가 빠르게 변하고 다른 장면들과 뒤섞이는 특징을 갖고 있다. 맑스는 판타스마고리아라는 용어를 시장에서 상품이 물신의 형태로 나타나는 것을 가리키기 위해 사용했는데, 대도시라는 미적 근대성의 맥락에서는 판타스마고리는 사용가치와 더불어 교환가치를 상실하고 순전히 재현가치로 진열되는 상품을 가리킨다.

6) '충격'이란 외부의 계속되는 자극에 대해 인간이 그에 대처하는 능력을 잃어버리는 것을 의미한다. 벤야민은 이 충격을 도시체험의 근본 형식으로 간주했다.

7) Benjamin, Walter, *The Arcades Project*, Harvard University Press, 1999, p.910.

8) 아센토르프는 경험과 체험의 관계를 대도시와 관련하여 다음과 같이 정의한다. "그것의 발전에 있어 산업화와 뗄 수 없는 관계인 현대 대도시는 추상화로부터 새로운 통각방식이 생겨난 장소다. 게오르그 짐멜과 로베르트 무질 그리고 발터 벤야민은 도시의 대상관계와 통각방식의 변화를 분석했다. 벤야민은 경험과 체험의 반대 개념에 대해 작업했다. 서사시의 영역에서 이야기꾼과 수공업자에서 시작된 경험은 연속성과 익숙함과 계속됨의 표상이다. 그것의 반대는 불연속적인 도시의 체험이다. 체험은 정보로서, 산업적 작업 과정에 상응하는 전달방식, 센세이션이나 모험으로서 나타난다." 곽영윤, 「대도시 공간과 새로운 미적 체험」, 홍익대 석사논문, 2004, 29면.

9) 조영복, 『한국 모더니즘 문학의 근대성과 일상성』, 다운샘, 1997, 12면.

10) Eagleton, Terry, *Walter Benjamin or Towards a Revolutionary Criticism*, Verso, 1981, p.35.

11) 파노라마(panorama)와 디오라마(diorama)가 대표적인 예이다.

로, 전차, 버스, 택시 등의 교통수단과 백화점, 다방 같은 새로운 문물은 도시 자체를 스펙터클의 대상으로 만들어 놓았다. 이처럼 새로운 미학은 전적으로 도시체험의 영역에 속하는 것이었다.

새로운 미적 체험은 '속도'의 체험과 밀접한 관련을 갖는다. 도시와 함께 새롭게 등장한 도로와 기차·버스·전차 등의 교통수단은 사람들에게 '속도'에 대한 새로운 감각을 가져다주었다. 파노라마적 지각체험은 바로 이 새로운 '속도'에 의해 발견되는 도시적 삶이라고 할 수 있다. 그것은 단적으로 철도체험에서 확인된다. 가령 기차의 창밖으로 빠르게 지나가는 풍경은 그 자체로 매력적인 볼거리가 된다. 기차는 기존의 낯익은 풍경들을 새로운 풍경으로 바꾸어 놓는다. 이처럼 파노라마적 지각체험에서 중요한 것은 '속도'와 '거리'이다. 열차체험은 가까이에 있는, 혹은 낯익은 대상들을 휘발시켜버림으로써 시·공간의 압축이라는 새로운 감각을 가능하게 만들었다. 그러나 이러한 파노라마적 지각이 반드시 교통수단과 연관되는 것은 아니다. 파노라마적 지각체험이 도시에서 경험되는 방식은 다양하다. 특히 1930년대 모더니즘 문학 전반에 반복적으로 등장하는 '백화점' 역시 대표적인 파노라마적 공간이다. 백화점은 소비의 형태로 부활한 중세의 축제 양식의 대체물이다.[12]

벤야민은 19세기 파리에 등장한 '파사주(Acade)'[13]를 판타스마고리적 상품체험이 발생하는 공간으로 규정했다. 파사주[14]는 시장의 판타스마

---

12) 앙리 르페브르, 박정자 역, 『현대세계의 일상성』, 세계일보사, 1990, 73면.

13) 19세기 초반에 세워진 파리 파사주는 근대적 상가 아케이드의 기원이었다. 벤야민은 이러한 원조 쇼핑몰에 대한 분석을 통해 일상의 경험과 전통적인 학술적 관심 사이의 괴리를 극복하려고 노력했다. 그는 파사주 또는 아케이드에 대한 분석을 '통로일(passagenarbeit)' 또는 '통로(passagen)'라고 불렀는데, '통로작업(passagen-werk)'이라는 제목은 벤야민 전집의 편집자들에 의해 붙여진 명칭이다. 수잔 벅 모스, 김정아 역, 『발터 벤야민과 아케이드 프로젝트』, 문학동네, 2004, 17면.

14) 벤야민은 파사주를 다음과 같이 묘사했다. "아케이드의 통행로들은 산업 호사품의 새로운 발견물이며, 빌딩들 전 블록에 걸쳐, 유리로 덮여 있으며, 길들은 대리석 바닥으로 되어 있다. 빌딩 경영자들은 공동으로 그러한 모험에 투자했다. 통로의 양쪽에는 천정으로부터 빛을 받고 있는, 최고로 우아한 상점들이 늘어서 있었기 때문에, 아케이

고리에 자신의 몸을 내맡기는 산책자의 공간이자 상품의 신전이다. 파사주에서 상품은 그 자체로 하나의 미적 대상이 된다. 파사주 공간에 들어선 주체는 상품에 자신의 감정을 이입함으로써, 상품으로부터 사용가치를 몰아내고 그것을 욕망의 대상으로 바꾼다. 이 파사주를 대신한 것이 바로 '백화점'이다. 교환가치를 즐기는 상품체험의 주체(산책자)에게 백화점은 산책의 마지막 장소이다. 1930년대 모더니즘 문학에서 '백화점'이 근대적 표상으로 등장하는 것은 그것이 여타의 상점들이나 파사주보다 규모가 컸기 때문이 아니다. 백화점에서의 상품체험은 산책자가 상품과 직접 접촉하지 않은 상태에서 빠른 속도로 스쳐지나가면서 행해진다. 대상과 주체의 거리(간접성)야말로 주체를 산책자로 만드는 데 필수적이다. 백화점에서는 개별 상품의 사용가치는 상실된다. 백화점에 진열된 상품들은 전체적 집합으로서의 성격을 가지며, 이러한 집합적 성격에서 상품의 매력이 생겨난다.

산책자의 상품에 대한 태도는 이중적이다. 그는 상품체험의 주체이지만 자본주의사회에 대해서는 냉소적 태도로 일관한다. 그는 상품을 전체로서 체험하지만, 결코 상품을 소비하지는 않는다. 그는 백화점 공간에서조차도 관찰자에 불과하다. 한편 산책자와 상품의 관계가 중요한 또 하나의 이유는 그들의 관계가 판타스마고리의 환상적 이미지와 관계가 있기 때문이다. 새로운 미적 체험으로서의 파노라마는 자연의 재현이라는 사실주의적 입장에 머물러 있었다. 그러나 판타스마고리는 자연의 재현이라는 관점과는 무관한데, 가령 백화점에서의 상품체험은 그것이 사용가치를 사상한다는 점에서 신화적 성격을 갖는다. 맑스는 상품 물신이 지배하는 사회에서 상품들 간의 관계(교환 가치)를 판타스마고리에 비유했다. 그러나 백화점에 진열된 상품들은 사용가치뿐만 아니라

드는 하나의 도시이며 축소된 세계이다. 개스등이 처음으로 설치되었던 것은 아케이드 안이었다." Benjamin, Walter, *Charles Baudelaire : A Lyric Poet in the Era of High Capitalism*, New Left Books, 1973, p.157.

교환가치도 상당부분 잃는다. 백화점의 상품 가치는 대개 재현적 가치에 국한되기 때문이다. 백화점에서 조명이 무엇보다 중요한 까닭은 이 때문이다.

2) 미적 대상으로서의 '도시'와 산책자의 시선

미적 근대성은 '도시'를 주요 근거로 삼는다. 도시는 주마등처럼 변화하는 근대적 삶을 구성하는 도시의 군중과 그들의 움직임으로 이루어진 새로운 공간이다. 도시는 익명의 대중들을 끊임없이 '거리'로 내몬다는 점에서, 미적 근대성은 '거리의 모더니즘'15)이라고 말할 수 있다. '거리'체험은 '도시'체험과 분리할 수 없는 중요한 체험의 양상이다. 도시체험의 일종인 거리체험은 시·공간의 차이에도 불구하고 비슷한 양상으로 나타났다. 가령 19세기 중반 파리에서는 거북이를 산책시키는 것이 우아한 행동으로 간주되었는데, 이는 파사주에서의 산책의 속도를 짐작케 해 준다. 이러한 산책의 경험은 1930년대 중반 경성에서도 동일하게 발생했다. 당시 신사와 숙녀, 모던 보이와 모던 걸들은 태평로나 조선호텔 앞의 산책로에서 서양개를 데리고 다니는 것을 문명인의 상징으로 간주했다. 이상에서 우리는 미적 대상으로서의 '도시'가 미적 근대성의 보편적 현상임을 알 수 있다.

도시의 등장은 공적 공간과 사적 공간의 분리라는 현상을 초래했다.16) 벤야민에 따르면, 사적공간은 '흔적(spur)'으로 구성되며, 반면 공적 공간은 철골-유리건축으로 구성된다. 19세기 파리에서 철골-유리건축이 가장 먼저 실험된 곳은 기차역과 파사주였다. 물론 철골과 유리라

---

15) 마샬 버먼, 윤호병·이만식 역, 『현대성의 경험』, 현대미학사, 1994, 159면.
16) 공적 공간과 사적 공간의 분리라는 벤야민의 논리는, 도시적 삶의 특징을 객관적 삶으로부터 주관적 삶으로의 분리에서 찾는 짐멜의 주장과 맞닿아 있다.

는 건축 자재가 그 자체로 공적 공간의 필요충분조건은 아니다. 19세기에 파사주는 '거리(공적 공간)'와 '실내(사적 공간)'의 중간 형태였다. 그곳은 햇빛이나 비 등 자연 조건과 무관하게 산책하고 쇼핑할 수 있는 곳이었지만, 동시에 '집'처럼 아늑함을 제공하는 공간이기도 했다. 파사주는 20세기에 접어들어 점차 '백화점'이라는 공간으로 대체되었다. 미적 근대성에 대한 고찰에서 '백화점'이 특권적인 위치를 차지하는 이유 역시 그곳이 새로운 경험은 물론 도시의 중심을 형성하는 역할을 하기 때문이다. 20세기의 모든 대도시는 '빛—중심부'를 지니고 있다. 그것은 이른바 높은 인구 밀도와 교통밀집, 그리고 다양한 스펙터클들의 연쇄로 구성된 '거리'를 의미한다. 기본적으로 거리는 불특정 대중들의 공간이다. 따라서 비단 백화점만이 아니라 도시의 대로를 따라 형성되는 빛의 거리, 즉 백화점과 다방, 산책로와 마천루 등이 도시체험의 중요한 공간적 대상이 된다. 뿐만 아니라 대로를 따라 질주하는 전차와 택시·버스 등의 문명체험 역시 같은 맥락에서 이해될 수 있다.

　도시체험은 체험의 주체가 되는 새로운 주체의 등장이라는 문제를 야기한다. 주지하듯이 도시적 삶은 공간의 분리를 가져왔다. 19세기의 수도 파리를 분석하는 글에서 벤야민은 사적 공간의 주체를 수집가로, 공적 공간의 주체를 산책자로 규정했다. 다소 도식적으로 말하자면, 산책자는 철골—유리건축으로 이루어진 공적 공간을 시각적으로 관찰하는 주체성의 담지자이다. 산책자는 상품이 소비되는 시장의 관찰자이지만, 결코 소비자가 아니다. 그는 도시와 더불어 상품 자체를 미적 체험의 대상으로 간주하지만, 그럼에도 불구하고 소비자로 전락하지 않는 지적인 귀족주의를 지니고 있다. 벤야민은 산책자에게서 거리를 집으로 삼는 '군중'에 매혹되면서도 그 군중으로부터 스스로를 분리시키는 이중적 태도를 읽어낸다. "보들레르의 경우 결정적인 것이 되었던 것도 바로 이러한 군중의 이미지이다. 그가 비록 대도시 군중이 끌어당기는 힘에 굴복하여 그들과 함께 거리산보자의 한 사람이 되었지만, 그러나 그러한 군중의 비인간적인 속성에 대한 느낌은 그를 떠나지 않았다. 그는 자신을 그들의 공범자로 만듦과 거의 동시에 또한 그들로부터 자신을 격리시키고 있다."[17] 벤야민은 '군중'을 움직이는 '베일'이라고 명명한다. 그것은 '대중'이라는 또 다른 집단을 감추고 있다.[18] 그는 보들레르의 글에서, 또는 보들레르에게서 산책자의 전형을 발견한다. 이처럼 산책자란 군중과 별개로 존재하는 존재가 아니라, 군중 속에서조차 스스로를 그들과 분리시키려는 의식을 가지고 있는 주체이다.

> 새가 공중에서 날아다니고, 물고기가 물속에서 노는 것처럼 그의 활동 영역은 대중이다. 그의 정열, 그리고 그의 직업은 대중과 한 몸이 되는 것이다. 완벽한 산책자. 정열적인 관찰자에게 있어서 숫자와 물결치는 것, 움직임, 그리고 사라지는 것과 무한 속에 자신이 거주할 집을 세우는 것은 커다란 기쁨이다. 자신의 집 밖에 있으면서 어디서든지 자신의 집처럼 느끼는 것, 세계를 바라보고 세계의 중심에 있으면서도 세계로부터 숨어 있는 것, 이런 것들이 언어가 어색하게 정의할 수밖에 없는 독립적이고 정열적이며 공정한 정신의 소유자들이 느끼는 최소한의 몇 가지 쾌락들이다. 관찰자는 도처에서 자신의 익명을 즐기는 왕자이다.[19]

그 자신이 산책자였던 보들레르는 산책자에게서 '영웅주의'를 발견한다. 모던의 영웅은 자신의 시대를 구체화하지도, 그것의 지속을 열망하지도 않는다. 그는 자신의 시대를 조소할 뿐이다. 근대적 영웅은 멜랑콜리한 인물이다.[20] 멜랑콜리는 그 어떤 것도 열망하지 않는 '정신의

---

17) 발터 벤야민, 반성완 역, 「보들레르의 몇 가지 모티브에 관해서」, 『발터 벤야민의 문예이론』, 민음사, 1983, 139면.
18) 벤야민은 '군중'은 단순히 불특정 다수로 구성된 집단을 의미하고, '대중'은 혁명적 잠재력을 지닌 긍정적 주체로 인식한다.
19) 보들레르, 박기현 역, 「현대적 삶의 화가—모더니티, 댄디, 예술가」, 『세계의문학』, 민음사, 2002년 봄, 31~32면.
20) 멜랑콜리는 미적 근대성의 중요한 테마이다. (미적) 근대성을 근대에 대한 '태도'로 정의하는 푸코의 관점은 이러한 주체의 성격을 염두에 두고 있다. 모더니즘 문학과 멜랑꼴리의 관련성에 대해서는 차원현, 「1930년대 모더니즘 소설에 나타난 미적 주체의

귀족적 우월함'을 지닌 댄디와 근대적 영웅을 이어주는 매개이다. 그는 '사랑'을 특별한 목적으로 생각하지 않으며, '돈'을 중요한 것으로 열망하지도 않는다. 그는 남을 놀라게 하는 데서 기쁨을 찾지만, 그 자신은 결코 놀라지 않는 오만한 존재이다. 그러므로 댄디는 결코 천박한 인간이 될 수 없다. 만일 그가 범죄를 저질렀다 해도 그는 타락하지 않는다.[21] 보들레르가 댄디에게서 영웅의 모습을 발견했다면, 벤야민은 '산책자'에서 영웅의 모습을 발견한다. 그는 목적 없이 걷는 관찰자이다. 그는 게으름을 직업으로 삼으며, 따라서 산책자의 빈둥거림은 일종의 노동에 대한 거부이다. 댄디의 아름다움의 특성은 무엇보다도 감동을 받지 않으려는 확고한 결심에서 나오는 차가운 태도에 있다.[22]

반면 거리를 자신들의 '집'으로 삼는 '군중'은 산책자와 댄디의 대척점에 위치한다. 군중의 발견은 19세기 예술의 중요한 문제 중의 하나이다. 대도시 군중이 그 모습을 처음 목격한 사람들에게 불러일으키는 감정은 불안, 역겨움 그리고 전율이다. 대도시는 언제나 다양한 실업자와 타자들을 양산하는데, 창녀·갱·노동자·실업자·넝마주이 등이 이러한 군중의 구성원들이다. 군중은 보헤미안과 도망자의 은신처이다. 산책자는 불특정 다수로 구성된 군중으로부터 의식적으로 자신을 분리시킴으로써 타자화의 경험을 내면화한다. 군중이 지배적인 대도시의 거리에서 산책자는 타자이다. 그러나 타자로서의 산책자가 느끼는 소외감은 그 스스로 만들었다는 점에서 상품―물신의 소외와는 근본적으로 다르다. 짐멜의 주장처럼, 도시에 거주하는 개인들은 도시적 삶이 야기하는 자극의 과잉과 자아 분열로부터 스스로를 보호하기 위해 감성적인 방식이 아니라 지적 활동의 강화를 통해 합리적으로 대응하는 방식을 모색하는데, 산책자의 자기―소외는 이러한 합리적 대응과 밀접한 관련을

양상에 관한 연구」, 서울대 박사논문, 2001 참조.
21) 보들레르, 박기현 역, 앞의 글, 53면.
22) 위의 글, 55면.

지닌다. 산책자는 도시와 상품 그리고 군중을 관찰의 대상으로 삼음으로써 도시적 삶이 자신에게 부과하는 극단적 권태로부터 탈출하고자 한다. 그러나 권태로부터의 탈출은 필연적으로 실패할 수밖에 없다. 댄디의 멜랑콜리는 이처럼 도시적 삶이 요구하는 '흥분'과 산책자의 '권태'가 빚어내는 불협화음이라고 할 수 있다. 이 지점에서 미적 근대성에 대한 논의는 모더니티 비판과 마주치게 된다. 정신적 귀족주의라는 외피를 두르고 스스로가 근대의 영웅이 되고자 했던 보들레르의 미적 근대성은 '비극적' 운명으로 귀결되었다. 그것은 근대적 주체에게 어떻게 근대와 맞설 것인가, 어떻게 근대에 저항하고, 그것을 넘어설 것인가라는 새로운 질문을 제기한다. 이러한 질문에 직면할 때, 미적 근대성은 역사·철학적 모더니티를 내파(內波)하는 외부적 기획으로 전환된다.

2. 근대성 비판으로서의 모더니티

1) 사회·정치적 입장과 역사철학

모더니티는 사회적 삶의 한 형태로서 근대사회의 특징을 가리키는 개념이다. 모더니티는 그것이 적용되는 영역에 따라 통상 사회·정치적 모더니티와 미적 모더니티(모더니즘)로 양분된다.23) 그러나 미적 모더니

---

23) '모던' 또는 '모더니티'의 개념과 어원을 둘러싸고 진행된 윌리엄즈와 야우스, 칼리니스쿠의 논점은 다음과 같다. 윌리엄즈는 'modern'이라는 개념이 16세기에 처음 나타났으며, 그 말은 라틴어의 부사형 modo에서 기원한 것으로, '최근'·'지금'·'당대' 등의 뜻을 지닌다고 주장했다. 칼리니스쿠 역시 모더니티가 중세에 기원을 두고 있음을 밝히기 위해 언어학적·어원학적 분석을 펼쳐 보인다. 그에 의하면, 형용사이자 명사인 모데르누스(modernus)라는 낱말이 모도(modo)라는 부사로부터 파생된 것은 중세 때

티라는 개념은 지극히 피상적이고 형식적이다. 베버에 의해 주장된 근대적 인식의 자율적 분화라는 테제는 예술의 논리가 아니라 모더니티 일반에 의해 주어진 것이기 때문이다. '미학'이 분과학문으로서 독자적인 영역을 인정받는 것과 예술이 사회·정치적 이데올로기와는 별개로 자신의 영역을 구축해 가는 과정, 혹은 근대예술이 모더니티에 대해 비판적인 입장을 취하는 것은 동일한 것이 아니다. 미적 근대성이란 '근대'라고 명명되는 새로운 삶의 조건에 대한 미적 반응이라는 점에서 미적 자율성과는 구분되는 그 무엇으로 정의할 수 있다. 우리는 이미 미적 근대성이 '근대'적 삶에 대한 태도이면서, 동시에 '근대성'에 대한 비판이라는 사실을 지적했다. 그렇다면 미적 근대성이 비판의 대상으로 삼는 '근대(성)'이란 무엇인가?

모더니티라는 개념의 용법은 매우 다양하고도 이질적이다. 그것은 한편으로 질서와 안정, 통합과 규율의 의미를, 다른 한편으로 일시적이고 유동적이며 우연한, 따라서 인과성의 불연속적 경험을 표상하기도 한다. 그러므로 그것은 어떤 작가에게는 새롭게 등장하는 경험으로서 '단절의 문화'로 인식되지만, 다른 작가에게는 '이성적·자율적 주체'와 '진리에 대한 절대주의적이고 일원적인 개념'으로 인식된다. 이처럼 흔히 '이성'과 '계몽'의 동의어로 사용되는 모더니티라는 개념 속에는 당대의 지배적 규범과 가치에 대한 불일치가 내재되어 있다. 볼프강 벨쉬

였다. 이 단어는 이미 5세기 후반에 기독교적인 현재의 세계를 이교적인 과거로부터 구별하는 용법으로 전유럽에서 사용되었다. 특히 10세기 이후에는 모데르니타스(modernitas), 즉 근대나 모데르니(moderni), 즉 동시대와 같은 개념들도 등장했다. 칼리니스쿠의 이러한 분석은 야우스의 「근대성, 그 문학적 전통과 오늘날의 의식」을 바탕으로 하고 있는 것처럼 보인다. 야우스는 이 논문에서 '모데르누스'라는 개념이 5세기의 마지막 10년, 즉 고대로마에서부터 새로운 기독교 세계로의 이행기에 처음 등장했음을 증명하고 있다. 또한 그는 '신구논쟁'의 핵심 문제인 'antiqui'과 'moderni'라는 한 쌍의 대립이 이미 5세기의 카시오도루스에서부터 시작되었다고 주장했다. 야우스에 의하면, 카시오도루스는 'antiquitas'라는 개념을 통해서 전진해 가는 시대라는 근대성에서부터 일종의 모범적인 과거를 분리시키고 있는, 역사의 힘을 지닌 반대어에게 그 최초의 표현을 부여한 인물이다.

는 이러한 모더니티의 자기 부정을 "근대는 언제나 반근대를 포함한다"라는 명제로 요약한다.[24] 그러나 근대를 '근대'와 '반근대'의 종합으로 규정하는 것은, 결국 근대의 바깥, 즉 탈근대적 사상마저도 근대의 일부분으로 환원시켜버린다는 점에서 매우 폭력적이다. 그것은 모든 가치를 '근대'라는 단 하나의 척도에 의해 평가하는 동일성의 폭력을 연상시킨다. 이러한 폭력은 대개 모더니티의 자기 부정이라는 내부를 외부로 인식하고, 동시에 자신의 외부를 내부화하는 위상학적 전략을 수반한다.

오늘날 모더니티의 개념은 의미의 충돌장이 되고 있다. 혹자는 '충돌'의 아이러니야말로 모더니티의 본질이라고 주장하지만, 이러한 충돌의 대부분은 모더니티를 둘러싸고 있는 다양한 친족 개념들 때문에 발생하는 개념적 혼란에서 비롯되고 있다.[25] 그러므로 모더니티의 개념을 명확하게 이해하기 위해서는 먼저 그것의 다양한 친족 개념을 명확히 규명할 필요가 있다.[26] 사회·정치적 모더니티는 흔히 특정한 '시대'를 분

---

24) 볼프강 벨쉬, 박민수 역, 『우리의 포스트모던적 모던』, 책세상, 2001, 194면.

25) 모더니티의 친족 개념에 대한 분석은 다음의 글들에서 자세하게 설명되고 있다. A. Giddens, *The Consequences of Modernity*, Polity Press, 1992; 한스 로베르트 야우스, 장영태 역, 「근대성, 그 문학적 전통과 오늘날의 의식」, 『도전으로서의 문학사』, 문학과지성사, 1983; 리타 펠스키, 김영찬·심진경 역, 『근대성과 페미니즘』, 실천문학사, 1998; M. 칼리니스쿠, 이영욱 외역, 『모더니티의 다섯 얼굴』, 시각과언어, 1993; 앙리 메쇼닉, 김다은 역, 『모데르니테 모데르니테』, 동문선, 1999.

26) 모더니티의 친족 개념은 다음과 같다. 근대화(modernization)란 서구적 진보라는 구도 속에서 연원한 개념으로서, 전지구적인 과학적·기술적 혁신, 생산의 산업화, 급속한 도시화, 끝없이 팽창하는 자본주의 시장, 민족국가의 발달 등 다양한 형태로 표출된 일련의 사회경제적 현상을 가리킨다. 반면 모더니즘(modernism)은 특정한 예술생산의 형식을 가리키는 것으로, 19세기 말 유럽과 미국에서 발생한 다양한 예술 유파와 양식을 아우르는 개념이다. 모더니즘은 특히 미적 자의식이나 양식의 해체, 재현에 대한 거부 등을 통해 근대화 과정은 물론 사회·정치적 모더니티에 대해 비판적 자세를 유지하기 때문에 모더니티 일반의 의미와는 확실하게 구별되어야 한다. 한편 영어권과는 별개로 프랑스의 용어 중에 모데르니테(modernite)라는 개념이 있다. 이는 일탈과 모호성이라는 뚜렷이 근대적인 감각과 관계가 있는 용어로서 유행과 소비주의, 끊임없는 혁신이라는 지상명령에 의해 행해지는 도시생활의 일시적이고 덧없는 특성들을 가리키는 개념이다. 모데르니테는 언제나 일상생활 자체를 미학화함으로써 근대적인 감각의 의미를 찾으려는 노력에서 성립된다.

절하려는 욕망과 일치한다. '근대'가 특정한 시대를 지칭하는 역사학적 개념으로 사용되는 것은 이 때문이다. 그러나 모더니티가 특정한 시대 구분의 용어라고 단정하기는 어렵다. 왜냐하면 근대란 그것이 사용되는 다양한 학문들, 가령 철학과 미학, 그리고 자연과학과 역사학에서 그 시대적 한계 구분이 매우 이질적이기 때문이다. '근대'가 데카르트의 코기토와 헤겔의 주체성, 뉴턴과 갈릴레이의 절대적 시·공간, 르네상스의 투시법과 리얼리즘 문학, 그리고 계몽주의 등처럼 다양한 가치들의 등장을 가리키는 한 그것은 결코 시대 구분의 용어로 사용될 수 없다. 로렌스 카훈의 다음과 같은 진술은 모더니티가 시대 구분의 용어로 사용될 수 없음을 명확하게 보여준다. "역사적인 출발점을 고정시키기는 불가능하다. 16세기부터 19세기 사이에 걸쳐 있는 어느 세기라도 최초의 근대적 세기로 명명될 수 있었고 또 그래 왔다. 예를 들어 충분히 근대성의 초석이라고 주장할 수 있는 코페르니쿠스의 지동설은 16세기에 나왔지만, 근대 정치학의 정수라고 주장할 수 있는 민주정치는 아주 최근까지도 서구의 지배적인 형태가 되지 못했다."[27] 1800년대의 헤겔에게 근대란 '신세계의 발견'과 '르네상스' 그리고 '종교개혁'으로 구분되는 세 시기를 의미했다. 그리고 하이데거에게 근대성이란 주관성의 형이상학이나 총괄적이고 절대적인 지식의 문제와 분리되지 않기 때문에 데카르트에서 시작되어 니체에 이르러 완성된다. 또한 푸코와 하버마스에게 있어 근대는 18세기 말 칸트와 계몽주의에서 시작되는 '이성'의 시대를 지칭하는 개념이다. 예술의 영역에서도 모더니티는 다양한 시대를 가리키는 개념으로 사용되고 있다. 일반적으로 문학에서의 모더니티는 사르트르가 '1850년 세대'라고 부른 '부르주아 문화'의 등장과 그로 인한 '예술가의 소외'가 발생하는 19세기 중반에 시작된다. 그러나 회화적 관점에서 보면 모더니티는 인상주의자들의 상징적 혁명이 시작된 1870~80

---

27) Lawrence E. Cahoone, *The Dilemma of Modernity : Philosophy, Culture, and Anticulture*, State University of New York Press, 1988, p.1.

년과 동일한 외연을 갖는다. 또한 한스 로베르트 야우스는 미적 근대성이 1912년에 시작되는 현상으로 인식했다. 그는 미래주의·입체주의·표현주의·이미지즘 등의 다양한 사조가 출현하고, 릴케의 『두이노의 비가』와 카프카의 『아메리카』 그리고 쇤베르크의 12음 기법의 등장을 모더니티와 동일하게 인식했다. 이처럼 모더니티는 끊임없이 종언과 시작을 반복하는 일종의 투쟁이다.

역사철학적 맥락에서 '근대'가 특정한 시기를 가리키기 위해서는 먼저 그것이 연속적인 역사적 흐름에 하나의 단절선을 그을 수 있어야 한다. 그러나 이때의 단절이란 아무리 느슨하게 정의된다 하더라도 부정확할 수밖에 없다. 왜냐하면 '근대'란 '중세'나 '고대'라는 커다란 분절들과의 관계 속에서만 의미를 갖는 것이기 때문이다. 역사학에서 '근대'나 '연도', '날짜' 등의 연대기적 역사 부호는 그 자체로 의미를 갖는 것이 아니다. 그것은 동일한 수준의 부호들 사이에 성립하는 관계 속에서만 의미를 갖는다. "날짜 클래스를 규정하는 것은 그 클래스의 날짜 하나 하나가 같은 클래스의 성원인 다른 날짜에 대해 지니는 유의미성이며 또 다른 클래스에 속하는 날짜와 관련해서 이것이 띠는 무의미성이다."[28] 특정한 연도는 또 다른 연도와의 관계 속에서만 의미를 지닌다. 그러므로 '근대'는 '연도'라는 부호가 아니라 '중세'나 '고대'라는 부호와의 관계 속에서 의미를 갖게 된다. 이는 궁극적으로 '근대'의 시대 구분이 '연도'라는 부호로 설명될 수 없음을 말해준다. 따라서 사회·정치적 모더니티를 근대성으로 이해할 때 그것은 시대 구분의 용법보다는 특정한 '가치'들을 중심으로 설명되어야 한다.

한편 모더니티가 한 사회의 특징을 가리킬 때 그것은 '합리성'이나 '도구적 이성'과 유사한 의미로 사용된다. '이성'과 '계몽'이라는 근대의 기획이 말해주듯이, 합리주의나 과학주의는 근대사회와 분리될 수 없는

---

28) 레비 스트로스, 안정남 역, 『야생의 사고』, 한길사, 1996, 370면.

개념이다. 이처럼 모더니티의 개념 정의를 위해서는 그것의 등장 시기가 아니라 '철학적 구상'이 무엇보다 중요하다.

　모더니티의 철학적 구상은 근대 철학의 주요 문제틀인 '주체'의 문제를 제기한 데카르트로부터 시작되었다. 모더니티와 관련하여 데카르트의 철학을 이해하는 방식은 크게 두 가지이다. 하나는 근대적 주체 개념인 코기토에 주목하는 것이며, 다른 하나는 보편과학의 확립에 주목하는 것이다. 헤겔은 데카르트를 가리켜 "근대 철학의 참된 창시자"라고 평가했다. 그러나 헤겔이 데카르트의 철학에서 주목한 것은 보편성과 합리성을 추구하는 태도가 아니라 '코기토'의 개념이었다. 즉 헤겔은 데카르트의 코기토에서 사유의 자기 확실성, 즉 주체성의 출현을 목격했던 것이다. 데카르트는 『방법서설』에서 "생각한다. 고로 (나는) 존재한다(Cogito, ergo sum)"라는 명제를 통해 근대적 주체로서의 '생각하는 자아(Ego cogito)'를 정립했다. 그는 '사유'와 '연장'이라는 두 가지 속성으로 인간을 정의했으며, 그중에서 특히 의식의 확실성의 근거를 '사유'에서 찾았다. 그러나 이것은 사유의 실천적 차원을 생략한 것이었고, 주체 자신이 그 차원에서 구성된다는 것을 인식하지 못한 오인의 결과였다. 왜냐하면 "나는 생각한다"라는 진술은 사유인 동시에 사유하는 '행위'이기 때문이다. 데카르트의 체계 속에서 사유하는 자아는 대타자에 의존할 수밖에 없으며, "나는 생각한다"라는 진술 역시 그러한 진술 이전에 생각하는 주체를 전제할 수밖에 없다. 그러나 데카르트는 생각하는 주체를 둘러싼 무한소급의 위험을 사유의 명증성을 통해 배제했으며, 그 결과 방법론적 회의는 생각하는 행위의 수행적 차원을 자명한 것으로 만드는 방편에 불과하게 되었다. 이처럼 생각하는 자아(사유하는 주체)는 주체가 언어의 질서와 대타자에 의존할 수밖에 없다는 존재의 구성 조건을 망각할 때만 가능하다. 따라서 사유와 존재의 동일성을 통해 '사유'로 규정되는 코기토의 주체는 '내용 없는 형식'에 불과하다. 왜냐하면 데카르트의 논리 속에서 존재는 사유로부터 논리적으로 추론되는 것이 아니라 존재의 본질이 사유에 의해 구성되기 때문이다. 다시 말해 사유가 곧 존재이고, 존재가 곧 사유이기 때문이다. 이는 사유하는 주체가 모든 경험적이고 우연한 것들을 배제해야 한다는 것을 의미하는데, 이러한 조건들이 결국 코기토적 주체를 추상적이고 초월적인 주체로 만들어버린다. 데카르트는 『성찰』에서 이전의 '추론적 형식'에서 벗어나 '직관의 형식' 속에서 주체의 자명성을 주장함으로써 코기토에 대해 새로운 정의를 시도한다. "나는 있다, 나는 존재한다"라는 이 새로운 명제 속에서 추론의 선차성은 배제되며, 사유의 긍정은 '나'라는 주체에 철저하게 종속된다. 이것은 데카르트적 주체가 추론의 형식이나 결과물이 아님을 보여주는 명확한 증거이다. 특히 데카르트는 '제4성찰'에서 '의지'의 문제를 제기하는데, 이때 의지는 능력이 아니라 주체의 일반적 정의에 준거하는 것으로서, 세계에 대한 주체의 새로운 관계를 정의하는 용어이다. 알랭 뚜렌은 이러한 데카르트적 주체를 다음과 같이 정리한다. "인간은 두 개의 질서 사이에 존재한다. (…중략…) 자연의 세계와 신의 세계는 분리되어 있다. 이들은 인간에 의해서만 의사소통을 한다. 인간의 행동은 사물의 세계를 자신의 필요에 종속시킨다. 인간의 의지는 신 속에서도 사라지지 않고, 그 속에서 편견과 감각과 욕구와 함께 혼동되지 않는 어떤 '나', 즉 '주체'를 발견한다."[29]

　이러한 데카르트적 주체 개념의 성립은 이성과 계몽이라는 근대적 기획 일반과 무관하지 않다. 그것은 데카르트적 주체가 사물의 세계와 관계 맺는 재현의 모델이 '수학'이라는 점에서도 확인된다. 『정신지도를 위한 제 규칙』에서 데카르트는 의심할 수 없는 연구 대상을 다루는 학문으로 '대수학'과 '기하학'을 꼽는다. 그에 의하면, 진리에 도달할 수 있는 과학적 연구 방법은 질서와 측정이며, 수학은 바로 이러한 과학적 연구의 유일한 방법을 의미한다. 데카르트는 수학이 그 자신의 규칙들

---

29) 알랭 뚜렌, 정수복·이기현 역, 『현대성 비판』, 문예출판사, 1995, 70면.

을 발생시키고 검증하는 능력에 기초하는 유일무이한 학문이라고 주장
했으며, 그렇기 때문에 모든 지식의 대상들은 이 규칙의 논리에 종속된
다고 생각했다. 이리하여 코기토는 사물들을 수학이라는 규칙에 합치시
켜야 한다는 명령을 받는데, 이는 수학의 모델에 따라 사물의 세계에
질서를 부여하고 그것을 측정하는 것을 의미한다. 이러한 논리의 과정
에서 '인간'은 세계의 새로운 창조자로서 신의 위치에 도달한다. 주체는
대상의 세계를 창조한다. 이것이 바로 '재현'이다. "존재자의 대상화는
앞에−세움(vor-stellung), 즉 계산하는 인간이 존재자를 믿을 수 있게 모든
존재자를 자신의 앞으로 가져오는 것을 목표로 하는 표상에서 수행되
며 현대의 표상 행위는 '재현'이라는 용어로서 그 의미를 가장 쉽게 표
현해 준다."[30] 하이데거에 의하면, 데카르트 이전의 철학은 여타의 사
물과 주관을 구별하여 주관에 특별한 위치를 부여하지 않았고, 중심이
되는 것은 주관으로서의 인간이 아니라 인간에 앞서 존재하는 외적인
존재자들이었다. 이때 존재자들은 주관에 마주 서 있는 대상이 아니라
오히려 주관의 근거였다. 그러나 데카르트에 이르면 이 관계는 역전된
다. 즉 근대성의 철학적 연원은 존재자와 주관의 관계가 전도되는 장면
에서 시작된다고 할 수 있다.

　　모더니티는 흔히 근대화나 문명화와 동일한 의미로 인식되기도 한다.
모더니티를 문명화의 과정과 동일하게 인식하는 태도는 역사에 대한
특별한 관념, 즉 역사철학의 등장 이후에만 가능하며, 또한 그것을 전적
으로 긍정할 때에만 가능하다. 이때 모더니티는 '진보'와 '발전'이라는
서구적 문명론과 외연을 공유하게 된다. 모더니티와 문명의 관계에서
베버가 갖는 의미는 특별하다. 일찍이 베버는 '근대'를 합리성의 세계로
이해했다. 그에 의하면 근대란 중세의 주술적 세계로부터 벗어나 합리
화의 질서 속으로 편입되는 해방의 과정이다. 그리고 이러한 탈주술의

---

30) 주은우, 「현대성의 시각체제에 관한 연구」, 서울대 박사논문, 1998, 139면.

합리화는 계산가능성과 더불어 근대의 핵심적 가치로 인식된다. 베버는 『프로테스탄트 윤리와 자본주의 정신』에서 이러한 합리주의가 자본주의 정신으로서의 프로테스탄트 윤리와 맺는 관계에 주목했는데, 여기에서 그는 근대를 '합리적인 생활양식'으로 규정지었다.[31] 모더니티에 대한 이러한 인식의 밑바탕에는 직선적 시간이라는 서구적 시간의식이 전제되어 있다. 근대는 기독교의 직선적이고 불가역적인 시간관을 상속받아 모든 순환 개념을 거부하면서 시작되었다.

그러나 아도르노는 이성과 계몽으로서의 근대에서 서구사회의 자기 파괴적 논리를 읽어낸다. 아도르노는 『계몽의 변증법』에서 마르크스·베버·니체의 예를 통해 근대 이성의 근본적인 비합리성을 지적하는데, 이 책에서 그는 유럽 문명의 중심적 텍스트인 오디세우스와 사이렌의 희랍 신화가 근대성의 아포리아를 보여주는 전형적인 우화라고 주장한다. 그에 의하면 이러한 신화는 이미 그 자체가 계몽의 일종이다. 뿐만 아니라 서구적 이성은 합리성의 추구에서 시작되었지만, 애초의 의도와는 정반대의 방향으로 나아감으로써 자연에 대한 맹목적 지배로 전화하게 된다. 그러므로 아도르노에게 근대란 도구적 이성과 상품의 물신숭배라는 이중적 질서에 의해 강요된 비합리성과 야만주의일 뿐이다.

아도르노의 비관적 전망과는 달리 하버마스는 '근대'를 관료주의적·자본주의적 지배의 억압적인 힘과 자기 비판적인 힘이 공존하는 사회로 인식한다. 하버마스에 따르면 근대가 '억압'과 '규율'이라는 부정적 이미지로 인식되는 까닭은 그 이면에 존재하는 해방의 잠재력이 무시되었기 때문이다. 그에 의하면 근대가 지닌 해방의 잠재력이란 '의사소통적 이성'과 '상호주관성'이다. 하버마스는 한 주체가 타인과 의견을 주고받을 수 있다는 것, 다시 말해 언어를 구사할 수 있다는 것은 주체와 대상이 분리되지 않았다는 것이라고 인식한다. 따라서 그는 의사

---

31) 이진경, 「근대적 주체의 역사이론을 위하여」, 『근대주체와 식민지 규율권력』(김진균·정근식 편), 문화과학사, 1997, 48면.

소통의 과정이야말로 주체와 객체의 절대적 구분이 사라진 '상호주관
성'의 영역이라고 주장한다. 하버마스의 의사소통에서 핵심적인 사항은
'동의'와 '합의'이다. 이러한 관계는 주체와 객체, 나와 타인이 수직적
위계가 아니라 상호 인격적인 관계 속에 있음을 의미한다. 하버마스는
현대사회의 억압적 성격은 관료적 사회 구조가 의사소통의 상호 인격
적 관계를 왜곡시킴으로써 발생하는, 그렇기 때문에 얼마든지 '근대'의
기획 속에서 극복 가능한 시련일 뿐이다. 프랑크푸르트의 전통과는 달
리 하버마스는 이성을 하나의 동질적 개념으로 설정하지 않는다. 그는
이성이 발달하면서 분화의 과정을 거쳤으며, 이 과정에서 인지적·도구
적 영역과 규범적·도덕적 영역 그리고 표현적·미학적 영역의 세 가
지로 분화되었다고 주장한다. 이 중에서 의사소통을 가로막는 이성은
인지적·도구적 이성일 뿐이다. 다시 말해 근대사회의 억압적 성격은
인지적·도구적 이성이 지나치게 비대해진 결과이며, 따라서 규범적 이
성이나 표현적 이성은 여전히 긍정적으로 작동하고 있다. 그러므로 근
대의 억압과 규율은 이성의 과도함(도구적·합리적 이성)이 아니라 이성의
부족함에서 기인하는 현상이다. 설령 그것이 이성의 과도함에서 비롯되
는 문제라고 할지라도 그것은 어디까지나 도구적 이성의 과도함이며,
이러한 도구적 이성의 과도함은 규범적·도덕적 이성과 표현적·미학
적 이성이 증가됨으로써 해결될 수 있다. 그는 이러한 이성의 자기 균
형 시스템이 모더니티 속에 내재되어 있다고 생각했다.

　　A. 기든스는 모더니티를 "17세기경부터 유럽에서 시작되어 점차 세계
적으로 영향력을 확대하고 있는 사회생활이나 조직 양식"으로 정의한
다.[32] 그는 18세기를 전후하여 등장한 계몽주의 운동을 '시대 의식으로
서의 모더니티'와 '생활양식으로서의 모더니티'의 구별점으로 인식한
다. 주지하듯이 르네상스 이래 유럽 사회는 스스로를 '새로운' 사회로

---

32) A. Giddens, *The Consequences of Modernity*, Polity Press, 1992, p.1.

인식하려는 경향을 보여주었다. 그러나 "르네상스 자체는 고대의 권위로 교회의 권위를 대체하는 것 이상은 할 수는 없었다"라는 칼리니스쿠의 지적처럼, 17세기의 신구논쟁과 계몽주의를 거치기 이전에 과거와의 급진적 단절이라는 인식은 등장하지 않았다.[33] 이런 점에서 '새로운 시대인식'과는 달리, 과거와의 급진적 단절을 통해 자신들의 시대를 구분 지으려는 계몽주의 정신은 생활양식으로서의 모더니티에서 하나의 문턱으로 기능한다. 주지하듯이 "계몽주의는 진보, 이성, 과학을 자신의 모토로 내세우면서 전통적 권위에 대한 도전과 비판을 감행함으로써 편견과 미신의 폐지, 지식의 확대에 근거한 자연 지배 그리고 물질적 진보와 번영이라는 새로운 시대의 개막을 알리는 사상운동이었다."[34] 물론 이러한 계몽주의의 급진성은 종교개혁과 르네상스 그리고 17세기의 과학혁명이 이룩한 역사의 산물이었다. 그럼에도 불구하고 18세기 유럽 사회에 등장한 계몽주의는 이성, 과학, 진보라는 근대적 가치를 중심으로 일상적이고 사회적인 삶을 합리적으로 조직하려는 경향을 지니고 있었다.

2) '태도'로서의 시간성

미적 근대성은 사회·정치적인 '근대(modern)'의 미적 반영물이 아니다. 주지하듯이 미적 근대성의 개념이 중요한 함의를 갖는 까닭은 그것이 이른바 '근대성'이라고 통칭되는 특정한 가치 체계로 환원되지 않기 때문이다. 다시 말해 미적 근대성은 리얼리즘과 모더니즘이라는 문예사조의 문제로 설명되지 않는다. 보들레르에게서 시작되는 미적 근대성이라는

---

33) 칼리니스쿠에 따르면 신구논쟁에 참가한 양편 모두는 신고전주의적인 이상을 무조건적으로 고수하려는 경향을 노정했다.
34) 김성기, 「세기 말의 모더니티」, 『모더니티란 무엇인가』(김성기 편), 민음사, 1994, 23면.

문제의식은 근대(성)이 서구적 보편 가치로서의 특정한 시대를 지칭하는 개념이나, 탈주술과 합리성, 계몽적 이성과 과학주의 등처럼 근대적 가치 체계로 환원될 수 없는 독특한 '태도'를 내포한다는 데서 출발한다. 미적 근대성을 근대의 미적 반영물(모더니즘)과 동일한 것으로 간주하려는 사람들의 대부분은 모더니티를 '현대성'이나 '동시대성(contemporaneity)'으로 이해한다. 이때 그들의 인식 속에는 모더니즘과 모더니티가 비교적 조화로운 관계를 유지하면서 상호 소통한다는 전제가 포함되어 있다. 그러나 모더니티와 모더니즘이 다르듯이, 미적 근대성과 모더니즘 일반은 근본적으로 다른 지향점을 갖는다.35)

또한 미적 근대성은 예술 사조로서의 모더니즘이나 낭만주의의 미적 자율성이라는 개념과 다르다. 페터 뷔르거는 문학에서의 근대성이 일상적 경험과는 대비되는 '미적 경험'36)에 의해 추동된다고 설명한다. 그에 의하면 근대적인 의미에서의 미적 경험이란 일상적 현실이나 합목적적인 실천으로부터 상대적으로 자유로운 위치에 놓여 있는 예술의 특수한 성격이다. 그는 인간의 경험을 "실제 생활로 다시 되옮겨질 수 있는 지각과 반성들의 가공된 다발"이라고 명명하고, 근대의 시작으로 인해 이러한 다발로서의 경험이 소멸되었다고 설명한다. 그리고 이 경험의 소멸이 예술의 영역에서 나타나는 형태가 바로 미적 경험이며, 이 미적 경험을 통해 예술이 사회적 영역으로 환원되지 않는 자율성을 갖게 된다고 주장한다. 이는 결국 '예술'이라는 형식을 통해 드러나는 '경험의 소멸'이 미적 경험이며, 그것이 예술의 자율성이자 미적 근대성이

---

35) 프랑코 모레티는 〈소설의 형식과 근대성〉이라는 좌담에서 모더니즘의 존재 자체를 부정한다. 그에 따르면, 모더니즘이란 하나의 운동이 아니라 패러다임이 무너지고 혼돈 가운데 이행하는 어떤 순간을 표현한 개념에 불과하다. 또한 그는 우리가 모더니즘 작가라고 뭉뚱그려 말하는 작가들 역시 서로가 너무 달라서 하나의 사조로 묶는다는 것 자체가 불가능하다고 주장한다. 프랑코 모레티, 김의영·성은애 역, 「소설의 형식과 근대성—프랑코 모레티와의 대화」, 『안과밖』 제12호(영미문학연구회 편), 창작과비평사, 2002년 상반기, 274면.

36) 페터 뷔르거, 최성만 역, 『미학이론과 문예학 방법론』, 문학과지성사, 1987, 56면.

라는 것이다. 그러나 뷔르거의 논의와는 달리, 미적 근대성은 미적 자율성과 동일한 것이 아니다. 미적 자율성이라는 개념이 성립되기 위해서는 미적 자율성이라는 근대적 가치가 전제되어야 하지만, 그렇다고 해서 그것들이 동일한 것을 지칭한다고 주장할 수는 없다. 미적 근대성의 문제를 살펴보기 위해서는 먼저 근대성에 대한 보들레르의 논의를 살펴볼 필요가 있다. 보들레르는 「현대적 삶의 화가─모더니티, 댄디, 예술가」라는 에세이에서 근대성의 미학을 "일시적인 것, 순간적인 것, 우연한 것으로 예술의 반을 이루고, 나머지 반은 영원한 것, 불변의 것이다"[37]라고 정의한다.

> 현대성이란 일시적인 것, 순간적인 것, 우연한 것으로 예술의 반을 이루고, 나머지 반은 영원한 것, 불변의 것이다. 고대의 화가들에게는 각각 저마다의 현대성이 있었다. 우리의 이전 세대로부터 우리에게 남겨진 대부분의 아름다운 초상화들은 그 시대의 의상을 입고 있다. 그 초상화들은 완벽하게 조화로운데, 왜냐하면 의상, 머리 모양과 심지어 몸짓, 시선, 미소─각 시대에는 그 시대의 풍모와 시선과 미소가 있다─가 완벽하게 생동감이 넘치는 하나의 일체를 이루고 있기 때문이다. 너무나 자주 변화하는 이 일시적이고, 순간적인 요소가 경시되거나 간과되어서는 안 된다. 이 요소를 없애버린다면, 여러분은 원죄 이전의 최초의 여성의 아름다움처럼 추상적이며 정의할 수 없는 아름다움이라는 심연 속으로 떨어지게 될 것이다.[38]

보들레르에 의하면 현대성의 '미'는 "일시적인 것─순간적인 것─우연한 것"과 "영원한 것─불변의 것"이라는 시간의 두 계열에 의해 정의된다. 여기에서 보들레르가 주장하는 '현대성(근대성)'이란 역사철학적·사회적 모더니티와는 구분되는데, 왜냐하면 보들레르는 근대성을 통해 특정한 시대가 아니라 예술의 보편성에 관해 논하고 있기 때문이다. 보

---

37) 보들레르, 박기현 역, 앞의 글, 35면. 번역자는 보들레르의 '모더니티'를 '현대성'으로 옮기고 있으나 필자는 그것을 근대성으로 표기함.
38) 위의 글, 35면.

들레르에게서 '현대성'과 '미'는 보편의 범주에 해당한다. 그리고 그 보편적 미, 다시 말해 어느 시대에나 미는 시간의 두 계열이 복합적으로 얽혀 있는 상태로 드러나기 마련이다. "미는 그 양을 결정하기가 매우 어려운, 영원하고 불변적인 요소와 상대적이고 상황적인 요소로 이루어졌는데, 이를테면 시대나 유행, 도덕이나 열정이 번갈아 가며 혹은 한꺼번에 이 상대적이고 상황적인 요소가 되는 것이다"라는 구절이나 "현대성이란, 역사적인 것 안에서 유행이 포함할 수 있는 시적인 것을 유행으로부터 끌어내는 것, 일시적인 것으로부터 영원한 것을 끌어내는 것이다", "모든 현대성이 고전성을 획득할 수 있으려면, 인간의 삶이 무의식적으로 거기에 불어넣는 신비로운 미가 추출되어야만 한다" 등의 설명 역시 미적 근대성의 보편성에 대한 언명인 셈이다.

보들레르는 「현대적 삶의 화가—모더니티, 댄디, 예술가」에서 "고대의 화가들에게는 각각 저마다의 현대성이 있었다"라고 주장한다. 이는 달리 말하면, 미적 근대성이 한 예술가가 자신의 시대와 조우하는 예술적 인식의 태도임을 의미한다. 그러므로 보들레르의 논법을 빌리자면, '미적 근대성'은 하나의 유일한 태도가 아니라 예술가가 자신의 시대를 인식하고 표현하는 '복수적'인 '태도'로 귀결된다. 「현대적 삶의 화가—모더니티, 댄디, 예술가」라는 에세이에서 보들레르가 콩스탕탱 기(Constantin Guys)에 관해서 언급한 것은 비단 기(Guys)의 그림이 근대 자본주의의 일상을 날카롭게 묘파했기 때문만은 아니었다. 그것은 기(Guys)가 '현재의 풍속'을 그렸으며, 그 현재 속에서 "현재를 감싸고 있는 아름다움에서뿐만 아니라 현재의 본질적인 특성"을 드러내고 있기 때문이다. 고전주의 미학이 미의 불변적 요소를 재현하는 데 관심을 가졌던 반면, 보들레르는 '현재'라는 시간 속에서 영원불변하는 요소와 아울러 우연적이고 일시적인 요소를 발견하고자 했다. 이처럼 보들레르에게 '현대성'이란 '하나의 경험구조'이며, 그것은 차라리 시간화된 비시간성이었다. 이런 맥락에서 현대성은 단순히 동시대적인 것, 가령 '유행'과는 구

분되어야 한다. 보들레르에게 유행이란 기껏해야 미를 구성하는 절반에
불과하다.

　하버마스는 「근대성—미완의 과제」에서 보들레르가 주창한 '미적 근
대성'을 미학적 영역의 자율성이라는 근대적 예술 개념과 연결시킨다.
그는 의사소통적 합리성을 전제로 한 문화적 전통의 계승과 사회적 통
합을 '계몽'의 과제로 설정하면서, 18세기 계몽주의 철학자들에 의해 주
조된 계몽의 프로젝트가 여전히 유효하다고 진단한다. 여기에서 '미완
의 과제'란 "객관적 과학, 보편적 도덕과 법률, 그리고 자율적인 예술"
을 각 분야의 내적 논리에 따라 발전시켜 나가려는 일련의 자율적 노력
을 의미한다. 하버마스는 근대성 테제와 관련하여 베버를 따라 세 가지
자율적 영역(각각 특정한 내적 합리성을 갖고 있는 과학, 도덕, 예술)을 규명한다.
베버의 근대성 개념은 이러한 분화 과정에 내재하는 전문화된 지식의
권위 증대와 전문가와 대중 사이의 간극의 확대를 강조했다. 하버마스
가 근대성에 대한 베버의 테제를 옹호하는 진의는 그 테제가 근대성의
역사적·문화적 특성을 명확히 이해하고 근대성을 역사변동의 이론 내
에 위치시키고 있다는 데 있다.[39] 아도르노와 호르크하이머가 합리화
과정이 '자유—해방'과 '속박—물신화' 둘 다를 내포한다는 베버의 역설
을 받아들였던 반면, 하버마스는 그들이 부르주아 관념 속에 구현되어
있는 문화적 근대성의 합리적 내용을 올바르게 평가하지 못했다고 지
적했다.

　하버마스는 '근대' 개념을 한스 로베르트 야우스에게 의지하고 있다.
하버마스에 따르면 '근대적'이라는 단어는 5세기 이후, 오래된 것으로
부터 새로운 것으로의 전환을 이해하는 시대적 자의식(das historische Jetzt
der Gegenwart)으로 사용되었다.[40] 이는 '근대성'을 "우리 시대의 자명성을

---

39) 앨런 스윈지우드, 박형신·김민규 역, 『문화사회학 이론을 향하여』, 한울, 2004, 249면.
40) "'modernus'라는 말은 5세기의 마지막 10년, 그러니까 고대 로마에서부터 새로운 기
　독교 세계로의 이행기에 처음으로 등장되고 있음이 증명된다. 그리하여 이 새로운 표

시대적으로 과거와 구분하는 데에 사용"되는 개념으로 이해하는 야우스의 논리를 그대로 수용한 것이다. 야우스는 '근대' 개념의 역사적 용례를 "이교적인 고대에 대한 기독교적 현재의 대립"[41]에서 찾는데, 여기에서 근대성은 과거에 대한 현재의 대립 의식으로 정의된다. 그러나 '근대'에 대한 야우스의 용례 분석은 그것이 '근대'에 대한 복수적인 접근으로 귀결될 수 있다는 점에서 베버나 하버마스의 정의와는 근본적으로 다르다. 왜냐하면 야우스의 분석처럼 '근대적'이라는 개념이 이전 시대와 현재를 구분 짓는 '역사적 현시점'에 대한 의식이라면, 그것은 앞서 보들레르가 주장했던 것처럼 어느 시대에나 통용될 수 있는 보편 개념으로 통용될 수밖에 없기 때문이다.[42]

19세기 낭만주의의 등장은 시간 의식으로서의 '근대'가 특별한 의미를 갖게 되는 계기를 마련했다. "급진화된 근대성의 의식은 특정한 모든 역사 시기와의 연계를 끊고 전통과 현재 사이의 추상적 대립을 운위하는데, 어떤 의미에서 우리는 19세기 중반에 처음 배태된 이 같은 미학적 근대성의 의식을 공유하고 있다."[43] 하버마스는 '근대적'이라는 의미를 '과거의 권위에 더 이상 기대지 않는', '현재'에 대한 찬미라고 규정한다. 이러한 입장에 따르면, 근대성이란 '전통의 규범적 기능'을 거부하는 반전통과 동일한 의미로 귀결된다. 미적 근대성에 대한 이러한 이해는 보들레르의 그것과는 사뭇 다르다. 보들레르가 주장한 미적 근대성이 과거와 현재, 일시적인 것과 영원한 것의 이중적 구성에 의해 '아름다움'을 정의하는 반면, 하버마스는 과거와 구분되는 현재의 찬미

현 안에는 고대 세기의 종말과 기독교적 세기의 도래에 대한 의식이 표명되어 있다."
한스 로베르트 야우스, 장영태 역, 『도전으로서의 문학사』, 문학과지성사, 1983, 21면.
41) 위의 책, 23면.
42) 야우스는 하버마스가 주장하는 미완의 기획이 실상은 완성된 기획이라고 비판한다.
한스 로베르트 야우스, 김경식 역, 『미적 현대와 그 이후』, 문학동네, 1999, 12면.
43) 하버마스, 윤평중 역, 「근대성－미완의 과제」, 『푸코와 하버마스를 넘어서』, 교보문고, 1990, 326면.

를 통해 미적 근대성을 정의하고 있다. 이는 그가 '뱅가드(vanguard)'와 '아방가르드(avant-garde)'라는 '은유'에서 미학적 근대성 특유의 태도를 읽어내고, 아울러 그것을 시간에 대한 변화된 의식이라고 명명하는 대목에서도 확인된다.[44] 그러나 미적 근대성을 과거에 대한 현재의 시간의식으로만 이해한다면 그것은 결국 '유행'이나 '새로움'이라는 가치와 구분될 수 없다. 하버마스는 '현재'에 집착하는 미적 근대성의 특성을 통해 그것이 "아직 규정되지 않은 미래에 대한 기대와 '새 것'에 대한 광적인 집착"으로 가득 찼으며, 그 결과 그것은 '현재의 찬미'로 귀결될 수밖에 없다고 주장한다. 뿐만 아니라 그는 이 현재의 찬미에 벤야민의 '현재(Jetztzeit)'까지도 포함시킨다. "잠정적이고 포착하기 어려우며 덧없는 것을 강조하면서 활동성을 찬미하는 태도는 실상 순결하고 안정된 현재에 대한 원망(願望)과 연계된다."

　하버마스가 '계몽'으로서의 근대를 옹호한다면, 푸코는 그것을 폐기한다. 푸코는 포괄적인 총체화를 지향하는 사유를 전면적으로 거부하는 대신 사회를 서로 연결되지 않는 파편화된 담론들의 장과 관련하여 미시적으로 이론화한다. 지속성·발생·총체성·주체와 같은 개념에 기

---

44) 칼리니스쿠에 의하면 아방가르드라는 개념은 보다 광범위한 모더니티 의식, 즉 예리한 호전적 감각, 비타협주의의 찬미, 용감한 선구적 탐험, 그리고 그 일반적 차원에서는 영원하고 불변하며 선험적으로 결정된 것처럼 보이고자 하는 전통에 대한 시간 및 내재성의 궁극적 승리에 대한 확신 등에 빚지고 있다. 이는 미래성을 향한 투쟁에서 자기의식적이고 영웅적인 아방가르드의 신화를 가능케 했던 것이 모더니티 자신의 시간과의 제휴, 그리고 진보 개념에 대한 의존 과정에서 비롯된 것임을 의미한다. 1870년대 프랑스에서 아방가르드라는 용어는 아직도 그것의 정치적 의미를 보존하고 있었지만, 사회 형태에 대한 급진적인 비판 정신을 예술 형태의 영역으로 이전시키는 조그마한 선진적인 작가들과 예술가들의 집단을 지시하게 되었다. 그러나 1920년대에 이르면 아방가르드는, 하나의 예술적 개념으로서, 이것이나 저것이 아니라 그 미학적 강령들이 대체로 과거의 거부와 새로움의 숭배에 의해 규정되는 모든 새로운 유파를 지칭하게 될 만큼 포괄적으로 사용되었다. 아방가르드에 대한 하버마스의 이해는 20세기 초반 전통을 거부하고 새로움을 숭배한 일련의 예술적 유파를 가리키는 용법과 관련된다. M. 칼리니스쿠, 이영욱 외역, 『모더니티의 다섯 얼굴』, 시각과언어, 1993, 125~151면 참조.

반하는 체계를 지향하는 이론들은 지식의 장 내에서 작동하는 다중적인 담론들을 밝혀낼 수 없다. 하버마스와 달리 푸코는 '단일한 형태의 합리성'이라는 관념마저 부정한다. 미적 근대성에 대한 푸코의 논의는 아래의 글을 통해서 압축적으로 확인된다.

> 근대성은 흔히 전통과의 결별, 새로움의 감정, 현기증 나는 변화 같은 시간이 단절에 대한 의식이라는 관점에서 파악된다. 보들레르가 근대성을 '순간적이고, 유동하며, 우연적인' 것이라고 정의했을 때가 그 예이다. 그러나 끊임없이 계속되는 이 운동에 대한 단순한 인지와 수용이 '근대적임'을 보장하는 것은 아니라고 보들레르는 믿었다. 반대로 그 운동에 관해 일정한 태도를 취하는 것, 다시 말하면 지금 이 순간을 넘어서거나 다음에 있는 것이 아니라 지금 이 순간 안에 내재하는 영원한 그 무엇을 포착하려는 의도적이고 힘겨운 노력이 '근대적임'을 표상한다. 근대성은 시간의 흐름을 문제삼는 유행과는 다르며, 현재의 '영웅적'인 측면을 포착하게 만드는 태도가 바로 근대성인 것이다. 흘러가는 순간에 대한 감성이 아니라, 현재를 '영웅화'하려는 의지가 바로 근대성이다.[45]

푸코는 '계몽'을 새롭게 정의한다. 하버마스가 계몽을 "일상적인 사회적 삶의 합리적 조직화"라는 맥락에서 이해하는 반면, 푸코는 계몽이 "특정한 시기도 아니고, 징조를 전달하는 사건도 아니며, 새로운 성취의 새벽"도 아니라도 단정한다. 여기에서 푸코는 계몽에 대한 칸트의 용법을 예로 들고 있는데, 칸트는 '계몽'을 역사의 총체성이나 미래에 의거해서 현재를 이해하는 태도와는 별개로 사용했다. 푸코가 이 글에서 보들레르에 주목하는 이유도 여기에 있다. 푸코에게 보들레르와 니체는 근대성의 전형적인 예이다. 그들은 동일하게 소우주와 단편적인 것에 주목한다. 역사적 기억보다는 현재, 하나의 근대성보다는 다수의 근대성에 대한 보들레르의 찬사는 전통을 거부하는 것으로, 그리고 어떠한

---

45) 위의 책, 352면.

의미의 역사적 지속성도 거부하는 것으로 이어진다. 푸코는 (미적) 근대성을 '새로운' 시대 구분이나 계몽주의의 연장선이 아니라 미래의 목표, 즉 텔로스(telos)를 결여하고 있는 현재, 그리고 새로운 사회로의 전이가능성을 지칭하는 칸트적 용어로 정의한다. 이는 근대성을 '총체성'과 같은 개념 속에 내장되어 있는 초월적인 원리에 의지하지 않고 현재를 이해하는 방식이다. 푸코는 「계몽이란 무엇인가」에서 근대성을 "지금의 현실에 관계되는 양식이며 (일정한 사람들의) 자발적 선택이자 생각하고 느끼는 방식을 의미한다. 또한 그것은 스스로를 한 과업으로서 표상하고, 귀속감을 표시하는 행위와 행동의 양식"으로 정의한다. 이러한 관점은 보들레르가 현존하는 현재를 영웅화하고자 하는 의지, 즉 그것의 숭고한 가치를 파악하고, 그것을 현 존재 이상으로 상상하고자 하는 의지와 동일한 맥락에 놓여 있다.46) '현재의 영웅화'라는 개념에서 확인되듯이 근대성은 정적인 실체가 아니라 끊임없이 자신을 재정의하고 갱신하려는 의지이자 그것의 산물이다. 그것은 끊임없이 변화하는 것의 일부이지만, 한 때의 순간이 아니라 보들레르의 '댄디'처럼 개인들이 '현재의 새로움'과 관계 맺는 방식을 통해 존재하는 '현재의 순간'이기도 하다.47)

근대성의 미적 반영인 모더니즘은 흔히 전통과의 결별, 새로움의 감정 그리고 현기증 나는 변화처럼 단절에 대한 시간 의식으로 표상된다. 옥타비오 파스가 근대성을 '단절의 전통'으로 명명할 때, 그 역시 미적 모더니즘을 '단절'이라는 시간태를 매개로 인식하고 있는 셈이다. 그러

---

46) 앨런 스윈지우드, 박형신·김민규 역, 앞의 책, 235면.

47) "19세기 의복이 몹시 추하다고 믿은 나머지 고대 복식만을 묘사했던 그 시대의 화가들을 보들레르는 조롱했다. 그는 화폭에 검은 정장을 도입하는 것이 회화의 근대성은 아니라고 생각했던 것이다. 오히려 어두운 프록 코트가 '우리 시대에 필요한 복장'임을 보여줄 수 있는 사람이 근대 화가이다. 근대 화가는 당시의 유행에 따라 우리 시대가 침잠해 있는 본질적이고 영구적이며 망상적인, 죽음과의 관계를 환히 드러낼 줄 아는 사람이다." 미셸 푸코, 윤평중 역, 「계몽이란 무엇인가」, 『푸코와 하버마스를 넘어서』, 교보문고, 1990, 352~353면.

나 미적 근대성은 끊임없이 반복되는 이 운동에 대한 인식과는 다른 것이다. 다시 말하면, 자신이 속한 세계에 대한 인식론적 접근 자체가 미적 근대성을 보증하지는 않는다. 미적 근대성이란 그 운동에 대해 일정한 '태도'를 취하는 것, 다시 말해 "이 순간을 넘어서거나 다음에 있는 것이 아니라 지금 이 순간 안에 내재하는 영원한 그 무엇을 포착하려는 의도적이고 힘겨운 노력"이다. 푸코는 이러한 미적 근대성을 다음과 같이 설명한다. "근대성은 시간의 흐름을 문제 삼는 유행과는 다르며, 현재의 '영웅적'인 측면을 포착하게 만드는 태도가 바로 근대성인 것이다. 흘러가는 순간에 대한 감성이 아니라, 현재를 '영웅화'하려는 의지가 바로 근대성이다."[48] 근대성은 끝없는 변화의 부분이지만 한때의 순간이 아니라 보들레르의 '댄디'처럼 개인들이 '현재의 새로움'과 관계 맺는 방식을 통해 존재하는 현재의 순간이다.

보들레르는 '댄디'에게 "역사적인 것 안에서 유행이 포함할 수 있는 시적인 것을 유행으로부터 끌어내는 것, 일시적인 것으로부터 영원한 것을 끌어내는" 임무를 부여했다. 댄디는 "부유하고 한가로우며 또 모든 일에 무관심하기까지 하여 행복을 추구하는 것 말고는 다른 관심이 없는 사람"이고, "부유하게 자라나서 젊은 시절부터 다른 사람들의 복종에 익숙한 사람"이며, "우아함 외에는 다른 직업이 없는 사람"이다. 이런 점에서 댄디즘이란 모호한 "어떤 제도"이기도 하다. 유독 그만이 "자신의 인격에서 미를 추구하고 자신들의 정열을 만족시키고, 느끼고, 사고하는 일" 외에 부차적인 직업을 갖지 않는다.

> 내가 댄디즘을 이야기하면서 사랑에 대해 말하는 이유는 사랑이 한가로운 사람들의 자연스러운 관심사이기 때문이다. 하지만 댄디는 사랑을 특별한 목적으로 생각하지 않는다. 내가 돈에 대해서 이야기한 이유는, 돈이라는 것이 자신들의 정열을 예찬하는 사람들에게 필수 불가결하기 때문이다. 하지만 댄

---

48) 위의 글, 352면.

디는 돈을 근본적으로 중요한 것으로서 열망하지 않는다. 댄디에게 돈은 무한히 빌려쓸 수 있으면 충분하고 이 천박한 돈에 대한 열정은 천박한 사람들에게 넘겨준다. 댄디즘은 많은 생각 없는 사람들이 믿으려고 하는 것처럼 화장과 물질적인 우아함에 대한 무절제한 취미도 아니다. 완벽한 댄디에게 있어서 이런 것들은 그의 정신의 귀족적 우월함의 상징에 불과하다. 그래서 무엇보다도 품위에 사로잡힌 그의 눈에 완벽한 화장은 절대적인 단순함에 있고, 그것이 사실 스스로 두드러져 보이는 가장 좋은 방법이다.[49]

댄디는 남을 놀라게 하는 데서 기쁨을 느끼지만 그 스스로는 결코 놀라지 않는 오만한 존재이다. 댄디의 아름다움의 특성은 무엇보다도 감동을 받지 않으려는 확고한 결심에서 나오는 차가운 태도에 있다. '댄디'라는 주체를 통해 드러나는 보들레르의 미적 근대성은 이처럼 냉혹하고 비극적이다. 댄디즘의 이러한 특성은 보들레르가 근대성을 근대 도시적 삶의 파편화된 성격의 소외된 경험으로 묘사하는 데서도 확인된다. 보들레르에게 미적 근대성은 비극적 경험, 특히 소외의 경험으로 나타난다. 이 '댄디'라는 정신적 귀족주의자가 바로 벤야민이 주목한 '산책자'이다.[50] 흥분과 격정을 통해 금욕주의(ascetism)를 표현하는 댄디는 스스로를 발명하고자 하는, 즉 새롭고 독특한 자아를 생산하고자 노력하는 근대적 주체이다.

보들레르의 미적 근대성은 하버마스를 거치면서 '동시대성'이나 '미적 자율성'의 범주로 격하된다. 보들레르는 '근대성'의 '미'를 '영원성'과 '일시성'의 이중적 구조로 파악했으며, '근대성'을 동시대 예술의 특징이나 유행과 동일하게 간주하려는 태도에 대해 비판적인 태도를 취했다. 이것은 '근대성'이 연대기나 그것에 근거한 시대적 특징이 아니라 '경험적 조건'[51]이나 '현실에 대한 태도'[52]에 가깝다는 것을 의미한다.

---

49) 보들레르, 박기현 역, 앞의 글, 52면.
50) 발터 벤야민, 조형준 역, 「아케이드 프로젝트」, 『세계의문학』, 민음사, 2002년 봄, 137면.

보들레르는 '근대성'이라는 테제를 통해 현재를 과거에 대립시킨 것도
아니고, 또 현대인들의 우위를 인정한 것도 아니었다. 보들레르에게 미
는 하나의 양상이나 특징이 아니라 그 자체로 도덕적이다. 「현대적 삶
의 화가―모더니티, 댄디, 예술가」에서 보들레르가 주목한 것은 화가의
현대적 성격이나 예술의 현대적 특성이 아니었다. 그는 지속적으로 현
대적인 '삶'을 문제 삼았다.[53] 그러므로 '단절'이나 '새로움'과 같은 근
대 미학의 특정한 가치들을 미적 근대성과 동일한 것으로 간주해서는
안 된다. 그것들은 보들레르가 말한 미적 근대성과는 사실상 무관하다.
하버마스가 근대성과 관련하여 "오늘날은 더 이상 반향을 일으키지 못
한다"라고 지적했을 때, 그는 근대성을 초현실주의와 아방가르드라는
특수한 예술적 경향과 동일시했다. 하버마스는 미적 근대성을 예술의
영역에서 추구된 '동시대성'이라는 문제로 좁혀서 생각했다. 그러나 보
들레르가 「1846년 미술 살롱평」에서 '근대적'이라는 단어로 '회화'를 특
징지었을 때, 이 단어는 동시대적이라는 것과 낭만적이라는 이중적 가
치로 쓰였다. 그 당시에는 동시대적이라는 것이 낭만적이라는 것을 의
미했기 때문이었다.

'단절'은 '새로움'과 더불어 미적 근대성을 이야기할 때 가장 먼저 구
분해야 할 개념이다. 미적 근대성의 많은 논자들은 새로움과 현대성을
동일한 것으로 간주한다. 그 이유는 그것들이 외형상 가장 유사해 보이
기 때문이다. 그러나 새로움이란 또 다른 새로움이 등장하면 더 이상
새로울 수 없다는 측면에서 현대성과 구분된다. 보들레르의 현대성은
새로움이 나타나도 항상 '현재'로 남을 수 있는 현재이다. 이런 점에서
보들레르의 현대성은 현재의 미래라고 할 수 있다. 미적 근대성을 '단

---

51) 앙리 메쇼닉, 김다은 역, 앞의 책, 171면.

52) 윤영애, 『파리의 시인 보들레르』, 문학과지성사, 1998, 17면.

53) 보들레르는 예술에 대해 말하지 않는다. 그는 삶에 대해 얘기한다. "유행, 복장 (…
중략…) 아름다움의 역사성이 있다면, 이는 무엇보다도 삶의 역사성이 있기 때문이
다." 보들레르, 박기현 역, 앞의 글, 52면.

절'이나 '부정'으로 보려는 태도는 그것을 모더니즘, 특히 아방가르드나 초현실주의의 하위 범주나 미적 특성으로 관계된다. 근대성을 '부정'이나 '단절'의 의지로 파악하는 대표적 논자는 옥타비오 파스이다. 파스는 근대성을 '단절의 전통'으로 정의한다.

> 과거의 전통이 늘 동일함을 유지하는 것이었다면, 근대의 전통은 끊임없이 달라지는 것이다. 과거의 전통이 과거와 현재의 단절성을 표방했다면, 근대의 전통은 과거와 현재의 다름을 강조하며, 더 나아가 과거란 하나가 아니고 여러 개라는 점을 주장한다. 근대성의 전통은 이질성이며 과거의 다원성이고 근본적인 기이함이다. 근대적인 것이란 현재에 있어서 과거의 연속성이 아니며, 오늘은 어제의 소산이 아니다. 그것은 과거와의 단절이며 어제의 부정이다. 근대성이란 자기 충족적이다. 즉 매번 나타날 때마다 스스로의 전통을 수립한다.[54]

파스에 따르면, 우리가 속한 시대를 다른 시대, 다른 사회와 구별시켜 주는 특징은 시간의 흐름에 대한 이미지, 즉 역사에 대한 우리들의 의식이다. 그는 '근대성'이란 복수성을 인정하면서도, 우리 시대의 근대성을 다른 시대와는 구분되는 연대기적 특성으로 이해한다. 그러나 예술의 특징적인 면모를 '근대'라는 시기적 구분과 동일한 것으로 취급하는 순간 '근대성'은 시대 구분의 개념으로 전락하고 만다. 이러한 사실은 『흙의 자식들』에서 확인되는 바, 그는 미적 근대성의 '단절의 전통'을 독일과 영국의 낭만주의에서 프랑스의 상징주의를 거쳐, 20세기 초반의 범세계적인 '전위주의'로 이어지는 예술사의 맥락과 동일한 것으로 인식한다. 이러한 인식틀이 비단 파스만의 것이라고는 말할 수 없다. 이러한 경향은 베버나 야우스·하버마스의 영향을 받은 논자들에게서 공통적으로 목격되는 현상이다. 하버마스와 파스는 동일하게 미적 근대성을 예술의 자율성, 예술을 위한 예술의 성립 과정과 동일한 것으로

---

54) 옥타비오 파스, 김은중 역, 『흙의 자식들』, 솔, 1999, 16면.

간주한다.

근대성이 역사철학적 맥락에서 인식될 때 미적 근대성은 두 가지 방식으로 이해된다. 그 하나는 미적 근대성이 역사철학적인 '근대'의 가치들을 미학적으로 반영·구현한다고 인식하는 것이다. 미적 근대성을 모더니즘 일반과 동일한 것으로 이해하는 태도가 대표적인 경우이다. 다른 하나는 미적 근대성을 근대의 학문 분화 속에서 나타나는 미학의 자율성으로 이해하는 것이다. 이것은 오늘날 미적 근대성을 주장하는 대부분의 논자들이 공통적으로 펼치는 논리이이기도 한데, 이처럼 미적 근대성을 미적 자율성과 동일하게 간주하면, 미적 근대성의 기원은 독일 낭만주의나 계몽주의로 소급된다.

주지하듯이 계몽주의의 등장과 때를 같이하여 '노동'·'소외'·'자유' 등의 사회학적 개념들이 사회를 고찰하는 데 중요한 개념으로 등장했다. 이와 더불어 예술의 영역에서는 도구적 이성에 의해 더 이상 착취될 수 없는 '도덕성' 내지 '인간적 자유'의 회복을 최우선의 과제로 설정하려는 움직임55)이 나타났으며, 이러한 경향은 프랑스 혁명을 전후하여 절정에 달했다. 베버가 지적했듯이, 신학과 형이상학에 붙들려 있던 중세적 질서가 계몽주의 시기를 거치면서 급격하게 흔들기 시작했는데, 그 결과 계몽주의에 이르러 '예술'은 '과학'·'사회'와 더불어 자율적인 영역으로 인정되었다. 흔히 낭만주의를 가리켜 '심미적 혁명'이라고 명명하는 까닭도 여기에 있다. 문학(예술)의 자율성이라는 측면에서 본다면 근대는 예술적 가치가 종교적 가치로부터 분리되기 시작한 계몽주의와 일치한다. 계몽주의와 더불어 문학은 자치의 영역을 확보했으며, 시적인 것, 예술적인 것, 미적인 것은 다른 어떤 가치들에 얽매이지 않고 독자적인 가치로 인식되었다. 예술적 가치의 독립은 예술 자체를 목적으로 인식하게 되었는데, 이러한 '목적 없는 합목적성'은 예술 비평이

---

55) 최문규, 「문학과 사회의 차이성에 대한 모색」, 『문학이론과 현실인식』, 문학동네, 2000, 15면.

라는 새로운 영역을 탄생시켰다.

　　이상에서 미적 근대성의 개념을 두 가지 양태로 구분하여 살펴보았
다. 그것은 각각 도시체험으로서의 미적 근대성과 모더니티 비판으로서
의 미적 근대성으로 정리될 수 있다. 푸코에 의하면, 근대성은 '새로운'
시대를 과거와 구분 짓는 역사·철학적 개념도, 계몽주의의 연장선에
'미완의 기획'도 아니다. 그것은 미래의 목표, 즉 텔로스(telos)를 결여하
고 있는 현재, 그리고 새로운 사회로의 전이를 지칭하는 용어이다. 이는
근대성이 '총체성'과 같은 개념 속에 내장되어 있는 초월적인 원리에
의지하지 않고 '현재'를 이해하는 방식이라는 것을 의미한다. 이러한 맥
락에서 볼 때, 미적 근대성의 두 가지 양태, 즉 도시체험과 모더니티 비
판은 새로운 삶의 조건으로 등장한 '근대'에 대한 삶의 태도이자 미적
반응으로 정의할 수 있다. 그러나 그것은 구체적인 목표를 상정하지 않
는다는 점에서, 역사·철학적 진보와는 구분되는 '현재'에 대한 감각이
라고 할 수 있을 것이다.

제 2 장

도시체험과 이상 문학의 미적 근대성

1. 근대성의 '무대'로서의 도시와 '거리'의 모더니즘

1) '백화점'과 파노라마 시선

이상(李箱) 문학의 미적 근대성은 1930년대 '경성'체험과 직접적으로 관련된다. 이는 미적 근대성이 대도시에서 발생하는 새로운 미적 체험의 문제라는 사실을 통해서도 확인된다. 한국 모더니즘 문학에서 1930년대의 '경성'은 특별한 의미를 갖는다. 그것은 근대성의 물적 기반인 '문명'체험과 새로운 '공간'의 탄생, 그리고 기존 공간 체계의 해체와 재배치가 집중적으로 경험되었던 시기였다. 이러한 일련의 변화가 '일본'이라는 외부적 힘에 의해 주도되었고, 그것이 궁극적으로 식민지 수탈 정책의 일환이었다는 것은 주지의 사실이다. 그러나 이상 문학에서

도시는 제국주의적 수탈이라는 의미보다는 새로운 체험의 대상이자 문명의 공간으로 묘사된다. 도시와 문명, 그리고 그것들을 근간으로 하는 자본주의의 문제는 식민지 시대의 문학을 연구함에 있어 필수적인 요소이다. 그것은 우리의 '근대'가 식민지 경험과 동일한 외연을 갖기 때문이다. 그럼에도 불구하고 '도시'체험은 제국주의적 근대 물신이나 상품—화폐의 자본주의로는 설명될 수 없는 새로운 '감각'의 문제를 야기한다. 모더니즘이란 도시 생활의 체험, 곧 근대적 생활 세계의 체험이기 때문이다. 미적 근대성의 관점에서 '도시'와 '국가'는 독특한 관계를 형성한다. 그것은 도시가 국가를 형성하는 일부분이 아니라, 국가와는 별개로 존재하기 때문이다. 모더니즘은 국가 차원의 문제가 아니라 '도시' 일반의 문제이며, 따라서 1930년대의 모더니즘을 '조선'이라는 영역으로 확장하면 모더니즘이란 한갓 시대착오적인 유행에 지나지 않을 것이다. '도시'는 '빛'의 공간이자, '문명'이 휘황찬란한 빛을 발산하는 근대성의 '무대'이다. 이는 이상의 미적 근대성이, 그 내부에 자본주의와 제국주의적 침탈에 대한 저항을 갖고 있었다고 가정할지라도, '도시'와 '상품'을 자본주의나 제국주의의 침탈이라는 맥락에서 받아들이지 않았음을 의미한다.

일본으로부터 유입된 도시화와 문명화가 1930년대 경성에서 살아가는 사람들에게 어떻게 체험되었으며, 그 체험이 감수성의 변화에 어떻게 작용했는가는 김화산의 「사월도상소견(四月途上所見)」에서 단적으로 확인된다.

A

길.
눈물에 저진 鋪石路—서울의 마음
바람도 업시 나붓기는 店頭의 旗·旗·旗

熱病에 걸닌 사람처럼 달음질 하는 車·車·車·車·車
煤煙—하얀 스카아트—
자욱한 戀愛의 粉末.
궁등이 큰 女子에게 썰녀 가는 쌧적 말은 紳士.
사람·사람·사람·사람……
오오 쌈냄새 품어오는 四月낫의 서울은
情慾에 몸달은 二十줄에든 사나희로다.

B

푸른 나무닙과 붉은꼿도 업시 차저온 봄!
머리 길고, 검은 넥타이 한 靑年아
一秒 三十億馬力으로 狂亂에 疾走하는 頭腦와
주머니 속에 一錢銅貨를 가진 悲哀와
주림과
女子에 對한 憎惡와
停車場的 雜多한 思想을 가진 群衆을 보는가?
오오 나는 길을 걸으며
空中에 浮動하는 群衆의 叱咤를 듯는다.

C

쇼윈도에 밤마다 푸른꿈을 맷는 샨데리아 Marubiru
Baron 孔雀—카페의 洪水.
오오 길에 허터진 시네마 廣告紙와 共産黨大檢擧를
報하는 新聞紙
四月·途上所見.
서울은 狂風을 애배인
××××××로다.

—1930.4.8¹⁾

이 시는 카프(KAPF)의 방향전환기에 목적의식론을 비판하고 아나키즘 문학론을 펼쳤던 김화산(金華山)이 1930년 『별건곤』에 발표한 시이다. 1930년 4월을 시간적 배경으로 삼고 있는 이 시에서 주목할 점은 식민지 아나키스트의 내면에 투영된 도시의 풍경이다. 화자는 도시의 포석로(鋪石路) 위를 질주하는 자동차의 대열과 점두(店頭)의 깃발들 사이를 배회하는 인파의 흐름을 각각 "車·車·車·車·車"와 "사람·사람·사람·사람……"이라고 표현하고 있다. 시인은 사월 한낮의 '서울'을 "情慾에 몸달은 二十줄에든 사나희"라는 다소 에로틱한 이미지로 묘사한다. 흥미로운 점은, 근대적인 의미에서의 "군중"을 "一秒 三十億馬力으로 狂亂에 疾走하는 頭腦"와 "悲哀", "주림", "憎惡"의 소유자로 묘사하는 장면이다. 주지하듯이, "군중"이라는 새로운 주체의 발견은 사르트르가 1850년대 세대라고 명명한 바 있는 초기 모더니스트들의 주된 관심의 하나였다. 보들레르의 시에서, 포우의 소설에서, 그리고 엥겔스의 저작들에서 "군중"은 산업화 시대에 새롭게 등장한 군상으로 형상화된다. 이 시에서 광란의 속도로 질주하는 두뇌란 체험의 파편성이 양산하는 정신적 자극을 의미하는데, 그것들은 "쇼윈도", "샨데리아 Marubiru", "Baron 孔雀", "카페", "시네마 廣告紙"와 같은 이국적이고 도시적인 문명이 생산하는 심리적 피로감의 산물이기도 하다. 아나키스트라는 독특한 입장 때문에 1930년 서울의 풍경이 암울하게 그려진 감이 없지는 않지만, 이 작품은 '도시'라는 근대성의 공간이 사회주의자나 아나키스트들에게도 예외 없이 거리의 모더니즘으로 체험되었음을 명확하게 보여준다.

이처럼 도시'체험'의 가장 중요한 측면은 '거리'체험이다. 근대 도시가 그곳을 통과하는 주체들에게 새로운 감각을 형성시킨다고 할 때, 그것은 단적으로 '거리'와 관계된다. '거리'는 새로운 감각 형성의 배경이다. 도시의 재건축이나 도시계획은 '대로'를 중심으로 하며, 이렇게 형

---

1) 김화산, 「사월도상소견(四月途上所見)」, 『별건곤』, 개벽사, 1930.6, 125~126면.

성된 '대로'는 그곳을 통행하는 사람들에게 새로운 감각을 부여한다. 벤야민의 19세기 파리 분석에서 나타나듯이, 도시의 질적인 변모는 '거리'의 변모에서 시작된다고 할 수 있다. 1930년대 '경성'은 이미 왕도로서의 성스러움이 무너진 세속도시에 지나지 않았다. 조선총독부는 1912년 11월 6일 총독부 고시 78호를 통해 경성지구 개수예정노선 31개를 발표했다. 조선총독부의 경성재개발 계획은 도시의 구조를 도로와 블록 중심으로 재편하는 것이었는데, 이는 오스망의 파리 재건축 계획을 그대로 답습한 것이었다. 일제는 이 계획안을 바탕으로 보행로와 차로를 구분하는 한편, 교통량이 집중되는 곳에 도로포장을 실시했다. 그것은 경성의 기존 도로망과는 무관한, 종로－황금정(을지로)－본정(충무로)을 연결하는 남북도로와 을지로 중심의 방사상 도로망 계획을 포함하고 있었다.[2] 1926년에는 서울의 도심을 재개발하는 사업이 본격화되었는데, 그 대표적인 것이 종로를 구획 정리하는 것이었다. 이렇게 확장된 종로의 거리에는 4~5층 정도의 서양식 건물들이 들어섰고, 그 아래층들에는 '쇼윈도우'가 설치되었다. 이러한 재개발에 힘입어 경성의 인구도 꾸준히 증가했는데, 특히 1930년대에 접어들어 경성의 인구는 폭발적으로 증가했다.[3] 그리고 마침내 1934년 7월 최초로 근대적 도시계획법인 '조선시가지계획령'이 제정되었다. 이러한 거리경험은 '군중'의 발견이나 산책자의 등장이라는 새로운 현상을 야기했다.

근대성의 무대인 '도시'와 '거리'는 그곳을 통행하는 사람들이 직접적으로 경험할 수 있는 근대성의 장치들을 갖는다. 수잔 벅 모스가 19세기 파리의 오스망 대로를 가리켜 "위스망은 새로운 판타스마고리아를 구성한다"[4]라고 했을 때, 그것은 이러한 대로가 공간에 대한 새로운

---

2) 염복규, 「식민지 근대의 공간형성」, 『문화과학』, 문화과학사, 2004년 가을, 201면.
3) 1929년 10월 31만 명에 불과하던 경성의 인구는 1936년에는 72만 명, 1940년에는 93만 명으로 증가했다. 정인하, 「이상의 초기시에 나타난 건축적 담론」, 『건축역사연구』 제8권 1호(한국건축역사학회 편), 1999, 75면.
4) 수잔 벅 모스, 정성철·백문임 역, 「대중문화의 꿈 세계」, 『모더니티와 시각의 헤게

지각은 물론 "지상천국을 위한 새로운 산업과 기술의 약속을 디스플레이하며 번쩍거리는 쇼케이스들"과 "상품 디스플레이 윈도우의 거리를 따라 이동하는 경험"을 가능하게 하는 물적 토대임을 주장한 것이었다. 오스망과 동일한 규모라고 말할 수는 없지만 1920~30년대에 행해진 서울의 도시계획, 특히 종로를 중심으로 하는 거리 구획은 사람들의 감각을 바꿔놓을 정도로 충격적이었다.[5] 특히 백화점과 다방·당구장·카페·극장 등 이른바 문명의 상징들이 그 거리를 빼곡하게 채우기 시작했을 때 그 충격의 규모는 엄청났다. 근대성의 무대라고 할 수 있는 도시, 그리고 도시체험의 핵심적 요소라고 할 수 있는 '백화점'의 체험은 특히 중요한 체험이었다.[6]

四角形의內部의四角形의內部의四角形의內部의四角形의內部의四角形.
四角이난圓運動의四角이난圓運動의四角이난圓.
비누가通過하는血管의비눗내를透視하는사람.
地球를模型으로만들어진地球儀를模型으로만들어진地球.
去勢된洋襪.(그女人의이름은워어즈였다)
貧血緬布, 당신의얼굴빛깔도참새다리같습네다.
平行四邊形對角線方向을推進하는莫大한重量.
마르세이유의봄을解纜한코티의香水의마지한東洋의가을.
快晴의空中에鵬遊하는Z伯號. 蛔虫良藥이라고씌어져있다.

모니』(마이클 레빈 편), 시각과언어, 2004, 523면.
5) 1929년 10월, 조선박람회를 앞두고 간행된 『별건곤』 경성특집호는 당시의 경성풍경과 도시생활을 뚜렷하게 보여준다.
6) 1930년대에 백화점이 대중들에게 어떤 의미였는지는 다음의 자료에서 확인된다. "다른 곳은 다—홍정이 업서도 가을이 되면 백화점이 더 번창이다. 사서들고 나아오는 것은 안사도 조흘 것 가튼 것을 보아서 아즉도 돈이 업단 타령하고는 딴판인지 모르나 백화점 승강긔 바람에 억개가 웃슥하니 백화점 출근을 하는 것인지 자식색기는 겨울이라도 뱃댁이를 내노코 다니게 하고 코하나 씩기지 안으면서 주렁주렁 사들고 다니는 것이 그 무엔고 승강긔에 밋첫거든 아조 천국으로 이사를 가든지 백화점 상층 식당에서야만 애인을 맛날테면 천국에서 사랑을 맺든지."(「승강기의 매력」, 『조선일보』, 1933.10.29)

屋上庭園. 猿猴를흉내내이고있는마드무아젤.

彎曲된直線을直線으로疾走하는落體公式.

時計文字盤에XII에내리워진一個의侵水된黃昏.

도아―의內部의도아―의內部의鳥籠의內部의카나리야의內部의嵌殺門戶의
內部의인사.

食堂의門깐에方今到達한雌雄과같은朋友가헤어진다.

검은잉크7)가엎질러진角雪糖이二輪車에積荷된다.

名啣을짓밟는軍用長靴. 街衢를疾驅하는造花金蓮.

위에서내려오고밑에서올라가고위에서내려오고밑에서올라간사람은밑에서올
라가지아니한위에서내려오지아니한밑에서올라가지아니한위에서내려오지아니
한사람.

저여자의下半은저남자의上半에恰似하다.(나는哀憐한邂逅에哀憐하는나)

四角이난케―스가걷기始作이다.(소름끼치는일이다)

라지에―타의近傍에서昇天하는굳빠이.

바깥은雨中. 發光魚類의群集移動.8)

1930년대는 백화점의 시대였다.9) ‘백화점’은 ‘박람회’와 더불어 디스

---

7) 문학사상사에서 간행된 『이상 전집』에서는 ‘黑インク’가 ‘파랑잉크’로 오역된 채 표
기되었다. 박현수, 「토포스의 힘과 창조성 고찰」, 『한국학보』 25권 1호, 일지사, 1999
년 봄, 31면.

8) 「AU MAGASIN DE NOUVEAUTES」, 『전집』 1, 167~168면. 본 논문의 작품 인용은
가급적 발표 당시의 원문을 따랐다. 그러나 일문으로 발표된 작품들과 원문 확인을 하
지 못한 작품들의 경우에는 문학사상사에서 출간된 『이상 문학 전집』을 인용했으며,
오·탈자 및 번역의 문제가 있는 경우에는 별도의 논의를 덧붙였다. 이후 전집을 인용
할 때에는 전집의 권수와 면수만을 밝히도록 한다.

9) “1920년대 후반부터 경성에는 히라다, 조오지야, 미나카이, 미쓰코시 등 일본인 백화
점이 잇달아 설립된다. 한국에서도 이식자본주의화가 진행되면서, 유통업 발전이 요구
되자 근대적 백화점이 진출하기 시작한 것이다. 1904년경부터 충무로에서 평전상점
(平田商店)을 경영하던 히라다는 1926년에 이를 주식회사(자본금 20만 원)로 변경하여
히라다백화점을 만들었고, 1904년 경성으로 들어왔던 조오지야는 1921년 주식회사(자
본금 100만 원)로 변경한 후 1929년 9월 14일 남대문로(지금의 미도파백화점 자리)에
본점을 증축하고 백화점을 개업하였다. 1905년에 대구, 1911년에 경성(충무로)으로 들
어왔던 삼중정오복점도 1934년 7층 건물의 대형백화점을 개장하였다. 일본 최대 백화
점이었던 미쓰코시도 1906년에 경성에 임시출장소를 설치한 후 1916년에는 르네상스

플레이의 판타스마고리아(Phantasmagoria)를 체험할 수 있는 최상의 공간이었으며, 온갖 스펙터클이 대중의 시선을 사로잡는 '꿈'의 공간이었다. 밤거리의 전등불을 배경으로 선 백화점은 휘황찬란한 조명과 상품으로 인해 도시 그 자체와 치환될 만큼 문명의 상징으로 기능했다. 백화점은 상품-물신의 공간이다. 그곳은 계급적 생산관계를 인식할 수 있는 공간이 아니라, 투명 유리의 저편에 진열된 상품이 모든 대중들을 소비자로 호출하는 판타스마고리아적인 공간이다. 물신은 신화적 판타스마고리아, 즉 포획된 형태의 역사로서의 상품의 주제어이다. 이상(李箱) 문학의 기하학적 상상력은 도시와 거리 그리고 백화점체험의 산물이라고 할 수 있다. 이상(李箱) 문학에서 '백화점'은 세 가지의 맥락에서 이해될 수 있다. 첫째, 상품-물신의 판타스마고리아와 파노라마적 시각체험의 공간. 둘째, '옥상정원'으로 표상되는 기하학적 추상의 발견. 셋째, 파노마라적 시각체험과 옥상정원의 경험을 통한 '관찰자'적 시선의 획득이다.

1932년 7월 『조선과 건축』에 발표된 인용시의 제목은 직역하면 '신기성의 백화점에서'이다. 이 시에서 "四角形의內部의四角形의內部의四角形의內部의四角形의內部의四角形"은 백화점의 내부 공간을 기하학적인 상상력을 통해 표현한 것이며,[10] "四角이난圓運動의四角이난圓運動의四角이난圓"은 사각형의 점포들 사이를 걸어 다니는 '산책자'의 눈에 지각된 백화점의 내부 풍경인데, 이는 파리의 봉 마르세 메가쟁이나 1935년에 증축된 일본의 미쓰코시 본점처럼 사각형의 내부홀을 지

닌 백화점의 내부를 아래에서 올려다보는 시선에서 비롯된다.[11] 이 작품에 등장하는 낯선 풍경들은 시적 주체가 백화점의 내부를 파노라마적인 방식으로 체험하는 시선의 방향이라고 할 수 있다. '빈혈면포'를 쓴 마네킹과 '코티의 향수'가 백화점 실내의 풍경이라면, 쾌청한 하늘을 날아가는 'Z백호'나 '회충양약' 간판, 그리고 '발광어류의 군집이동' 등은 창문을 통해 목격된 도시의 거리 풍경이다. 이 작품의 난해성은 이처럼 도시의 다양한 풍경, 특히 백화점의 내·외부 풍경을 특별한 구분 없이 이미지의 연쇄와 병치에 의해 나열함에서 기인한다. 이성욱은 4행의 "地球를模型으로만들어진地球儀를模型으만들어진地球"에서 '地球'와 '地球儀'가 각각 '근대사회'와 '백화점'을 상징한다고 주장하는데, 이는 비유적인 차원에서 무척 흥미로운 해석이다. '백화점'은 '도시'를 모형으로 만들어진 공간이지만, 백화점 공간이 확장되면서 자본은 사회 전체를 단일한 백화점으로 만들려는 욕망을 갖는다. 문맥상에서 이러한 비유의 정당성을 발견하기는 어렵지만, '지구(地球)'와 '지구의(地球儀)', '도시'와 '백화점'이 상호모방의 관계를 형성한다는 것은 도시문화에 대한 중요한 성찰이라고 할 수 있다.

인용시의 중반부에서 화자의 시선이 백화점의 내부에서 외부로 확대되고 있음을 알 수 있다. 이미 'Z백호'나 '회충양약' 간판 등이 백화점의 외부 공간에 대한 묘사라는 사실은 밝혔다. 그러나 거기에서 시선의 위치가 백화점의 바깥인지 아닌지는 알 수 없다. 그것은 '글라스'나 윈도우'를 통해서도 응시될 수 있기 때문이다. 특히 자동차의 행렬을 의

---

11) G. 기디온, 김경준 역, 『공간·시간·건축』, timespace, 2003, 216면의 〈도판 138〉과 하쓰다 토오루, 이태문 역, 『백화점─도시문화와 근대』, 논형, 2003, 246면의 〈도판 7-7〉을 참조. 중앙에 사각형의 홀이 있는 건물을 아래에서 위로 바라볼 때, 건물의 내부 구조는 사각형의 연속으로 인식된다. 그것은 마치 르 꼬르뷔지에의 「무제한으로 성장하는 박물관의 계획」을 위에서 내려다볼 때 사각형이 일종의 원운동으로 느껴지는 것과 같은 이치라고 할 수 있다. Stanislaus von Moos, 최창길·예명해 역, 『르 꼬르뷔제의 생애』, 기문당, 1999, 140면의 〈그림 87〉 참조.

미하는 '발광어류의 군집이동'은 화자의 위치가 이미 높은 곳에 도달했음을 암시한다. 이 시에서 화자의 위치가 마지막으로 도달하는 지점은 '옥상정원'이다.12) 그곳에는 원숭이 흉내를 내고 있는 '마드모아젤'이 '도어의 내부'에서 '카나리아'처럼 '인사'하는 '식당'공간이 있다. 그리고 거기에서는 방금 도착한 '자웅'과 같은 '붕우'가 헤어지고 있다. 여기에서 화자의 위치는 아직 옥상정원이 아니다. 그는 "위에서내려오고 밑에서올라가고"에서 알 수 있듯이 지금 '밑'에서 '위'를 향하고 있다. 그 이동의 방법이 바로 '사각이난케이스', 즉 엘리베이터이다.

    비오는 百貨店에 寂! 사람이 없고 百貨가 내 그림자나 조용히 보존하고 있는 거리에 女人은 희붉은 종아리를 걷어추켜 연분홍 스커트 밑에 야트막히 묵직히 흔들리는 曲線! 라디오는 점원 대표 서럽게 哀愁를 높이 노래하는 가을 스미는 거리에 세상 것 다 버려도 좋으니 단 하나 가지가지 과일보다 훨씬 맛남직한 桃色 종아리 고것만은 참 내놓기가 아깝구나.

    윈도우 안의 石膏―武士는 수염이 없고 비너스는 분 안 바른 살갗이 찾을 길 없고 그리고 그 장황한 자세에 단념이 없는 윈도우 안의 石膏다.

    소오다의 맛는 가을이 섞여서 靜脈注射처럼 차고 유니폼 소녀들 허리에 번쩍번쩍하는 깨끗한 밴드, 물방울 낙수지는 유니폼에 벌거벗은 팔목 피부는 포장지보다 정한 포장지이고 그리고 유니폼은 피부보다 정한 피부다. 百貨店 새 물건 포장―밴드를 끄나불처럼 꾀어들고 바쁘게 걸어오는 상자 속에는 물건보다도 훨씬 훨씬 호기심이 더 들었으리라.13)

---

12) 경성부 본정(本町) 1정목(丁目) 52번지의 2에 위치한 미쓰코시 백화점은 총연평 2252평 건평 435평에 근대부흥식(르네상스식)으로 건설되었다. 1929년 3월 17일에 토목공사에 착수하여 1930년 10월 21일에 준공되었는데, 출장 연인원이 75,496명에 달하는 대규모 공사였다. 지하층에서 지상 6층에 이르렀다고 소개되어 있으나, 5층은 옥상정원, 이나리신사, 미쓰코시 갤러리, 사진실, 대합실, 다실, 온실 및 원예용구 매장, 화장실, 옥상 소다 파운틴과 엘리베이터실, 음료수 매장, 계단실, 사진부, 사무실 등으로 사용되었고, 6층은 전망대, 탱크실, 엘리베이터실 등으로 사용되었다. 이경훈 역, 「미쓰코시 경성 지점 신축 공사 개요」, 『이상 리뷰』 3호, 역락, 2004, 158~165면 참조.

13) 「산책(散策)의 가을」, 『전집』 3, 29면. 1977년 8월 『문학사상』에 발굴·소개되었으나 정확한 발표지면과 시기는 알려지지 않았다.

여기에서 백화점 공간은 에로틱한 상상을 환기하는 공간으로 등장한다. 도시의 '산책'이 백화점을 정점으로 하고 있다는 사실에서 우리는 30년대 문학과 '백화점'의 관련성을 추측할 수 있다. '백화점'에서 시작된 화자의 '산책'은 '과일 가게'와 '인쇄소', '청계천', '로울러 스케이트장'으로 이어지고 있는데, 이는 그의 산책이 문명의 빛이라고 할 수 있는 도심을 가로지르고 있다는 것을 말해준다. 인용글에서 화자는 비 오는 날 백화점 내부에 위치하고 있다. 적막으로 둘러싸인 백화점의 내부에서 그는 "걷어추켜 연분홍 스커트 밑에 야트막히 묵직히 흔들리는 곡선(曲線)"인 '여인(女人)의 희붉은 종아리'를 응시한다. 그러나 곧이어 그의 시선은 '윈도우' 안의 '석고—무사'에게로 향하고, 다시 그것은 '정맥주사'처럼 번쩍이는 '밴드'와 유니폼들의 '팔목 피부'에게로 이어진다. 이러한 시선의 움직임은 백화점의 내부 풍경을 이미지의 병치로 표현한 "AU MAGASIN DE NOUVEAUTES"와 매우 유사하다. 이러한 시선의 흔적을 '파노라마적 시각(panorama)'이라고 할 수 있다.[14]

주지하듯이 20세기 초반은 파노라마적 시각이 원근법적 시각을 대체하던 시기였다. 파노라마적 시각은 관찰의 대상을 스펙터클로서의 풍경으로 체험하게 만든다. 이는 일차적으로 시선의 대상, 즉 관찰의 주체가

---

14) 존 버거는 열차 여행에서 경험하는 파노라마적 시선을 다음과 같이 표현한다. "달리는 열차의 차창으로 밖의 경치를 감상하고 있을 때, 인간의 눈은 이동하는 열차라는 장치 너머로 대상을 보는 것이고 인간이 육안으로 보는 것이 아니다. 그 장치와 인간의 시각이 함께 만들어 내는 움직임이 눈에 작용하여 새로운 시각을 만들어내는 것이다. 이 열차 속에서의 인간의 눈은 지각된 풍경과 이미 다른 공간에 속하게 되며 유리와 강철로 차단되어 있다. 그리고 이 눈은 이 장치에 의하여 자신이 그 일부이어야 할 현실까지도 연극처럼 관망하는 듯한 감각을 가지며, 세계에서 격리된 것으로서의 세계를 보는 역설적인 지각이 생겨난다. 철도 여행 이전의 여행의 본질을 이루고 있었던 신체로 직접 움직이는 감각은 없어지고, 향기나 소리 또는 공감대도 물론 상실되었으며, 일찍이 보는 사람과 풍경을 연결짓고 있었던 전경이 열차 안에서는 사라져 버렸다. 예전에 보는 사람이 일체화된다고 느꼈던 전경이 사라지고 마치 액자 속의 그림을 보는 것처럼 차창 밖을 바라보게 된 것이다. 유리 칸막이가 보는 사람과 풍경 사이에 가로놓여 그 칸막이 너머로 사람들은 풍경이나 자연을 지각하게 되었다." 존 버거, 편집부 역, 『이미지』, 동문선, 1990, 278~279면.

지각되는 대상과 동일한 공간에 속하지 않는다는 것을 의미한다. 근대적인 시각체제가 원근법에서 파노라마로 바뀌는 데에는 '교통'과 '통신'의 혁명적인 발전이 절대적인 영향을 끼쳤다. 근대성의 경험의 한 층위를 이루는 이러한 문명체험은 '시·공간의 압축'이라는 새로운 감각을 발생시켰고, 그것은 철도나 교통수단의 체험을 통해 파노라마적 시각으로 이어졌다. 파노라마적 시각의 핵심 요소는 '속도(speed)'이다.15) 속도에 대한 의식은 도시적 삶을 급변하는 변화의 관점에서 바라보도록 강제한다. '속도'는 근대의 대표적인 척도라고 할 수 있는데, 이상(李箱) 문학의 키워드인 '권태' 역시 이러한 '속도'를 척도로 할 때에만 발생할 수 있는 감각이다. 주지하듯이, 근대적·도시적 삶의 바깥에서 속도는 속도로서 인식되지 않는다. 그곳에서 느림과 빠름은 상대적인 의미만을 갖기 때문이다. 권태란 단조로움, 변화가 없는 상황을 '시간'이라는 척도를 통해 바라볼 때 발생하는 일종의 '시간체험'이다. 이상(李箱) 문학에서 '성천'체험이 갖는 중요성도 여기에서 찾을 수 있다. 이상에 따르면 '경성'은 '변화'와 '흥분'의 공간이다. 반면 '성천'은 「공포」에서 나타나듯이 변화의 속도가 한없이 느리게 발생하는, 그래서 거의 변화가 없는 공간으로 인식된다. 성천이 '공포'의 공간으로 각인되는 것은 그것이 정확하게 경성의 대척점을 형성하고 있기 때문이다.

철도는 전통적인 시·공간을 절멸시킴으로써 차창 밖의 풍경을 스펙터클로 환원한다. 기차 여행자는 자신의 육체를 움직이면서 풍경을 둘러보는 것이 아니라, 차창을 통해 지나가는 순간의 스펙터클만을 바라

---

15) 슈벨부쉬(Wolfgang, Schivelbusch)는 파노라마적 지각과 속도와 관계를 다음과 같이 설명한다. "속도는 전경을 사라지게 하고, 주체를 직접적으로 그를 둘러싸고 있는 공간으로부터 분리시킨다. 이런 방식으로 보여지는 풍경은 더 이상 집중적으로, 아우라적으로 경험되지 않고, 열차여행에 대한 비판자인 러스킨이 지적한 것처럼, 사라지는 것으로, 인상주의적으로, 곧 파노라마적으로 경험된다. 더 정확히 말하면, 지각이 파노라마적으로 되는데, 이 지각에서는 휘발되어 사라진다는 이유 때문에 대상들이 매력적으로 드러난다." 곽영윤, 「대도시 공간과 새로운 미적 체험」, 홍익대 석사논문, 2004, 34면에서 재인용.

볼 뿐이다. 이러한 철도체험은 시각 인상의 증폭을 야기했는데, 그것은 대도시에서 발생하는 지각의 상황과 매사 흡사한 것이었다. 파노라마적 시각과 원근법적 시각의 결정적인 차이는 전자가 전체의 조망을 가능케 하는 종합적 능력으로 생각될 때조차, 그것은 스쳐지나가고 사라지는 풍경들의 연속으로서 고정되지 않는다는 점이다.16) 무한한 파노라마라고 명명할 수 있는 이러한 상황에서, 고정된 시점에서 전체를 포착하는 원근법적 주체의 시각은 불가능하다. 오히려 그것은 기계에 종속된 체험이라는 점에서 기계적 시각에 가깝다. 이처럼 기차가 제공하는 파노라마적 시각체험은 풍경을 빠르게 사라지는 스펙터클과 이미지로 대체함으로써 대상 세계와 현실의 객관성을 모호하게 만든다. "파노라마적 시각에서 제공되는 장면은 깊이의 차원을 상실하였고, 속도는 모든 전경에 있는 대상들을 흐릿하게 함으로써 여행객을 풍경에 신체적으로 관계시켜 주던 전경의 소멸을 가져온다."17) 전경이 소멸된 모호한 시각체험은 주체가 대상의 '표면'만을 볼 수 있게 만들며, 이러한 모호함은 백화점 공간에서 특정한 '진열'의 형식과 그것을 돋보이게 만드는 '조명'에 의해 한층 강화된다. 백화점체험을 판타스마고리적인 체험으로 규정할 수 있는 근거도 여기에 있다.

철도체험을 바탕으로 형성되는 파노라마적 시각은 도시적 삶에서도 그대로 반복된다. 근대 문명의 무대로서의 대도시는 '감각의 과부하'를 특징으로 한다. 특히, 그것은 시각의 과부하를 초래했는데, 앞서 지적했던 '대로(大路)'체험과 도시계획, 낮과 밤의 경계를 허물어 놓은 강렬한 조명, 대로를 활보하는 익명의 군중, 새로운 문명과 그 흔적으로서의 간판 등은 이러한 시각의 과부하에 결정적인 역할을 담당했다. 대로(大路)가 도시인들의 삶에 미치는 영향은 1853~69년에 걸쳐 제2제정 하의 파리에서 진행된 오스망(Haussmann)의 도시계획에서 확인할 수 있다. 그는

---

16) 주은우, 『시각과 현대성』, 한나래, 2003, 381면.
17) 위의 책, 381면.

파리의 장대한 전통에 훌륭한 구조를 제공함으로써, 나폴레옹 3세가 집권한 19세기의 파리를 산업시대에 적응하는 최초의 대도시로 만드려고 했다. 그는 1853~69년 사이에 52억 프랑(실제 사용액은 8억 프랑)을 도시계획에 할애했는데, 이는 루이 필립 시기에 사용된 전체 비용의 40배에 달하는 거액이었다. 이 비용의 대부분은 밀집된 주거지를 통과하는 새로운 도로(大路) 건설에 집중적으로 투자되었다. 오스망의 계획은 당시 유럽을 휩쓸고 있던 폭동(시가전)에 대한 두려움에서 시작되었지만, 그것은 결국 파리 시민들의 감각 체계 전체를 뒤바꿔놓는 결과를 야기했다. 기디온(S. Giedion)에 따르면, 오스망의 대로(大路) 계획은 다음과 같은 목적에 의해 이루어졌다. 첫째, 거대한 건축물과 궁전·병영 등이 눈을 더욱 즐겁게 해주고, 행사 때 접근이 더욱 쉽고, 폭동 때는 쉽게 방어를 할 수 있도록 장애물을 제거하는 것. 둘째, 전염병에 감염된 골목길과 전염병의 발원지를 체계적으로 파괴하여 파리를 건강한 도시로 개선하는 것. 셋째, 공기와 빛, 그리고 군대의 순환을 가능하게 해 줄 거대한 대로를 만들어 공공의 평화를 보장하는 것. 넷째, 관통도로를 건축하여 철도역과의 연계를 쉽게 함으로써 여행자들로 하여금 상업 중심지와 위락 중심지를 직선으로 갈 수 있게 하여 지체와 혼잡, 사고 등을 막아줄 수 있을 것.[18] 첫 번째와 세 번째가 폭동 방어라는 군사적 발상과 관계된다면, 두 번째는 위생—범죄와 관련 관련되는 규율권력과 관계된다. 한편 네 번째는 도시체험이나 상품—물신의 자본주의적 욕망과 관계되는데, 미적 근대성의 맥락에서 대로(大路)나 거리체험이 중요한 까닭은 특히 네 번째에 해당된다. 나폴레옹 3세나 오스망의 의도가 파리의 도시계획에서 그대로 관철된 것은 아니었지만, 17년에 걸친 재건축 결과 파리의 인구는 폭발적으로 증가했다.

이처럼 19세기의 파리를 새로운 시각체험의 공간으로 만든 데에는

---

18) G. 기디온, 김경준 역, 앞의 책, 684~687면. 오스망의 대로(大路) 건설 계획은 이 책에 실린 〈도판 472 리샤르—르노와르 대로〉와 〈도판 473 오페라 거리〉를 참조할 것.

오스망의 대로(大路)건설과 도시계획이 결정적인 역할을 했다. 19세기의 파리는 파사주와 오스망 대로(大路)에 설치된 '가스등' 때문에 빛의 도시를 형성했다. 그리고 파리가 빛의 도시로 탈바꿈하는 데 있어서 결정적인 역할을 한 것은 오스망 대로의 양쪽으로 즐비하게 늘어선 상점의 쇼윈도와 '거울'을 이용한 디스플레이였다. 19세기 파리의 거리에서 유리와 거울, 대리석은 상점의 품격을 높이고 그 자체를 판타스마고리아적인 대상으로 만드는 데 결정적이었다. 이상(李箱)의 문학에 등장하는 '거울'의 모티프 역시 경성의 도시체험과 쇼윈도에서 기인했다고 할 수 있다. 발터 벤야민은 보들레르에 대한 분석에서 '파사주(아케이드)'가 파노라마적 시각과 산책자의 탄생에 결정적인 영향을 끼쳤다고 보았다. 아케이드의 특징은 실내·외가 구분되지 않는다는 점이다. 그것은 도시의 한 가운데 위치한 도로이지만, 산책자나 통행인들에게 그곳은 외부로 지각되지 않는다. 그리고 거리를 천천히 걸어가는 통행인들은 쇼윈도 사이를 마치 열차의 창밖으로 사라지는 풍경처럼 대면한다. 철도체험과 마찬가지로 이러한 산책자의 시선은 원근법적인 주체의 시각과는 무관한 것이다. 그는 끊임없이 이어지는 스펙터클 사이를 유동한다는 점에서 고정된 하나의 눈으로 응시하는 원근법적 시각과 구분된다. 하나의 눈에 의한 응시의 원근법은 데카르트적인 주관적 합리성과 동일시되는데, 그것은 자신의 전면에 펼쳐진 광경을 조그마한 틈새를 통해 관찰하는 단일한 눈이라는 방식으로 인식된다. 더욱이 이 눈은 정적인 것으로, 깜빡거리지도 않으며, 고정된 것으로, 활동적이거나 한 점으로부터 또 다른 점으로 이동하는 눈과는 다른 것이다. "유동화된 응시가 산책자의 시선이며, 세계의 중심에 위치하는 것이 아니라 주의가 흩어지는 현기증 나는 상황 속에 도시의 공간을 어슬렁거리는 산책자는 현대성의 경험이 전면화된 새로운 상황에 처한 주체를 정의하는 패러다임으로 간주될 수 있다."19)

2) ‘산책자’와 이동하는 시선

19세기 중반 오스망이 파리를 새로운 도시로 개조할 때, 그와 동시에 상품의 판매 방식에도 일대 혁명적인 사건이 발생했다. 1852년 파리 최초의 백화점인 봉 마르쉐(Bon Marché)의 개점이 그것이다. 도시와 상품 판매의 변화가 보여주는 동시성은 근대적인 삶이 교통체계나 새로운 공간의 탄생과 얼마나 밀접한 연관을 갖는지를 보여주는 예이다. 도시 공간의 변화나 새로운 도로의 건설은 도시의 외양만이 아니라 그 속에서 살아가는 사람들의 삶의 조건 전체를 뒤바꿔놓는다. 1930년대 경성은 모던한 존재들의 ‘산책’공간이었다.[20] 이상(李箱) 문학에서 ‘산책’체험은 두 가지로 구분될 수 있다. 그 하나는 ‘쇼윈도’나 ‘백화점’과 관계되고, 다른 하나는 ‘경성’이나 ‘거리’와 관계된다. 전자는 파노라마적 시각의 등장과 관계되는데, 특히 ‘쇼윈도’체험은 이상 시의 중요한 소재인 ‘거울’과 연결되면서 기하학적 대칭성의 인식으로 나타난다. 한편 후자의 경우에서 ‘산책’은 도시를 미적 대상으로 인식하는 계기를 제공하며, 나아가 거리를 배회하는 ‘군중’의 발견이라는 문제의식과 맞닿아 있다. 그러나 이러한 체험의 두 계기는 기계적으로 구분되지 않는다. 그것은 근대적 미로로서의 백화점이 도시의 축소판이기 때문이다. 그럼에도 불구하고 이러한 체험들이 구분되어야 하는 까닭은 전자가 상품—물신의 판타스마고리아적 체험에 가까운 반면, 후자는 ‘공포’의 대상인 ‘군중’의 발견과 밀접하게 연관되기 때문이다. 이상의 문학에서 백화점은 ‘도

---

19) 주은우, 앞의 책, 396면.

20) 30년대 문학에 나타난 산책자 모티프에 대해서는 다음의 문헌을 참고할 수 있다. 한계전, 「1930년대 모더니즘 시에 있어서의 문명비판」, 『국어국문학』 114호(국어국문학회 편), 1995; 신범순, 「1930년대 모더니즘에서 산책자의 꿈과 재현의 붕괴」, 『한국 현대시사의 매듭과 혼』, 민지사, 1992; 최혜실, 「〈소설가 구보씨의 일일〉에 나타난 ‘산책자’ 연구」, 『한국 현대소설의 이론』, 국학자료원, 1994; 조영복, 「1930년대 산책자들과 근대성의 담론」, 『한국 모더니즘문학의 근대성과 일상성』, 다운샘, 1996.

시'의 축소판으로 등장한다. 이는 '도시'가 자본주의적 상품―화폐의 교환관계 아래에 있음을 의미한다. 아래에 인용된 「동경」은 백화점이 도시의 축도이며, 도시와 더불어 또 하나의 미로로 인식되었음을 명확하게 보여준다.

> 三越 松坂屋 伊東屋 白木屋 松屋 이 七層[21]집들이 요새는 밤에 자지 않는다. 그러나 우리는 그 속에 들어가면 안 된다.
> 왜? 속은 七層이 아니오 한 層式인데다가 山積한 商品과 茂盛한 '숲결' 때문에 길을 잃어버리기 쉽다.
> 特價品 格安品 割引品 어느 것을 고를까. 그러나 저러나 이 術語들은 字典에도 없다. 그러면 特價 格安 割引―品보다도 더 싼 것은 없다. 果然 寶石等屬 毛皮等屬에는 '눅거리'가 없으니 눅거리를 없수이 여기는 이 種類 顧客의 心理를 잘 理解하옵시는 重形들의 슬로건, 實로 躍如하도다.[22]

인용글의 배경은 일본이다. 이 글은 '노―말하지 못한 생활(生活)의 굴욕(屈辱)에서 탈출(脫出)'(「사신 1」)하여 '고생살이'(「사신 2」)를 하기 위해 이상이 동경으로 건너간 1936년부터 임종한 1937년 4월 사이에 쓰인 것으로 추측된다. 이 글을 전후해서 이상(李箱)은 김기림에게 몇 통의 편지를 보내는데, "기어코 동경 왔오. 와 보니 실망이오. 실로 동경이라는 데는 치사스런 데로구려!"(「사신 6」)와 "동경이란 참 치사스런 도십디다."(「사신 7」)에서 나타나듯이 동경에 대한 실망으로 일관하고 있다. 이상의 '동경'에 대한 실망은, 김기림이 「나의 서울설계도」에서 보여준 1930년대 낙후된 경성의 문명에 대한 절망과 일맥상통한다.[23] '문명'에 대한 그들

---

21) 1920~30년대에 일본의 백화점 구조에 대해서는 하쓰다 토오루, 이태문 역, 『백화점―도시문화와 근대』, 2003, 251~255면을 참조할 것.
22) 「東京」, 『문장』, 1939.5.
23) 김기림은 30년대 경성이 서구의 근대 문명을 겨우 모방하는 낙후된 단계라고 인식했다. "도대체 나의 서울에는 그런 의미의 물질문명이나 기계문명이라도 진행되고 있는 것일까. 무엇보다도 저 19세기의 헤어진 선로를 달리는 박람회(博覽會) 퇴물 같은 깨어진 전차를 보라. 원자론을 외우는 젊은 자손들이 타도 다닐 물건짝인가 아닌가. 불란서

의 실망은 그것이 문명의 미성숙에 대한 절망감을 동반한다는 점에서, 30년대 후반에 김기림이 보여주었던 문명 비판과는 구분되어야 한다. 이 글에 등장하는 '동경'에 대한 '실망' 역시 이러한 맥락에서 이해해야 할 듯하다. 이 글에서 화자는 '삼월(三越)'·'송판옥(松坂屋)'·'이동옥(伊東屋)'·'백목옥(白木屋)'·'송옥(松屋)' 등과 같은 '7층집'(백화점)에 들어가선 안 된다고 주장한다. 흥미로운 사실은 화자가 7층 건물의 내부를 '한 층'으로 이해하고 있다는 점이다. 이는 앞서 언급했듯이 미쓰코시 백화점의 내부 모습을 설명한 것으로 이해된다. 원통형의 중앙홀을 즐겼던 서구와는 달리, 1935년에 증축된 미쓰코시 백화점은 정사각형에 가까운 중앙 공간을 남겼는데, 이는 각 층이 쇼윈도우를 따라서 사각형의 모양으로 배치된 결과이다. 이러한 구조는 바깥에서 관찰할 때는 7층이지만, 내부에서 올려다볼 때 그것은 중앙홀의 연속성 때문에 하나의 층으로 인식될 수도 있다. 그러므로 수필 「동경」에 등장하는 화자의 시선은 "AU MAGASIN DE NOUVEAUTES"와 마찬가지로 '올려다보는 응시'의 시선에 의해 지배된다고 할 수 있다.

백화점은 전통적인 방식의 소매상과 세 가지 점에서 구분된다. 첫째, 백화점은 낮은 이율과 낮은 가격을 통해 총 매상고를 올리는 방식의 영업 전략을 사용한다. 백화점은 '정찰제'라는 새로운 가격 제도와 방문객들에게 구매의 의무를 강요하지 않는 특유의 영업 전략을 선보였다. 이러한 영업 전략으로 인해 고객과 판매상 모두는 '대화'를 잃어버린다. 전통적인 소매 방식 하에서 상인과 고객은 서로 인격적인 관계로 만난다. 그들은 물건에 대한 정보나 가격의 문제가 아니라고 해도 최소한의

코티와 연지를 바르고 전기 장치로 머리에 인조웨이브를 나부끼며 익숙치 못한 굽 높은 구두를 간신히 조종하는 우리나라 아가씨들을 위하여도 실로 미안하기 짝이 없다. 승강기 하나, 에스칼레이트 하나 구경할 수 없는 서울—그러면서도 국제정국의 사나운 바람이란 바람은 모조리 받아들여야만 하는 벅찬 도시—낙관론도 비관론도 끌어낼 수 없는 기실은 말할 수 없이 딱한 도시." 김기림, 「나의 서울설계도」, 『김기림 전집』 5, 심설당, 1988, 404~406면.

대화를 통해 대면하기 마련이다. 반면 백화점은 열차 여행이 그랬듯이, 대화 자체를 불가능하게 만든다. 백화점은 침묵의 공간이며, 침묵하면서 관찰하는 공간으로 등장했다. 둘째, 백화점에서 구매자와 상품의 관계 역시 전통적인 소매상과는 근본적으로 다르다. 이는 아래에서 구체적으로 살펴볼 파노라마적 시선과 관계된다.24) 백화점에서 상품을 관찰하는 자의 시선은 철도 여행자의 그것처럼 끊임없이 유동한다. 이러한 시선의 유동성, 즉 휘발되어 사라지는 특이한 경험이 바로 관찰의 대상들을 매력적으로 변화시킨다. 셋째, 백화점은 '상품-화폐'로 표현되는 교환가치와 상품의 빠른 유통 속도가 지배하는 공간이다. 백화점의 상품은 유행이라 불리는 문화적 현상을 선도하면서 빠른 속도로 회전한다. 그것은 동일한 종류의 물건을 대량으로, 혹은 지속적으로 판매하던 종래의 방식과는 달리, 새로운 상품의 유통을 통해 끊임없이 대중들의 소비 욕망을 부추기는 공간이다. 이처럼 백화점의 파노라마적 시선은 기술, 교통기술, 소매상업 등등에 해당하는 상품순환의 특정 발달 단계에 근거한 인지 상태라고 정의할 수 있다.

　인용문에서 '백화점-미로'25)는 '상품'과 '숲결'의 공간이다. '숲결'은 백화점을 관음증적 시선이 작동하는 공간으로 만드는데, 「산책의 가을」에 등장하는 '도색(桃色) 종아리'와 '연분홍 스커트' 역시 '숲결'의 환유적 표현이다. 그러나 백화점에서 관음증적 시선보다 근본적인 것은 '상품', 즉 '특가품(特價品) 격안품(格安品) 할인품(割引品)'과 '보석등속(寶石等屬) 모피등속(毛皮等屬)'을 바라보는 파노라마적 시선이다. 산책자의 파

---

24) 백화점과 파노라마적 시선의 관계에 대해서는 볼프강 쉬벨부쉬, 박진희 역, 『철도여행의 역사』, 궁리, 1999, 236~244면 참조.

25) 벤야민은 '미로'를 대도시의 매음 제도와 관련시킨다. "매음 제도는 대도시의 성립과 더불어 새로운 비약(秘藥)을 소유하게 되었다. 이 중의 하나는 우선 도시 그 자체가 지닌 미로적 성격이다. 미로, 그것의 이미지가 건달(flaneur)의 살과 피 속까지 스며든 이 미로는 매음 제도를 통해 알록달록하게 채색되어 나타난다. 매음 제도를 가능케 하는 첫째 비약은 이렇게 볼 때 미로로서의 대도시가 지닌 신화적인 측면이다." 발터 벤야민, 차봉희 역, 「중앙공원」, 『현대사회와 예술』, 문학과지성사, 1980, 137면.

노라마적 시선에 잡힌 '숲껼'은 백화점의 쇼윈도우에 진열되어 팔리기를 기다리는 상품과 같은 존재이다. 그녀는 구매되는 상품은 아니지만, 파노라마적 시선에 의해 소비되는 상품의 일종이다. 19세기 후반, 쇼핑이 부르주아 여성들의 여가 활동이 됨에 따라 여성들은 특별한 보호 없이 한정된 공적 공간을 거닐 수 있게 되었는데, 백화점은 이러한 여성 산책자가 출현할 수 있는 특별한 공적 공간이었다. 당시 백화점들은 여성 판매원을 고용함으로써 여성을 판매자이자 구매자가 되게 만들었는데, 「동경」의 '숲껼' 역시 이런 맥락에서 이해할 수 있다. 백화점은 소비자가 상품 구매의 의무로부터 자유롭게 산책할 수 있는 공간이라는 점에서 전통적인 소매점과는 질적으로 다른 공간이었다. 화려한 조명 아래 질서정연하게 진열된 상품들 사이를 가로지르는 소비자의 지각은 철도 여행이나 대로를 통행하는 사람들의 그것처럼 파노라마적인 시각으로 변모한다. 주지하듯이, 파노라마적 시각의 핵심은 움직임에 있다. 소비자의 움직임과 백화점의 상품의 회전 속도는 소비자와 상품의 관계를 철도 여행객과 풍경의 관계처럼 만든다. 백화점에 진열된 상품이 소비자의 욕망을 자극하는 방식은 그것의 미학적 가치 때문이다. 진열장의 상품은 사용가치와 더불어 교환가치의 일부마저 상실하고 상품미학적 대상으로 전화된다. 그러므로 백화점을 산책하는 주체를 소비자라고 명명하는 것은 부적절하다. 그는 산책자 특유의 태도, 즉 관찰은 하지만 상호작용하지는 않으면서 도시의 공간을 돌아다니는 자유의 특권을 상징한다.

　이상(李箱) 문학에서 산책자의 시선은 백화점 공간의 바깥에서도 동일하게 목격된다. 특히 산책자의 시선이 '경성'만이 아니라 「산촌여정(山村餘情)」, 「이 아해(兒孩)들에게 장난감을 주라」, 「어리석은 석반(夕飯)」, 「무제」처럼 주변적 공간인 '시골'에서도 지배적인 시선으로 드러난다는 것은 주목할 만하다. 이는 산책자의 '관찰'과 '냉소'가 특정한 대상에 국한된 태도가 아니라, 세계를 인식하고 불특정 다수로서의 대중을 대하는 기본적인 '감정'의 차원임을 말해준다.

簡易學校 곁집 길가에서 들여다 보이는 房에 틀이 떠들고 있읍니다. 편발 處女가 맨발로 機械를 건드리고 있읍니다. 그러면 機械는 허리를 스치는 가느다란 실이 간지럽다는 듯이 깔깔깔깔 大笑하는 것입니다. 웃으며 지근대이며 名産 ××明紬가 짜여나오니 열대자 수건이 省墓갈 때 입을 때때를 만들고 시집살이 설움을 씻어주고 또 꿈과 꿈을 抹殺하는 쓰레받기도 되고—이렇게 실없는 내 幻戱입니다.

담배가게 곁房 안에는 오늘 黃昏을 미리 가져다 놓았읍니다. 침침한 몇 '가론'의 空氣 속에 生生한 針葉樹가 鬱蒼합니다. 黃昏에만 사는 移民 같은 異國草木에는 純白의 갸름한 열매가 無數히 열렸읍니다. 고치—歸化한 '마리아'들이 最新智慧의 果實을 端麗한 맵시로 따고 있읍니다. 그 아들의 不幸한 最後를 슬퍼하며 '크리스마스 츄리'를 헐어 들어가는 '피에다' 畵幅 全圖입니다.

學校 마당에는 '코스모스'가 피어 있고 生徒들은 글을 배우고 있읍니다. 그들은 熱心히 單純한 算術을 놓아 그들의 正直과 淳朴을 智慧와 狡猾로 換算하고 있읍니다. 歎息할 利息算이 아니겠읍니까. 族譜를 찢어 버린 것과 같은 흰 나비가 두어 마리 白墨내음새 나는 花壇 위에서 飜覆이 無常합니다. 또 軟式 '테니스' 공의 마개 뽑는 소리가 音響의 痕迹이 되어서는 等高線의 各點 모양으로 남아 있는 것 같습니다. 이 마당에서 오늘 밤에 金融組合 宣傳 活動寫眞會가 열립니다. 活動寫眞? 世紀의 寵兒—온갖 藝術 위에 君臨하는 '넘버' 第八藝術의 승리. 그 高踏的이고 蕩兒的인 魅力을 무엇에다 비하겠읍니까.26)

인용문은 1935년 9~10월에 총독부 기관지 『매일신보』에 발표된 성천 기행 수필이다. 이상(李箱) 문학에서 '성천'기행은 '배천 온천'체험과 더불어 매우 중요한 의미를 갖는다. 위의 인용에서 우리는 두 가지 사실을 발견할 수 있다. 관찰자적 시선이 작동하고 있다는 것, 그리고 시

---

26) 「山村餘情」, 『매일신보』, 1935.9.27~10.11.

골 사람들을 익명의 '군중'으로 인식하는 것이다. 인용문에서 '관찰'은 고정된 위치와 시점을 유지하는 원근법적 시선이 아니라, 유동하는 시선이다. 성천체험이 파노라마적 시선에 의해 지배된다는 것은 "나는 이 二十數戶가 못되는 村落 한가운데를 貫通하는 한 줄기 通路를 往來한다. 나는 집들을 注意 깊이 더구나 他人에게 들키지 않게 들여다보았다"라는 구절에서도 알 수 있다.27) 이러한 시선은 '백화점'의 내부나 '쇼윈도'가 늘어선 도심의 거리를 걷는 '산책자'의 시선을 연상시킨다. 산책자의 시선이 원근법적 시각과 다른 점은 그것이 '유동하는 시선'이라는 사실이다. 원근법적 시선의 주체는 대상 세계와 일정한 거리를 유지하며 채, 자신의 시각적 통제력을 행사하는 가시적 세계의 중심이다. 반면 산책자는 '중심'을 차지하려 하지 않으며, 대상 세계에 대해 어떠한 통제력도 행사하지 않는다. 산책자의 시선이 대도시와 부르주아 계급 양쪽에 의해 위협받는 존재에게서 흔히 목격되는 이유도 이 때문이다. 존 리그널(John Rignall)은 보들레르의 산책자가 사회적 존재가 아니라 시각의 한 양상이며 보는 행위를 가리킨다고 주장한다.28) 이러한 주장에 따르면 산책자의 시선은 '차갑고도 호기심어린 눈'인데, 이는 산책자의 시선이 배회자의 눈과 탐정의 눈의 결합이라는 것을 의미한다.

「산촌여정」에서 화자의 시선은 '객주집 방'에서부터 '청석 얹은 지붕', 수수깡 울타리, '팔봉산 입구', '옥수수밭', '산삼이 풀어져 흐르는 시내', '조밭', '간이학교 곁집'의 방, '담배가게 곁방', '학교마당'으로 이동하고 있다. 이것은 산책자의 시선, 즉 파노라마적 시선이라고 할 수 있는데, 대상 세계는 이러한 시각에 의해 관찰됨으로써 '풍경'으로 전락한다. 그러므로 파노라마적 시선의 등장과 풍경의 발견은 동시적이면서 상호 연관되어 있다고 할 수 있다.

---

27) 「어리석은 夕飯」, 『전집』 3, 122면.

28) John Rignall, "Benjamin's Flaneur and Problems of Realism", *The Problems of Modernity*, Routledge, 1989, p.113.

　가라타니 고진에 의하면, '풍경'이란 하나의 인식틀이다.[29] 그것은 단순히 관찰자의 바깥에 존재하는 사물이나 대상 세계가 아니다. 풍경이 출현하기 위해서는 먼저 지각의 양태가 변하지 않으면 안 되는데, 그것은 '풍경'이 고독하고 내면적인 상태와 긴밀히 연결되기 때문이다. "주위의 외적인 것에 무관심한 '내적 인간(inter man)'에 의해 처음으로 풍경이 발견되고 있는 것이다. 풍경은 오히려 '바깥'을 보지 않는 자에 의해 발견된 것이다."[30] 일반적으로 '풍경'은 원근법(perspective)과 관련되지만, 인용문에서의 '풍경'은 관찰자의 눈앞으로 흘러가는 유동적 장면으로 처리된다는 점에서 원근법보다는 파노라마/디오라마에 가깝다. 인용문에서 '산촌'(성천)이라는 '풍경'은 화자의 '바깥'에 있다. 그래서 성천의 '풍경'들은 '객체'처럼, 또는 화자를 둘러싼 세계의 형상으로 그려진다. 그러나 그 '객체'란 풍경의 산물이며, 따라서 풍경 이전에 그것들이 객체로 존재하는 것은 아니다. 이것이 풍경의 기원이라고 말할 수 있다. 그렇다면 '역전'되거나 '도착'되는 '지각의 양태'란 구체적으로 무엇을 의미하는가? 고진은 그것을 '풍경'을 둘러싸고 형성되는 '주관/객관'의 인식론적 공간의 분리라고 말한다. 이는 내면의 발견이 곧 풍경의 발견이요, 풍경의 발견이 곧 내면의 발견이라는 것을 의미한다.

　인용문에서 '풍경'의 발견은 '유동하는 시선'의 등장과 직접적으로 관련된다. '유동하는 시선'은 대략 두 가지 형식을 띠는데, 하나가 파노라마적 시선이고 다른 하나가 디오라마적 시선이다. 주체-대상의 관계에서 유동의 기원이 주체에게 있을 때 그것은 파노라마적 시선이 되며, 유동의 기원이 대상에게 있을 때 그것은 디오라마적 시선이 된다. 「산촌여정」의 장면들은 각각이 독립되어 있다는 점에서, 그리고 대상을 바라보는 화자의 시선이 유동적이라는 점에서 파노라마적 시선에 해당한다. 그는 성천의 풍경들을 마치 파노라마의 장면들처럼, 또는 차창 밖으

---

29) 가라타니 고진, 박유하 역, 『일본 근대문학의 기원』, 민음사, 1996, 32면.
30) 위의 책, 36면.

로 빠르게 지나가는 스펙터클처럼 바라본다. 이러한 '관찰'이 산책자의
그것과 동일하게 느껴지는 이유는 '성천'이라는 공간에서 살아가는 익
명의 존재들을 대하는 화자의 태도에서도 목격된다. 그는 "도회에 남기
고 온 일이 걱정이 됩니다", "도회에 화려한 고향이 있읍니다"라는 구
절이 말해주듯이 '성천'을 '경성'의 대타적 공간으로 인식한다. 주변인
들을 자신의 바깥으로 밀어내고, 그것으로 인해 '나'와 '그들'을 분리시
킴으로써 화자는 군중 속에서 "나는 누구인가"라는 질문을 제기하고 있
다. 화자는 '성천'이라는 공간에 위치하면서도 끝없이 '경성'을 떠올리
고 있으며, 성천을 경성의 대타적 공간으로 인식함으로써 스스로가 소
외를 경험하도록 만든다.

  이러한 태도는 '활동사진'이라는 매개체를 통해 극명하게 드러난다.
화자는 활동사진을 보는 성천 주민들을 북극의 펭귄에 비유한다. "마당
에 멍석을 펴고 傳說 같은 市民들이 모여듭니다. 蓄音機 앞에서 고개를
갸웃거리는 北極 '펭귄'새들이나 무엇이 다르겠읍니까. 짧고도 기다란
인생을 적어 내려갈 便箋紙－'스크린'이 薄暮 속에서 '바이오그래피'를
豫備表情입니다." 불특정 존재들을 익명의 군중으로 인식하고, 그럼으
로써 그들과 자신 사이에 분리의 선을 만드는 '군중'체험은 「이 아해(兒
孩)들에게 장난감을 주라」에서 '혐오'의 감정으로 표현된다. 「권태」에서
성천이 '공포'와 '극권태'의 공간으로 인식되는 것도 이와 무관하지 않
다. 이상에게 성천은 언제까지나 마이너스 문명의 공간이다. 이상(李箱)
문학에서 성천이 '공포'와 '극권태'의 공간으로 지각되는 이유는 그가
'경성'과 '성천'을 '문명'과 '야만'이라는 도식 속에서 사고한 결과이다.

  「산촌여정」은 전체 6개의 글로 구성되었다. 앞의 다섯 개의 글이 공
간의 변화에 따르는 반면에, 여섯 번째 글은 시간의 흐름을 중심으로
전개된다. 특히 여섯 번째 글은 '활동사진'에 관한 글인데, "始作입니다.
釜山棧橋가 나타납니다. 平壤 牡丹峰입니다. 鴨綠江 鐵橋가 歷史的으
로 돌아갑니다"에서처럼 화자는 '활동사진'을 관람하는 사람들의 모습

을 '카메라의 시선'으로 담고 있다. 「산촌여정」의 특징적인 면모는 비유와 이미지의 남발에서 찾을 수 있다. 가령 「산촌여정」에 등장하는 비유와 상상의 체계를 무작위로 추출하면 다음과 같다.

"파라마운트 會社 商標처럼 생긴 都會 女子", "세실·B·데밀의 映畵처럼", "귀를 기울이면 르넷산스 應接室에서 들리는 扇風機 소리가 납니다", "野菜 사라다에 놓이는 아스파라가스 입사귀 같은 화초", "先祖가 指定하지 아니한 조셋트 치마에 외스트민스터 卷煉을 감아놓은 것 같은", "薄荷보다도 훈운한 리그레추윙껌 내음새 두꺼운 帳簿를 넘기는 듯한 그 입맛 다시는 소리", "럭비球를 안고 뛰는 이 제러레숀의 젊은 勇士의 굵직한 팔뚝", "永世不忘碑가 航空郵便의 포스트처럼 서 있읍니다", "세루로이드로 만든 精巧한 구슬을 오브라-드로 싼 것같이 맑고 투명하고 깨끗하고", "카-마인빛 꼭구마가 뒤로 휘면서 너울거립니다", "센슈알한 季節의 興奮이 이 코삭크 觀兵式을 한層 더 華麗하게 합니다", "하도롱빛 皮膚", "코코아빛 입술" "M百貨店 미소노 化粧品 스위-트 껄이 신은 양말", "빼뜨름히 붙인 超流線型 帽子고양이 배에 화-스너를 장식한 갑붓한 핸드빽", "콜크처럼 가벼운 이삭", "코렛트 夫人의 〈牝猫〉를 생각케 하는 말캉말캉한 로맨스", "침침한 몇 가론의 공기", "피에다 畵幅 全圖."

이미지와 비유의 남발, 그리고 모던한 상상력의 체계라는 점을 제외하면 「산촌여정」은 그다지 훌륭한 작품이라고 평가하기는 어려운 글이다.[31] 20~30년대의 경성체험을 형상화 한 글에서도 이러한 비유의 남발은 목격되지 않는다. 그렇다면 이상은 왜 굳이 성천 기행의 수필에서

---

31) 이상의 이러한 화법은 김기림의 「청중 없는 음악회」의 화법과 매우 유사한데, 이는 '영화'라는 매체가 당시 지식인들에게 얼마나 큰 영향을 주었는지를 짐작할 수 있는 부분이다. "시가 대영제국의 「란쓰메리」 공작부인과 談笑할 때는 「키네마」는 「칼캇타」의 무식한 방적여공의 가난한 마음을 위로하고 있습니다. (…중략…) 그래서 시인은 언제까지든지 이 새로운 민중에게 향하여 「山이여 내게로 오라」, 하고 호령하던 거만한 「마호멧트」와 같이 행동할 수 없읍니다. 「마호멧트」가 그의 고집을 버리고 「그러면 내가 가지」하고 산에게로 걸어간 것처럼 시인 자신이 민중에게로 걸어갈 수밖에 없었읍니다." 김기림, 「청중 없는 음악회」, 『문예월간』 2권 1호, 1932, 54~55면.

이토록 모던한 비유체계들을 남발했을까? 그것은 수다에 가까운 수사적 번잡함을 통해 자신의 모던한 세계에 속한 인물이라는 사실을 환기시키는 한편, 성천이 가져다주는 '공포'와 '권태'로부터 저항·탈출하기 위한 방편으로 삼았기 때문이다. 수필 「권태」의 의미가 중요한 것도 이 때문이다. 주지하듯이 이상 문학에서 '성천'으로 표상되는 농촌은 '공포'와 '권태'의 공간이다. 따라서 이상은 이러한 공포와 권태를 극복하는 방법의 하나로 '성천'에 '경성'의 감각을 덧씌워서 일종의 '인공낙원'을 만드는 것을 선택했다. 그러므로 이상은 이 글에서 성천에 대한 어떤 인상이나 사실을 기록하는 것이 아니라 '향기로운 MJB의 미각(味覺)을 잊어버린' 생활을 견디기 위해 '산촌'과의 길고도 힘겨운 싸움을 벌인 것이다. 그리고 그 싸움의 무기가 바로 모던한 상상력, 즉 '성천'의 '자연'을 모두 '경성'의 '문명'으로 전화시켜버리는 것이었다. 그는 "活動寫眞을 보고 난 다음에 맛보는 淡白한 虛無—莊周의 胡蝶夢이 이러하였을 것입니다. 나의 동글납짝한 머리가 그대로 '카메라'가 되어 疲困한 '따불렌즈'로나마 몇 번이나 이 옥수수 무르익어 가는 初秋의 情景을 撮影하였으며 映寫하였던가—'후래슈빽'으로 흐르는 엷은 哀愁—都會에 남아 있는 몇 孤獨한 '팬'에게 보내는 斷腸의 '스틸'이다"에서 확인되듯이, 자신의 관찰을 '카메라'의 '렌즈'를 통해 촬영된 '스틸' 사진으로 여긴다. 이러한 사실을 통해 우리는 이상(李箱) 문학의 저변에 영화적 상상력과, '활동사진'이나 '카메라' 같은 파노라마적 시선이 전제되어 있음을 알 수 있다. 그것은 '따불렌즈'나 '후래슈빽', '스틸'처럼 직접적인 지시체로 등장하기도 하고, '파라마운트 회사 상표처럼 생긴 도회 여자'나 '세실·B·데밀의 영화처럼'과 같이 비유체계 속에서 드러나기도 한다.

영화는 '거리'를 어슬렁거리는 산책자의 그것과 마찬가지로 끊임없이 움직이는 유동적 시각을 형성하는 조건이다.[32] 파노라마적 시선이 주체의 움직임을 통해, 디오라마가 대상의 움직임을 통해 유동적 시선을 창출한다면, 영화는 영사기라는 기계에 전적으로 의존한다는 점에서 기계적 시각의 일종이라고 말할 수 있다. 스크린에 영사되는 이미지의 연쇄가 이미 관객의 통제를 벗어나 있다는 점에서 영화의 관객은 철도의 승객과 유사한 상황에 놓여 있다. 산책자의 시선이나 파노라마·디오라마·영화의 유동적 시각이 중요한 까닭은 그것이 새로운 주체의 등장과 직접적으로 연관되기 때문이다. 원근법은 유동적 시각의 대척점에 놓여 있다. 원근법의 핵심은 시각세계의 중심인 소실점에 관람자의 눈을 일치시킴으로써, 초월적 시각을 창출하는 데 있다. 원근법의 시선은 세계의 중심에 고정되어 움직이지 않는 단안(單眼)이며, 이때 주체는 세계의 고정된 중심이 된다. 유동적인 시각은 시점의 상대성이라는 문제를 환기한다. 영화관의 관객이나 열차의 승객이 시각적 대상을 통제할 수 없듯이, 그것은 또한 시점의 다중성, 절대적 시점의 부재라는 결과를 초래한다. 파노라마적 시선은 주체가 대상과 맺는 시각적 관계의 객관성을 붕괴시키는 한편, 일상의 현실마저도 스펙터클로 환원시킨다. 대상(세계)의 객관성의 붕괴는 주체의 통제 불가능이라는 새로운 감각을 초래하는 바, 그것은 '충격'체험과 더불어 분열의 계기를 가져온다. 이상 시에서 일관적으로 목격되는 주체의 분열 양상 역시 이러한 시각체험과 관계되는데, 이는 3장에서 자세하게 논의할 예정이다.

3) 거리체험–다방과 군중의 발견

이상 문학에서 '다방'의 의미는 특별하다. 그는 스스로가 다방의 경영자이기도 했는데, 이상의 문학에서 '다방'은 '백화점'과 더불어 산책자의 거리이자, '문명'의 상징적 공간으로 등장한다. 1930년대에 '카페'

---

32) 이상의 글에 등장하는 영화의 목록은 김승구, 「이상 문학에 나타난 욕망의 기호생성의 상관성 연구」, 서울대 박사논문, 2004, 127~128면을 참조.

가 '술'과 '웃음'으로 표상되는 성적 일탈의 장소였다면, '다방'은 새로운 감수성과 취미를 지닌 '세기의 인'들에게 휴식을 제공하는 '교양'의 공간이었다. 이른바 '다방취미'라고 명명되는 생활 패턴은 고상한 예술(문학)에 대한 열정과 동일한 외연으로 일컬어졌다. 1933년 7월 14일 개업해서 1935년 9월에 문을 닫은, 이상이 처음으로 경영했던 다방 '제비', '제비' 폐업 이후 인사해서 경영한 카페 '쯔루', 그리고 '쯔루'가 실패하고 난 다음에 다시 시작한 다방 '69'와 '맥' 등은 이상에게 있어서 다방의 의미를 잘 보여준다. 특히 다방 '제비'는 금홍이 마담으로 활동한 것으로도 유명한데, 당시의 일들이 훗날 「봉별기」의 직접적인 모티프가 되었다. 1930년대 당시 다방은 예술인들에게는 중요한 회합의 장소가 되곤 했는데, 특히 이상을 비롯한 구인회 멤버들과 '낙랑'의 인연은 매우 특별했다.33) 이상·박태원 등에게 다방은 예술가들과 지식인들의 '룸펜적 생활 태도를 드러내는 사적인 공간'이었다.34)

　30년대에 다방은 종종 문인들의 출퇴근의 장소가 되기도 했다. 다방이 문인·예술가들의 집합소가 되기 시작한 것은 대략 1920~30년대이다. 당시 가장 유명했던 다방은 박태원의 「피로(疲勞)」의 배경이자 구인회 멤버들의 회합 장소였던 '낙랑'이었다.35) 다방 '낙랑'은 동격미술학교 도안과를 졸업한 이순석이 만든 것으로, 상업적인 면에서 성공을 거둔 최초의 다방이었다. 1938년 구본웅이 발행한 문예지 『청색지』 창간

---

33) 구인회와 다방 '낙랑'의 관계에 대해서는 손유경, 「1930년대 다방과 '文士'의 자의식」, 『한국현대문학연구』 12집(한국현대문학회 편), 월인, 2002, 12면 참조

34) 노지승, 「1930년대 작가적 자기 인식과 그 문학적 생산력에 관한 고찰」, 『한국현대문학연구』 7집(한국현대문학회 편), 월인, 1999, 163면.

35) 김기림은 다방 '낙랑'에서의 이상(李箱)의 모습을 다음과 같이 묘사했다. "다방 N 등의자에 기대 앉어 흐릿한 담배 연기 저편에 반나마 취해서 몽롱한 箱의 얼굴에서 나는 언제고 「현대의 비극」을 느끼고 소름끼쳤다. 약간의 해학과 야유와 독설이 섞여서 더듬더듬 떨어져 나오는 그의 잡담 속에는 오늘의 문명의 깨어진 「메카니즘」이 엉크러 있었다. 파리에서 문화 옹호를 위한 작가대회가 있었을 때 내가 만난 작가나 시인 가운데서 가장 흥분한 것도 箱이었다." 김기림, 「고 이상의 추억」, 『조광』, 조선일보사, 1937.6, 146면.

호에는 익명의 노다객(老茶客)이 쓴 「동경다방성쇄기(東京茶房盛衰期)」가
실려 있는데, 이 글에 따르면 당시 낙랑에서는 "금요일마다 명고신보를
돌리고 어늬 해엔가는 노문호 「트르게네프」 백년제를 거행"하기도 했
다고 한다. 다방은 단순히 차를 마시고 음악을 듣는 공간만이 아니라
'투르게네프 100년제'나 그림 전시, 영화 상영, 문학의 밤이나 출판기념
회 같은 문화행사와 환영회·송별회·동창회·요리강습회 등 각종 모
임이 개최되던 종합예술의 장소였다.

> 걸핏하면 喫茶店에 가 앉아서 무슨 맛인지 알 수 없는 茶를 마시고 또 우
> 리 傳統에서는 무던히 먼 音樂을 듣고 그리고 언제까지라도 우두커니 머물러
> 있는 趣味를 업수이여기리라. 그러나 電氣機關車의 미끈한 線, 鋼鐵과 유리,
> 建物構成, 銳角, 이러한 데서 美를 發見할 줄 아는 世紀의 人에게 있어서는
> 茶房의 一憩가 新鮮한 道樂이요 優雅한 禮儀 아닐 수 없다.
>
> 生活이라는 重壓은 늘 喧噪하며 인간의 부드러운 情緒를 억누르려 드는
> 것이다. 더우기 現代라는 데 깃들이는 사람들은 이 重壓을 한層 더 確實히
> 感知하지 않을 수 없다. 어디를 보아도 交錯된 鋼鐵과 巨岩과 같은 콩크리이
> 트壁이 숨찬 抑壓 가운데 자칫하면 거칠기 쉬운 心情을 조용히 쉬일 수 있도
> 록, 그렇게 알맞은 한 개의 椅子와 한 개의 테이블이 있다면 어찌 寸暇를 에
> 어내어 발길이 그리로 옮겨지지 않을 것인가. 加하기를 한잔의 따뜻한 茶와
> 街蠕의 喧噪한 雜音에 바뀌는 아름다운 音樂이 있다면 그 心靈들의 慰安됨
> 이 더 한層 足하다고 하지 않으리요36)

'다방'은 백화점이나 카페 등과 더불어 모던한 풍경과 문명의 상징이
자 산책자들이 체험하는 또 하나의 세계였다. 백화점과 마찬가지로, 다
방은 생산이 아니라 소비의 공간이다. 다방에서의 감각은 실내, 즉 '집'
에서의 그것과는 판이하게 다르다. 그곳은 감각의 자극이 쉼 없이 흘러
드는, 일상의 풍요로움과 문화적 충만감을 느낄 수 있는 공간이었다. 이

---

36) 「추등잡필」, 『매일신보』, 1936.10.14~10.28.

런 점에서 '다방'은 이미 그 자체가 '거리'체험의 일부였다. 인용문에서 화자는 '다방'을 '세기(世紀)의 인(人)'들의 휴식공간으로 간주한다. '현대(現代)'라는 단어가 암시하는 바, '세기(世紀)의 인(人)'이란 곧 근대인을 가리킨다. 그곳은 '전기기관차(電氣機關車)'와 '강철(鋼鐵)', '유리', '예각(銳角)' 등에서 현대적인 미를 발견할 수 있는 존재들만의 휴게실이다. 물론 이 글에서 이상은 '다방'을 긍정적인 시선으로 바라보지는 않는다. 그는 다방에서 포즈로 차를 마시고, 전통과는 무관한 음악에 심취하는 근대인들의 '예의'를 조소해야 할 '취미'에 불과하다고 생각한다. 조영복이 지적했듯이 '다방'을 바라보는 이상의 시선은 '19세기 / 20세기'라는 대립적 시각에 침윤되어 있다. 그러나 30년대 문학에 있어서 다방은 문명의 상징이나 일상의 따분함을 제거시켜 주는 취미의 공간이 아니라, 산책자의 관찰의 대상이 되면서 거리체험의 또 다른 국면을 형성한다.[37]

　주지하듯이, 모던의 축도로서의 도시는 '신경증'과 '공포'의 공간이다. 모더니즘을 하나의 경향으로 정의할 수 있다면, 그것은 도시가 주는 신경증과 공포에 대한 지적인 저항이라고 할 수 있는데, 보들레르가 파리에서, 그리고 엥겔스가 런던에서 느꼈던 군중체험 역시 '충격'체험과 무관하지 않다. 「추등잡필(秋燈雜筆)」에서 이상은 다방을 '세기(世紀)의 인(人)'들의 '휴게(休憩)'공간으로 인식한다. '다방'은 '交錯된 강철(鋼鐵)과 거암(巨岩)과 같은 콩크리이트벽(壁)' 때문에 거칠어진 '심정'을 쉴 수 있는 공간이다. 또한 그곳은 산책자들과 끽연자들의 처소이다. 그러나 앞서 지적했듯이, 다방은 단순한 휴식의 공간은 아니었다. 먼저 다방은 도회에 거주하는 모든 존재들을 '사람'의 하나로 바꿔놓는 판타스마고리적인 공간이다. 백화점이 노동의 산물인 상품에서 사용가치와 교환가치를 제거해 버림으로써 '표면적(재현적) 가치'로 변화시키듯이, 다방은 빈부귀천을 막론하고 그곳에 출입하는 모든 사람들을 일개의 '사람'으

로 변화시킨다. "그가 製鐵工場의 職人이건, 그가 外科醫室의 執刀人이건, 그가 交通整理警官이건, 그가 法廷의 論告人이건, 그가 하잘것없는 日庸雇人이건, 그가 千萬長者의 외獨子이건, 묻지 않는다. 그런 區區한 看板은 '네온싸인'이 달린 茶房 門깐에 다 내려놓고 들어가는 것이다. 그곳에서는 다 같이 心情의 懷柔를 祈願하는 티 없는 '사람'의 하나가 되는 것이다."38) 이처럼 다방은 빈천이나 직위의 고하를 막론하고 모든 인간을 동일한 존재, 즉 도시에서 살아가는 익명의 다수(군중)로 만드는 공간이다. 김기림이나 박태원의 다방에 관한 글들과 비교할 때, 이상의 「추등잡필(秋燈雜筆)」은 모던과 '다방', '거리'의 축도로서의 다방의 이미지가 선명하게 드러나지는 않는다. 그럼에도 불구하고 다방이 '집'이 아니라 '다방'이, 거리의 일종이라고 할 수 있는 다방이 '충격'이나 '피로'를 완충시켜 주는 근대인의 '휴게'공간이라는 진술은 무척 흥미로운 대목이다.

이상 문학에서 '거리'체험과 '군중'체험은 「날개」에서 정점에 도달한다. "박제가 되어 버린 천재를 아시오? 나는 유쾌하오. 이런 때 연애까지가 유쾌하오"라는 에피그램으로 시작되는 「날개」는 '근대 경험의 현상적 오감도'라고 평가39)될 만큼, 근대의 축도로서의 '경성'체험과 거리의 모더니즘, 그리고 '백화점'이나 '다방', '화폐' 등의 근대적 체험들을 응축하고 있다. 「날개」의 기본적인 구조는 주인공이 '삼십삼(三十三) 번지'와 '거리'를 왕복하는 '외출-귀가'의 패턴이다. 다섯 번의 외출과 네 번의 귀가, 그리고 '삼십삼(三十三) 번지'와 '경성 거리' 각각에서의 의식의 미세한 변화는 「날개」를 이해하는 데 있어서 필수적이다. '삼십삼(三十三) 번지'로 상징되는 유곽과 '경성역'의 '티룸', '미쓰코시 백화점 옥상'이라는 삼각형 속에서 전개되는 주인공의 '거리체험'이야말로 1930년대 중반의 경성체험을 이해하는 데 필수적이라고 할 수 있다. 「날개」

---

38) 「秋燈雜筆」, 『매일신보』, 1936.10.14~10.28.
39) 김성수, 『이상 소설의 해석』, 태학사, 1999, 139면.

의 공간적 배경은 '삼십삼(三+三) 번지'와 '경성 거리'라고 할 수 있지만, 실제로 주인공의 행위가 '외출─귀가'의 패턴을 반복하고 있기 때문에 가장 핵심적인 공간은 거리인 셈이다. 전반부의 공간적 배경은 '한 번지에 十八 가구'가 어깨를 맞대고 사는 '삼십삼(三+三) 번지이다. '밤'이 '낮'보다 화려한 곳, 저무도록 미닫이 소리가 그치지 않고, 사람들의 발걸음이 바쁘고, 여러 가지 냄새가 진동하는 삼십삼(三+三) 번지의 '유곽'에서 화자는 '여인(女人)과 생활(生活)을 설계(設計)'한다. 벤야민이 지적했듯이, '유곽'은 '미로'는 '도시'의 축도(縮圖)이다. 그곳은 '집'의 형상을 닮았지만, "그것은 한 번도 닫힌 일이 없는 한길이나 마찬가지 대문인 것이다. 온갖 장사치들은 하루 가운데 어느 시간에라도 이 대문을 통하여 드나들 수가 있는 것이다"에서처럼 결코 집이 될 수 없는 공간이다. 화자의 생활 설계가 '여인(女人)의 반(半)만을 영수(領受)하는 생활(生活)'이 될 수밖에 없는 이유는 그곳이 '집'이 아니라 '한길(거리)'의 영역에 속하는 곳이기 때문이다. 주인공은 '내 아내의 명함'이 붙어 있는 그 공간에서 '꽃'으로 상징되는 아내에게 '매어 달려' 살아간다. 그러므로 "내 방이 ─ 집이 아니다. 집은 없다. ─ 마음에 들었다"에서 알 수 있듯이, 후락한 '삼십삼(三+三) 번지'조차도 집이 되지 못한다.

나는 어데까지든지 내방이 ─ 집이아니다. 집은없다. ─ 마음에 들었다. 방안의기온은 내 체온을위하야 쾌적하였고 방안의침침한정도가 또한 내안력을위하야 쾌적하였다. 나는 내방이상의 서늘한방도 또 따뜻한방도 히망하지는않었다. 이이상으로 밝거나 이이상으로 안옥한방을 원하지않았다. 내방은 나하나를위하야 요만한정도를 꾸준히직히는것같아 늘 내방이 감사하였고 나는또이런 방을위하야 이세상에 태어난것만같아서 즐거웠다.

그러나 이것은 행복이라든가 불행이라든가 하는것을 계산하는것은 아니었다. 말하자면 나는 내가행복되다고도 생각할필요가없었고 그렇다고 불행하다고도 생각할필요가없었다. 그냥그날그날을 그저 까닭없이 편둥편둥 게을느고만있으면 만사는 그만이였든것이다.[40]

「날개」를 '외출-귀가'패턴은 다섯 번의 외출과 네 번의 귀가로 구성된다. 그러나 그것들은 동일한 행동의 반복처럼 보일 때조차 상당한 차이점을 갖는다. 기존 연구들이 「날개」에서 주목하는 내용은 대략 두 가지이다. 하나는 '경성역'과 '미쓰코시 백화점'이라는 근대의 풍경을 배경으로 주인공이 인공의 날개를 통해 도약을 모색하는 장면이고, 다른 하나는 '외출-귀가'의 패턴에서 주인공의 외출이 '산책자'적 태도를 지닌다는 사실이다. 김성수는 「날개」의 주인공이 "아무런 목적도 갖지 않고 빈둥빈둥 놀고 지낸"다는 사실을 근거로 그를 '산책자(flâneur)'로 명명[41]했다. 그러나 산책자는 룸펜과 동일하지 않으며, 마찬가지로 도시를 산책한다고 해서 모든 인간이 산책자가 되는 것은 아니다. 모더니즘 문학에서 어떤 인물이 산책자이냐 아니냐를 가늠하는 잣대는 '시선'과 '의식'의 형태에 달려 있다. 리그널은 산책자를 인물이나 주체가 아니라 특정한 형태의 '눈(시선)'이라고 정의했는데, 그것은 산책자는 산책을 하지 않을 때에도 산책자의 시선에 지배되기 때문이다. 마찬가지로 산책자는 군중 속에 있을 때에도 군중으로부터 자신을 분리시키려는 정신적 귀족주의를 지니고 있다. 보들레르가 산책자의 전형을 '댄디(Dandy)'에서 발견했던 것도 이런 맥락에서 이해할 수 있다. 김성수가 정리하듯이, 산책자는 단순히 빈둥거리며 놀고 지내는 부랑자나 실업자의 의미라기보다는 목적이나 서두름 없이 도시의 아틀리에 같은 곳에서 모델들이나 탐정들과 같이 긴 의자에 몸을 맡긴 채 한가한 시간을 보내거나, 도시의 거리와 아케이드를 무목적의 목적을 지닌 채 산책하는 사람을 일컫는다. 보들레르는 산책자가 어디서나 암행을 즐기는 왕자라고 말했다. 벤야민은 산책자의 무관심한 태도를 다음과 같이 평가한다. "산책자의 무관심한 태도는 겉모습일 뿐이다. 그 태도 뒤에는 악한에게서 잠시도 눈을 떼지 않는 한 관찰자의 경계가 숨어 있다."[42]

---

40) 「날개」, 『조광』, 조선일보사, 1936.9, 198~199면.
41) 김성수, 앞의 책, 191면.

「날개」의 주인공은 "나는 내가 행복되다고도 생각할 필요가 없었고 그렇다고 불행하다고도 생각할 필요가 없었다. 그냥 그날그날을 그저 까닭없이 펀둥펀둥 게을르고만 있으면 만사는 그만이었던 것이다"라는 구절처럼 '삼십삼(三+三) 번지'에서의 자신을 '절대적인 상태'로 인식한다. 그러므로 첫 번째 외출이 있기 전에는 그에게 '삼십삼(三+三) 번지'의 바깥이란 존재하지 않는다고 할 수 있다. 그는 '경성'이라는 문명의 풍경이나 '군중'을 체험할 기회가 존재하지 않았으며, 그가 '경성'을 발견한 것은 '외출'이라는 우연적인 사건이 발생한 후의 일이다. '외출-귀가'라는 동일한 행위가 정확하게 구분되어야 하는 것도 이 때문이다. 주인공의 첫 번째 외출은 순전히 우연의 산물이다. 아내가 매일 지급하는 은화를 모은 '벙어리'를 변소에 버린 그는 아내의 밤 외출을 틈타 거리로 나온다. 그러나 그의 외출은 특별한 '목적'이 없는, 방황에 가까운 산책으로 종결된다. 그는 자신의 도시 산책을 '목적을 잃어버리기' 위한 외출이라고 주장한다. 두 번째 외출은 첫 번째 외출의 반복이라는 성격을 갖는다. 그는 첫 번째 외출로 인한 '피곤'이 사라지자 다시 거리로 나서는데, 이때 '경성역 시계'로 표상되는 경성의 모습이 드러난다. 한편 두 번째 '귀가' 장면은 첫 번째의 그것과 거의 동일한 형태로 반복되는데, 가령 아내의 손에 '돈'을 쥐어줌으로써 아내의 방에서 잠을 자는 장면이 그것이다. 세 번째 외출부터는 주인공의 시선을 통해 경성의 모습이 조금씩 드러나는데, '경성역 일이등 대합실' 옆에 있는 '티룸'이 바로 그것이다. 「날개」의 주인공을 산책자라고 평가할 수 있다면, 그것은 적어도 세 번째 외출 이후에 한정되어야 할 듯하다.

　　나는 또 회탁[43]의거리를나려다보았다. 거기서는 피곤한 생활이 똑 금붕어

---

42) Benjamin, Walter, *Charles Baudelaire*, Verso, 1983, pp.54~55.
43) '회탁'의 표기 문제는 김성수, 앞의 책, 173~174면과 이경훈, 『이상, 철천의 수사학』, 소명출판, 2000, 108면 참조.

지느레미처럼 흐늑흐늑 허비적거렸다눈에보이지안는 끈적끈적한줄에엉켜서
헤어나지들을못한다 나는 피로와공복 때문에문어저드러 가는 몸둥이를끌고그
회탁의거리속으로 섞겨들어가지 않는수도없다생각하였다.
　나서서 나는 또문득 생각하야보았다. 이 발ㅅ길이 지금 어디로 향하야 가는
것인가를……
　그때 내 눈앞에는 안해의목아지가 벼락처럼 나려떨어졌다. 아스피린과아달린.
　우리들은 서로 오해하고있느니라. 설마안해가 아스피린대신에아달린의정량
을 나에게먹여왔을까? 나는 그것을 믿을수는없다. 안해가 그럴 대체 까닭이없
을것이니
　그러면 나는 날밤을새면서 도적질을 게집질을 하였나? 정말이지 아니다.
　우리부부는 숙명정으로 발이맞지않는 절늠바리인것이다. 내나 안해나 제거
동에 로 직을부칠필요는없다. 변해할필요도없다. 사실은 사실대로 오해는 오
해대로 그저 끝없이 발을 절뚝거리면서 세상을 거러가면 되는것이다. 그렇지
않을까?
　그러나 나는 이발길을 안해에게로 도라가야 옳은가 이것만은 분간하기가
좀 어려웠다. 가야하나? 그럼어디로가나?
　이때 뚜―하고 정오 싸이렌이울었다. 사람들은 모도 네활개를펴고 닭처럼
푸드덕거리는것같고 온갖 유리와 강철과 대리석과지폐와잉크가 부글부글 끓
고 수선을떨고 하는것같은 찰나, 그야말로 현란을 극한 정오다.
　나는 불현듯이 겨드랑이 가렵다. 아하그것은 내 인공의날개가돋았든 자족이
다. 오늘은없는 이 날개, 머릿속에서는 희망과야심의 말소된페―지가 띡슈내
리넘어가듯번뜩였다.
　나는 걷든걸음을멈추고 그리고 어디한번 이렇게 외쳐보고싶었다.
　날개야 다시 돋아라.
　날자. 날자. 날자. 한번만 더 날자ㅅ구나.
　한번만 더 날아 보자ㅅ구나.44)

　아내가 건넨 '하얀 정제약' 때문에 '밤이나 낮이나' 잠에 취해 있던 주
인공은 아내의 화장대 밑에서 '최면약 아달린' 케이스를 발견하고 네 번

---

44) 「날개」, 『조광』, 조선일보사, 1936.9, 214면.

째 외출을 감행한다. 그것은 아내가 자신에게 아달린을 아스피린으로 속였다는 심리적 충격에 대한 반작용과 같은 것이다. '벤치'에서 '아스피린과 아달린에 관한 연구'를 하다가 종내 '아달린'의 나머지를 몽땅 먹어버린 그는 꼬박 하루를 그곳에서 잔다. 마지막 귀가에서 주인공은 아내와 내객의 충격적인 모습을 목격하고 다시 거리로 나온다. 경성역의 티룸을 찾아간 그는, 그러나 자신의 수중에 돈이 없음을 깨닫고는 다시 '미쓰코시 백화점'의 옥상으로 향한다.[45] 30년대 문학에서 '백화점'의 상징적 의미, 그리고 화자가 '인공의 날개'를 통해 도약을 욕망하는 마지막 장면을 염두에 둔다면, 주인공이 위치가 백화점의 옥상인지 거리인지를 정확하게 판단하는 것은 매우 중요한 일이다. 이는 「날개」의 마지막 장면에 등장하는 백화점(옥상)을 도약의 디딤대로 해석해 온 기존의 연구들과 직접적으로 관계되는 문제이기도 하다. 그러나 작품 전체의 구도를 고려한다면 그곳이 백화점의 옥상인지 거리인지는 별로 문제가 되지 않는다. 「날개」와 관련하여 '백화점'이 중요한 까닭은 그것이 30년대 경성의 문명 풍경을 보여주는 상징으로 등장하기 때문이다. 작가가 마지막 장면에서 화자의 무의식적 발걸음을 백화점의 옥상으로 옮겨 놓은 것도 이러한 문명의 상징과 무관하지 않을 듯하다. 그러나 「날개」의 마지막 장면에서 백화점의 옥상은 문명의 공간이라기보다는 삶에 대한 이해가 처음으로 드러나는 곳이다. 주지하듯이 「날개」의 주인공은 유아적·퇴행적 인간이다. 그는 '삼십삼 번지'를 절대적 공간으로 이해하는 반면, 인간 사회를 '스스로운 곳'으로 인식한다. 주인공의 퇴행적 성향은 이 작품에 주인공과 아내 외에 구체적 형상을 지닌 인물이 아무도 등장하지 않는다는 사실에서도 확인할 수 있다. 이처럼 퇴행적 성향을 보여주던 주인공은 미쓰코시의 옥상에서 처음으로 경성을 내려다본다. 그것이 이른바 '회탁의 거리'에 대한 인식이다. 뿐만 아니라 그는 그

---

45) 「날개」의 마지막 장면인 인용문의 공간적 배경이 미쓰코시 백화점의 옥상이냐 아니냐는 논란의 여지가 있다. 김성수, 앞의 책, 166면 참조.

곳에서 26년간의 삶을 돌아보고, 아내와의 관계를 성찰적으로 이해한다.
"우리 부부는 숙명적으로 발이 맞지 않는 절름발이인 것이다. 내가 아내
나 제 거동에 로직을 붙일 필요는 없다. 변해할 필요도 없다. 사실은 사
실대로 오해는 오해대로 그저 끝없이 발을 절뚝거리면서 세상을 걸어가
면 되는 것이다." 이러한 비약적 인식의 계기가 무엇인지는 뚜렷하지 않
다. 중요한 것은 이러한 인식이 아내의 공간인 '삼십삼(三十三) 번지'가
아니라 '백화점' 또는 '거리'에서 발생된다는 사실이다.

그렇다면 주인공의 이러한 비약적 인식, 다시 말해 '회탁의 거리' 인
식이 도시에 대한 부정적·비판적 인식이라고 할 수 있을까? 김성수는
'회탁'을 '자본주의'나 '제국주의적 침탈'에 대한 비판적 태도로 이해한
다. 그는 주인공이 '회탁의 거리'를 조망하는 장소가 제국주의 자본의
상징인 '미쓰코시'의 옥상이라는 사실을 강조한다. 그리고 이러한 강조
를 통해 이상(또는 「날개」의 주인공)이 '백화점'과 '쇼윈도'로 둘러싸인 '회
탁의 거리'를 식민지 소비 공간으로서의 물신적 확장이라는 관점에서
바라본다고 주장한다. 그에 따르면, 이상에게 경성은 제국주의의 소비
시장과 원료 공급지, 그리고 최저 낙원과 실락원의 이미지가 겹쳐지는
부정의 공간이다. "그곳은 경성역이나 미쓰코시 백화점으로 표상되면서
제국주의적 근대 물신의 그림자가 너울대는 소비의 한 지점, 즉 의사
근대적 도시의 닫힌 공간에 다름 아니다."46) 그러나 「날개」에 국한시켜
말하자면, 작가 이상이나 주인공의 '거리' 인식이 '식민지' 자본주의라
는 특수성을 매개로 하고 있다는 증거는 없다. 이상의 도시체험을 '식
민/피식민'이나 '민족주의/제국주의'라는 근대적 이분법으로 환원하
는 것은 모더니즘 자체의 문제의식을 희석시키는 결과를 초래한다. 미
적 근대성으로서의 '도시'체험에서 '도시'라는 '공간/삶'은 보편적 범
주로서의 문명을 상징하는 것일 뿐이다. 앞서 언급했던 것처럼, 새로운

---

46) 김성수, 앞의 책, 146면.

체험의 층위로서 도시체험은 종종 그것을 체험하는 주체들에게 엄청난
신경증을 유발한다. 그것은 달리 표현하면 '충격'이라고 할 수 있는데,
모더니즘의 미적 근대성은 이러한 충격에 대한 지적인 반응이라고 정
의할 수 있다. 「날개」의 마지막 장면에서 주인공이 경성의 정오 거리를
'현란의 극치'로 인식하는 것도 신경증적인 감각의 과부하에 대한 표현
이라고 할 수 있다.

①밤이면 나는 幽靈과 같이 興奮하여 거리를 뚫었다. 나는 目標를 갖지 않
았다. 空腹만이 나를 指揮할 수 있었다. 性格의 破片―그런 것을 나는 꿈에
도 돌아보려 않는다. 空虛에서 空虛로 말과 같이 나는 狂奔하였다. 술이 始
作되었다. 술은 내 몸 속에서 香水같이 빛났다.
　바른 팔이 왼팔을, 왼팔이 바른팔을 苛酷하게 매질했다. 날개가 부러지고
파랗게 멍들은 痕迹이 남았다.[47]

②밤이 되자 그는 유령처럼 흥분한 채 거리를 누볐다. 이제 그에게는 의지
할 곳이 없다. 오로지 한 가닥 공복을 메꾸기 위해 행동할 뿐이었다.
　성격의 파편. 그는 그런 것은 돌아볼 생각도 않는다. 공허에서 공허로 그는
역마처럼 달리고 또 달렸다.
　술이 시작되었다. 술은 그의 앞에서 향수처럼 빛났다.
　왼팔이 오른팔을 오른팔이 왼팔을 자꾸만 가혹하게 구타한다. 날개가 부러
져서 흔적이 시퍼렇다.
　소량의 구조 깃발은 이미 효력이 없다.[48]

이상 문학에서 산책자의 특징을 설명하기 위해서는 「날개」와 관련하
여 「공포(恐怖)의 기록(記錄) 서장」과 「공포(恐怖)의 기록(記錄)」을 살펴볼
필요가 있다. 「날개」를 포함한 이들 세 편의 글은 일종의 '상호 텍스트'
적 관계를 형성하고 있다. 창작의 시기 면에서나, '날개'의 모티프 면에

---

47) 「공포(恐怖)의 기록(記錄)」, 『매일신보』, 1937.4.25~5.15.
48) 「공포(恐怖)의 기록(記錄)(서장)」, 『전집』 3, 332~333면.

서나, 그리고 '흥분'과 '질주'의 면에서도 이들 세 작품은 상당한 유사점을 지니고 있다. 경성의 밤거리를 휘청거리는 걸음으로, 무목적의 순례를 반복하는 「날개」의 주인공과 "밤이면 나는 幽靈과 같이 興奮하여 거리를 뚫었다. 나는 目標를 갖지 않았다", "밤이 되자 그는 유령처럼 흥분한 채 거리를 누볐다"라고 언표하는 인용문의 화자는 동일한 인물인 것처럼 느껴진다. 이들의 공통점은 산책(질주)이 목적 없이 행해진다는 사실이다. 그것은 '공복'과 '공허'의 감정을 억누르기 위한 하나의 본능적인 행위이다. 이처럼 이상 소설에 등장하는 산책자는 박태원의 『천변풍경』의 고현학과는 달리 거리 산책을 통해 풍경에 대한 사유를 드러내기보다는 그 풍경들로부터 소외·단절된 인간의 내면적 모습을 보여준다. 그는 '삼십삼(三十三) 번지'에서 아내를 계기로 매춘과 화폐가 거래되는 장면을 목격하고, 미쓰코시의 옥상에서 '네 활개를 펴고 닭처럼 푸드덕거리는' 군중들을 조망하고, '온갖 유리와 강철과 대리석과 지폐와 잉크'가 부글부글 끓는 '회탁'과 '현란'의 거리를 목격하지만, 그것은 박태원이나 김기림의 글에서 나타나듯이 군중에 대한 구체적 형상화나 군중과의 분리 의식으로 분출되지 않는다. 그는 낯선 '벤치'에서 '일주야'의 잠을 잘 만큼 '거리'를 익숙한 공간으로 체험한다. 이런 의미에서 이상 문학의 산책자는 포우의 『군중 속의 사람』에 등장하는 화자, 즉 런던의 밤거리를 헤매면서 추적하는 군중 속의 사람과 비슷하다. 포우의 산책자는 침착한 귀족적 태도 대신에 조울증적 태도를 보여주는데, 벤야민에 따르면 이러한 증세는 자기가 속한 사회에서 편안함을 느끼지 못함에서 기인한다. 벤야민은 이러한 포우의 산책자가 의도적으로 반사회분자와 산책자의 차이를 지워버린다고 비판했다. 또한 벤야민의 산책자는 만보객이다. 그는 "1840년경, 한 동안은 아케이드에서 거북이를 몰고 산책하는 것이 품위 있는 일이었다. 산책자는 거북이걸음의 리듬을 따라가며 즐거워했다"라는 구절을 통해 알 수 있듯이 도시의 속도와는 다른 방식으로 걷는다. 그러나 이상 문학의 산책자는 위의 인용이 말해 주듯이 '질주'와 '흥분'의 감각을 지니고 있다. 이것은 30년대 모더니즘, 혹은 벤야민의 산책자와 이상 문학의 산책자가 구별되는 지점이기도 하다.

2. 조감도의 시선과 비대칭의 기하학

1) 옥상정원―평면과 기하학의 시선

이상(李箱)의 문학에서 '백화점'이라는 공간은 '시선'의 관점에서도 문제적인 공간으로 등장한다. '백화점'은 '군중'이라는 감각이 최초로 형성되는 근대적 공간이다. 그러나 백화점은 '군중'체험과 상품의 판타스마고리아적 체험이 형성되는 공간이면서 동시에 새로운 시각의 형태가 자리잡는 공간이기도 하다. 이상 문학에서 '옥상정원'이 주목되어야 하는 이유도 여기에 근거한다. '옥상정원'은 현대 건축과 건설을 연결하는 르 꼬르뷔자에의 다섯 가지 원칙, 즉 지주(pillar), 골조와 벽 사이의 기능적 독립, 자유로운 평면, 자유로운 파사드, 옥상정원 중의 하나이다. 르 꼬르뷔지에는 '이성'과 '합리성' 그리고 '기하학적 질서'를 최고의 가치로 내세웠다. 그는 '질서가 지배하는 곳에서 행복이 생겨난다'고 주장했다. 그의 건축에서 옥상정원은 먼저 공간의 확장이라는 의미를 갖는데, 그것은 '유니테 다비타시옹'에서 단적으로 확인된다. 기디언은 꼬르뷔지에의 옥상정원을 다음과 같이 평가했다. "프랭크 로이드 라이트가 설계한 주택의 구성을 이해하려면 주택을 한 바퀴 둘러보아야 한다. 그러나 르 꼬르뷔지에의 주택은 한 자리에 서서 위아래를 바라볼 수 있게 되었으며, 어떤 측면에서 보면 하늘을 향해 열린 면을 발견할 수도 있다. 옥상정원은 주택에 실현된 이러한 공간 확장을 증명해주는 실례이다."[49] 꼬르뷔지에의 건축 이론이 일본에 처음 소개된 것이 1923년이고, 20년대 말에 일본과 조선의 건축가들이 그에게 심취했다는 사실은 주목할 만하다. 특히 그의 주요한 저서들이 1920년대 초·중반에 출간되었다는 사실에서 우리는 꼬르뷔지에의 이상(李箱)에 대한 영향 관계를 추측할 수도 있을 것이다.

一層우에있는二層우에있는三層우에있는屋上庭園에올라서南쪽을보아도아무것도없고北쪽을보아도아무것도없고해서屋上庭園밑에있는三層밑에있는二層밑에있는一層으로내려간즉東쪽에서솟아오른太陽이西쪽에 떨어지고東쪽에서솟아올라西쪽에떨어지고東쪽에서솟아올라西쪽에떨어지고東쪽에서솟아올라하늘복판에와있기때문에時計를꺼내본즉서기는했으나時間은맞는것이지만時計는나보담도젊지않으냐하는것보담은나는時計보다는늙지아니하였다고아무리해도믿어지는것은필시그럴것임에틀림없는고로나는時計를내동댕이쳐버리고말았다[50]

1930년대 당시 '옥상정원'은 조감도적인 조망을 체험할 수 있는 거의 유일한 공간이었다.[51] 전통적인 시선이 내려다보는 응시를 체험하지 않은 것은 아니지만, 옥상정원에서 획득하게 되는 시선과 산 위에서 도시나 마을을 내려다보는 시선 사이에는 근본적인 차이가 존재한다. 인용 시 「운동」은 두 부분으로 구성된다. 앞부분이 '일층(一層)'과 '옥상정원(屋上庭園)'을 왕복하는 '운동'에 관한 얘기라면, 뒷부분은 지상에 내려온 화자가 '일몰'을 바라보면서 시계적 시간에 불편함을 느끼고 시계를 던져버리는 얘기이다.

이 시의 공간적 배경이 백화점인지는 확실하지 않으나, 30년대 경성의 현실을 감안할 때 '옥상정원'을 백화점이라고 단정하는 것은 설득력

---

49) G. 기디온, 김경준 역, 앞의 책, 480면.
50) 「運動」, 『전집』 1, 132면.
51) 이종명은 "고층건물 우에서 아래를 조망하는 평면풍경 또한 독특한 구성미가 있다" 고 썼다. 이종명, 「고층에 그리는 풍경의 이단―옥상정원」, 『조선일보』, 1933.10.4.

을 갖고 있다. 앞부분에서 화자는 '옥상정원(屋上庭園)에 올라서' '남쪽'과 '북쪽'을 응시한다. 물론 그는 시선에 어떤 물체도 포착되지 않는다고 말하고 있다. 옥상정원의 응시가 '남―북'을, 지상에서의 응시가 '동―서'를 축으로 설정함으로써 이 시는 전체적으로 네 방위에 대한 조망이라는 구조를 갖는다. 「AU MAGASIN DE NOUVEAUTES」에서의 '올라다보는 시선'이 '사각형'의 연쇄라는 기하학적 추상성에서 '운동'의 이미지를 연상시킨다면, 「운동」의 '내려다보는 시선'을 기하학적 추상성에서 '평면'의 이미지를 연상시킨다. 옥상정원에서 바라보는 근경 또는 직선으로 떨어지는 시선에 포착되는 대상이나 풍경은 입체감을 상실하고 '평면'으로 전락하고 마는데, 이러한 경험은 이상(李箱)의 대표작이라 할 수 있는 「오감도」 연작과 「선에 관한 각서」 연작의 기하학적 추상성과 연결된다. 르 꼬르뷔지에는 이러한 '평면'을 수학적 계산이 지배하는, 척도의 산물이라고 보았다.52) '평면'의 추상성은 자연을 수학화함으로써 발생한다.

이상(李箱)의 시에는 '자연의 수학화'와 '기하학'이라는 양면성이 공존하고 있다. 자연의 수학화는 진리의 모델을 수학에서 찾으려 했던 데카르트적 이념을 의미한다. 감각의 지각이나 경험에서 존재의 확실성을 찾지 못한 데카르트는 진리의 모델을 수학에서 발견하려 했다. 다른 한편 이상은 근대 건축의 영향으로 인해 공간과 세계를 기하학적인 방식으로 추상하고 표상하려 했는데, 「날개」에 등장하는 유명한 삽화는 도상학적인 차원에서 르 꼬르뷔지에의 평면도와 매우 흡사하다.53) 꼬르뷔지에의 평면이란 일종의 조감도와 같은데, 보다 중요한 사실은 '평면'이 '내려다보는 시선'에 의해서만 경험된다는 점이다.

---

52) 르 꼬르뷔지에, 이관석 역, 『건축을 향하여』, 동녘, 2002, 87면.
53) 이러한 특징은 가령 「날개」에 등장하는 정방형의 삽화와 기디언의 『공간·시간·건축』의 366~367의 평면도를 비교하면 드러난다. 또한 르 꼬르뷔지에의 『건축을 향하여』에 등장하는 평면도와 비교할 수도 있다.

13人의兒孩가道路로疾走하오
(길은막다른골목이適當하오.)

第1의兒孩가무섭다고그리오.
第2의兒孩도무섭다고그리오.
第3의兒孩도무섭다고그리오.
第4의兒孩도무섭다고그리오.
第5의兒孩도무섭다고그리오.
第6의兒孩도무섭다고그리오.
第7의兒孩도무섭다고그리오.
第8의兒孩도무섭다고그리오.
第9의兒孩도무섭다고그리오.
第10의兒孩도무섭다고그리오.

第11의兒孩가무섭다고그리오.
第12의兒孩도무섭다고그리오.
第13의兒孩가무섭다고그리오.
13人의兒孩는무서운兒孩와무서워하는兒孩와그렇게뿐이모였소
(다른事情은없는것이차라리나았소)

그中에1人의兒孩가무서운兒孩라도좋소
그中에2人의兒孩가무서운兒孩라도좋소
그中에2人의兒孩가무서워하는兒孩라도좋소
그中에1人의兒孩가무서워하는兒孩라도좋소

(길은뚫린골목이라도적당하오.)
13人의兒孩가道路로疾走하지아니하여도좋소.[54]

이상의 문학에서 '거리'는 질주의 공간이자 공포의 세계이다. 그것은

---

54) 「시제일호(詩第一號)」, 『조선중앙일보』, 1934.7.24.

제2제정기 파리 시민들의 삶을 지배했던 오스망의 '도시선(都市線)'과 마찬가지로 30년대 경성의 삶을 좌우하는 지배적인 공간이었다. 모더니즘을 신경증에 육박하는 '충격'체험에 대한 예술의 지적인 대응이라고 할 수 있다면, 이상은 이러한 공포와 충격을 시의 기하학적 대칭성을 통해 맞서고 있는 셈이다. 인용시는 이상의 대표작인 「오감도(烏瞰圖)—시제일호(時第一號)」이다. 많은 연구자들이 '13'의 의미를 해석하기 위해 매달렸지만, '13'의 의미를 묻는 일은 그다지 생산적인 연구라고 할 수는 없다.55) '공포'의 기하학적 배치라고 간주할 수 있는 이 시에서 '공포'의 정체는 명확하지 않다. 오히려 이 시의 핵심은 1연의 "13人의兒孩가道路로疾走하오. / (길은막다른골목이適當하오.)"와 5연의 "(길은뚫린골목이라도적당하오.) / 13人의兒孩가道路로疾走하지아니하여도좋소"의 대칭성에 있다. '오감도(烏瞰圖)'란 '조감도(鳥瞰圖)'의 변형이라고 할 수 있는데, "공중의 새가 下界를 내려다보는"56) 시선과 '조감도'의 조망은 수직적인 시선에 근거한다는 점에서 동일하다.57) 이처럼 이상 문학의 시선은 수직적으로 내려다보는 시선에 의해 지배되는데, 이는 수평적 시선에 의해 작동하는 박태원의 고현학과 이상의 시선이 근본적으로 상이하다는 것을 말해준다.

　「오감도(烏瞰圖)」의 '내려다보는 시선'은 '투시법'의 그것이 아니다.58)

---

55) 김윤식은 '13인의 아해'에 대해 다음과 같이 설명한다. "여기 나오는 13인의 아해의 국적을 묻는 일은 전혀 무의미하다. 그리고 나아가 그 '아해'가 혈육을 갖춘 인간이냐 아니면 한갓 인공으로 만든 인형에 불과한가를 묻는 일도 거의 무의미하다. 그 '아해'는 목수 이상이 손으로 만든 한갓 인형에 불과한 것이다. 말을 바꾸면 인간의 주체성 따위는 아예 생각도 할 수 없는 위치에서 출발하고 있기에, 민족이라든가 한국어라든가 사상·감정 따위는 거의 의미가 없는 인공의 영역이다." 김윤식, 『한국현대문학사상사론』, 일지사, 1992, 48면.

56) 이경훈, 「미쓰코시, 근대의 쇼윈도우」, 『현대문학의 연구』 15집, 한국문학연구학회, 2000, 137면.

57) 김수영의 「노고지리」 역시 내려다보는 시선이라는 점에서 이상의 오감도(烏瞰圖)와 동일한 맥락에 놓을 수 있다.

58) 박현수는 「오감도(烏瞰圖)」의 시선을 투시도의 일종으로 간주한다. "이 시에서 화자

투시도의 모든 요소들은 개별 관찰자가 보는 하나의 시점, 즉 소실점으로 귀결된다. '정확한 시선(clear-seeing)'이라는 어원처럼, '투시법'은 대상의 절대적인 형상이나 관계를 고려하지 않은 상태에서 보이는 방식에 따라 2차원의 표면 위에 그려지는 것을 의미한다. 투시법의 목적은 장면을 정확하게 '재현(Representation)'하는 데 있으며, 근대적 시각 양식으로서의 '재현'은 15세기 이탈리아 르네상스에서 고안된 원근법과 유클리드적 공간에 기초를 두고 있다. 3차원의 공간과 대상을 2차원의 평면상에 정확하게 재현하고자 했던 투시법은 공간을 합리화하는 시각을 구현하였다. 이런 맥락에서 시각 예술에서의 투시법과 철학에서의 '데카르트적 원근법주의'는 근대적 시각 체제의 기초라고 할 수 있다. "빛을 형이상학적으로 윤색하려 했던 중세 말기의 환상, 즉 빛을 지각된 '빛(lumen)'으로서가 아닌 성스러운 '빛(lux)'으로 받아들였던 사고에서 탈피하여, 선(線)에 관한 원근법은 광학에 있어서 수학적 법칙과 신의 의지 사이에 존재하는 균형을 상징하는 것으로 되었다"라는 마틴 제이의 언급처럼 초기 원근법에는 중세의 흔적이 포함되어 있었다. 그럼에도 불구하고 공간에 대한 이러한 새로운 개념은 기하학적으로는 균등하고 직선적이며 추상적이고 단일한 성격을 띠는 것으로 인식되었다.59) 데카르트적 원근법주의와 르네상스의 원근법은 합리적 존재로서의 근대적 주체의 등장을 정당화한다. 왜냐하면 원근법에서 감상자의 시선이 놓인 삼각형의 정점은 초월적이고 보편적인 시선의 자리이기 때문이다. 뿐만 아니라 그것은 눈앞에 펼쳐진 화면과 구체적인 관계를 맺는 개별 감상자의 특수한 개인적 시각에 의해서만 규정되는 규정 불가능한 눈이기

의 시점은 도로와 골목의 상태와 '13인의 아해'가 질주하는 장면이 평면상태와 같이 개관되는 어느 가상 지점에 있다. 화자는 이 가상지점에서 아해들의 질주를 내려다보며 전체적인 상황을 파악하고 있는 것으로 느껴진다." 박현수, 앞의 책, 116~117면.
59) 알베르티의 유명한 은유에 따르면 캔버스는 투명한 창문으로서, 풍경의 기하학적으로 처리된 공간을 반영하는 평면 거울로서 인식되며, 묘사된 풍경은 다시 이를 관측하는 눈에서 비쳐 나오는 기하학적으로 처리된 공간으로 묘사된다.

때문이다. 이처럼 근대적 공간 개념은 '응시의 문법'과 합리적 주체라는 근대 철학의 핵심적 문제의식과 맞닿아 있다. 그러나 이상의 '오감(鳥瞰)'은 소실점을 갖는 투시도라기보다는 '평면도'나 '배치도'에 가깝다. 그것은 단적으로 르 꼬르뷔지에의 『건축을 향하여』에 등장하는 '토니 가르니에의 공업도시에서 발췌된 주거 구역'이나 '탑형 도시 배치 제안'의 시선을 응용한 것이라고 할 수 있다.60) 뿐만 아니라 이상 시의 건축학적 특징은 다양한 시점을 추구하되 어떠한 시점에도 배타적인 권위를 부여하지 않는다는 점에서, 대상을 해체하여 위/아래, 내/외부를 동시에 인식하려 했던 큐비즘적 공간 인식과 닮아 있다.

르네상스에서 기원하는 투시법(원근법)의 핵심은 가까운 것은 크게 그리고 먼 것은 작게 그리며, 그 단축의 정도에 직선적인 일관성을 부여하는 것이다. 1425년 브루넬레스키는 투시법이 우리의 시각과 일치하는 과학적 방법임을 입증하기 위해 실험을 했다. 그리고 10년 뒤 알베르티는 『회회론』에서 부르넬레스키의 실험을 수학과 광학을 통해 과학으로 확립했다. 브루넬레스키와 알베르티 이후 투시법은 서구의 회화와 건축에서 중심적 공간 개념으로 인식되었다. 인상주의는 그러한 과학주의를 극한으로까지 밀고 나아감으로써 회화적 재현에 내재하는 이율배반을 드러냈다. 반 고흐는 투시적 공간 개념이 요구하는 깊이를 제거해버렸고, 화가의 작업을 재현에서 표현으로 돌려놓았다. 세잔은 수학적이고 과학적인 구성을 위해 투시법 자체가 와해되는 지점을 보여주었다. 피카소가 오해했던 것이 이러한 투시법의 와해가 과학주의적 이념 위에서 진행되었다는 것을 보지 않았다는 점이라면, 그 오해가 창조적일 수 있었던 것은 이제 와해된 투시적 공간을 다른 식의 재현방법으로 재건하려 하지 않았다는 점일 것이다. 피카소를 통해서 사물의 형태는 직선적 투시법의 틀에서 벗어날 수 있었고, 그럼으로써 차라리 전혀 다른

---

60) 르 꼬르뷔지에, 앞의 책, 72~74면.

종류의 공간을 구성할 수 있었다.

2) (비)대칭과 아이러니

　「시제사호(詩第四號)」는 1932년 7월 『조선과 건축』에 일문(日文)으로 발표된 「진단(診斷) 0：1」을 뒤집어 놓은 작품이다. '오감도(烏瞰圖)' 연작의 하나인 이 작품을 통해 우리는 '오감도'가 투시법과 무관하다는 것, 그리고 추상 충동에 가까운 이러한 시적 특징이 시적 상황의 재현이나 현실의 모방을 목적으로 삼지 않는다는 것을 알 수 있다. '기하학'과 '대수학'의 추상적 공간을 시적 대상으로 삼는 이상의 시는 곧 삶의 선험적 조건인 물리적 공간에 대한 본질적 물음이라고도 할 수 있다. 수학적 기호의 세계는 일상적·경험적 자아가 틈입하지 못하는 순수 추상의 세계이다.

患者의容態에關한問題

1234567890·
123456789·0
12345678·90
1234567·890
123456·7890
12345·67890
1234·567890
123·4567890
12·34567890
1·234567890
·1234567890

診斷 0：1

26. 10. 1931

以上 責任醫師 李 箱[61]

　인용시에서 이상은 '대수적 공간'을 문제삼고 있는데, 이 시에 나타나는 숫자의 배열이 갖는 수학적 의미는 원순열을 선순열로 치환한 것에 불과하다.[62] 그러나 '환자(患者)의용태(容態)에관(關)한문제(問題)'를 다루고 있는 이 시에 등장하는 10진수의 세계가 무엇을 의미하는지는 명확하지 않다. 이승훈은 이러한 대수적인 공간과 그것의 전도 현상이 과학적 세계에 대한 반성의 의미를 지닌다고 보았다.[63] 그의 논리에는 세 가지의 추측이 내포되어 있는데, 「시제사호(詩第四號)」가 「진단(診斷) 0 : 1」을 거울의 반영처럼 뒤집어 놓았다는 것, 거울이 반성적 태도를 환기한다는 것, 그리고 10진수의 순열이 세계를 표상한다는 것이다. 그러나 만일 「시제사호(詩第四號)」가 과학적 세계에 대한 회의나 반성을 의미한다면, 동일한 날짜에 창작된 일문시 「진단(診斷) 0 : 1」은 과학적 세계에 대한 찬양이나 긍정이라는 의미로 해석될 수밖에 없다. 그러므로 이러한 논리는 성립되기 어렵다.

　마찬가지로 이상 시에서 숫자가 세계를 의미한다거나, 거울이 반성의 태도를 상징한다는 추측 역시 설득력이 없다. 김승희는 「시제사호(詩第四號)」를 "카르테시안적 합리주의적 세계관의 전도와 아울러 점의 운동성이 기호계적 배치"를 형성하고 있다고 주장한다. 「시제사호(詩第四號)」에 통사론적 연속성이 부재하며, '이상(以上) 책임의사(責任醫師) 이상(李箱)'처럼 동음이의어를 통한 언어유희를 담고 있다는 점에서 이러한 논리는 설득력을 갖는다. 그는 10진수의 나열에서 점(·)이 변수의 역할을 담당하고 있으며, 그 점들의 연속선이 좌·상에서 우·하 방향으로 하

---

61) 「시제사호(詩第四號)」, 『조선중앙일보』, 1934.7.28.
62) 이승훈, 『이상시연구』, 고려원, 1987, 112면.
63) 위의 책, 239면.

강대각선을 그리며 운동한다고 보았다. 이러한 논리에는 점의 연속으로 형성되는 대각선을 축으로 두 개의 삼각형과 하나의 사각형이 만들어진 다는 것, 그리고 「신경질적(神經質的)으로 비만(肥滿)한 삼각형(三角形)」에 등장하는 "□나의 이름/△나의 아내의 이름"을 참고할 때 이 시가 '나' 와 '아내'의 관계를 함축하고 있다는 사실이 포함되어 있다. 그러나 「시 제사호(詩第四號)」를 이해하기 위해서는 먼저 일문시 「진단(診斷) 0:1」에 대한 설명이 전제되어야 한다. 주지하듯이 「진단(診斷) 0:1」과 「시제사 호(詩第四號)」에는 동일한 창작 일자가 표기되어 있다. 물론 전자가 1932 년에, 후자가 1934년에 각각 발표되었다는 차이는 존재한다.64) 동일한 날짜에 창작된 작품을 거울의 이미지를 활용해 대칭적으로 뒤바꿔 놓았 다는 점에서 이 시의 핵심적인 문제의식이 전도된 상에 있음을 알 수 있 다. 다시 말해 「시제사호(詩第四號)」는 거울의 이미지를 이용한 대칭형의 생산이라는 데 목적이 있다. 이 시에서 점들의 연속선은 일종의 대칭선 을 형성하고 있다. 기하학적 추상공간의 대칭성은 좌우대칭과 상하대칭, 방사대칭으로 구분할 수 있는데, 인용시 「시제사호(詩第四號)」는 「진단(診 斷) 0:1」의 좌우대칭이라고 할 수 있다.

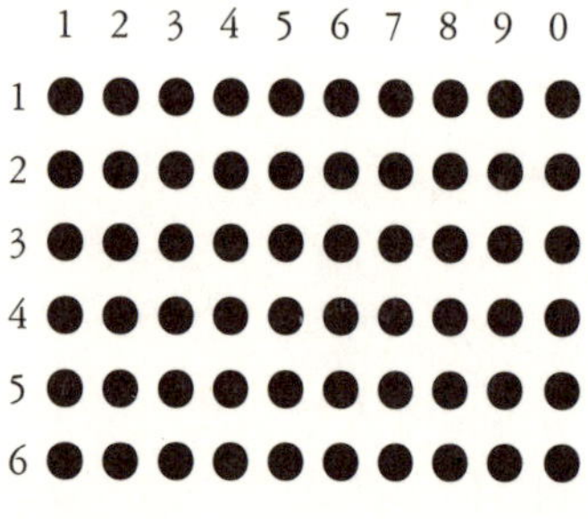

```
  1 2 3 4 5 6 7 8 9 0
1 ● ● ● ● ● ● ● ● ● ●
2 ● ● ● ● ● ● ● ● ● ●
3 ● ● ● ● ● ● ● ● ● ●
4 ● ● ● ● ● ● ● ● ● ●
5 ● ● ● ● ● ● ● ● ● ●
6 ● ● ● ● ● ● ● ● ● ●
```

---

64) 「진단(診斷) 0:1」(1932년 『조선과 건축』)과 「시제사호(詩第四號)」,(『조선중앙일보』, 1934.7.28) 사이에는 다음과 같이 차이가 존재한다. 첫째, '或은患者의容態에關한問題' 와 '患者의容態에關한問題'. 둘째, 10진수 배열의 좌우가 뒤바뀌었다는 것. 셋째, '診 斷 0:1'과 '診斷 0·1'.

(宇宙는冪에依하는冪에依한다)
(사람은數字를버리라)
(고요하게나를電子의陽子로하라)

스펙톨

軸X 軸Y 軸Z

速度etc의統制例컨대光線은每秒當三00000키로메―터달아나는것이確實하다사람의發明은每秒當六00000키로메―터달아날수없다는法은勿論없다. 그것을幾十倍幾百倍幾千倍幾萬倍幾億倍幾兆倍하면사람은數十年數百年數千年數萬年數億年數兆年의太古의事實이보여질것이아닌가, 그것을또끊임없이崩壞하는것이라하는가, 原子는原子이고原子이고原子이다. 生理作用은變移하는것인가, 原子는原子가아니고原子가아니고原子가아니다, 放射는崩壞인가, 사람은永劫인永劫을살수있는것은生命은生도아니고命도아니고光線인것이라는것이다.

臭覺의味覺과味覺의臭覺

(立體에의絶望에依한誕生)
(運動에의絶望에依한誕生)
(地球는빈집일境遇封建時代는눈물이나리만큼그리워진다)[65]

숫자와 기하학적 도형을 사용하여 대칭적 이미지를 형성하고 있는 「선

---

65) 「선에 관한 각서 1」, 『전집』 1, 147~148면.

(線)에 관(關)한 각서(覺書) 1」 역시 해석에 있어서 많은 논란을 제공한다. 그것은 이 시가 「시제사호(詩第四號)」와는 달리 수학적 법칙이나 원리에 대한 직접적인 언술을 포함하고 있기 때문이다. 달리 말해, 대수학의 세계나 기하학적 대칭성의 원리라는 형태적인 특징만으로 이 시를 설명하기에는 부족한 점이 많다. 시는 크게 두 부분으로 구성되었는데, 전반부는 「시제사호(詩第四號)」와 마찬가지로 10진수를 사용하여 좌·우·상·하의 방사형 대칭을 보여준다. 후반부의 처음에 등장하는 "宇宙는 冪에의하는冪에依한다"는 우주(세계)가 수에 의해 지배된다는 것을 의미한다. 기존의 연구들은 점이나 수의 연속적 나열을 통해 기하학적 대칭형을 구성하는 이상시의 특징을 근대적 합리성의 표상으로 이해해 왔다. 그러나 "사람들은數字를버리라"라는 구절이 말해주듯이 이상은 그러한 수에 대한 집착을 버릴 것을 요구한다. 그는 "고요하게나를電子의陽子로하라"에서 수를 버리고 '양자'의 세계로 들어갈 것을 주장하는데, 여기에서 '양자'가 어떤 세계나 인식을 가리키는지는 명확하지 않다. 그는 작품의 말미에 등장하는 두 번의 절망, 즉 "立體에의絶望에依한誕生"과 "運動에의絶望에依한誕生"을 통해 기하학적 추상성과 운동으로 표상되는 과학의 세계에 대해 부정적인 인식을 표출하고 있다. '봉건시대(封建時代)'에 대한 그리움의 정서 역시 이러한 근대적 기하학과 수학적 세계의 딜레마로부터 벗어나기를 갈구하는 화자의 태도에서 비롯된다고 할 수 있다.

대칭의 관점에서 볼 때, 「시제사호(詩第四號)」와 「선(線)에 관(關)한 각서(覺書) 1」은 흥미로운 시사점을 제공하고 있다. 르 꼬르뷔지에의 건축학적 개념이나 근대적 수학적·과학적 개념들을 통해 이상의 시에 접근한 대부분의 선행 연구들은 이러한 대칭성에서 엄밀한 질서의 추구와 비례에 대한 강박적 태도를 읽어낸다. 기하학적 공간과 대수적 세계를 근간으로 하는 이상의 난해한 시들이 대칭성의 경향을 노정한다는 것은 주지의 사실이다. 그러나 정작 문제는 그러한 시들에서 대칭성이

엄격하게 지켜지는 방향이 아니라 변형을 통해 허물어지고 있다는 사
실이다.66) 이상 시의 대칭적 특징이 대칭성의 추구의 결과인지, 그것을
해체하려 한 노력의 산물인지는 무척이나 중요한 문제이다. 이는 이상
(李箱)이 근대적·합리적 세계의 상징인 과학과 수학, 그리고 건축에 대
한 태도를 엿볼 수 있는 지점이기 때문이다.

　이상의 시에 나타난 기하학적 대칭은 도치나 전복 혹은 변형에 의해
뒤틀려 있다. 원순열을 선순열로 치환한 「시제사호(詩第四號)」나 10진의
수 세계를 방사대칭으로 형상화한 「선(線)에 관(關)한 각서(覺書) 1」은 그
것이 수의 질서를 이용한다는 점에서 쉽게 대칭성을 형성할 수 있음에
도 불구하고 정확한 대칭이 이루어지지 않게 고안되어 있다. 가령 「시
제사호(詩第四號)」에서 왼쪽 위에서 오른쪽 아래로 진행되는 점의 연속
선은 대칭선처럼 보인다. 만약 그것이 대칭선이라면, 그 선을 중심으로
포갰을 경우 두 개의 삼각형이 포개져야 한다. 그러나 점들의 연속으로
이루어진 그 선이 만들어내는 대칭이란 고작 왼쪽 상단의 0과 0, 오른
쪽 하단의 1과 1에 불과하다. 전체적인 구도나 형상의 차원에서는 대칭
적으로 보임에도 불구하고 실제로 그것은 대칭선으로 작용하지 않는다.
「선(線)에 관(關)한 각서(覺書) 1」에서도 사정은 마찬가지이다. 그것은 왼
쪽 상단에 어떠한 숫자도 명기하지 않음으로써 상하, 좌우, 방사 어떠한
대칭도 허용하지 않는다. 만약 왼쪽 상단에서 오른쪽 하단으로 이어지
는 임의의 선을 대칭선으로 간주해서 접었을 경우, 숫자들은 1과 0을
제외한 나머지 수들은 상하/좌우의 대칭이 뒤틀리게 되어 있다. 결국
이상의 문학은 대칭성을 바탕으로 비대칭을 지향한다고 할 수 있는데,
이러한 대칭의 비대칭성은 이상 문학의 '원점'67)이라고 할 수 있는 「12

---

66) 이상(李箱)의 시에서 대칭이나 비례의 불완전함은 이미 지적되었다. 황지헌, 「홈패
　　인 공간에서 매끄러운 공간으로」, 『문학과경계』 창간호, 문학과경계사, 2001, 40면.
67) 김윤식, 「이상 소설의 유형」, 『한국문학의 리얼리즘과 모더니즘』(김윤식·정호웅 편),
　　민음사, 1989, 217면.

월 12일」에서는 '아이러니'적 세계인식으로, 「지비(紙碑)」·「날개」에서
는 '절름발이 의식'으로, '거울 모티프'의 시편들에서는 감각의 비대칭
성이라는 형태로 나타난다.

먼저 기하학적 대칭성이 아이러니적 세계인식으로 변주되는 「12월
12일」을 살펴보자. 「12월 12일」은 1930년 2월부터 12월까지 총 9회에
걸쳐 월간 『조선』[68]에 연재된 이상의 첫 장편 소설이다. 이상 문학의
원적(原籍)에 해당하는 이 작품은 '자전적 체험에서 나온 공포와 증오가
각혈이라는 새로운 절망을 맞아 쓰여'[69]진 자전적 소설이다. 연재 1회
의 서두에서 작가는 이 작품의 성격을 다음과 같이 밝히고 있다. "이 하
잘 것 없는 짧은 한 편은 이 어그러진 인간법칙을 「그」라는 인격에 붙
이어서 재차의 방랑 생활에 흐르려는 나의 참담을 극한 과거의 공개장
으로 하려는 것이다." 작가 자신의 일상(삶)을 재현의 대상으로 삼았다
는 점에서 근대적 개인의 발견이나 일본 사소설의 영향관계[70]를 찾을
수도 있다. 그러나 작가는 자전적 형식을 취하면서도 굳이 화자에게
'그'라는 3인칭의 인격을 부여함으로써 이 작품이 단순히 자기 삶의 재
현이 아닌 하나의 완결된 '서사'로 인정받기를 원했음을 알 수 있다. 이
상 문학의 정신적 기원은 '죽음'으로 상징되는 '불행 의식'이다. 그것은
「12월 12일」에서 나타나듯이 주체가 '집'을 잃고 떠돌아야 했던 고아의
식의 또 다른 표현이며, 혹은 "자신을 잃어버린 자, 더 이상 '나'라고 말
할 수 없는 자, 그와 동시에 이 세계, 세계의 진실을 상실한 자, 그 유형
에 속한 자들, 횔덜린이 말했듯이 신들도 더 이상 존재하지 않는, 신들
이 아직 도래하지 않은, 이 비탄의 시간에 속한 자들의 상황"[71]의 묘사
일 수도 있다. 그렇기 때문에 문학이 하나의 구원이라면 그것은 본질적

---

68) 총독부 관방문서과에서 발간한 월간종합지인 『조선』은 일어판과 조선어판을 동시
　에 냈으며, 조선통치에 대한 정보 수집과 제공을 주목적으로 삼았다.
69) 최혜실, 『한국모더니즘소설연구』, 민지사, 1992, 89면.
70) 김주현, 『이상소설연구』, 소명출판, 1999, 43~45면.
71) M. 블랑쇼, 박혜영 역, 『문학의 공간』, 책세상, 1990, 97면.

으로 '나'에 대한 구원일 수밖에 없다. 그러나 동시에 글을 쓴다는 의미
의 문학은 "'나'에서 '그'에게로 해방을 가져다주는 통로"[72]이다. 다시
말하자면 불행한 의식에서 시작된 예술의 궁극적인 지향점은 '나'의 구
원이지만, 소설은 그 구원의 지향점을 '나'에게서 '그'로 바꿔버리는 글
쓰기 방식이다. 이는 소설에서 '나'의 구원은 '그'의 구원을 통해서만
가능하다는 얘기이며, 확대해서 말하자면 소설이란 곧 '그'라는 삼인칭
의 발견과 절대 무관할 수 없다는 것이다.

　이때나 저때나 박행(薄幸)에 우는 내가 십유여 년 전 그 해도 저무려는 어
느 날 지향도 없이 고향을 등지고 떠나가려 할 때에 과거의 나의 파란 많은
생활에도 적지않은 인연을 가지고 있는 죽마의 구우 M군이 나를 보내려 먼
곳까지 쫓아나와 갈림을 아끼는 정으로 나의 손을 붙들고
　「세상이라는 것은 우리가 생각하는 것과 같은 것은 아니라네」
　하며 처창한 낯빛으로 나에게 말하던 그때의 그 말을 나는 오늘까지도 기억
하여 새롭거니와 과연 그 후의 나는 M군의 그 말과 같이 내가 생각던 바 그
러한 것과 같은 세상은 어느 한 모도 찾아내일 수는 없이 모두가 돌연적이었
고 모두가 우연적이었고 모두가 숙명적일 뿐이었었다.
　「저들은 어찌하여 나의 생각하는 바를 이해하여 주지 아니할까 나는 이렇
게 생각해야 옳다하는 것인데 어찌하여 저들은 저렇게 생각하여 옳다하는 것
일까」
　이러한 어리석은 생각은 하여 볼 겨를도 없이
　「세상이란 그런 것이야. 네가 생각하는 바와 다른 것, 때로는 정반대되는
것, 그것이 세상이라는 것이야!」
　이러한 결정적 해답이 오직 질풍신뢰적으로 나의 아무 청산도 주관도 없는
사랑을 일약 점령하여 버리고 말았다. 그 후에 나는 네가 세상에 그 어떠한
것을 알고자 할 때에는 우선 네가 먼저 「그것에 대하여 생각하여 보아라. 그
런 다음에 너는 그 첫 번 해답의 대칭점을 구한다면 그것은 최후의 그것의 정
확한 해답일 것이니」

---

72) 위의 책, 94면.

하는 이러한 참혹한 비결까지 얻어 놓았었다. 예상 못한 세상에서 부질없이 살아가는 동안에 어느덧 나라는 사람은 구태여 이 대칭점을 구하지 아니하고도 세상일을 대할 수 있는 가련한 「비틀어진」 인간성의 사람이 되고 말았다. 그리하여 인간을 바라볼 때에 일상에 그 이면(裏面)을 보고 그러므로 말미암아 「기쁨」도 「슬픔」도 「웃음」도 「광명」도 이러한 모든 인간으로서의 당연히 가져야 할 감정의 권위를 초월한 그야말로 아무 자극도 없는 영점(零點)에 가까운 인간으로 화하고 말았다. 오직 내가 나의 고향을 떠난 뒤 오늘날까지 십유여 년 간의 방랑생활에서 얻은 바 그 무엇이 있다 하면

「불행한 운명 가운데서 난 사람은 끝끝내 불행한 운명 가운데서 울어야만 한다. 그 가운데에 약간의 변화쯤 있다 하더라도 속지 말라. 그것은 다만 그 「불행한 운명」의 굴곡에 지나지 않는다.」

이러한 어그러진 결론 하나가 있을 따름이겠다. 이것은 지나간 나의 반생의 전부(全部)요 총결산이다. 이 하잘 것 없는 짧은 한 편은 이 어그러진 인간법칙을 「그」라는 인격에 붙이여서 재차의 방랑 생활에 흐르려는 나의 참담을 극한 과거의 공개장으로 하려는 것이다.73)

연재 1회분의 서두인 인용문에서 주목해야 할 부분은 '대칭점' 구하기라는 '참혹한 비결'이다. 대칭이란 점, 선, 면 또는 그것들의 모임이 한 점이나 한 직선 또는 평면을 사이에 두고 같은 거리에 놓여 있는 기하학적 형상을 가리키지만, 화자는 그것을 "세상이라는 것은 우리가 생각하는 것과 같은 것은 아니라네"처럼 '정반대'의 뜻으로 이해하고 있다. '대칭점 구하기'는 작가나 화자가 세상을 보는 인식의 태도, 다시 말해 '아이러니'로서의 세계 인식이라고 할 수 있다. 그러나 세계 인식의 '결정적 해답'이자 삶의 '참혹한 비결'인 '대칭점'이란 한 인간을 '가련하고 비틀어진 인간성'의 소유자로 전락시킨다는 점에서 지극히 부정적인 삶의 태도이다. 이러한 냉소적 태도가 이상 문학에 등장하는 인물들을 '영점에 가까운 인간'으로 만들었다고 볼 수 있다. 「12월 12일」에서

---

73) 「12월 12일」, 『조선』, 조선일보사, 1930.2~12.

이상은 이 '영점에 가까운 인간'을 ×로 설정하고 있으며, 그렇기 때문에 작품의 전체적인 초점 역시 자연스럽게 ×에게 맞춰지고 있다. '영점에 가까운 인간'이란 한 마디로 말하자면 슬픔이나 웃음과 같은 기본적인 감정에서 아무런 자극을 느끼지 못하는 존재를 의미한다. 그가 이처럼 '감각의 권위'를 '초월'할 수 있는 까닭은 "불행한 운명 가운데서 난 사람은 끝끝내 불행한 운명 가운데서 울어야만 한다"는 비참한 결론 때문이다. 이는 삶을 인식하는 비극적 태도를 나타내는 것인데, 이러한 인식에 따르자면 '변화', 즉 '웃음'이라는 반전도 결국에는 '불행한 운명의 굴곡'에 지나지 않는다. 그러나 이 작품의 주인공 ×이 작품 속에서 시종일관 불행한 운명을 살았다고는 말할 수 없다. 따라서 시간적인 맥락에서 이 서문은 결론에 해당한다고 할 수 있다.

「12월 12일」은 연재 4회분의 서문을 기점으로 양분된다. 궁핍으로부터 탈출하기 위해 도일(渡日)하는 장면과 M과 주고받는 여섯 번의 편지가 전반부에 해당한다면, 서울로 돌아온 X와 업의 대립이 핵심적인 갈등으로 제시되는 장면이 후반부에 해당한다. 이러한 구성상의 특징은 중심인물의 변화로도 파악할 수 있는데, 전반부에서 후반부로 넘어가면서 중심인물은 X에게서 업으로 이동한다. 앞서 지적했듯이 가난 때문에 고향을 등지고 일본으로 건너간 X는 극도의 허무주의에 시달리다가 토로코 사건을 계기로 그 허무주의로부터 벗어난다. 그러나 고향으로 돌아오는 장면으로 시작되는 후반부의 첫 장면에서도 X는 여전히 '복수'에 대한 의지를 굽히지 않는다. 재생을 통해 생에 대한 긍정적 의지를 획득한 그가 귀향길에서 "인생은 암야의 장단 없는 산보이다"라는 비관적인 운명 인식을 보여주는 장면은 서사적 통일성과 개연성이 다소 떨어지는 부분이라고 할 수 있다. 뿐만 아니라 여관 주인의 죽음으로 인해 뜻하지 않은 거액을 얻게 된 그가 "사람에게는 고통이 없다. 그는 지구권 외에서도 그대로 학대받았다. 그의 고기를 전부 졸여서 애(愛)라는 공물을 만들어 사람들 앞에 눈물 흘리며도 보았다. 그러나 모든 것은 더 한층 그를 학대하고 쫓아내었을 뿐이었다"라는 식으로 자신의 삶을 회상하는 장면도 설득력이 떨어지는 부분이다. 그럼에도 불구하고 그는 귀향길에서 '복수'에 대한 의지를 굽히지 않는다. 그렇다면 X가 말하는 복수란 무엇인가? 그것은 구체적인 대상에 대한 복수가 아니라 자신의 '운명'에 대한 복수이며, 궁극적으로 저주스러운 운명을 부여한 '신'에 대한 복수이다. "내 뼈끝까지 다 갈려 없어지는 한이 있더라도 ─그때에는 내 정령(精靈) 혼자서라도─. 그의 갈리는 이빨 사이에서는 뇌장(腦醬)을 갈아 마실 듯한 쇳소리와 피육을 말아 올릴 듯한 회오리바람이 일어났다"라는 살벌한 다짐은 자신의 삶을 짓눌러 온 그 궁핍한 운명에 대한 화자의 복수에의 의지라고 할 수 있다.

> 그는 「반가와하지 아니하면 안된다 ─사랑하지 아니하면 안된다─믿지 아니하면 안된다」 등의 「……지 아니하면 안되」는 의무를 늘 생각하고 있다. 그러나 이 「……지 아니하면 안된다」라는 것이 도덕상에 있어 어떠한 좌표 위에 놓여 있는 것인가를 생각해 볼 수는 없었다.─따라서 이 그의 소위 「의무」라는 것이 참말 의미의 「죄악」과 얼마나한 거리에 떨어져 있는 것인가를 생각해 볼 수 없었는 것도 물론이다.
>
> 사람은 도덕의 근본성을 고구하기 전에 우선 자기의 일신을 관념 위에 세워 놓고 주위의 사물에 당한다. 그러므로 그들의 최후적 실망과 공허를 어느 때이고 반드시 가져온다. 그러나 그것이 왔을 때에 그가 모든 근본 착오를 깨닫는다 하여도 때는 그에게 있어 이미 너무 늦어지고야 말고 하는 것이다.
>
> 인류의 역사가 시작될 때부터 사람은 얼마나 오류를 반복하여 왔던가 이 점에 있어서 인류의 정신적 진보는 실로 가엾을만치 지지한 것이라고 아니할 수 없다.

친구 M, 조카 업 그리고 동생과 재회한 X는 한 순간 반가움을 느끼지만, 그는 곧 그것이 하나의 '의무'는 아니었을까 라고 의심하기 시작한다. 일종의 '반성'적 의식에 해당하는 이러한 심리상태 속에서 그는 '의무'와 '죄악'의 거리를 가늠하기 시작한다. 그리고 마침내 '반성할 수 없는' 상황에서 '사랑'에 대한 결정을 내린다. X는 강요되는 '의무'로서의 윤리, 즉 '도덕'을 죄악으로 인식한다. 도덕이란 행동의 기준이 되는 규칙이다. 그러나 '도덕'이 '윤리'와 다른 점은 그것이 자신의 행동 기준인 동시에, 타인에게 강요되는 행동의 기준이기도 하다는 사실이다. "도덕 교사들의 허영심 — 도덕 교사들은 너무나 기꺼이 만인에 대한 처방전을 주려고 한다."74) 니체의 계보학(Genealogie)적 분석에 따르면, '도덕'은 일반화할 수 없는 것조차 일반화시키는 무차별적 일반화에의 의지이다. 도덕주의자가 일반화에 관심을 집중하는 반면, 계보학자는 전체로 환원되지 않는 부분들에 주목한다. 계보학자의 가장 두드러진 특징 중의 하나는 보편화에 반대한다는 것이다. 앙리 르페브르는 이러한 맥락에서 도덕이야말로 부도덕한 것이라고 비판했다. "도덕주의, 즉 도덕적 질서의 도덕주의는 언제나 부도덕주의와 손을 잡아왔다. 일반적인 덕으로, 그리고 일반적으로 인정되는 덕목으로서의 '품위 있는' 존재는 일반적인 사실과 의식의 한 유형으로서의 냉소주의를 수반한다."75)

고향에 돌아온 X는 자신의 마음이 알지 못할 무언가로 가득 차 있음을 느낀다. 그러나 반성적 의식의 눈으로 자신의 내면을 응시했을 때, 거기에는 아무 것도 없었다. 그리고 다시 한 번 자신의 마음속을 응시했을 때, "비인 것으로만 알아졌던 그의 가슴 속"은 무언 가로 가득 차 있었다. 비었다고 생각할 때 충만하고, 충만하다고 생각할 때 비어 버리는 마음, 화자는 그것을 '모순'이라고 생각한다. "모든 것이 모순이다. 그러나 모순된 것이 이 세상에 있는 것만큼 모순이라는 것은 진리이다. 모순은 그것이 모순된 것이 아니다. 다만 모순된 모양으로 되어져 있는 진리의 한 형식이다." 주목할 사실은 화자가 발견한 '모순'이 '진리'의 한 형식이라는 점이다. 모순이란 일반적으로 인간의 심리 상태나 사회적 현실의 불합리성을 가리키는 개념이다. 그러나 여기에서 X는 '모순'

---

74) F. 니체, 이필렬·임수길 역, 『서광』, 청하, 1983, 141면.
75) 앙리 르페브르, 이종민 역, 『모더니티 입문』, 동문선, 1999, 57면.

을 "모순된 모양으로 되어져 있는 진리의 한 형식"으로 간주한다. "사람은 도덕의 근본성을 고구(考究)하기 전에 우선 자기의 일신을 관념 위에 세워 놓고 주위의 사물에 당한다"라고 할 때의 '관념'이 일반화된 행동의 기준으로서의 '도덕'을 의미한다면, '모순'이란 그러한 일반화의 의지와는 무관하게, 일반화된 권력의 틈 사이로 빠져나가는 인간 심리의 이율배반을 가리킨다. 이율배반적인 심리상태는 작품의 전반부에서 후반부로 넘어가는 장면에서도 그대로 드러난다. 화자는 형제와 친우에 대한 기대감으로 '고향'으로 돌아오지만, 정작 고향에 도착한 이후에는 그러한 심리적 기대감이 일순간에 사라져버린다. "아까 그 신사나 따라갈 것을! 차라리!"이라는 구절의 반복은 '도덕'이라는 '의무'로 바뀌었음을 말해준다.

그렇다면 왜 이러한 심리적 이율배반이 발생하게 되는가? 새로운 상황에 직면한 인간은 그 상황과의 관계 속에서 새로운 생각을 하기 마련이다. 물론 이때 이전의 '생각' 모두가 부정되거나 지양되는 것은 아니다. 그럼에도 불구하고 그것들은 '가버린 것'에 지나지 않는다. 화자는 이러한 망각이 '관념'이 아니라 '육체'를 기반으로 일어나고 있음에 주목하는데, 이처럼 '모순'으로서의 '진리', 즉 모순의 형식으로 표현되는 진리란 결국 '우연히' 발견되는 가능성으로서의 진리와 일맥상통한다. 르페브르는 우연히 발견되는 진리는 그것이 교조적인 진리를 부정하는 진리라는 점에서 일종의 아이러니라고 주장한다. "아이러니 역시 진리를 찾고는 있지만, 그것은 교조주의와 같은 진리는 아니다. 그것은 '우연히' 발견되는 진리 혹은 '가능한' 진리이며, 따라서 어쩌면 불가능한 진리가 될지도 모른다."76)

이처럼 「12월 12일」에서 작가의 문제의식은 삶의 '아이러니'에 집중되어 있다. X의 삶을 둘러싸고 있는 '대칭점'의식이나, 의도('사랑')와는

---

76) 위의 책, 25면.

무관하게 비극('죽음')으로 종결되는 작품의 전체적 구조는 이 작품이 아이러니의 자장 속에 놓여 있음을 증명한다. 특히 이 작품에 등장하는 X는 선(先)결정된 자신의 운명에 대해 무지하다는 점에서 아이러니의 희생자라고 할 수 있다. 그것은 신이나 숙명·우주의 진행이 주인공을 일부러 헛된 희망을 품도록 사건을 조종하고 나서 그를 좌절시키거나 조롱하려는 것처럼 표현되어 있다는 점에서 '우주적' 또는 '숙명의 아이러니(cosmic irony or the irony of fate)'를 닮았다.[77]

세계 인식의 방법론이자 태도로서의 아이러니는 이상 문학의 가장 중요한 특징 중의 하나이다. 일반적으로 아이러니는 어느 대상에 대하여, 장난삼아 그것에 적합하지 않은 성질은 감추고 마치 그것을 승인하는 것처럼 위장하여, 그것과는 정반대의 현실을 한층 더 선명하게 드러내는 수사학적 장치를 가리키는 개념이다. 뿐만 아니라 아이러니는 인생의 체험을 한 면만이 아니라 그 정반대의 면까지 동시에 바라보는 세계인식의 태도이기도 하다. 오늘날 문학에서 아이러니가 중요한 의미를 지니게 된 것도 바로 '의식의 분리'와 '시선의 양면성' 때문이다. 아이러니가 수사학적 차원을 벗어나 세계인식의 태도로 확장된 것은 독일 낭만주의자들에 이르러서이다. 그들은 아이러니를 "모든 것 위에 떠돌면서 모든 것을 부정하고, 초월하는 정신적 자유"라고 인식함으로써, 그것을 예술창작상의 지속적인 정신태도이자 세계관으로 간주했다. 아이러니를 "경험에 있어서, 그들 중 어느 한 가지도 단순히 옳다고 할 수 없는, 여러 가지 해석이 가능하며, 불일치의 공존이 생존 구조의 한 부분이라는 것을 인정하는 인생관"[78]으로 정의하는 하이네스(Hynes, Samuel Lynn)의 입장 역시 독일 낭만주의자들의 정의를 이어받은 것이었다. 신비평가를 비롯하여 현대의 많은 이론가들은 아이러니를 내포한 문학이 그렇지 않은 문학보다 우수하다고 주장한다. 그 까닭은 아이러니가 인

---

77) M. H. 에이브람즈, 최상규 역, 『문학용어사전』, 보성사, 1994, 145면.
78) D. C. Muecke, 문상득 역, 『아이러니』, 서울대 출판부, 1986, 41면.

생의 체험을 한 면만 보지 않고 그 정반대의 면도 동시에 보고 동시에 표현하는 방법이라고 보는 까닭이다. 이때의 아이러니는 통상적인 의미의 해학적 요소 이상의 것으로서 인생에 대한 폭넓은 비판의식을 뜻한다.

루카치 역시 근대 소설에 등장하는 아이러니를 가리켜 "마지막 한계에 도달한 주관성의 자기지양으로서 신이 없는 세계에서 얻을 수 있는 최고의 자유"라고 평가했다.[79] 루카치에 따르면 아이러니야말로 절망적일 수밖에 없는 현실 속에서 인간이 살아나가야 하는 이유를 말해주는 유일하게 가능한 조건이다. "그렇기 때문에 아이러니는 하나의 진정한 총체성을 창조하는 객관성을 위한 유일하게 가능한 선험적 조건일 뿐만 아니라, 그것은 또한 이러한 총체성이 구현되고 있는 소설을 우리 시대의 대표적인 예술 형식으로 만들고 있는 것이다."[80]

한편 르페브르는 아이러니를 주체의 자기 방어의식과 관련지어 설명한다. 그는 아이러니를 공격당했거나, 혹은 억압된 감수성이나 소외에 대해 개인이 대항할 수 있는 수단이라고 보았는데, 그에 의하면 '연약한 정신'의 소유자인 아이러니스트는 외부의 공격에 대해 두 가지 반응을 보인다. 하나는 세계와 다른 사람을 향한 공격성이며, 다른 하나는 폭력적이고 잔혹한 힘을 자신에게 행사하는 것이다. 르페브르의 관점에서 본다면 이상은 아이러니스트의 두 가지 속성을 모두 지니고 있다고

---

79) "아이러니는 직관적인 이중의 시각으로서, 신으로부터 버림받은 세계가 신에 의해 충만되고 있음을 볼 수 있는 능력이다. 아이러니는 이상이 되어버린 이념의 잃어버린 유토피아적 고향을 보면서도 동시에 이러한 이상이 주관적으로나 심리적으로 주어질 수 있는 단 하나의 가능한 존재 형식임을 간파한다. 그 자체가 마성적 성격을 지니고 있는 아이러니는 주관 속에 있는 마성을 초주관적 본질로 파악하고 있다. 그리하여 아이러니는, 비록 아무런 본질도 없는 공허한 현실 속에서 방황하고 있는 영혼의 모범에 대해 말할 때에도, 직관적으로 과거의 신과 앞으로 도래할 신에 대해서 이야기하고 있는 것이다. 아이러니는 내면성의 고난의 길 위에서 그 자신에 알맞은 세계를 발견해야 하지만 결코 발견할 수 없다. (…중략…) 아이러니는 마지막 한계에 도달한 주관성의 자기지양으로서 신이 없는 세계에서 얻을 수 있는 최고의 자유인 것이다." G. 루카치, 반성완 역, 『소설의 이론』, 심설당, 1985, 119~120면.
80) 위의 책, 120면.

볼 수 있다.

  세계 인식의 한 방법으로서의 아이러니에서 가장 중요한 것은 객관적 거리의 확보이다. 아이러니스트는 대상에 대해 거리를 두는 객관화된 시선을 유지함으로써 세계 속의 인간들이 발견하지 못하는 삶의 진실을 발견한다. 아이러니의 특징을 '이중성'에서 찾은 폴 드 만 역시 이중적 자아에서 비롯되는 자기파괴와 자기창조의 변증적 과정이야말로 어느 한 단계에 고착되지 않으려는 아이러니의 정신이라고 주장했다.[81] 이처럼 근대 소설에 나타난 아이러니는 일반적으로 현실에 대한 '초월적 시선'[82]의 확보를 전제로 한다. 아이러니는 관찰자 자신마저도 관찰의 대상으로 놓는, 세계와 자신에 대한 객관적 관찰의 태도라고 말할 수 있다. 그러나 아이러니스트의 '객관'은 유일한 진리를 거부한다는 점에서 또한 지극히 주관적인 것이기도 하다. D. C. 뮤크는 주관과 객관의 양립이야말로 우주의 질서이자 아이러니의 기초라고 설명한다.[83] 세계 인식의 한 태도로서의 아이러니는 삶의 복잡성과 가치의 상대성에 대한 인식을 표현하는 것, 직설법으로서 가능한 것보다도 더욱 광범위하고 풍부한 의미를 표현하는 것, 지나치게 단순하거나 지나치게 독단적이 되기를 피하는 것, 어떤 의견을 진술하는 권리를 얻게 된 것은 그 의

---

81) Paul de Man, *Blindness & Insight*, Methuen & Co., Ltd, 1983, p.211.

82) 가령 이상의 「날개」에서 '회탁의 거리'를 응시하는 관찰자의 시선이나 「오감도」의 내려다보는 시선을 초월적 시선이라고 할 수 있다. 또한 김수영의 「노고지리」나 「척도」에 등장하는 내려다보는 시선 역시 초월적 시선이다.

83) 일반적인 아이러니의 기초는 인간이, 이 우주의 기원과 목적, 죽음의 확실성, 모든 생명의 궁극적인 소멸, 미래를 헤아릴 수 없는 것, 이성과 정서와 본능, 자유의지와 결정론, 객관적인 것과 주관적인 것, 사회와 개인, 절대적인 것과 상대적인 것, 인문적인 것과 과학적인 것 등의 충돌 등의 문제를 생각할 때에 직면하는, 분명히 근본적이고 해결할 수 없는, 모순 속에 존재하는 것이다. 이러한 모순의 대부분은 한 가지의 커다란 부조화, 즉 전적으로 이질적이고 전연 무의미하며 완전히 결정론적이고 불가해할 만큼 광대한 것으로 생각되는 우주에서 자만심에 사로잡히고 주관적으로는 자유롭지만 시간적으로는 한정된 자아의 현상으로 집약할 수 있다고 말할 수 있을 것이다. 우주는 서로 걸맞지 않는 두 가지의 체계로서 성립되어 있는 것 같다. D. C. Muecke, 문상득 역, 앞의 책, 108~109면.

견의 잠재적으로 파괴적인 반대의 의견을 인식하고 있다는 점을 나타
냄으로써 그렇게 되었다는 것을 내보이는 것 등이라고 말할 수 있을 것
이다.[84] 「12월 12일」은 근대적 기하학의 대칭성을 '대칭점 구하기', 즉
세계에 대한 아이러니적 인식으로 변주시킨 작품이다. 그러나 이 작품
에서 '아이러니'는 대칭점으로서의 진리를 표상한다는 점에서 과학적 ·
합리적 진리와는 무관하다. 기하학의 대칭성과 관련시켜 볼 때, 「12월
12일」은 복수적인 것, 양가적인 것, 우연적인 것을 긍정함으로써 하나
의 진리를 부정하려는 의지의 산물이라고 할 수 있다. 그것은 기하학과
대수학의 대칭성이 가져다주는 안정성에 대한 희구가 아니라, 그러한
대칭성의 합리적 세계관으로부터 벗어나려는 탈대칭, 비대칭의 클리나
멘(clinamen)이라고 할 수 있다. 이상 문학의 대칭성이 기하학적 · 대수학
적 대칭성과 무관하다는 것은 '거울'을 모티프로 삼은 일련의 시에서
확연하게 드러난다.

    ① 여기 한페-지거울이 있으니
잊은 季節에서는
없은 머리가 瀑布처럼 내리우고

울어도 젖지 않고
맞대고 웃어도 휘지 않고
薔薇처럼 착착 접힌
귀
들여다 보아도 들여다 보아도
조용한 世上이 맑기만 하고
코로는 疲勞한 香氣가 오지 않는다

만적 만적하는대로 愁心이 平行하는

---

84) 위의 책, 44면.

부러 그러는 것 같은 拒絶
右편으로 옴겨앉은 心臟일 망정 고동이
없으란 법 없으니

설마 그러랴? 어디 觸珍 …… 하고 손이 갈 때 指紋이 指紋을 가로 막으며
선뜩하는 遮斷 뿐이다

5월이면 하루 한번이고
열번이고 外出하고 싶어 하더니
나갔던 길에 안 돌아오는 수도 있는 법

거울이 책장 같으면 한장 넘겨서
맞섰던 季節을 만나련만
여기 있는 한 페-지
거울은 페-지의 그냥 표지[85]

② 거울속에는소리가없소
저렇게까지고요한세상은참없을것이오

거울속에도 내게 귀가있소
내말을못알아듣는딱한귀가두개나있소

거울속의나는왼손잡이오
내握手를받을줄모르는—악수를모르는왼손잡이오

거울때문에나는거울속의나를만져보지는못하는구료마는
거울아니었던들내가어찌거울속의나를만나보기만이라도했겠소

나는至今거울을안가졌소마는거울속에는늘거울속의내가있소

85) 「명경(明鏡)」, 『여성(女性)』, 조선일보사, 1936.5.

잘은모르지만외로된事業에골몰할게요

거울속의나는참나와는反對요마는
또꽤닮았소
나는거울속의나를근심하고診療할수없으니퍽섭섭하오[86]

　'거울'은 이상 시의 중요한 시적 장치이다. 이상은 오감도 연작 「시제
팔호(詩第八號) 해부(解剖)」를 비롯하여 「시제십오호(詩第十五號)」, 「명경
(明鏡)」, 「거울」 등에서 '거울'을 직접적인 소재와 모티프로 삼았다. 기존
의 연구에 따르면, 이상의 시에 등장하는 '거울'은 '자아의 분열'[87]과
'대칭'[88]의 양면성으로 정의된다. 그러나 인용시 「명경(明鏡)」과 「거울」
에서 확인되듯이 '거울'은 단순한 대칭이 아니다. 「시제사호(詩第四號)」
나 「진단(診斷) 0 : 1」, 「선(線)에 관(關)한 각서(覺書)1」이 대수학·기하학적
대칭성의 불완전함을 보여주었듯이, '거울' 역시 대칭적 구조에 새로운
문제점을 제시하고 있다. "코로는 疲勞한 香氣가 오지 않는다"나 "거울
속의나는왼손잡이오"에서 알 수 있듯이, 거울을 모티프로 한 이상의 시
에서 거울 밖의 '나'와 거울속의 '나'는 소통 불가능의 상황에 처해 있
다. 「시제십오호(詩第十五號)」의 "내가그때문에圇圄되어있드키그도나때
문에圇圄되어떨고 있다"에서 암시되듯이 거울 밖의 나와 거울속의 나
는 '거울'이라는 장치로 인해 서로가 서로에게 '圇圄'되어 있다. '악수'
의 촉각성이나 '향기'의 후각성은 동일하게 직접적인 소통행위를 가리
킨다. 그러나 맑고 투명한 추상적 공간인 '거울'의 세계에서 향기는 투
과되지 않는다. 마찬가지로 왼손잡이인 거울속의 '나'와 오른손잡이인

---

86) 「거울」, 『가톨릭청년』, 가톨닉청년사, 1933.10.
87) 대표적인 논자가 이승훈이다. 그는 거울의 대칭성을 분열성으로 파악하는 한편, 일
　　상적 자아와 이상적 자아의 대립양상을 거울 속의 나와 거울 밖의 나, 거울 있는 세계
　　와 거울 없는 세계, 시간적 대립과 공간적 대립, 대립의 확산과 의미를 통해 제시한다.
　　이승훈, 『이상시연구』, 고려원, 1987, 22~45면.
88) 최혜실, 『한국모더니즘소설연구』, 민지사, 1992, 86면.

거울 밖의 '나'는 영원히 '악수'를 할 수 없는 운명이다. 악수란 동일한 손을 쓰는 사람들 사이에서만 가능한 행위이기 때문이다. 시인은 「명경」 과 「거울」에서 소통 불가능의 원인을 각각 거울속의 '나'의 '거절(拒絶)' 과 들을 수 없는 귀의 무능력 때문이라고 말하고 있지만, 그것은 본질 적으로 거울을 매개로 한 대칭성의 구조적 결함에서 기인하는 것이다. '거울' 속의 세계는 맑고 고요하다. 그것은 '피로'나 '근심'이 투영되지 않는 순정의 세계라는 점에서 현실적 자아가 틈입할 수 없는 공간이다. 이처럼 '거울'을 기준으로 거울속의 세계와 거울 밖의 세계는 정반대, 다시 말해 대칭성의 원리라고 할 수 있는 성질을 지니고 있다. 그러나 기하학적 혹은 대수학적 대칭성이 '조화'나 '비례'를 역설(力說)함으로써 질서에 대한 강박을 드러내는 반면, '거울'을 모티프로 삼은 시들에서 이상은 이러한 대칭의 질서가 어떻게 어긋나고 있는가에 주목하고 있 다. 그렇기 때문에 이상 문학에서 거울의 대칭성이란 대칭을 벗어나려 는, 혹은 대칭 불가능한 지점에 도달하려는 욕망이라고 할 수 있다.

　「명경」과 「거울」은 「시제사호(詩第四號)」와 「진단(診斷) 0：1」이 그랬 듯이 상호 텍스트적 관계89)를 형성하고 있는데, 이러한 시적 특징을 통 해서 우리는 이상의 텍스트 생산 방식을 추측할 수 있다. ①의 '장미(薔 薇)처럼 착착접힌 귀'와 ②의 '내말을못알아듣는딱한귀'가, ①의 '조용한 세상'과 ②의 '거울속에는소리가없소'가, ①의 '촉진(觸診)'과 '진료(診療)' 가, 그리고 ①의 '우(右)편으로 옮겨앉은 심장(心臟)'은 ②의 '거울속의나 는왼손잡이오'와 직접적인 연관성을 지니고 있다. 뿐만 아니라 ①의 "들여다 보아도 들여다 보아도 / 조용한 世上이 맑기만 하고 / 코로는 疲 勞한 香氣가 오지 않는다"는 구절 역시 ②의 "거울속의나는왼손잡이오

---

89) 「명경(明鏡)」(1936)과 「거울」(1933)의 관계는 전자가 후자의 변형태라고 보는 것이 타당하다. 그것은 「시제사호(詩第四號)」가 「진단(診斷) 0：1」의 변형인 것과 동일한 이치이다. 이처럼 이상은 하나의 작품을 다르게 변주함으로써 새로운 작품을 생산했 는데, 이때 '변주'를 매개로 하고 있는 두 작품의 관계는 사실상 동일한 세계의 다른 표현이라고 할 수 있다.

/내握手를받을줄모르는—악수를모르는왼손잡이오/거울때문에나는거
울속의나를만져보지는못하는구료마는"를 변주한 것이라고 할 수 있다.
'향기'가 투과되지 않는 세계와 악수를 할 수 없어 진찰을 하지 못하는
세계란 궁극적으로 접촉/소통불가능의 세계를 의미한다는 점에서 동
일하다. 이처럼 이상은 '거울'을 매개로 한 두 세계의 대칭성이 아니라
거울의 대칭성이 작동할 수 없는 '촉각성'과 '후각성'의 문제를 내세움
으로써 그러한 대칭의 불완전함을 보여준다. 한편 두 편의 인용시는 이
상의 또 다른 작품들과는 밀접한 연관성을 지니는데, 가령 '촉진(觸診)'
이나 '진찰(診察)'은 대상에 대한 의학적 상상력에 근거한다는 점에서 「
진단(診斷) 0 : 1」이나 「시제사호(詩第四號)」와 관련된다.

   ① 내키는커서다리는길고왼다리아프고안해키는작아서다리는짧고바른다리
가아프니내바른다리와안해왼다리와성한다리끼리한사람처럼걸어가면아아이부
부는부축할수없는절름발이가되어버렸다무사한세상이병원이고꼭치료를기다리
는무병이끝끝내있다.90)

   ② 긴것
     짧은것
     열十字
         그러나 CROSS에는기름이묻어있었다.
         墜落
         不得已한平行
         物理的으로 아팠었다
             (以上平面幾何學)91)

한편 '거울' 모티프를 통해 드러난 대칭성의 결함은 「지비(紙碑)」,
「BOITEUX·BOITEUSE」, 「날개」 등의 '절름발이 의식'과 맥락을 같이

---

90) 「지비(紙碑)」, 『조선중앙일보』, 1935.9.15.
91) 「BOITEUX·BOITEUSE」, 『전집』 1, 110~111면.

한다.92) ①에서 '나'와 '안해'의 조화롭지 못한 삶을 다리의 길고 짧음, 정상과 병리의 상태를 통해 표현하고 있다. 기하학적 대칭이 조화와 비례에 대한 의지라면, 이 시에서 '나'와 '안해'는 그러한 조화와는 정반대의 상황에 직면하고 있다. '왼다리'가 아픈 '나'와 '바른다리'가 아픈 '안해'는 구조적인 결함으로 인해 서로를 의지할 수 없다. 정상적인 다리, 즉 '나'의 '바른다리'와 '안해'의 '왼다리'가 합해져서 하나의 신체를 구성할 수 있다고 생각할 수도 있지만, 그것은 서로가 마주보는 형상이 되기 때문에 걷는 자체가 불가능해진다. "무사한세상이병원이고꼭치료를기다리는무병이끝끝내있다"라는 구절을 통해 이상은 자신이 속해 있는 세계에 대한 냉소적 태도를 보여주고 있는데, 이는 과학적·도구적 합리성을 최고의 진리로 간주하고, 기하학적·대수학적 대칭의 조화와 비례를 통해 세계를 건설하고자 했던 기획으로서의 근대에 대한 근본적인 회의·비판이라고 할 수 있다.

1931년 7월 『조선과 건축』에 발표된 일문시(日文詩) 「BOITEUX·BOITEUSE」의 불완전한 대칭성은 「지비(紙碑)」의 '절름발이 의식'을 그대로 원용한 작품이다. 두 편의 「지비(紙碑)」가 각각 1935년 9월과 1936년 1월에 발표되었으니까, 시간상으로는 이 작품이 「지비(紙碑)」의 원형에 해당한다고 할 수 있다. '절름발이'의 남·여성형을 의미하는 'BOITEUX·BOITEUSE'과 '긴 것'과 '짧은 것'이란 「지비(紙碑)」에서 확인했듯이 각각 '나'와 '아내'의 '다리'를 가리킨다. '열十字'란 두 다리의 결합(결혼·생활)을 일컫는데, 그것은 '기름'으로 인해 완결되지 못한

---

92) 이상(李箱)은 '지비(紙碑)'라는 동일한 제목으로 두 편의 시를 남겼다. 첫 번째 「지비(紙碑)」는 1935년 9월 15일 『조선중앙일보』에 발표되었고, 두 번째 「지비(紙碑)」는 1936년 1월 『중앙』에 발표되었다. 두 편 모두 아내와 '나'의 조화롭지 못한 삶을 다루고 있다는 점에서 상호 텍스트적 관계라고 할 수 있는데, 아내와 '나'의 삶의 불일치 의식은 1936년 9월 『조광』에 발표된 「날개」에서도 그대로 드러난다. 시간적 순서를 근거로 추측하면, 이상은 1935년에 발표된 「지비(紙碑)」를 변주해서 또 다른 「지비(紙碑)」와 「날개」를 썼으며, 이들 세 작품은 실상 하나의 작품으로 간주할 수 있다.

다. '기름'이란 'CROSS'를 가로막고, '긴 것'과 '짧은 것' 모두를 '추락'시킴으로써 그것들을 물리적으로 '부득이(不得已)한평행(平行)'에 이르도록 만드는 요인이다. 화자는 'CROSS'의 '추락'을 '기름'이라는 외적 요인에서 찾고 있지만, 실제로는 '긴 것'과 '짧은 것'의 비대칭성이라는 내적인 원인 때문이다. 「날개」에 등장하는 '절름발이 의식' 역시 「지비(紙碑)」, 「BOITEUX · BOITEUSE」와 맥락을 같이 한다. 미쓰코시 백화점의 옥상 정원에서 '혼란'이 극에 달한 '회탁의 거리'를 내려다보고 주인공이 문득 깨달은 진리란 "우리 부부는 숙명적으로 발이 맞지 않는 절름발이인 것"이었다. 여기에서 우리는 이것은 정확하게 이처럼 이상 문학에서 대칭의 문제는 기하학과 대수학으로 상징되는 근대적 과학에 대한 본질적인 물음을 내포하고 있다.

이상은 「날개」의 에피그램에서 "十九世紀는 될 수 있거든 封鎖하여버리오. 도스토예프스키精神이란 자칫하면 浪費인 것 같소"라는 진술을 통해 '19세기'와 '도스토예프스키'에 대해 회의적인 의견을 피력했다. 그가 도스토예프스키에게서 발견한 19세기란 과연 무엇일까? 그것은 『까라마조프씨네 형제들』(1879~80)에서 절정에 이르는 신에 대한 질문이다.[93] 서구적 합리주의자이자 무신론자인 둘째 이반은 알료사에게 이렇게 말한다. "만일 신이 존재하며, 신이 정말로 지구를 창조했다면 신은 우리가 완전히 알고 있듯이 유클리드 기하학에 입각해서 지구를 창조했으며, 인간의 이성은 3차원적 공간 개념만을 지니고 있는 것이 되겠지. 그렇지만 아주 뛰어난 학자 중에서도 전 우주 혹은, 훨씬 더 광범위하게 말해 전 존재가 단지 유클리드 기하학에 의해서만 창조되었다는 것에 의혹을 품고서 심지어, 유클리드에 따르면 아마도 지상에서

---

93) '친부 살해' 모티프를 담고 있는 이 작품에는 세 명의 인물이 등장한다. 표트르 노인의 아들 드미트리는 정념과 미학을 상징하는 인물이다. 둘째 이반은 서구적 합리주의와 무신론을 상징하는 인물이다. 막내 알료사는 종교적 인간이다. 이처럼 도스토예프스키는 세 명의 인물을 통해 19세기 러시아가 처해 있는 역사적 상황에 대해 진지한 물음을 던졌다.

는 절대로 만날 수 없는 두 평행선이 무한 속의 어느 곳에서는 만날 수 있으리라는 몽상을 하는 기하학자와 철학자가 과거에도 있었고 지금도 있단다."[94] 19세기의 합리주의자들에게 있어서 유클리드 기하학은 신이 세계를 창조한 원리이자, 인간이 세상이라는 매개를 통해 신을 이해할 수 있는 유일한 법칙이었다. 근대 과학의 시각에서 유클리드 기하학은 질서와 창조를 상징하는 우주의 법칙이었다. 근대성의 선조인 갈릴레이는 이 세계, 즉 자연이라고 하는 책은 삼각형이나 원과 같은 수학이나 기하학의 언어로 씌어 있다고 주장했다. 도스토예프스키는 농노제적 구질서가 자본주의적 관계가 뿌리내리기 시작한 19세기 러시아의 현실 앞에서 인간 구원의 문제를 가장 첨예하게 고민한 작가이다. 그가 만년에 쓴 『까라마조프씨네 형제들』은 표면적으로는 친부 살해를 둘러싸고 벌어지는 범죄소설이라고 할 수 있지만, 그 이면에는 알료사를 둘러싸고 조시마 사제와 합리주의자이자 무신론자인 이반 사이에 전개되는 사상, 즉 그리스도교와 무신론의 대결을 함축하고 있다. 이 작품에서 작가는 인간의 고통과 죄악이 어떻게 신적 세계와 관계되는가를 보여주었다. 그러나 이상은 유클리드 기하학의 세계를 끊임없이 변주함으로써, 그러한 신적 질서와 조화를 뒤흔들어 놓으려고 노력했다. 이상에게 있어서 기하학적 대칭성을 혼란에 빠뜨리는 것은 신의 세계로부터 벗어나 인간의 세계로, 19세기로부터 20세기로 건너오는 것이었다. 이상의 문학에 나타나는 (비)대칭성의 문제는 비유클리드적 세계에 대한 열망이며, 그것은 곧 새로운 과학적 사고를 언어화하는 작업이었다.

---

94) 도스토예프스키, 이대우 역, 『까라마조프씨네 형제들』, 열린책들, 2002, 458면.

제 3 장

근대성 비판과 김수영 문학의 미적 근대성

1. 속물성의 세계 인식과 근대적 기호로서의 '피로'

1) '설움'과 '긍지'의 미학

김수영은 1950~60년대의 한국사회를 '문화적 낙후성'과 '속물성'의 공간으로 인식했다. 그에게 현실이란 사막과 같은 불모의 세계였으며, 문학이란 그 사막으로부터 벗어나기 위한 욕망의 발성이었다. 그러나 그가 인식한 삶의 비극성이란 객관적 세계의 반영이 아니라, 그럼에도 불구하고 여전히 그 속에서 태어나고 살아야만 하는, 주어진 배치에서 기인하는 것이었다. 이러한 운명의 끔찍함이 그로 하여금 당대의 현실에 대해 종종 냉소와 질시의 시선을 갖도록 만들었다. 김수영은 '문화'를 인간의 삶과 사유는 물론 정치와 경제 등이 그 위에서 펼쳐지는 장으로 파악했다. 그에게 문화는 삶의 가능조건 일반에 대한 문제였으며, 그렇기 때문에 그것은 또한 삶을 억압하고 제약하는 세계와의 투쟁의 문제이기도 했다. 김수영의 초기 시에서 집중적으로 드러나는 '나'의 문제는 속물성의 세계 속에서 자신의 위치를 찾고자 하는 실존적인 물음의 방식으로 제기된다. 그것은 "하여간 악마의 작업을 통하여서라도 내가 밝히고 싶은 것은 나의 위치이다."(「무제」), "요즈음 나의 심정은 우선 내 자신의 문제가 더 급하다. 내 영혼의 문제가 더 급하다"(이일 저일), "결국 모든 문제는 '나'의 문제로 귀착된다"(「제 정신을 갖고 사는 사람은 없는가」)처럼 지속적으로 반복된다. 김수영의 '나'에 대한 물음은 "나의 위치"에서 드러나듯이 '나'의 문제인 동시에 나의 '위치'의 문제이다. 그리고 이때 '위치'의 문제는 다분히 실존적 성격을 띠고 있다.

'나'의 문제가 실존의 물음으로 이어진다는 것은 근대와 전근대 혹은 전통과 근대 사이의 충돌 지점에서 자신의 정체성을 확인하려는 의미로 해석된다. 주지하듯이 근대 이전 사회에서 정체성은 주로 가족 등과 같이 외부적으로 주어졌다. 그러나 근대는 근대적 주체인 개인에게 사적인 장소를 용인하는 한편 자신의 정체성에 대한 내적 정당성을 요구하게 되었다. '위치'의 문제가 정체성의 '존재 물음(Seinsfrage)'으로 이어지는 까닭은 한국의 근·현대사가 급속한 서구화와 문명화의 길을 걸었기 때문이다. 해방 공간에서 한국 전쟁을 거쳐 60년대에 이르기까지 급속도로 진행된 근대화의 물결은 전통적 가치들과 근대적 가치들의 혼재 상황을 야기했으며, 이러한 현상은 당대의 지식인들에게 정체성의 상실과 위기감을 가중시켰다. 김수영 문학을 관통하는 '문화적 낙후성'과 '속물성'에 대한 비판적 시각은 바로 전통과 근대의 충돌에서 파생하는 불협화음을 의미한다. 이런 점에서 그의 실존적 물음은 동시에 당대 지식인들의 문제이기도 하다. 그의 초기 시에 나타나는 '단절'과 '죽음', '설움'의 감정과 이미지는 전통적 질서로부터 외따로 떨어진 존재가 감당해야만 하는 실존의 상실감을 분명하게 보여준다.

屛風은 무엇에서부터라도 나를 끊어준다

등지고 있는 얼굴이여

주검에 醉한 사람처럼 멋없이 서서

屛風은 무엇을 向하여서도 無關心하다

주검에 全面같은 너의 얼굴 우에

龍이 있고 落日이 있다

무엇보다도 먼저 끊어야 할 것이 설움이라고 하면서

屛風은 虛僞의 높이보다도 더 높은 곳에

飛瀑을 놓고 幽都를 점지한다

가장 어려운 곳에 놓여있는 屛風은

내 앞에 서서 주검을 가지고 주검을 막고 있다

나는 屛風을 바라보고

달은 나의 등뒤에서 屛風의 主人 六七翁海士의 印章을 비추어주는 것이
었다[1]

　　인용시 「병풍」에서 '병풍'의 수직적 형상은 "무엇에서부터라도 나를
끊어준다"라는 구절에서 나타나듯 '단절'의 이미지로 형상화된다. 용과
낙일, 비폭과 유도 등이 그려진 병풍은 "죽음의 전면", "내 앞에 서서
죽음을 가지고 죽음을 막고 있다"에서처럼 죽음 그 자체로 인식된다.
이 죽음 앞에서 화자는 "무엇보다도 먼저 끊어야 할 것이 설움"이라고
다짐을 한다. 이때 병풍은 죽음과 삶의 경계는 물론 전통과 전근대적
가치 사이의 화해할 수 없는 시간적 거리를 의미한다. 즉 병풍을 포함
하여 그 저편에 놓인 '죽음'은 전통으로 명명되는 전근대적 가치의 시
효 만료를, 병풍의 이편에 놓인 화자는 전통과 분리된 상태로 근대를

---

1) 「병풍」, 『전집』 1, 96면. 본 논문에서 인용하는 작품은 모두 민음사에서 간행된 『김
수영 전집』을 따랐다. 이하에서는 전집의 권수와 면수만을 밝히도록 한다. 참고로 전
집에 실린 「병풍(屛風)」은 그가 생전에 간행한 시집 『달나라의 장난』(춘조사, 1959)에
발표된 것과 약간의 차이가 있다. 특히 5행의 조사 '의'가 '에'로, '죽음'이 모두 '주검'
으로 표기된 점은 주목할 점이다. 최두석, 「김수영의 시세계」, 『김수영 다시 읽기』(김
승희 편), 프레스21, 2000, 40면 참조.

강요받는 전후의 지식인을 의미한다고 볼 수 있다. 병풍의 위치가 "가장 어려운 곳에 놓여" 있는 까닭 역시 이러한 이유 때문이다. 병풍으로 표상되는 죽음은 현실의 화자에게 무관심한데, 여기서 화자는 이러한 과거와 현재 사이의 단절을 시간성의 내적 계기를 통해 받아들인다. 즉 그것은 구체적이고 고정적인 역사적 사건으로서의 죽음이 아니라 과거와 현재가 불연속적인 데서 오는 단절감으로서의 죽음이며 설움이다.

실존적 물음에 근거한 '설움'과 위기의식, 그리고 죽음에 대한 강박은 김수영의 초기시를 이해하는 데 있어서 매우 중요한 요소이다. 한편 「토끼」에서 '설움'은 세대라는 보편적 범주로 확장됨으로써 역사의식과 맞닿게 된다. 「토끼」에서 설움은 알레고리의 방식으로 반복되는데, 그것은 "토끼는 태어날 때부터 / 뛰는 訓練을 받는 그러한 運命에 있었다 / 그는 어미의 입에서 誕生과 同時에 墜落을 宣告받는 것이다"에서 나타나듯이, '추락'으로서의 '탄생'과 관계된다. 생명의 '탄생'을 '추락'으로 인식하고, 삶을 출생과 동시에 부모로부터 버려지는 과정으로 명명하는 장면에서 우리는 한국 전쟁을 전후하여 태어난 세대들이 감당해야 했던 전통의 부재와 사상적 혼란을 읽을 수 있다. 따라서 인용시에 나타난 '운동'과 '정지'는 문화적 상징이라기보다는 생존 전략의 일종이며, 이는 곧 당대를 살아가는 젊은 세대들에게 강요되었던 외적 억압으로서의 질서와 근대의 모습이었다. "音程을 맞추어 우는 법"도 익히지 못한 채 오직 살아남기 위해서 뛰거나 서 있음을 강요당하는 토끼는 그러나 "캉가루의 일족"이 아니다. 토끼와 대립적인 위치에 놓은 캥거루는 근대 혹은 비전통의 담지체로서 그에서 "고개를 들고 서서 있어"야 하는 막막함과 설움을 가져다주는 존재이다.

이처럼 김수영의 초기시를 이해하는 데 있어 '설움'이라는 감정은 필수적이다. 특히 '설움'은 「웃음」, 「달나라의 장난」, 「거미」, 「방안에서 익어가는 설움」, 「헬리콥터」 등 초기시 전체에 걸쳐 지속적이고 반복적으로 등장한다. 흥미로운 사실은 김수영의 시에서 '설움'의 정서가 시적

주체나 화자의 심리 상태에 머물지 않고 세계의 본질적인 영역으로 확
장된다는 점이다. 「헬리콥터」가 대표적인 예이다.

사람이란 사람이 모두 苦惱하고 있는
어두운 大地를 차고 離陸하는 것이
이다지도 힘이 들지 않는다는 것을 처음 깨달은 것은
愚昧한 나라의 어린 詩人들이었다
헬리콥터가 風船보다도 가벼웁게 上昇하는 것을 보고
놀랄 수 있는 사람은 설움을 아는 사람이지만
또한 이것을 보고 놀라지 않는 것도 설움을 아는 사람일 것이다
그들은 너무나 오랫동안 자기의 말을 잊고
남의 말을 하여왔으며
그것도 간신히 떠듬는 목소리로밖에는 못해왔기 때문이다
설움이 설움을 먹었던 時節이 있었다
이러한 젊은 時節보다도 더 젊은 것이
헬리콥터의 永遠한 生理이다

一九五〇年七月 以後에 헬리콥터는
이 나라의 비좁은 山脈위에 姿態를 보이었고
이것이 처음 誕生한 것은 勿論 그 以前이지만
그래도 제트機나 카아고보다는 늦게 나왔다
그렇지만 린드버어그가 헬리콥터를 타고서
大西洋을 橫斷하지 않았기 때문에
우리는 지금 東洋의 諷刺를 그의 機體안에 느끼고야 만다
悲哀의 垂直線을 그리면서 날아가는 그의 설운 모양을
우리는 좁은 뜰안에서뿐만 아니라
심지어는 항아리 속에서부터라도 내어다볼 수 있고
이러한 우리의 純粹한 痴情을
헬리콥터에서도 내려다볼 수 있을 것을 짐작하기 때문에
「헬리콥터여 너는 설운 動物이다」

―自由
―悲哀

더 넓은 展望이 必要없는 이 無制限의 時間 우에서
山도 없고 바다도 없고 진흙도 없고 진창도 없고 未練도 없이
앙상한 肉體의 透明한 骨格과 細胞와 神經과 眼球까지
모조리 露出落下시켜가면서
안개처럼 가벼웁게 날아가는 果敢한 너의 意思 속에는
남을 보기 전에 네 자신을 먼저 보이는
矜持와 善意가 있다
너의 祖上들이 우리의 祖上과 함께
손을 잡고 超動物世界 속에서 營爲하던
自由의 精神의 아름다운 原型을
너는 또한 우리가 發見하고 規定하기 전에 가지고 있었으며
오늘에 네가 傳하는 自由의 마지막 破片에
스스로 謙遜의 沈默을 지켜가며 울고 있는 것이다2)

　모더니티에 대한 김수영의 인식과 경험은 '전쟁'과 전후 한국사회의
정치·문화적 지형과 긴밀하게 연관되어 있다. 초기 시에 '레이판탄(彈)'
이나 '헬리콥터' 같은 문명의 이기들이 빈번하게 등장하는 것은 이런
맥락에서 이해할 수 있다. 그러나 '문명'의 표상이 곧 문명에 대한 비판
으로 이어지는 것은 아니다. 인용시는 '우매(愚昧)한 나라'의 시인과 자
유의 파편을 간직한 헬리콥터의 대면에 관한 이야기이다. 여기에서 화
자는 자신이 속한 세계를 "사람이란 사람이 모두 苦惱하고 있는" 어두
운 세계로 인식한다. '풍선(風船)'보다 가벼운 헬리콥터의 상승에 '놀랄
수 있는' 사람과 '놀라지 않는' 사람 모두가 '설움'을 아는 사람인 것은
그곳이 '우매(愚昧)한 나라'이기 때문이다. 그러나 이 시를 '열등감'에 대

---

2) 「헬리콥터」, 『전집』 1, 62~63면.

한 표현으로 읽기에는 여러 가지로 무리가 따른다. 여기에서 '설움'의 정서는 '놀라는 사람'과 '놀라지 않는 사람'이 헬리콥터의 수식 상승에서 느끼는 감정이 아니다. 그들은 이미 '설움'이 무엇인지를 아는 사람들이다. 만약 이러한 '설움'이 헬리콥터의 상승에서 오는 열등감의 표현이라고 한다면, "헬리콥터여 너는 설운 動物이다"의 설움 역시 감정이입이라고 보아야 할 것이다. 그렇다면 설움의 정체는 무엇인가? 그것은 단적으로 자유를 상실한 존재들이 느끼는 비애의 정서라고 할 수 있다. "그들은 너무나 오랫동안 自己의 말을 잊고 / 남의 말을 하여왔으며 / 그것도 간신히 떠듬는 목소리로밖에는 못해왔기 때문이다"라는 구절에서 화자는 '우리'의 삶이 '자신의 말'을 잊고 '남의 말'을 사용할 것을 강요당해 왔다고 주장한다. 이러한 인식은 "나는 너무나 많은 尖端의 노래만을 불러왔다 / 나는 停止의 美에 너무나 等閒하였다"(「서시(序詩)」)나 "나는 이제 曠野에 드러누워도 / 時代에 뒤떨어지지 않는 나를 發見하였다"(「광야(曠野)」)에서 나타나는 새로운 '지평선'에 대한 깨달음과 일맥상통한다. 그러나 「서시(序詩)」나 「광야(曠野)」와는 달리 「헬리콥터」의 '설움'은 "설움과 아름다움을 대신하여 있는"(「긍지(矜持)의 날」) '긍지'의 지평으로 확대되지는 못한다.3)

　한편 「헬리콥터」에서 주목할 부분은 '설움'의 정서가 전적으로 화자의 감정만이 아니라는 점이다. '비애(悲哀)의 수직선(垂直線)'을 그리며 날아가는 '헬리콥터'의 모습을 목격한 화자는 "헬리콥터여 너는 설운 동물(動物)이다"라고 외친다. 여기서 헬리콥터의 '설움'이 화자의 감정이입이 아니라는 사실은 앞에서 지적했다. '비애(悲哀)의 수직선(垂直線)'이 형

---

3) 문광훈은 '긍지'가 설움과 즐거움 사이가 아니라, 설움과 설움 사이에 있다고 주장한다. 그에 따르면, 어떤 괴로움에서 즐거움으로, 피로로부터 휴식으로 향하는 데서 오는 것이 아니라 설움과 설움 사이에 잠시 나타날 뿐이다. 그러나 김수영의 긍지는 '설움'에 대한 새로운 자각에서 시작되며, 그것이 피로를 넘어선 '여유'와 '사랑'에 대한 인식으로 확대된다는 점에서 동의하기 어렵다. 문광훈, 『시의 희생자 김수영』, 생각의나무, 2002, 12면.

상화하는 '설운 모양' 역시 화자의 그것은 아니다. 화자가 헬리콥터를 '설운 동물'로 명명하는 까닭은 먼저 우리가 그것의 모습을 '내어다볼 수 있'기 때문이고, 다음으로 그것이 우리의 '순수(純粹)한 치정(癡情)'까지 '내려다볼 수' 있기 때문이다. 앞의 '내어다 봄'이 화자를 비롯한 '우리'의 설움의 기원이라면, 후자의 '내려다 봄'은 전적으로 헬리콥터의 설움의 기원인 셈이다. 여기에 화자는 '자유'와 '비애'라는 두 가지 추상적 개념을 더하고 있다. 헬리콥터의 가벼운 수직 상승은 더 이상의 '넓은 전망'이 필요 없는 '무제한의 시간', 즉 절대적 자유의 세계를 의미한다. 헬리콥터는 산·바다·진흙·진창·미련과 같은 지형적 조건도, 육체(肉體)·투명(透明)한 골격(骨格)·세포(細胞)·신경(神經)·안구(眼球) 등의 생물학적 조건도 '노출낙하(露出落下)'시켜버리고 이륙하는 '과감(果敢)한 의사(意思)'와, 남을 보기 전에 자신을 먼저 노출시키는 '긍지(矜持)'와 '선의(善意)'를 지니고 있다. 화자는 헬리콥터의 이러한 절대적 자유 속에서 생명의 경계를 뛰어넘는 '초동물적' 자유의 원형을 목격한다. 그러므로 '헬리콥터'는 단순한 문명 비판이나 근대의 도구적 합리성에 대한 성찰이 아니다. 또한 이 시에서의 '설움'은 우매한 나라의 시인이 문명의 이기 앞에서 절감하는 상실감이나 열등감의 표현이라고 말할 수 없다. 그것은 '자유(自由)의 파편(破片)'이라는 구절이 암시하는 바, 절대적 자유의 경지를 상실한 화자의 비애를 표현한 것이다. '설움'이 '자유'와 관련된다는 사실은 "아슬아슬하게 / 세상에 배를 대고 날아가는 정신"(「바뀌어진 지평선」)에서도 확인된다. '바뀌어진 지평선'이란 "뮤즈여 / 용서하라"에서 알 수 있듯이 '뮤즈'를 배반하고 '매춘부의 생활'과 타협한 사실을 가리킨다. 김수영 문학의 '비애'와 '설움'은 절대적 자유의 세계인 '뮤즈'를 '대중잡지'의 '경박성'과 타협시킨 데서 발생하는 심리적 상태이다. 「너는 언제부터 세상과 배를 대고 서기 시작했느냐」에서도 이러한 타협의 '음탕함'과 '탄식'은 동일하게 반복된다. '배'를 맞댄다는 것, 그것은 '부끄러움'을 상실하고 밝은 빛을 좇는 행위이다. 김수영은 이 부끄러운 '밝음' 앞에서 자조 섞인 웃음을 웃는다. 이처럼 김수영의 '현대성'은 문학적 사조가 아니라 세계를 이해하고 관찰·행동하는 삶의 태도와 관계된다.[4]

> 너무나 잘 아는
> 循環의 原理를 위하여
> 나는 疲勞하였고
> 또 나는
> 영원히 피로할 것이기에
> 구태여 옛날을 돌아보지 않아도
> 설움과 아름다움을 대신하여 있는 나의 긍지
> 오늘은 필경 긍지의 날인가보다
>
> 내가 살기 위하여
> 몇개의 번개같은 幻想이 必要하다 하더라도
> 꿈은 敎訓
> 靑春 물 구름
> 疲勞들이 몇배의 아름다움을 加하여 있을 때도
> 나의 源泉과 더불어
> 나의 最終點은 긍지
> 波濤처럼 搖動하여
> 소리가 없고
> 비처럼 퍼부어
> 젖지 않는 것
>
> 그리하여

---

4) 김수영이 주장하는 '현대성'이 삶의 인식이나 태도 문제라는 것은 다음에서 확인된다. "시의 모더니티란 외부로부터 부과하는 감각이 아니라 내면에서 우러나오는 지성의 화염이며, 따라서 그것은 시인이 —육체로서— 추구할 것이지 시가—기술면으로—추구할 것이 아니다. 그런 의미에서 젊은 시인들의 모더니티에 대한 태도가 근본적으로 안이한 것 같다." 「모더니티의 문제」, 『전집』 2, 350면.

疲勞도 내가 만드는 것
긍지도 내가 만드는 것
그러할 때면은 나의 몸은 항상
한치를 더 자라는 꽃이 아니더냐
오늘은 필경 여러 가지를 합한 긍지의 날인가보다
암만 불러도 싫지 않은 긍지의 날인가보다
모든 설움이 합쳐지고 모든 것이 설움으로 돌아가는
긍지의 날인가보다
이것이 나의 날
내가 자라는 날인가보다[5]

　'설움'과 '비애'가 자유를 배반하고 세상과 타협한 주체의 모멸감이라면, '긍지'는 그러한 설움의 대척점에 놓여 있다. '긍지'는 "모든 설움이 합쳐지고 모든 것이 설움으로 돌아"가는 '최종점'이라는 점에서 시인의 원천이자 최종적인 목표이다. 김명인에 따르면, '긍지'는 설움의 변증법적 고양이다. 그는 김수영의 '긍지'가 "일상에의 충실과 그로부터의 초극, 그리고 다시 일상으로의 회귀라는 특유의 변증법적 운동의 원리에 충실함으로써 생기는 피로의 산물"이라고 주장한다.[6] 그러나 "너무나 잘 아는 / 循環의 原理를 위하여 / 나는 疲勞하였고 / 또 나는 / 영원히 피로할 것이기에"에서처럼 '긍지'는 '순환'이라는 삶의 원리를 깨달은 각성과 정신의 단계에서 비롯한다. 또한 그것은 '설움'과 '아름다움'과 단절한다는 점에서 변증법적 고양이 아니다. 긍지는 "疲勞도 내가 만드는 것 / 긍지도 내가 만드는 것"이라는 새로운 인식의 차원에 놓여 있다. 이러한 인식의 변화는 「거리(一)」의 "일은 나를 부르는 듯이 / 내가 일 우에 앉아있는 듯이 / 그러나 필경 내가 일을 끌고 가는 것이다 / 일을 끌고 가는 것은 나다"에서도 동일하게 나타난다. 세상과 '배'

---

5) 「긍지(矜持)의 날」, 『전집』 1, 57~58면.
6) 김명인, 『김수영, 근대를 향한 모험』, 소명출판, 2002, 115면.

를 맞대고 살아야하는 부끄러운 '삶'은 몇 개의 '幻想'을 요구한다. 그러나 시인은 '꿈'으로부터 교훈을 얻는다. 그것은 '피로'와 '긍지'가 모두 자신이 만든 산물이라는 사실이다. 시인은 이러한 인식의 성장을 시인은 한 치를 더 자란 '꽃'으로 명명한다. 이처럼 김수영이 추구한 '현대성'의 내용이 세계를 이해하고 살아가는 치열한 정신적 태도라는 사실은 '긍지'에서도 다시 확인된다. '긍지'가 '파도(波濤)처럼 요동(搖動)'해도 '소리'가 없고, '비처럼 퍼부어'도 '젖지' 않는 건 그것이 객관적 실체가 아니라 '설움'과 '비애'를 극복해 가는 삶의 태도를 가리키기 때문이다. 한편 삶의 태도로서의, 또는 설움과 비애를 극복하는 의지의 과정으로서의 '긍지'는 「거리 (二)」에서 '쾌활'로 변주되기도 한다. 이처럼 '설움'은 '긍지'의 상실[7]에서 오는 것이 아니라, '긍지'가 '설움'을 극복하고 삶의 태도와 인식의 고양이라고 말할 수 있다.

2) '속도'의 모더니티와 '피로'의 시학

근대 자본주의는 시간을 화폐화함으로써 속도를 숭배의 대상으로 만들었다. 자본은 "빠른 것이 곧 돈이고 효율이다"라는 '속도'의 논리를 근대의 보편적·지배적 가치로 바꿔놓았다. 자본주의 세계에서 미덕의 형식으로 강제되는 '속도'란 중력 작용처럼 자기의 힘을 지니지 않는 추락, 즉 수직 낙하의 속도와 같은 것이다. 자본주의는 시간단위로 계산·지불되는 '임금'이라는 형식을 통해 시간을 화폐화했다. 그러나 '속도'가 근대적 척도, 혹은 모더니티의 지배적 가치로 자리잡은 데는 보다 본질적인 이유가 있다. 그것은 '근대'가 '진보'라는 새로운 시간관념 위에서 성립되었기 때문이다. 주지하듯이 '진보'는 서구적 근대성을 관

---

7) 김주연은 '설움'이 '긍지'의 상실에서 온다고 주장한다. 김주연, 「교양주의의 붕괴와 언어의 범속화」, 『김수영의 문학』(황동규 편), 민음사, 1983, 267면.

통하는 핵심적인 시간관념이다. '시계적 시간'과 '역사 철학'을 준거로 삼는 근대적 시간관념의 특징은 시간이 '불가역적'이며, 역사가 '목적점'을 향해 일방향적인 운동을 전개한다는 것이다. 코젤렉의 지적처럼 역사철학이야말로 근대 초기를 과거로부터 단절시키면서 새로운 미래와 더불어 우리의 근대를 열었던 장본인이다.[8] 근대성 담론에서 '단절'이나 '새로움'이 특권적 위치를 차지하는 까닭도 '근대'가 시간의 선조적 운동에 의해 추동된다고 믿기 때문이다. 옥타비오 파스는 이러한 '단절'을 '비판'의 근거로 읽어냄으로써, 근대성을 부정과 단절, 그리고 비판의 시대로 명명했다.[9]

근대의 시간관념이자 핵심적 가치인 '진보'는 두 가지 계기를 포함한다. 하나는 과학·기술의 발전이며, 다른 하나는 역사가 특정한 지향점을 향해 지양된다는 것이다. 전자는 물질적 조건의 양적인 증가와 팽창으로 어제보다 나은 오늘, 오늘보다 나은 내일을 만들 수 있다는 '계몽'의 기획으로 드러난다. 진보란 자연에 대한 인간의 착취가 무한히 확장되고, 기술의 향상을 통해 자연의 통제와 이용을 보다 쉽게 함으로써, 결국 세계와 자연에 대한 통제가능성을 높여 가는 과정을 의미한다. 한편 후자에서 '역사'는 목적지를 향한 합목적적 발전 과정으로 이해된다. 역사를 '진보'나 '발전'으로 인식한 최초의 인물은 계몽주의자들이었지만, 그것이 '역사철학'의 형태로 체계화되고 지배적인 담론이 된 것은 헤겔에 이르러서이다. 역사철학의 '목적론'은 다윈의 진화론과 더불어 19세기 '진보' 개념을 추동해 온 결정적인 요소였다. '역사철학'적 관점은 '종착지'를 기준으로 한 사회의 발전 단계를 가늠하는데, 이때 종착지와의 절대적 거리가 진보와 발전을 평가하는 기준이 된다. 역사철학에서 '미래'는 '현재'를 평가하는 기준이 되며, 따라서 현재는 미래의 한 부분으로 전락하고 만다. 뿐만 아니라 역사철학은 종착지와의 거리

---

8) 라인하르트 코젤렉, 한철 역, 『지나간 미래』, 문학동네, 1998, 37면.
9) 옥타비오 파스, 김은중 역, 『흙의 자식들』, 솔, 1999, 18면.

를 통해 세계를 '중심'과 '주변', '문명'과 '야만/미개'로 구분함으로써 서구적 발전 모델을 보편적 법칙인 것처럼 주장한다.

　서구적 근대는 '진보'와 '역사철학'을 근간으로 하는 새로운 시간관념 위에서 등장했다. 근대는 '질주학적 진보'[10]를 근간으로 성장했으며, 자본주의 역시 '속도의 정치경제학'이었다. 이런 맥락에서 김수영이 '속도'를 근대의 '척도'로 인식했다는 사실을 매우 중요하다. 그러나 김수영의 '속도' 비판을 모더니즘 일반의 내적 특징으로 간주하기는 어렵다. 모더니즘의 기획 속에 문명 비판이 포함되어 있는 것은 사실이지만, 모더니즘 자체가 문명에 대해 비판적 태도를 본질로 한다고 주장하기는 어렵기 때문이다. 모더니즘에 대한 통념적 이해에 따르면, 모더니즘은 '자본주의적 근대에 대한 예술적 저항'[11]이자 '모더니티의 영구 혁명의 경험에 대한 미적 반응'이라고 할 수 있다. 물론 이때의 모더니즘이란 두 가지 흐름, 즉 주지주의와 이미지즘적 경향을 띠는 영·미의 모더니즘과 아방가르드로 대표되는 대륙의 모더니즘을 포괄하는 광의의 개념이다. 두 가지 경향 사이에는 상당한 이질성이 존재함에도 불구하고 그것들을 모더니즘이라고 통칭하는 이유는, 그것들이 공통적으로 근대 세계의 경험을 미학적으로 재구성하려 했기 때문이다. 그러나 영·미의 모더니즘은 물론 대륙의 아방가르드에서도 '속도'에 대한 비판적 인식으로 찾아보기 어렵다. 마리네티의 "세상의 장관은 새로운 미를 통해 더욱 풍부해질 것이다. 이 아름다움은 바로 속도감이다. (…중략…) 포효하는 자동차는 사모트라치아의 승리보다 더 아름답다"라는 '미래주의 선언'이 보여주듯이, 모더니즘은 '속도'와 '전쟁'에 대한 찬양으로 치닫기까지 했다.

　우리는 위험을 사랑하는 노래를 부르리, 용맹과 에너지로 물든 습관. 용기,

---

10) 비릴리오, 이재원 역, 『속도와 정치』, 그린비, 2004, 117면.
11) 김명인, 앞의 책, 12면.

과감성, 반역은 우리 시의 필수요소 우리는 멋진 세상이 하나의 새로운 아름
다움, 속도의 아름다움으로 더 풍요로워졌음을 인정한다. 엔진 덮개가 파괴적
인 숨을 내뿜는 뱀처럼 무시무시하게 생긴 파이프로 장식된, 경주용 자동차는
— 포탄에 실려가듯이 달리는 포효하는 자동차 — 사모트라케의 여신보다 더
아름답다. 우리는 전쟁을 찬양한다. — 그것은 세상을 보전시켜 주는 유일한
건강요법 …… 우리는 노동과 쾌락, 폭동으로 흥분된 위대한 군중의 노래와 현
대적인 대도시에서 발생하는 다색, 다중음향의 혁명을 노래 부를 것이다.[12]

마리네티와 미래주의자들은 20세기 새로운 예술의 핵심이 '운동'에
있다고 주장하고, 그 핵심인 '속도'를 시각화할 것을 요구했다. 그들의
속도 예찬은 자동차와 기차, 비행기 등의 현대적 운송 수단에 대한 찬
양으로 표현되었으나, 그것은 기계 — 운송수단의 우상화가 아니라 그것
들의 움직임이 생성하는 속도에 대한 찬양이었다.[13] 속도에 대한 미래
주의자들의 열광은 '속도의 파시즘'에 가까웠다. 속도는 그들의 유일한
희망이었으며, 따라서 정지란 곧 죽음과 같은 것이었다. 미래주의는 단
하나의 예술에 근거하고 있었던 바, 그것은 전쟁의 예술, 그리고 전쟁의
정수인 속도의 예술이 바로 그것이었다. 미래주의의 '속도'는 초기 산업
화 시대의 속도와는 질적으로 구분되는 하이퍼모더니즘적(hypermodernism)
성격을 갖는다. 하이퍼모더니즘이란 모더니티에 고유한 양상이나 상태
의 몇몇 요소가 특정한 사회·문화적 과정 속에서 증폭·확장되는 현
상을 말한다. 그것은 빠른 속도가 아니라 과잉속도(excessive speed), 즉 절대
속도를 의미한다. 이처럼 아방가르드를 포함하는 광의의 모더니즘이 모
두 문명 비판의 이념이나 입장을 공유하고 있는 것은 아니다. 오히려
표현주의에서 미래주의, 그리고 다다와 구성주의에 이르는 현대예술은

---

12) 로버트 휴즈, 최기득 역, 『새로움의 충격』, 미진사, 1991, 29면에서 재인용.
13) 새로운 '미'의 형태인 속도의 아름다움을 주창한 마리네티의 '미래주의 선언'은
    1910년 2월 보치오니·카라·루솔로·발라·세베리니 등의 '미래주의 화가 선언'으로
    이어지면서 '역동주의 미술'을 탄생시킨다.

동일하게 기존의 세계를 무너져 가는 전통, 구질서의 대상으로 인식하고 타파하고자 했다. 그들의 공통된 슬로건은 혁명과 새로움이었으며, 그들은 이 '미래의 예술'을 통해 정치와 예술, 예술과 삶을 종합하려고 노력했다. 아방가르드의 '혁명'주의는 가령 다다 운동의 주동자인 발(H. Ball)의 "나는 다이너마이트다. 세계사는 두 부분으로 분열한다. 내 앞의 시대가 있다. 그리고 내 뒤의 시대가 있다"라는 선언적인 구호에서도 확인된다.14) 그는 스스로를 새로운 시대의 장막을 여는 '다이너마이트'에 비유했다.

<blockquote>

나는 너무나 많은 尖端의 노래만을 불러왔다
나는 停止의 美에 너무나 等閒하였다
나무여 靈魂이여
가벼운 참새같이 나는 잠시 너의
흉하지 않은 가지 위에 피곤한 몸을 앉힌다
成長은 소크라테스 이후의 모든 賢人들이 하여온 일
整理는
戰亂에 시달린 二十世紀 詩人들이 하여놓은 일
그래도 나무는 자라고 있다 靈魂은
그리고 敎訓은 命令은
나는
아직도 命令의 過剩을 용서할 수 없는 時代이지만
이 時代는 아직도 命令의 過剩을 요구하는 밤이다
나는 그러한 밤에는 부엉이의 노래를 부를 줄도 안다

지지한 노래를
더러운 노래를 生氣없는 노래를
아아 하나의 命令을15)

</blockquote>

---

14) 한스 제들마이어, 남상식 역, 『현대예술의 혁명』, 한길사, 2004, 177면.
15) 「序詩」, 『전집』 1, 107면.

김수영은 '자유'를 억압하는 모든 대상을 '적'으로 명명한다. 그러므로 자본주의 문명의 '속도'와 그것이 야기하는 '피로' 역시 또 하나의 적이다. 김수영의 시에서 '속도'와 '피로'는 인과의 계열을 형성한다. 피로란 일차적으로 "都會안에서 쫓겨 다니는 듯이 사는/나의 일이며/어느 小說보다도 신기로운 나의 生活"에서부터 기인한다. 그러나 「싸리 꽃 핀 벌판」에서의 "疲勞는 都會뿐만 아니라 시골에도 있다"나 「詩의 '뉴 프론티어'」의 "서울에서 염증이 나면 시골로 뛰어가지만 시골도 마찬가지. 밤낮 도르래미타불이다. 개똥이다. 좆이다"에서 나타나듯이 농촌 역시 근대적 질서와 코드화된 삶의 방식에서 자유롭지 못한 공간이다. 자본주의 문명의 '극단적인 속도주의'에 대한 비판적 인식은 그의 한 편지글에서 단적으로 확인된다. "요즘 스피드(速度)와 빈곤(貧困)에 대해 생각하고 있어요. 스피드=욕망=量의 존중=출판사의 요구=낙오하지 않기 위한 現代修身의 第一課=빈곤을 초래하는 특효약=유정씨가 일찍이 터득하고 계신 현대문명의 진단서=김수영이 고집하고 있는 質의 향상의 不俱戴天之仇."16) 현대성이 '스피드'와 '욕망'을 척도로 삼고, 그것이 도시뿐만 아니라 시골에서도 지배적 가치로 통용된다는 그의 주장은 자본주의 문명에 대한 신랄하고도 비판적인 인식을 담고 있다.17) 인용시에서 '첨단의 노래'란 자본주의 문명의 발전을 추동하는 속도의 미학이며, '정지의 미'란 그런 속도에 저항하는 인간 '영혼'의 극단적 표현이다. 근대성의 척도로서의 속도는 '과잉'이 암시하듯이 중력 작용처럼 자기의 힘을 지니지 않는 추락, 즉 수직 낙하의 속도와 같

---

16) 「서한집(書翰集)」, 『전집』 2, 312면.

17) 속도주의에 대한 비판은 한자의 약자화를 비판한 다음 글에서도 확인된다. "현대와 같은 속도를 위주로 하는 시대에 한 획의 경제가 얼마냐고 그럴지도 모르지만, 그렇게 속도 제일주의로만 나간다면 그야말로 한자를 전폐를 하거나 그렇게까지 하지 않더라도 한글을 대신 쓰면 되고, 한자(漢字)의 약자화의 근본기준이 도대체가 한 획이나 두 획이나 세 획쯤의 절약에 있는 것도 아니고, 극단적인 속도주의에만 치우치는 것도 아닐 것이다." 「실리(實利)없는 노고(勞苦)」, 『전집』 2, 151면.

은 것이다. 반면 여기서 '정지의 미'란 그런 자본주의적 중력에 반하는 '반(反)−속도'이고, 추락의 속도를 멈추고 통제할 수 있는 '정지'라는 점에서 중력에서 벗어나는 클리나멘(clinamen)이다.[18] 빠르게 추락하는 것이 '자신의 힘'을 결여한 데 반해, 멈출 수 있는 것, 비껴날 수 있는 것은 '자신의' 속도와 힘을 갖는다. 따라서 '정지'란 속력과 피로에 의한 멈춤이 아니라 자기의 속도를 지닌 존재가 자기의 힘과 속도로 움직이는 상태를 말한다. 새로운 삶을 창조하는 행위가 혁명이라고 말할 때, 그것은 이러한 중력 작용으로부터 벗어나 자신의 고유한 힘과 속도를 갖는 삶을 창조하는 행위와 다르지 않을 것이다.

피로는 "모든 곳에 너무나 많은 움직임"에서 나타나듯이 운동의 '과잉'에서 발생한다. 김수영은 「비」에서 '현대'라는 '종교'가 '순간'이 '순간'을 죽이고 '현대'가 '현대'를 죽이는, 그리하여 출발에서부터 이미 죽어버린 '영예(榮譽)'라고 말한다. 김수영의 비판적 인식에서 현대가 근대화의 문제로 사유될 때, 그것은 속도의 형태로 대변된다. 그리고 이러한 속도주의는 마침내 인간을 죽음의 구렁텅이 속으로 밀어 넣는다. "인간을 말살하는 정치기구가 아무리 방대하고 근대화하고 세련된들 그것이 무슨 소용이 있겠는가 (…중략…) 이런 식의 근대화는 그 완성이 즉 자멸이다." 「비」에 등장하는 '너무나 많은 움직임'의 '비'는 이러한 자본주의 문명의 속도주의가 지니 중력 법칙에 대한 표상으로 등장한다. 여기에서 비는 자본주의의 속도의 역동성을 대신하는 또 하나의 움직임

---

18) 이진경은 클리나멘으로서의 '정지' 개념에 대해서는 다음과 같이 주장한다. "뭔가를 기다리며 하늘 한가운데 멈추어 서 있는 매를 본 적이 있는가? 바로 이 매가 그런 의미에서 '느림'을 갖고 있는 경우일 것이다. 하지만 날아보려 한 사람이라면 알 것이다. 그것이 빠른 속도로 날아가는 것보다 훨씬 힘든 '내공'을 요한다는 것을. 떨어지는 것은 속도가 없으며, 단지 중력에 끌려갈 뿐이다. 반면 이렇게 멈추어선 매의 느림은 중력을 이기고, 관성을 이기는 어떤 절대적인 속도를 갖고 있는 것이다. 이런 의미의 '느림'이란 그 외양과 달리 속도 내지 빠름과 대립되는 무엇이 아니라, 관성의 중력에서 벗어나는 절대적 속도라는 점에서 클리나멘과 근본적으로 동일한 무엇이라고 할 수 있을 듯하다." 이진경, 『근대적 시·공간의 탄생』, 그린비, 2002, 77면.

일 뿐이다. 그래서 그것은 자신의 고유한 속도를 갖지 못하고 단지 중력법칙에 이끌려 수직으로 떨어질 뿐이다. 결국 비가 비애로 인식되는 이유는 그것이 중력법칙에 저항하는 '정지의 미'가 아니라 단지 그것에 이끌림으로써만 움직이는 '첨단'의 문명의 표상이기 때문이다.

「서시(序詩)」에서 성장이란 "소크라테스 이후 모든 賢人들이 하여놓은 일"로써, 그것은 고대에서 현대에 이르기까지 발전이라는 이름으로 진행된 문명의 역사를 의미한다. 따라서 그것은 자본주의적 세계에서 속도-중력 법칙의 또 다른 정언명령이다. 그에게 이러한 문명의 역사는 '명령의 과잉'이며, 그것은 결국 20세기에 접어들어 '전란'으로 귀결되고 말 운명의 것이었다. 그러나 그가 살았던 60년대 한국사회는 "第二共和國 너는 나의 敵이다"라는 구절에서 암시되듯이 여전히 개발독재와 성장에 핏대를 세우는 속도전의 시대였다. "이 시대는 아직도 명령의 과잉을 요구하는 밤이다." 명령이 과잉된 시대, 속도가 일상의 모든 흐름을 좌우하는 시대 속에서 인간의 삶이란 결국 하루살이와 같은 것이다. 속도에 미친 하루살이의 삶을 그는 '하루살이의 광무(狂舞)', '하루살이의 유희(遊戱)', '하루살이의 반복(反覆)', '하루살이의 황홀(恍惚)'로 표현한다. 김수영은 이러한 자본주의 문명의 중력법칙에 저항하는 삶의 방식을 라파르그나 러셀처럼 게으름에서 찾는다. "돈을 버는 일에 게을러야 한다"는 자의식은 그가 "획일주의와 분석철학과 관료주의와 기술주의의 인간소외 시대"에 저항하는 한 방식이었다. 적의 경우가 그랬듯이, 이러한 피로의 세계는 결코 삶의 바깥 영역이 아니다. 현대란 그야말로 피로가 삶을 구성하는 시·공간이며, 이 피로는 끊임없이 그가 다른 삶을 사는 것을 불가능하게 만든다. 피로는 새로운 삶, 즉 혁명으로의 진입을 가로막는 적의 다른 이름이다.

김수영의 시에서 '피로'는 '속도'와 인과적 계열을 형성한다. 그의 시에서 '피로'가 극복되는 과정은 대략 두 가지의 경로로 표현된다. '사랑'과 '여유'가 바로 그것들이다. '긍지'가 '설움'의 극복이었듯이, 김수영

의 시에서 '사랑'과 '여유'는 '속도'와 '피로'를 극복한 지점에서 발견된
다. 김수영의 시에서 '여유'가 전면화되는 작품으로는 「백의(白蟻)」, 「광
야(曠野)」, 「반주곡(伴奏曲)」 등을 들 수 있는데, 「서시(序詩)」에 등장하는
'停止' 역시 중력법칙으로서의 자본주의적 속도를 제어할 수 있는 새로
운 힘을 전제한다는 점에서 여유의 일종으로 간주할 수 있다.

> 이제 나는 曠野에 드러누워도
> 時代에 뒤떨어지지 않는 나를 發見하였다
> 　　　　　時代의 智慧
> 너무나 많은 羅針盤이여
> 밤이 산등성이를 넘어내리는 새벽이면
> 모기의 피처럼
> 詩人이 쏟고 죽을 汚辱의 歷史
> 　　　　　그러나 오늘은 山보다도
> 　　　　　그것은 나의 肉體의 隆起
>
> 이제 나는 曠野에 드러누워도
> 共同의 運命을 들을 수 있다
> 　　　　　疲勞와 疲勞의 發言
> 詩人이 恍惚하는 時間보다도 더 맥없는 時間이 어디있느냐
> 逃避하는 친구들
> 良心도 가지고 가라 休息도—
> 우리들은 다같이 산등성이를 내려가는 사람들
> 　　　　　그러나 오늘은 山보다도
> 　　　　　그것은 나의 肉體의 隆起
>
> 曠野에 와서 어떻게 드러누울 줄을 알고 있는
> 나는 너무나도 악착스러운 夢想家
> 　　　　粗雜한 天地여
> 간디의 模倣者여

여치의 나래 밑의 고단한 밤잠이여
「時代에 뒤떨어지는 것이 무서운 게 아니라
어떻게 뒤떨어지느냐가 무서운 것」이라는 죽음의 잠꼬대여
그러나 오늘은 山보다도
그것은 나의 肉體의 隆起[19]

산문을 통해 확인되는 김수영의 열등감 중의 하나는 '하이브로우한 멋'(「멋」)과 새로움에 대한 강박 관념이다. 이러한 열등감의 근저에는 50~60년대에 명동을 중심으로 활동한 박인환과 일군의 모더니스트들에 대한 경쟁의식이 자리 잡고 있다. 그것은 가령 산문 「박인환(朴寅煥)」의 "내가 6·25 후에 포로수용소에 다녀 나와서 너를 만나고, 네가 쓴 무슨 글인가에서 말이 되지 않은 무슨 낱말인가를 지적했을 때, 너는 선뜻 나에게 이런 말로 반격을 가했다. ─『이건 네가 포로수용소 안에 있을 동안에 새로 생긴 말이야』"나 「말리서사(茉莉書舍)」의 "그는 일본 말이 무척 서툴렀고 조선말도 제대로 아는 편이 못되었지만, 그 대신 그의 시에는 내가 모르는 멋진 식물·동물·기계·정치·경제·수학·철학·천문학·종교의 요란스러운 현대용어들이 마구 나열되어 있었다" 등에서처럼 '유행'과 '새로움'의 휘장을 두르고 등장한 전후 모더니즘의 '거꾸로 선 근대성', 즉 시대착오적 언표들이었다. 김수영의 초기 시와 산문을 지배하는 냉소적 언어들은 이러한 열등의식의 산물이라고 할 수 있다. 현대성을 새로움에 대한 강박으로 오인한 모더니즘적 경향을 '속물'이나 '탈을 바꾸어 쓴 후진성'(「모기와 개미」)이라고 말하는 것은 비교적 쉬운 일이다. 그러나 김수영 역시 4·19에 이르기까지 새로움의 맹목에 사로잡혀 있었기 때문에 이러한 열패감은 쉽게 치유되지 않았다. 박인환에 대한 김수영의 '증오'와 '의심'이 극단적으로 표현된 것이 산문 「연극(演劇)하다가 시(詩)로 전향」이다. 이 글은 김수영 자신이 히야

---

19) 「광야(曠野)」, 『전집』 1, 108~109면.

까시'같은 작품으로 평가했음에도 불구하고 훗날 많은 연구자들에 의해 '전형적인 모더니즘 계열의 난해시 중의 하나'[20]로 추앙된 「공자(孔子)의 생활난(生活難)」(1945)과 '그(秉旭)의 추측을 앞질러서 그의 헛점을 찌르려고 황당무계한 내용'을 쓴 「아메리칸 타임지(誌)」의 창작 배경을 담고 있다. 당시 김수영은 박인환의 '모더니즘'과 '황당한 내용'을 '놀라운 작품'이라고 평가하는 모더니스트들의 태도에 대해 비판적인 시각을 갖고 있었다. 말하자면 그는 '현대성'의 내용과 개념을 둘러싸고 전후 모더니스트들과 심리적 라이벌 관계에 있었는데, 『새로운 도시(都市)와 시민(市民)들의 합창(合唱)』에 발표한 두 편의 시는 '현대성'의 탈을 쓴 그들의 '속물성'을 조롱하기 위해 창작된 것으로 보인다.

한편 「광야(曠野)」는 근대의 척도로서의 '속도'를 비판한 「서시(序詩)」와 거의 동시에 쓰여졌는데, 이는 이 시기에 이르러 그가 인식의 전환을 경험하고 있음을 암시해준다. 이러한 인식의 전환은 '새로운 목표'의 형태로 언표화된다. "나는 公利的인 人間이 아니다"(「바뀌어진 지평선」)라는 구절에서 확인되듯, 김수영은 스스로를 공리적 인간으로 평가하지 않았다. 이것은 그의 초기시를 지배하는 '나의 위치'에 대한 실존적 물음이나 '설움'·'긍지'·'자유'·'속도'와 '피로' 등의 문제들이 '우리'의 문제가 아니라 '나'의 문제에서 기인한다는 것을 의미한다. 「광야(曠野)」에 등장하는 '시대(時代)의 지혜(智慧)'를 '발견(發見)'했다는 진술 역시 '너무나 많은 나침반(羅針盤)'들 사이에서 발견한 '나'의 지혜에 가깝다. 나침반으로 표상되는 '길'과 그것의 과잉은 곧 길의 없음에 해당한다. 그것은 "너무 많은 實在性은 현기증"이, "너무 밀접한 직접성은 극도의 피로"가 되기 때문이다.[21] 반복적으로 등장하는 "그러나 오늘은 山보다도/그것은 나의 肉體의 隆起"는 새롭게 발견된 지혜가 실존적인 의미를 지닌다는 것을 말해준다. 한편 '나의 發見'은 2연에서 '共同의 運命'

---

20) 김상환, 『풍자와 해탈 혹은 사랑과 죽음』, 민음사, 2000, 153면.
21) 「생활(生活)의 극복(克服)」, 『전집』 2, 59~60면.

으로 확장된다. 여기에서 시인은 스스로를 공리적인 인간으로 인식하고 있다. 물론 "疲勞와 疲勞의 發言"이나 "詩人이 恍惚하는 時間보다도 더 맥없는 時間"이 구체적으로 무엇을 의미하는지는 명확하지 않다. 그러나 "우리들은 다같이 산등성이를 내려가는 사람들"에서, 시인이 자신을 포함한 '시대'가 하강의 국면에 머물고 있음을 인식하고 있다. 흥미로운 사실은 이 시에서 이러한 하강의 시대 인식이 부정적으로 표상되지 않는다는 점이다. 그것은 산등성이를 내려가는 것은 하강인 동시에 '육체의 융기(隆起)'로 명명된다. 「광야(曠野)」에서 '산'과 '광야'가 대립적인 공간적 표상으로 사용된다는 것은 매우 중요하다. "曠野에 드러누워도"라는 진술에서 암시되듯이, '광야'라는 공간은 '산'과의 대립 관계 속에서만 의미를 갖는다. 단적으로 말하자면 '산'은 '첨단'과 '새로움'의 세계를, '광야'는 '여유'와 '긍지'의 세계를 가리킨다. '광야'는 '육체(肉體)의 융기(隆起)'가 발생하는 공간이라는 점에서, 산보다 높은 공간으로 인식된다. 이는 「서시(序詩)」에서 '정지'가 지닌 클리나멘의 속도가 첨단의 속도보다 훨씬 빠르다는 발상과 유사하다. 3연에서 시인은 지혜의 발견이 '몽상'에 근거하고 있음을 밝힌다. 주지하듯이 김수영의 시에서 '꿈'이나 '몽상'은 상징적인 의미를 지닌다. 그것은 가령 "다만 우리들의 책임은, 서양의 옛말에 있듯이 꿈에서 시작된다는 것을 말해두고 싶었던 것입니다"(「요즈음 느끼는 일」)에서처럼 현실을 극복하는 모든 가치나 관념이 '몽상'의 형태에서 출발한다는 것을 의미한다. 그러므로 김수영의 시에서 '꿈'과 '몽상'은 허황된 이념이 아니라, 현실의 저편에 있는, 혹은 그것을 쟁취하기 위해 현실을 돌파해야 하는 요청된 '미래'적 시간이라고 할 수 있다.

2. 권력의 편재성과 자유의 절대성

1) '규율권력' 비판과 비자유로서의 '적'

김수영의 문학에서 미적 근대성은 근대성의 가치와 척도에 대한 비판의 형태로 표현된다. 그는 새로운 형식적 실험과 새로움, 그리고 예술의 자율성이라는 딜레마에서 벗어나지 못했던 전후 모더니스트들과는 달리, 예술과 삶, 예술과 정치가 일치하는 지점까지 '시'를 '온몸'으로 밀고 나갔다. 이는 그가 주장한 '현대성'이 윤리적인 삶의 태도라는 것을 의미한다. '속도'와 더불어 '권력'에 대한 비판은 김수영의 문학에서 핵심적인 문제이다. 권력에 대한 비판, 그리고 자유와 혁명으로 이어지는 후기의 시세계는 그를 리얼리즘의 계보에 편입시키는 근거가 되었다. 주지하듯이 한국 전쟁이 남긴 이데올로기적 상흔과 절대적 궁핍, 그리고 전후 한국사회의 거꾸로 선 근대성, 억압적 국가권력과 개발독재 등은 전후 지식인들의 의식 형성에 직접적인 영향을 주었다. 특히 4·19와 5·16이라는 역사적 사건이야말로 현실 정치와 국가 권력에 대한 비판과 성찰의 계기가 되었다.

권력의 문제는 '지배'나 '통치' 이전에 주체의 생산과 밀접하게 관련된다. 특정한 "사회가 인간 위에서 탄생하기 위해서는 이미 사회가 그러한 인간을 만들어냈"어야 하기 때문이다.[22] 김수영의 문학에서 권력은 두 가지의 의미로 등장한다. 하나는, 국가 권력으로 상징되는 억압과 강제의 외부적 힘이고, 다른 하나는 개개인의 의식과 욕망마저 일정한 틀 속에 가둬버리는 규율권력이다. 전자가 '혁명'의 문제라면, 후자는 '자유'의 문제에 해당된다. 김수영에게 '자유'는 "시를 쓰는 사람, 문학을

---

22) 이진경, 『근대주체와 식민지 규율권력』, 문화과학사, 1997, 61면.

하는 사람의 처지로서는 '이만하면'이란 말은 있을 수 없다. 적어도 언론자유에 있어서는 '이만하면'이란 中間辭는 도저히 있을 수 없다. 그들에게는 언론자유가 있느냐 없느냐의 둘 중의 하나가 있을 뿐 '이만하면 언론자유가 있다고' 본다는 것은, 쉽게 말하면 그 자신이 시인도 문학자도 아니라는 말밖에는 아니 된다"(「창작자유(創作自由)의 조건」)에서 확인되듯 유/무의 '절대적' 상태를 가리킨다.[23] 그가 주장한 '자유의 회복의 신앙'이란 궁극적으로 '검열'의 방법으로 행해지는 국가 권력의 외적 간섭뿐만 아니라 무의식의 억압조차 없는 상태를 가리킨다. 김수영은 불온성에 대한 이어령의 비판에 대한 반론인 「'불온(不穩)'성(상)에 대한 비과학적 억측」에서 "나의 자유의 고발의 한계는 이런 불온하지도 않은 작품을 불온하다고 오해를 받을까보아 무서워서 발표를 하지 못하게 하는 것이 과연 무엇이냐 하는 것이다"라고 말함으로써, 내면적·무의식적 검열조차 행해지지 않는 완전한 상태만이 '자유'라고 규정한다.

비평사에서 김수영은 흔히 4·19의 시인으로 평가된다. 4·19를 전후하여 '자유'와 '혁명'에 관해 노래했고, 역사의식을 바탕으로 적극적인 현실 참여를 모색했다는 것이 그 평가의 대체적인 논지이다. 그러나 김수영의 문학의 특이성은 국가 권력에 대한 비판이 아니라, 개인의 욕망과 무의식마저 감시·통제하는 미시적 권력에 대한 비판에 있다. 좌·우의 이념 대립과 한국 전쟁이라는 민족사적 비극, 그리고 전후의 독재 권력이 '명령'과 '금지'에 기반하여 통치/지배했음은 부인할 수 없는 역사적 사실이다. 그러나 권력의 폐해는 제도적·절차적 민주주의를 말

---

23) 김수영에게 '자유'가 절대적인 유무의 잣대로 평가된다는 것은 다음에서도 확인된다. "창작의 자유는 백퍼센트의 언론자유가 없이는 도저히 되지 않는다. 창작에 있어서는 1퍼센테이지가 결한 언론자유는 언론자유가 없다는 말과 마찬가지다. 이(李)정권 하에서는 8할의 창작의 자유가 있었지만 장(張)정권 하에서는 9할의 자유가 있으니 얼마나 나아졌느냐고 말하고 싶은 국회의원이 있을 성싶다. 아니 국회의원뿐 아니라 필자 자신 역시 그러한 망상과 유혹에 빠지기 쉬운 요즈음이다." 「창작자유(創作自由)의 조건」, 『전집』 2, 130면.

살하고, 군대와 경찰을 동원한 폭력적 통치 / 지배 이상이었다. 그것은 한 마디로 전후 한국사회의 모든 인간들을 냉전 체제에 길들여진 근대적 주체로 재탄생시키는 것이었다. 김수영은 이러한 미시적 권력을 가리켜 '적'이라고 명명했다. '적'과 관련된 세 편의 시(「敵」, 「敵(一)」, 「敵(二)」)와 '혁명'을 소재로 한 일련의 작품들에서 김수영이 비판적으로 직시한 것은 국가권력의 폭력성이 아니라, 국가권력의 통치나 지배로 환원되지 않는 규율(discipline) 권력이었다.

> 우리는 무슨 敵이든 적을 갖고 있다
> 敵에는 가벼운 敵도 무거운 敵도 없다
> 지금의 敵이 제일 무거운 것 같고 무서울 것 같지만
> 이 敵이 없으면 또 다른 敵-來日
> 來日의 敵은 오늘의 敵보다 弱할지 몰라도
> 오늘의 敵도 來日의 敵처럼 생각하면 되고
> 오늘의 敵도 來日의 敵처럼 생각하면 되고
>
> 오늘의 敵으로 來日의 敵을 쫓으면 되고
> 來日의 敵으로 오늘의 敵을 쫓을 수도 있다
> 이래서 우리들은 태평으로 지낸다24)

김수영의 시에서 '적'이란 "敵을 運算하고 있으면 / 아무 데도 敵은 없고"(「敵」)처럼 구체적으로 지각되거나 고정된 대상이 아니다. 그러므로 그것은 국가 권력의 억압적 지배나 통치로 환원되지 않는다. 권력은 새로운 삶으로의 이행을 가로막는 억압적 배치이며, 따라서 '적'은 형식적·물질적인 형태를 갖지 않는다. 그것은 "나의 良心과 毒氣를 빨아 먹는 / 문어발" 같은 존재이며, "吸盤같은 나의 大門의 명패보다도 / 正體없는 놈"이고, '더운 날 / 눈이 꺼지듯' 시시때때로 사라졌다 나타나는

---

24) 「敵(一)」, 『전집』 1, 244면.

불가사의의 존재이다. "우리들의 적은 한국의 정당과 같은 섹트주의가 아니라 우리들 對 爾餘全部이다. 혹은 나 對 전세상이다." 적에 대한 문제는 어디까지나 배치의 문제 속에서 사유되어야 한다. 그래서 「적(敵)」에서처럼 '순사'도 '땅주인'도, 그리고 '과속(過速)을 범하는 운전수(運轉手)'조차도 적일 수 있다. 혹은 「아픈 몸이」에서의 "아픈 몸이 / 아프지 않을 때까지 가자 / 온갖 식구와 온갖 친구와 / 온갖 敵들과 함께 / 敵들의 敵들과 함께"라는 진술이나, 「현대식(現代式) 교량(橋梁)」의 "敵을 兄弟로 만드는 實證" 등에서처럼 적조차 형제와 동료가 될 수 있다. 이는 '적'이 '권력'의 문제이자 현실의 억압적 배치효과라는 것을 의미한다. 권력에 대한 이러한 인식은 푸코의 권력분석과 상당히 유사하다.

　푸코에 따르면, 근대사회의 권력 테크놀러지들은 계산되고 조직화된 방식으로 개인들의 육체를 길들임으로써 그들을 근대적 주체로 생산한다. 일상적인 삶의 과정은 무수한 제도들과의 피할 수 없는 마주침의 연속이다. 학교·가정·종교·직장·병원·군대 등이 바로 그것들이다. 어느 누구도 이 제도들의 바깥에서 살아갈 수는 없다. 제도들에 포위된 근대사회는 곧 '규율사회(disciplinary society)'25)이다. 다양한 제도를 통해 인간을 '규율'하는 근대적 권력은 직접적인 '육체'에 대한 규율이라는 점에서 '생체 권력(bio-pouvoir)'26)이라고 할 수 있다. 권력에 대한 푸코의 분

---

25) 푸코는 19세기에 등장한 인문과학이 인간을 지배하는 기술로 등장했으며, 이러한 인문과학의 발전은 주체와 객체를 동시에 수렴하는 '인간'이라는 새로운 철학적 개념에 근거하고 있다고 말한다. 푸코는 규율적 방법에 의해 '측정가능한 인간'이 강조됨으로써 개인을 분석·기술의 대상으로 설정할 수 있었다고 주장한다. 이는 19세기에 인문과학이 탄생할 수 있었던 근거가 규율(discipline)과 규범화(normalization)였음을 의미한다. 즉 인간의 신체를 특정한 방식으로 다루어 인간을 길들이고 유용하게 만드는 방식의 권력 형태가 출현한 것이다. 푸코는 규율이 제대로 실행되기 위해서는 분할의 기술, 활동의 통제, 훈련, 행위(힘)의 조합이라는 네 가지 조건이 갖춰져야 한다고 보았다. 미셸 푸코, 오생근 역, 『감시와 처벌』, 나남, 1993, 268~269면.

26) 미셸 푸코는 권력을 어떤 주체가 소유하고 사용하는 것이라는 명제를 뒤집는다. 그는 개인들이 특정한 형태의 '주체'로서, 특정한 방식으로 행동하는 것은 그들을 특정한 형태로 행동하도록 길들이고 강제하는 권력 때문인데, 이때 그것을 '규율권력' 또

석은 그것이 '육체'를 중심에 둔다는 점에서, 개인의 의식 / 무의식을 억압하는 '적'에 대한 김수영의 인식과 완전하게 일치하지는 않는다.27) 그럼에도 불구하고 그것들은 국가 권력으로 상징되는 권력의 초월적·물리적 억압이 아니라, 개개인의 일상과 의식에 작용한다는 점에서 공통분모를 지니고 있다. 푸코의 권력이 개인의 육체에 대한 '미시 권력(micro-pouvoir)'28)인 반면, 김수영의 '적'은 새로운 삶으로의 이행을 가로막는 억압적 질서인 동시에, 육체와 의식에 동시에 작용하는 억압적 규율이다. 전통적인 의미에서 권력은 자기를 과시하기 위해 스스로를 드러내며, 또한 그것이 발휘되는 움직임에서 힘의 원리를 발견했다. 전통적인 권력 하에서는 모든 사람들이 '권력'이라는 거대한 중심의 반영을 통해서만 빛을 받을 수 있었다. 반면 규율권력은 자신의 모습을 드러내지 않으면서 행사된다는 점에서 전통적인 권력과 구분된다. 여기에서 드러나는 것은 권력에 복종해야 할 존재들이지 권력 그 자체가 아니다. 물론이는 '고문'이라는 장치가 사라진 19세기 프랑스에 한정된 이야기이다.29) 1960년대, 5·16 군부 세력은 개발독재와 반공 이데올로기를 앞세우면서, 각종 악법과 제도, 그리고 무력으로 한국사회를 통치했다. 1960년대의 한국사회를 제도를 통한 신체의 훈육이라는 규율사회로 규정하

는 '생체권력'이라고 부른다. 푸코에게 있어서 권력의 통제 목표는 일차적으로 인간의 몸이다.

27) 푸코는 권력을 다음과 같이 정의한다. "권력이 효과를 발휘하고 사람들이 권력을 받아들이는 것은 권력이 단순히 금지의 기능으로 우리에게 다가오기 때문만이 아니라 무엇인가 사물을 관통하고, 생산하며, 쾌락을 유도하고, 지식을 형성하며, 담화를 만들어내는 기능을 하고 있기 때문이라 하겠습니다. 그러므로 권력은 억압이라는 부정적인 기능을 넘어서 사회적 육체를 가로지르는 일종의 생산적 그물망으로 파악해야 합니다." 콜린 고든, 홍성민 역, 『권력과 지식―미셸푸코와의 대담』, 나남, 1991, 152면.

28) 푸코의 미시권력 개념은 생체권력이나 규율권력과 비슷한 의미를 띤다. 푸코는 권력이 국가라는 초월적 주체의 전유물이 아니라 가정·법원·공장·실험실·대학·성관계 등등의 일상적 공간에 존재하고 있으며, 그것들이 특정한 주체를 생산한다는 점을 강조하기 위해 미시권력이라는 용어를 사용한다.

29) 미셸 푸코, 오생근 역, 앞의 책, 39면.

기는 불가능하다. 그럼에도 불구하고 해방 이후부터 현재까지 모든 국가권력은 무력과 법 그리고 제도를 동시에 사용했다. 김수영의 '적'에 대한 인식이 60년대의 문학사에서 중요한 위치를 차지하는 것도 이 때문이다. 김수영에게 있어서 '적'과 '권력'은 지배나 통치의 문제로 환원되지 않는다. 또 다른 시 「적(敵)」에서 김수영은 '적'의 위치에 대해 묻는다. "敵이 어디에 있느냐?" 그리고 「적(敵) 일(一)」과 「적(敵) 이(二)」에서 그 질문에 대한 해답을 제시한다. 권력은 삶의 모든 곳에 편재해 있다는 것이 바로 그것이다. 아래에 인용된 두 편의 글은 '적'과 '권력'의 미시적 억압이 실제로 어떻게 그의 육체와 정신에 작용하고 있는가를 보여준다.

①지금까지 말한 것처럼 李御寧씨는 내가 발표하지 못하고 있는 작품을 발표하지 못하기 때문에 '불온한' 작품이라고 규정을 내리고 있지만, 나의 생각으로는 발표를 하면 오해를 받을 우려가 있어서 발표는 못하고 있지만, 결코 불온한 작품이라고는 생각하고 있지 않다. 그러니까, 나의 자유의 고발의 한계는 이런 불온하지도 않은 작품을 불온하다고 오해를 받을까보아 무서워서 발표를 하지 못하게 하는 것이 과연 무엇이냐 하는 것이다.[30]

②세계여행을 하는 꿈을 꾸었다. 김포비행장에서 떠날 때 눈을 감고 떠나서, 동경, 뉴욕, 런던, 파리를 거쳐서 (꿈속에서도 동구라파와 러시아와 中共은 보지 못하게 되어있었기 때문에 착륙하지 못했다) 홍콩을 다녀서, 다시 김포에 내릴 때까지 눈을 뜨지 않았다. 눈을 뜬 것은 비행기와 기차와 자동차를 오르내렸을 때뿐, 그리고 호텔의 카운터에서 돈을 지불할 때뿐 그 이외에는 일절 눈을 뜨지 않았다. 말하자면 나는 한국에서도 볼 수 있는 것만을 보았지만 그 이외의 것을 일절 보지 않았다.[31]

김수영에게 '적'은 보통명사로 인식된다. 그것은 "가벼운 敵도 무거운

---

30) 「〈불온(不穩)〉성(性)에 대한 비과학적인 억측」, 『전집』 2, 162~163면.
31) 「시작(詩作) 노우트(1965)」, 『전집』 2, 293면.

敵도 없다”(「敵(一)」)에서 알 수 있듯이, 양적인 문제가 아니다. ‘적’은 존재하느냐 그렇지 않느냐라는 이항적 선택의 문제이며, 이는 ‘자유’의 경우에도 동일하게 적용된다. 적은 크기나 양의 문제를 떠나서 ‘자유’의 상태를 잠식한다는 점에서는 한결같이 무서운 존재이다. 그렇기 때문에 적과의 투쟁은 정도의 문제가 아니라 모든 것을 건 치열한 투쟁이어야 한다. 그것은 어느 선, 혹은 어느 정도에서 멈출 수 있는 양적인 문제가 아니라 ‘온 몸’으로 극한까지 밀고 나가야 할 필사의 작업이다. 이런 맥락에서 살펴볼 때 ‘적’과 ‘권력’의 문제가 ‘자유’와 직접적으로 대립 관계에 놓여 있음을 알 수 있다. ‘불온시 논쟁’에 대한 글인 ①에서 김수영은 ‘불온’을 불온에 대한 의식으로 규정한다. 이는 「창작자유(創作自由)의 조건」에 등장하는 “문제는 그 판결의 유죄·무죄가 중요한 것이 아니다. 문제는 ‘만일’에의 考慮가 끼치는 창작과정상의 감정이나 꿈의 위축이다. 그리고 이러한 위축현상이 우리나라의 현사회에서도 혁명 후도 여전히 그전이나 조금도 다름없이 계속되고 있다는 것을 알아야 한다. 이 것은 죄악이다”라는 구절과 일맥상통하는데, 이 글에서 김수영이 문제 삼는 것은 ‘불온하지도 않은 작품을 불온하다고 오해를 받을까봐 무서 워’ 하는 창작자의 의식 상태이다. 김수영은 이러한 ‘고려’가 존재하는 한 창작의 자유, 나아가 자유 일반은 존재하지 않는다고 주장한다.

②는 무의식의 차원에서 행해지는 검열과 그러한 억압을 내면화하는 과정에 대해 보여준다. 이 인용문은 「적(敵) 일(一)」과 「적(敵) 이(二)」와 함께 1965년의 ‘시작 노우트’를 구성하고 있는데, 이는 위의 인용문이 두 편의 「적(敵)」연작과 동시에, 동일한 문제의식 하에 쓰여졌음을 말해 준다. ②에서 ‘적’은 단적으로 냉전 이데올로기와 억압적 국가권력이다. 여기에서 ‘권력’은 금지의 기능을 수행하는 형이상학적·초월적 형상으로 등장한다. 초월적 국가권력의 ‘금지’는 ‘꿈’이라는 상상의 영역에서도 발휘되는데, 그것은 ‘동구라파와 러시아와 중공(中共)’에서처럼 정치·사상의 자유에 대한 억압으로 표현된다. ‘꿈’이란 의식 너머의 세

계, 즉 무의식의 영역이다. 그곳은 추상적 관념이나 이데올로기 같은 상징계(the Symbolic)의 질서가 틈입하지 못하는 상상계(the Imaginary)의 세계이다. 그럼에도 불구하고 인용문에서 현실계의 질서에 해당하는 냉전 이데올로기는 '꿈'의 세계까지 억압한다. 이러한 억압적 상황은 "나는 한국에서도 볼 수 있는 것만을 보았지만 그 이외의 것을 일절 보지 않았다"라는 구절에서도 확인되는데, 이는 냉전 이데올로기에 대한 김수영의 냉소적 태도, 그리고 국가 권력의 이념적 억압의 폭력성을 직접적으로 보여준다. 냉전 이데올로기를 정당성의 근거로 내세운 국가권력은 "38선은 세계에서 제일 높은 빙산의 하나다"(「해동(解凍)」)처럼 전 국민을 냉전적 주체로 만들고자 했다.

우리들의 敵은 늠름하지 않다
우리들의 敵은 카크 다글라스나 리챠드 위드마크 모양으로 사나웁지도 않다
그들은 조금도 사나운 惡漢이 아니다
그들은 善良하기까지도 하다
그들은 民主主義者를 假裝하고
자기들이 良民이라고도 하고
자기들이 善良이라고도 하고
자기들이 會社員이라고도 하고
電車를 타고 自動車를 타고
料理집엘 들어가고
술을 마시고 웃고 雜談하고
同情하고 眞摯한 얼굴을 하고
바쁘다고 서두르면서 일도 하고
原稿도 쓰고 치부도 하고
시골에도 있고 海邊가에도 있고
서울에도 있고 散步도 하고
映畵館에도 가고
愛嬌도 있다

그들은 말하자면 우리들의 곁에 있다

우리들의 戰線은 눈에 보이지 않는다
그것이 우리들의 싸움을 이다지도 어려운 것으로 만든다
우리들의 戰線은 당게르크도 놀만디도 延禧高地도 아니다
우리들의 戰線은 地圖冊 속에는 없다
그것은 우리들의 집안 안인 경우도 있고
우리들의 職場인 경우도 있고
우리들의 洞里인 경우도 있지만……
보이지 않는다

우리들의 싸움의 모습은 焦土作戰이나
「건 힐의 血鬪」모양으로 활발하지도 않고 보기좋은 것도 아니다
그러나 우리들은 언제나 싸우고 있다
아침에도 낮에도 밤에도 밥을 먹을 때에도
거리를 걸을 때도 歡談을 할 때도
장사를 할 때도 土木工事를 할 때도
여행을 할 때도 울 때도 웃을 때도
풋나물을 먹을 때도
市場에 가서 비린 생선냄새를 맡을 때도
배가 부를 때도
목이 마를 때도
戀愛를 할 때도 졸음이 올 때도 꿈속에서도
깨어나서도 또 깨어나서도 또 깨어나서도……
授業을 할 때도 退勤時에도
싸일렌소리에 時計를 맞출 때도 구두를 닦을 때도……
우리들의 싸움은 쉬지 않는다

우리들의 싸움은 하늘과 땅 사이에 가득차있다
民主主義의 싸움이니까 싸우는 방법도 民主主義式으로 싸워야 한다
하늘에 그림자가 없듯이 民主主義의 싸움에도 그림자가 없다

하……그림자가 없다

하……그렇다……
하……그렇지……
아암 그렇구 말구……그렇지 그래……
응응……응……뭐?
아 그래……그래 그래.32)

　'적'에 대한 인식은 「하……그림자가 없다」에서 보다 명확하게 드러
난다. 인용시에서 나타나듯이 '적'이 인간에게 주는 '무서움'은 배치의
문제이지 물리적인 힘의 문제가 아니다. 근대적 권력은 '건 힐의 혈투
(血鬪)'의 한 장면, 혹은 '카크 더글라스', '리챠드 위드마크'라는 기호의
표상처럼 물리적인 힘으로 드러나지 않는다. 적의 모습은 결코 늠름하
지 않으며, 마찬가지로 나의 투쟁이나 저항 역시 물리적인 폭력의 형태
를 띨 수 없다. 적과의 투쟁은 '당게르크'나 '놀만디' 같은 '초토작전(焦
土作戰)'의 전쟁이 될 수 없다. 오히려 그것은 밥을 먹는 순간, 거리를 걸
을 때, 환담을 하거나 생선냄새를 맡을 때처럼 일상적 삶 속에서 나타
난다. 「적(敵) 二」의 "제일 피곤한 때 敵에 대한다 / 바위의 아량이다 / 날
이 흐릴 때 정신의 집중이 생긴다 / 神의 아량이다"는 '적'이 등장하는
일상의 한 순간을 보여준다. 그리고 '적'이 우리의 일상으로 틈입하는
방식은 '선량(善良)'하기조차 하다. 그것은 언제나 '민주주의(民主主義)'의
이름으로, 혹은 '양민(良民)'과 '선량(善良)'의 이름으로 우리에게 다가온
다. 그것은 회사와 가정이라는 공·사의 공간적 구획을 초월하고, 시골
과 도시라는 위계적 구분을 무용하게 만든다. '우리들의 싸움'이 '하늘
과 땅 사이에 가득 차' 있듯이, 그것들 또한 삶의 모든 곳에 존재한다.
영화관에도, 글을 쓰고 다듬는 그 순간에도, 심지어는 꿈속에서 조차 적

---

32) 「하……그림자가 없다」, 『전집』 1, 136~137면.

은 우리와 함께 있다. 그것은 언제나 우리들의 곁에 있다.

김수영은 「적(敵) 二」에서 일상에 상주하는 '적'의 모습을 '가족' 표상을 통해 형상화한다. 여기에서 '적'은 화자가 '가장 피곤할 때', 모든 적을 물리치고 안식처에 들어섰다고 방심하는 그 순간 불시에 엄습한다. 적은 언제나 그의 가장 가까운 곳에 존재하기 때문이다. '적'은 사지의 관절, 무릎과 대퇴골의 힘을 빼놓음으로써 타인과의 관계를 '해체'시킨다. 뿐만 아니라 '적'은 모든 것이 쉬는 날, 즉 흐린 날조차 쉬지 않는다. 아내와 자식, '생계'와 '매문'이 혼재하는 공간, 김수영에게는 그 속에서 느끼는 삶의 익숙함 역시 적의 다른 모습일 뿐이었다. "나는 마비되어 있는 것이 아닌가. 이 극장에, 이 무사에, 이 타협에, 이 체념에 마비되어 있는 것이 아닌가. 마비되어 있지 않다는 자신에 마비되어 있는 것이 아닌가"에서 그는 자신의 삶이 가족적 질서와 '텔레비전'·'자동차'로 대표되는 생활세계의 낯익음에 길들여지는 과정을 '마비'로 인식한다. 일상적 삶의 익숙함이 마비 상태인 것처럼, '매명'과 '매문'의 글쓰기 역시 마비 상태이다. 일상에의 안주를 '마비'로, 일상의 구성 조건인 '가족'을 '적'으로 간주하는 김수영의 태도에는 '현대성'이 삶의 태도나 윤리를 의미한다는 인식이 전제되어 있다. 이는 근대성을 '태도'라고 주장한 미셸 푸코의 논점과도 일치한다. 푸코의 권력 분석에 따르면, 구체적 지식인은 '권력'이 초월적인 형상이 아니라 미시적으로 작동할 때에 요청된다. 시대의 양심이나 형식적 민주주의에 대한 정치·이념적 투쟁을 전개하는 보편적 지식인과는 달리, 구체적 지식인은 자신의 일상을 포획·규율하는 일체의 질서에 대해 비판적 인식을 갖기 마련이다. 자유에 대해 맹목에 가까운 집착을 보이고 현대성을 윤리적 태도의 문제로 인식했다는 점에서 김수영의 구체적 지식인의 면모를 띠고 있다. 일상과의 관계를 문제삼을 때, 적의 정체는 확연해진다. 그것은 먼저 "모든 문제는 우리 집의 울타리 안에서 싸워져야" 하듯이 가족적 제도 속에 있으며, 나아가 "내 안에서 싸워져야 한다"처럼 그 자신의 내부에 존재한다.

　김수영의 '적'에 대한 인식에서 중요한 점은 '적'이 실체적 대상으로 파악되지 않는다는 사실이다. '적'은 구체적인 대상과 인물이 아니라 피로를 주거나 자유를 억압하는 대상 전체를 가리킨다. 그러므로 정작 중요한 것은 '적'이 아니라, 특정한 대상을 '적'으로 만드는 관계와 배치라고 할 수 있다. 이러한 인식은 「현대식(現代式) 교량(橋梁)」의 "나는 이제 敵을 兄弟로 만드는 實證을 / 똑똑하게 천천히 보았으니까!"나 「피곤한 하루의 나머지 시간」의 "오오 사랑이 追放을 당하는 時間이 바로 이때이다", 「사랑의 변주곡(變奏曲)」의 "이 사랑을 만드는 기술"이라는 구절과 일맥상통한다. 김수영의 시에서 '적'이 '형제'가 되거나, 또는 '형제'가 '적'이 되는 배치는 '더운 날'(「적(敵)」)과 '제일 피곤할 때'(「적(敵) 二」)이다. '형제'가 '적'이 되는 '더위'와 '피곤'의 시간이란 외적 환경에 의해 정상적인 인간관계가 성립하기 힘든 상황을 가리킨다. 다시 말해, 스스로에 대해 엄격한 윤리적 잣대를 내세우기도, 또한 세계에 대해 엄격한 도덕성의 기준을 강제하기에도 어려운 상태, 이것이 바로 '형제'가 '적'이 되는 배치이다.

　19세기 이래로 '권력'에 대한 비판은 '국가 권력'에 집중되어 있었다. 이러한 권력론에 따르면 '혁명'이란 국가나 국가 장치에 대한 비판이며, 국가 권력을 탈취해서 권력을 교체시키는 것을 의미한다. 서구의 경우, 68혁명을 거치면서 이러한 고전적 '혁명론'은 힘을 잃기 시작했다. 그것은 '권력'에 대한 비판이 단순히 국가 비판이 아니라 국가와 시민사회를 관통하고 있는 권력의 미세한 흐름에 대한 비판으로 전화(轉化)되어야 한다는 것을 의미했다. 68혁명은 근대의 체제 안에 숨어 있는 권력의 이미지가 그대로 드러난 하나의 사건이었으며, 그런 만큼 충격과 여파도 엄청났다. 68혁명을 통해 푸코는 권력이 도구가 아니라는 것, 그리고 그것이 국가만의 독점물이 아니라 시민사회 안에서 사는 사람들이 스스로를 권력의 담지자로서 재생산하고 있다는 것을 이론화하고자 했다. 김수영은 '적'이라는 표상을 '국가권력'으로 상징되는 초월적 권력이 아니라, 일상적 생활세계에서 매일매일 생산되는 미시적 권력에 대해 비판했다. 그것은 68혁명을 거치면서 정식화된 푸코의 권력 이론과 상동적이라고 할 수 있다. 김수영에게 그것은 권력이기 이전에 '자유'를 가로막는 억압적 배치이자 삶의 조건이었다.

2) 근대의 획일주의와 절대적 자유로서의 혁명

김수영은 '현대'를 '부르좌적 획일주의'로 인식했는데, 이는 삶에서 강요되는 모든 획일적인 질서와 규율들을 '적'으로 간주한 데서도 확인된다. 그의 시와 산문에서 '획일주의'의 폐해는 '신경고문과 세뇌교육의 사회화', '공리성', '질서', '습관' 등으로 다양하게 변주된다. 그에 의하면 획일주의란 '혼란'의 여지를 남기지 않는, '질서'의 획일주의다. 「실험적(實驗的)인 문학과 정치적 자유」의 "무서운 것은 문화를 정치사회의 이데올로기와 동일시하는 것이 아니라, 문화를 단 하나의 이데올로기와 동일시하는 것이다"와 「시(詩)여, 침을 뱉어라」의 "혼란이 없는 시멘트회사나 발전소의 건설은, 시멘트회사나 발전소가 없는 혼란보다 조금도 나을 게 없는 것 같은 생각이 든다" 등의 진술에서 획일주의에 대한 비판의 일면을 엿볼 수 있다. 획일주의가 '현대'의 핵심적 문제로 인식되는 이유는 그것이 '자유'의 가치와 정면으로 충돌하기 때문이다. 이미 밝혔듯이, 김수영은 '자유'를 예술의 성립조건으로 인식하는 한편, 그것을 신앙의 위치에까지 올려놓았다.[33) 그가 주장한 '자유'는 거칠게 정리하면 비획일적이고 비척도적인 삶의 자유이다. 그의 이러한 자유의 범위와 개념을 두고 이른바 '불온시 논쟁'이 벌어지기도 했다. "최고의

---

33) 「나의 신앙(信仰)은 〈자유(自由)의 회복〉」, 『전집』 2, 125면.

문화정책은, 내버려두는 것이다. 제멋대로 내버려두는 것이다. 그런데
그러지를 않는다. 간섭을 하고 탄압을 한다. 그리고 간섭을 하고 위협을
하고 탄압을 하는 것을 문화의 건설이라고 생각하고 있다.”(「지식인(知識
人)의 사회참여(社會參與)」) 여기서의 ‘내버려두는 것’이란 방임이 아닌, 비
척도적인 차원에서의 자유에 대한 표현이다. 자유의 개념은 ‘저항’과
‘반항’의 자유까지도 포함한다는 점에서 아주 포괄적으로 정의된다.

> 모든 전위문학은 불온하다. 그리고 모든 살아있는 문화는 본질적으로 불온
한 것이다. 그것은 두말할 것도 없이 문화의 본질이 꿈을 추구하는 것이고 불
가능을 추구하는 것이기 때문이다. (…중략…) 대제도의 검열관 역시 그에 못
지 않게 눈으로는 볼 수 없는, 자각조차 할 수 없는 숨어있는 것이다. 이들의
대명사가 바로 질서라는 것이다. (…중략…) 우리들의 질서는 조종을 울리기
전에 벌써 죽어있는 질서이니까. ‘질서는 위대한 예술이다’ — 이것은 정치권
력의 施政口號로서는 알맞지만 文學百年의 대계를 세워야 할 전위적인 평가
가 내세울만한 기발한 시사는 못된다.34)

불온성은 기존의 척도에 반(反)하는 자신의 클리나멘을 갖는다는 점
에서 혁명적이다. 여기서 김수영이 주장하는 ‘불온성’이란 사회주의나
계급문학이 아닌, ‘재즈’와 ‘비트족’, 그리고 60년대의 다양한 ‘안티 예
술’들을 지칭하는 개념이다. 그는 “以北에 가면야 / 꼬래비지요”(「허튼소
리」)처럼 38선 이북의 예술가들에게 콤플렉스를 갖고 있었지만 결코 공
산주의자는 아니었다. 뿐만 아니라 그는 “계급문학을 주장하고 노동조
합이나 협동조합의 문화센터운동을 생경하게 부르짖을 만큼 필자는 유
치하지 않다”(「詩의 〈뉴 프론티어〉」)라고 말하지만 또한 ‘반공주의자’도 아
니었다. 김수영의 ‘불온성’이 이념적 색채를 띠지 않으면서도 ‘자유’와
‘혁명’의 논리 속에서 발화될 수 있는 까닭은 그것들이 한결같이 질서
와 척도보다는 자신의 고유한 힘을 가진 혼란, 즉 척도로부터 벗어남으

---

34) 「실험적(實驗的)인 문학과 정치적 자유」, 『전집』 2, 158~160면.

로써 자신을 정의하기 때문이다. 그는 이러한 불온성의 비척도적 경향을 진정한 문화의 핵심 또는 진정한 예술의 본질적 특성으로 간주했다. 불온성의 이러한 비척도적 경향을 그는 개성의 문제와 연결시켜 이해했다. 그러나 진정한 의미의 자유가 부재한 상황에서 이런 불온성은 이른바 '대제도의 에이전트'들의 획일주의적 사고에 의해, 그리고 질서에 의해 모두 포획되고 억압된다. "자유의 성립 없이는 시가 불가능하다"는 사고가 바로 그것이다. 이때의 자유란 새로운 예술적 사조의 도입과 실험에 국한되지 않는다. 근본적으로 그것은 척도로 환원될 수 없는 삶의 자유이다. 무의식에 각인된 척도의 흔적조차 모두 지운 상태, 그는 그것을 자유라고 명명했다. 그래서 자유는 결코 정도의 문제가 아니다. 자유는 양적인 사고가 아니라 질적인 문제이다. 그는 4·19라는 역사적 사건에서 이러한 자유의 징후를 예감했다. 그러나 그에게 4·19는 결코 혁명도 자유도 아니었으며, 따라서 그는 결코 4·19의 시인으로 말해질 수 없다.

既成六法全書를 基準으로 하고
革命을 바라보는 者는 바보다
革命이란
方法부터가 革命的이어야 할 터인데
이게 도대체 무슨 개수작이냐
불쌍한 백성들아
불쌍한 것은 그대들 뿐이다
天國이 온다고 바라고 있는 그대들 뿐이다
최소한도로
자유당이 감행한 정도의 不法을
革命政府가 舊六法全書를 떠나서
合法的으로 不法을 해도 될까 말까한
革命을―

불쌍한 것은 이래저래 그대들 뿐이다
그놈들이 배불리 먹고 있을 때도
고생한 것은 그대들이고
그놈들이 망하고 난 후에도 진짜 곯고 있는 것은
그대들인데
불쌍한 그대들은 天國이 온다고 바라고 있다

그놈들은 털끝만치도 다치지 않고 있다
보라 巷間에 금값이 오르고 있는 것을
그놈들은 털끝만치도 다치지 않으려고
버둥거리고 있다
보라 금값이 갑자기 八千九百환이다
달걀값은 여전히 零下二八환인데
이래도
그대들은 悠久한 公序良俗精神으로
爲政者가 다 잘해줄 줄 알고만 있다
순진한 학생들
점잖은 학자님들
체면을 세우는 文人들
너무나 鬪爭的인 新聞들의 補佐를 받고

아아 새까맣게 손때묻은 六法全書가
標準이 되는 한
나의 손등에 장을 지져라
四·二六革命은 革命이 될 수 없다
차라리
革命이란 말을 걷어치워라
허기야
革命이란 단자는 학생들의 宣言文하고
新聞하고
열에 뜬 詩人들이 속이 허해서

　　쓰는 말밖에는 아니되지만
　　그보다도 창자가 더 메마른 저들은
　　더 이상 속이지 말아라
　　革命의 六法全書는 「革命」밖에는 없으니까35)

　　일반적으로 '근대의 언어적 산물'36)인 '혁명'은 '미래'라는 시간관념과 밀접하게 관련된다. 별들의 궤도운동이나 운명의 수레바퀴를 의미하던 'revolution'이라는 용어가 국가의 근본 구조를 정치적으로 전복하고 새로운 질서로 대체된 것은 대략 17세기의 일이다.37) 음절 're'는 혁명이 회귀의식과 관계됨을 증명한다. 그러나 1879년 이후 혁명은 미지의 미래를 향해 나아갔고, 따라서 그 미래를 인식하고 장악하는 것이 정치의 항구적 과제가 되었다.38) 프랑스 혁명을 거치면서 '혁명'은 대표단수로 응축되었는데, 그것은 혁명이 자연적 토대에서 분리되어 변혁의 경험들을 역사적으로 정리하는 메타 역사적 개념으로 바뀌었음을 의미한다. 특히 19세기에 이르러 '혁명'은 사회혁명으로서의 진보라는 맥락에서 이해되었으며, 이는 근대적 혁명 개념의 모태가 되었다. '혁명'을 비연속적이고 한정적인 것, 즉 규정상 한 국면에서 시작해서 다른 국면으로 끝나는 기존질서 재생산상의 명확한 균열이나 한 국가질서를 밑으로부터 전복하고 다른 질서로 대체하는 것으로 이해하는 것은 혁명에 대한 근대적 이해의 대표적 예라고 할 수 있다.39) 근대적 혁명론자

---

35) 「육법전서(六法全書)와 혁명(革命)」, 『전집』1, 145~146면.
36) 라인하르트 코젤렉, 한철 역, 『지나간 미래』, 문학동네, 1998, 79면.
37) 페리 앤더슨, 김영희·유재덕 역, 「근대성과 혁명」, 『창작과비평』, 창작과비평사, 1993년 여름, 360~361면.
38) 라인하르트 코젤렉, 한철 역, 앞의 책, 88면.
39) 앤더슨은 혁명을 다음과 같이 정의한다. "혁명은 한 국가질서를 밑으로부터 전복하고 다른 질서로 대체하는 것이라는 엄밀한 의미를 지닌 개념이다. 혁명 개념을 시간 속에 희석하거나 사회적 공간의 모든 부면으로 확대하는 것은 무익한 일이다. (…중략…) 혁명을 이처럼 느슨하게 규정하여 평가절하하려는 시도 및 그에 수반되는 정치적인 결과에 맞서면서, 혁명이란 영원한 과정이 아니라 처음과 끝이 분명한 과정임을

들의 정의에서 혁명의 척도는 '국가장치'와 '국가권력'의 변혁이다. 그것은 국가권력의 '변혁'과 억압적 국가장치의 해체를 통해 명확하게 확인되는, 시작과 끝이 분명한 시간적 경험이다.

한편 김수영은 혁명을 완전한 자유의 상태, 즉 해방으로 정의했다. 그는 4·19에서 그러한 자유의 회복 가능성을 목격했으나, 그것은 불과 몇 달만에 '때묻은 혁명'으로 판명된다. 그는 1960년 9월에 쓴 「중용(中庸)에 대하여」에서 이미 4·19를 '때묻은 혁명(革命)', '반동(反動)'이라는 단어가 지워진 '죽은 평화'에 불과하다고 비판한다. 김수영의 4·19 비판은 '자유'와 '척도'라는 두 가지 근거 위에서 전개된다. 「창작조건(創作條件)의 자유(自由)」에서 확인했듯이, 김수영에게 '혁명'이란 '자유'를 가로막는 어떠한 구속과 억압도 없는 상태를 가리킨다. 그러나 그것은 이미 존재하는 국가 권력의 교체만으로는 불가능한 일이다. 그러므로 "李정권 하에서는 8할의 창작의 자유가 있었지만 張정권 하에서는 9할의 자유가 있으니 얼마나 나아졌느냐"는 주장이 '혁명'과는 무관할 수밖에 없다. 그것은 '보장된 자유', 즉 새로운 구속에 불과하기 때문이다. 인류 역사상 발생했던 모든 혁명은 혁명의 이념과 혁명의 현실이 얼마나 상이할 수 있는가를 보여주었는데, 이러한 사정은 4·19에서도 예외는 아니었다. 「치료(治療)될 기세도 없이」에서 그는 4·19가 '혁명'이 아니라 단순한 권력의 교체였고, 따라서 '과정'의 행정은 '사이비 혁명 행정'이라는, 그리하여 자신은 '혁명에 대한 인식착오로 '과정'의 피해자 중의 한 사람임을 주장한다. 김수영은 4·19 이후 '사이비 혁명 행정'과 '민주당', 그리고 '혁명당'을 야유·비판한 몇 편의 시를 '친구들이 허다하게 있는 신문사'에 투고했는데, 세 편의 시가 '이승만'을 비판했다는

강조할 필요가 있다. 즉 혁명은 낡은 국가 장치가 아직도 손상되지 않고 있을 때 단호하게 시작해서 그 국가장치가 와해되고 대신 새로운 국가장치가 건설되었을 때 명확히 끝나는, 시간적으로 압축적이고 대상이 집중된 급격한 정치적 변혁을 의미한다." 페리 앤더슨, 김영회·유재덕 역, 앞의 글, 358~359면.

이유로 게재불가 판정을 받았다. 이 사건을 통해 그는 '혁명 행정' 하에 서도 여전히 창작·언론의 자유가 존재하지 않는다는 판단에 도달하게 된다.

'때묻은 혁명'으로서의 4·19 비판은 '척도'의 관점에서도 제기된다. 그것은 "革命이란 그 方法부터가 革命的이어야"한다는 진술에서 단적으로 드러난다. 혁명의 본질은 계산 가능한 '기대의 충족'이 아니라 돌발적으로 등장하는 '미래'적 사건에 있다.[40] 그것은 '현재' 다음에 오는 시간태로서의 미래가 아니라, '때 아닌 것(Unzeit)'으로서의 미래이다. 그러므로 미래란 "아직 오지 않은 시간이 아니라 이미 와 있고 지금도 우리 곁에 있지만 감각되지 않거나 이해되지 않은 시간"이다.[41] 혁명은 어떤 기대 지평을 양적인 차원에서 만족시키는 사건이 아니다. 인용시에서 나타나듯이 4·19를 통해 등장한 장면 정권은 '기성륙법전서(旣成六法全書)'라는 '법'의 이름을 고수했는데, 그것은 기존의 척도 자체를 문제삼지 않았다는 점에서 혁명이 아니라 또 다른 형태의 권력과 통치였다. 혁명이 '기준(基準)'이나 '표준(標準)'과 같은 척도적 권력의 언표로 말해진다는 그것이 혁명이 아님을 증명한다. 척도란 언제나 권력의 언표이며, 그리하여 권력의 문제는 또한 언제나 척도의 문제이다. 혁명이 자유의 완전한 회복이라고 말할 때, 그것은 척도의 권력을 넘어서는 것이지 새로운 권력으로 낡은 권력을 누르는 것은 아니다.

척도의 문제는 예술과 자유의 관계에서도 동일하게 적용된다. 김수영은 예술을 감정과 꿈을 다루는 행위로 규정했다. "시고 소설이고 평론이고 모든 창작활동은 감정과 꿈을 다루는 것이다. 그리고 이 감정과 꿈은 현실상의 척도나 규범을 넘어선 것이다." 예술이 그 자체로 혁명적인 까닭은 그것이 언제나 척도와 규범을 넘어서는, 미래('내일')의 예술이기 때문이다. 김수영은 「시인(詩人)의 정신(精神)은 미지(未知)」에서 시

---

40) 칼 하인츠 보러, 최문규 역, 『절대적 현존』, 문학동네, 1998, 35면.
41) 고병권, 『니체, 천 개의 눈, 천 개의 길』, 소명출판, 2001, 5면.

인의 정신을 다음과 같이 정의한다. "그는 언제나의 시의 현시점을 이탈하고 사는 사람이고 또 이탈하려고 애를 쓰는 사람이다. 어제의 시나 오늘의 시는 그에게는 문제가 안 된다. 그의 모든 관심은 내일의 시에 있다. 그런데 이 내일의 시는 未知다. 그런 의미에서 시인의 정신은 언제나 미지다." 척도는 언제나 표준화 혹은 질서화하는 방식으로 작동하는 권력이며, 그렇기 때문에 그것은 본질적으로 예술의 정신을 위반한다. 혁명적인 예술이란 결코 정치적 이념의 문제가 아니다. 인간의 삶이 자유의 이름으로 그러한 척도를 넘어서는 것, 혹은 예술이 그 본연의 불온성으로 그러한 질서를 무너뜨리는 것, 그것이 바로 혁명이다. 이처럼 예술이 현실적 척도나 규범의 너머에서 존재하기 위해서는 무엇보다도 '완전한 자유의 상태'가 전제되어야 하며, 그 완전한 자유의 문턱을 그는 혁명으로 명명했다.

푸른 하늘을 制壓하는
노고지리가 自由로왔다고
부러워하던
어느 詩人의 말은 修正되어야 한다

自由를 위해서
飛翔하여본 일이 있는
사람이면 알지
노고지리가
무엇을 보고
노래하는가를
어째서 自由에는
피의 냄새가 섞여있는가를
革命은
왜 고독한 것인가를

　인용시는 혁명의 이념과 실재 사이에 존재하는 괴리감을 '노고지리'라는 매개를 통해 표현한 작품이다. 1960년 6월, 4·19의 흥분이 채 가라앉기도 전에, 김수영은 '혁명'의 '고독'에 대해 말하고 있다. 인용시에서 '노고지리'는 '푸른 하늘을 제압하는' 자유의 상징이 아니라, '자유(自由)를 위해서 비상(飛翔)하여 본 일이 있는 사람'의 상징이라고 할 수 있다. 자유를 위해 비상한 노고지리는 무엇을 보았는가? 그러나 이 물음에서 정작 중요한 것은 무엇의 실체가 아니다. 왜냐하면 이 시는 어떤 것을 '무엇'으로 볼 수 있도록 해주는 위치, 즉 '하늘'에 대해서 말하고 있기 때문이다. 그러므로 '고독'이란 땅으로 표상되는 현실에 속박된 시인의 것이 아니라 '자유(自由)'를 위해서 '비상(飛翔)'해 본 경험이 있는 자만이 공유할 수 있는 심리 상태이다. 이 시에서 '노고지리'는 화자의 분신이라는 점에서 감정이입의 대상이지만, 그것은 '자유'가 아니라 '고독'이라는 관점에서 이해되어야 한다. 여기서 하늘은 상식의 형태로 강요되는 기존의 척도가 아니라, 척도의 중력, 상식의 중력, 통념과 속물성의 중력에서 벗어난 세계이다. 뿐만 아니라 그것은 과거 다음에 오는 현재, 또는 현재 다음에 오는 미래가 아니라 '이미-항상' 현재에 들어와 있는 '미래'의 표상이다. 이러한 고도(高度)는 이상(李箱)의 「오감도(烏瞰圖)」와 「날개」에서 확인되는 내려다보는 시선과 거의 일치한다. 4·19에 흥분하며 살아가는 당대인들이 '아래'에서 '걷는 자(walker)'라면, 혁명에서 고독을 읽어내는 '노고지리'와 '시인'은 세계 전체를 조망하는 '훔쳐보는 자(voyeur)'이다.[43] 그것은 세계의 바깥에서 내려다본다는 점에서

---

42) 「푸른 하늘을」, 『전집』 1, 147면.

43) 세르토(Michel de Certeau)는 스펙터클이 이미지들의 단순한 집합이 아니라, 이미지들에 의해 매개된, 사람들간의 사회적 관계라고 주장했다. 그는 세계무역센터 110층에 올라가 맨해튼을 내려다보는 경험과 그러한 시각적 경험의 아래에서 살아가는 도시의

신의 시점에 가깝다. 김수영에게 혁명이란 이처럼 대상을 '다른 높이와 각도'에서 바라보는 것이며, 나아가 중력 혹은 척도에 반하는 자신의 고유한 힘과 능력으로서의 클리나멘을 생성하는 행위이다.

앞서 밝혔듯이 김수영은 혁명을 완전한 자유의 상태로 정의했다. 그러므로 고독은 '보장된 자유'(「창작자유(創作自由)의 조건」)와 '완전한 자유' 사이의 간극에서 발생하는 심적 상태이다. 이는 김수영이 주장한 유토피아적 혁명이 근대의 언어적 산물인 '혁명' 개념에 포함되어 있지 않음에서 기인한다. '혁명'은 가상의 미래를 앞당겨 현재적 변혁의 동력으로 삼을 수는 있지만, 그러한 혁명의 이념은 언제나 혁명의 현실과 일치하지 않는다. 혁명이 운명적으로 고독할 수밖에 없음도 이 때문이다. 노고지리와 혁명가의 '자유'는 실현될 수 없다는 점에서 고독한 자유이다. 혁명이 척도와 표준·통념에 반하는 것인 한 언제나 그것은 자신을 이해해 줄 '민중'을 결여하고 있으며, 그렇기 때문에 본질적으로 고독한 것이다. 혁명은 혁명 이외의 말로써 정의될 수 없으며, 또한 혁명 이외의 말로써 이해되지도 않는다. 혁명을 사랑으로 변주한 「사랑의 변주곡(變奏曲)」의 "그러나 이제 우리들은 소리내어 외치지 않는다. (…중략…) 사랑을 알 때까지 자라라"는 구절은 이처럼 혁명이 언어로 정의될 수 없음을 암시한다. 김수영의 시에서 고독은 혁명과 불온의 징표이다. 모든 위대한 예술들 또한 운명적으로 고독에 직면한다. 혁명문학은 그 혁명을 이해하고 실천할 민중의 결여에서 시작된다는 점에서 고독한 것이며, 불온성의 예술은 그것을 이해해 줄 대중을 갖지 못한 상태에서 시작된다는 점에서 고독하다.

일상생활자들의 경험을 대조한 바 있다. 전자가 길거리에 몸이 묶이지 않고 도시 전체를 조망하는 신의 시점을 확보한다는 점에서 '훔쳐보는 자(voyeur)'라면 후자는 가시성이 시작되는 문턱 아래에서, 자신의 몸이 얽혀 있는 도시공간을 보지 못한 채 살아간다는 점에서 '걷는 자(walker)'라고 할 수 있다. '걷는 자(walker)'와 '훔쳐보는 자(voyeur)'에 대해서는 주은우, 「스펙터클과 시선의 도시공간」, 『문화과학』, 문화과학사, 2004년 가을, 21면 참조

3. 자유와 사랑의 긍정성

1) 자유의 형이상학과 타자성

김수영의 후기 시세계를 지배적 문제의식은 '사랑'이다. 실존적 물음과 설움의 정서로 표현되었던 자아의식이나, '속도'의 모더니티와 미시적 '권력'의 억압성을 통해 근대적 가치들을 비판하던 '높은' 시선은, 4·19를 전후하여 '사랑'으로 압축된다. 선행 연구들에서 김수영의 '사랑'은 '죽음'의 대칭적 가치라는 점에서 다뤄져왔다.[44] 즉 '사랑'과 '죽음'이 김수영 시의 두 축이라는 설정이 바로 그러한 예들에 속한다.[45] 그러나 김수영의 지적처럼, '사랑'과 '죽음'은 모든 문학에 공통적으로 드러나는 '영원한 문제'에 속한다. 그것들이 새로운 의미를 지니기 위해서는 먼저, 그것이 시인의 작품이나 사상 속에서 어떤 동력으로 작용하며 어떠한 방식으로 기능하는가를 고찰해야 한다. 김수영의 문학에서 '사랑'이 특별한 가치로 언급되는 시기는 4·19 직후이다. "자유의 방종은 그 척도의 기준이 사랑에 있다는 것만을 말해두고 싶습니다"(「요즈음 느끼는 일」)에서 알 수 있듯이 '사랑'은 '자유'의 척도이다. 김수영이 주장한 윤리적 가치의 최종 심급이 '자유'라는 사실을 감안할 때, 그것의 척

---

44) 김수영의 문학을 '사랑'과 '죽음'의 관점에서 접근한 선행 연구들은 다음과 같다.
정효구, 「김수영 시에 나타난 사랑」, 『20세기 한국시와 비평정신』, 새미, 1997.
김상환, 『풍자와 해탈 혹은 사랑과 죽음』, 민음사, 2000.
신형철, 「김수영 시에 나타난 '사랑'과 '죽음'의 의미 연구」, 서울대 석사논문, 2002.
박주현, 「김수영 문학에 나타난 내면적 자유 연구」, 서울대 박사논문, 2003.
45) 김수영은 '죽음'과 '사랑'의 상관성을 다음과 같이 설명한다. "죽음과 사랑의 문제는 말할 필요도 없이 만인(萬人)의 만유(萬有)의 문제이며, 만인의 궁극의 문제이며, 모든 문학과 시의 드러나 있는 소재인 동시에 숨어있는 소재로 깔려있는 영원한 문제이며, 따라서 무한히 매력 있는 문제이다." 「〈죽음과 사랑〉의 대극(對極)은 시(詩)의 본수(本隨)」, 『전집』 2, 406면.

도가 되는 '사랑'의 중요성을 짐작할 수 있다. 주지하듯이 4·19 이후 김수영의 시는 초기시와는 또 다른 '난해의 장막' 속으로 들어가는 경향을 보여준다. 그것은 단적으로 「신귀거래(新歸去來)」 연작을 통해 확인되는데, 그럼에도 불구하고 '사랑'은 '난해성'이나 '아이러니'를 관통하는 인식의 전환점을 명확하게 보여준다는 점에서 문제적이다.

모더니티 비판이 출구 없는 비판과 부정의 반복이 되지 않기 위해서는 무엇보다도 그것을 넘어설 수 있는 희망의 동력이 필요한 바, 김수영은 그것을 '자유'와 '사랑'에서 찾고자 했다. '자유'와 더불어 '사랑'이 형이상학적인 가치로 인식되는 것도 이와 무관하지 않다. 시와 산문을 통해 드러나는 김수영의 '사랑'에 대한 정의는 그다지 명확하지 않다. 그것은 단지 "사랑은 호흡입니다. 사랑은 눈에 보이지 않습니다"라는 정도의 함축적 정의에 그치고 만다. 그러므로 필자는 김수영의 '사랑'을 일반화된 정의의 방식이 아니라, 그것이 발화되는 맥락과 특징적인 면을 통해 우회적으로 접근하려 한다. 시와 산문을 통해 드러나는 김수영의 '사랑'은 타자성의 긍정을 통한 형이상학적 욕망, 새로운 가치의 창조로서의 변용 능력, 긍정의 윤리학이라는 세 가지로 정리할 수 있다.

나는 사랑을 배우기 시작하는 단계에 있다. 그를 진정으로 사랑하려면 그와 나 사이에 가로놓여있는 무서운 장해물부터 우선 없애야 한다. 그 장해물은 무엇인가? (…중략…) 욕심이다. 이 욕심을 없앨 때 내 시에도 進境이 있을 것이다. 딴 사람의 시같이 될 것이다. 딴 사람―참 좋은 말이다. 나는 이 말에 입을 맞춘다.

벌써 오랜 옛날에, 나의 머릿속의 담배에 오랜동안 적어놓은 일이 있던 공자인가 맹자인가의 글의 한 귀절이 또 생각이 난다. 이런 뜻의 유명한 처세훈이다.―'슬퍼하되 상처를 입지말고, 즐거워하되 음탕에 흐르지 말라' 마음의 여유는 육신의 여유다. 욕심을 제거하는 연습은 긍정의 연습이다.[46]

---

46) 「생활(生活)의 극복(克服)」, 『전집』 2, 61면.

　　김수영은 '여유'가 욕심을 없앰으로써 성취할 수 있는 삶의 태도이자 사랑의 조건이라고 주장한다. '사랑'을 일종의 소통적 관계라고 정의할 때, '여유'란 그 소통적 관계를 '소유'관념의 외부에서 인식하는 태도를 가리킨다. "욕심을 버린다는 것"은 소유 관념과 자아 관념을 동시에 버린다는 것을 의미한다.[47] 사랑이라는 관계성이 '소유'로 오해되는 이유는 그것이 자아 관념에 근거하기 때문이다. '사랑'이란 관계의 표현이다. 그것은 각자의 정체성이 인정되고, 정체성을 존재의 근거로 삼는 '개인'들의 만남이 아니라, '집합적 신체'를 형성하는 일정한 관계에 대한 명명이다. 그러므로 진정한 사랑이란 '나'에 대한 관념을 넘어설 수 있을 때에만 가능하다. "딴 사람—참 좋은 말이다"는 '나'에 대한 관념을 넘어선 지점에서만이 발화될 수 있다.

　　사르트르는 '나'라는 관념, 그리고 '정체성'의 관점에서 '사랑'에 대해 접근한 대표적 인물이다. 그는 『존재와 무』에서 '사랑'을 '소유'에 기반하여 '타자'를 자유인인 동시에 노예이게 하려는 의지라고 명명했다. 그에 따르면, 사랑은 "사랑하는 자는 '먼저' 사랑 받는 자의 자유를 요구한다. 이런 의미에서 만일 내가 타인에 의해서 사랑 받아야 된다면, 나는 사랑 받는 자로서 자유로이 선택되어져야만 한다."[48] '나'가 사랑 받는 자의 자유를 요구하는 것은, 사랑이 사랑 받는 자를 도구적으로 이용하거나 내면의 요구에 반대하여 강제하는 것이 아님을 증명하기 위해서이다. 헤겔의 용어를 빌리자면, 사랑하는 자는 '노예'를 사랑할 수는 없다. 그것은 이미 그가 자유로운 존재가 아니며, 따라서 그의 선택 역시 자유로운 선택이 아니기 때문이다. 그러나 사랑하는 자는 "사람들이 어떤 물건을 소유하듯이 애인을 소유하기를 원하지 않는다. 그는 하나의 특수한 형의 아유화(我有化)를 요구한다. 그는 자유로서의 하나의 자유를 소유하고자 한다."[49] 사랑의 가장 일반적인 형태는 대상을 소유

---

47) 박주현, 앞의 글, 110면 참조.
48) 사르트르, 손우성 역, 『존재와 무』 Ⅱ, 삼성사, 1990, 104면.

하려는 욕망이다. 그러나 그것은 상대방의 내면적 자유를 소유한다는 점에서 물건을 소유하는 것과는 질적으로 다르다.

사르트르가 주목한 사랑의 딜레마는 바로 여기에 있다. 사랑하는 자는 대상을 소유하려 한다. 그러나 이 소유는 사물의 소유 또는 노예의 소유와는 근본적으로 달라야 한다. 왜냐하면 한 인간을 사물화하여 소유하려고 할 때 그의 내면은 도망치기 때문이다. 이때 도망치는 그의 내면은 바로 인간으로서의 그 자신을 구성하는 것이다. 따라서 타자를 사물처럼 소유한다는 것은 오직 그 타자의 껍질만을 소유하는 것이 된다. 그러나 인간이란 껍질이 아니라 그 내면이다. 사랑하는 자는 자신의 내면적 자유를 소유하려 한다. 사르트르는 인간 존재의 양태를 '즉자(in-itself)'와 '대자(for-itself)'라는 두 대립 개념을 통해 설명한다. '즉자 존재'란 물질적 존재의 본성으로서, 그 자체로서 자족적이고 완결된 존재 양태이다. 반면 '대자 존재'는 인간적 의식 존재의 본성으로서, 항상 자기의 존재를 문제의 대상으로 삼는 원리를 지닌 존재이다. '즉자 존재'가 "A는 A"라는 절대적 동일성의 원리인 반면, '대자 존재'는 "A는 A가 아니어야 한다"는 부정의 계기를 내포한다. 그러므로 사르트르에게 의식이란 존재라는 자족적인 동일성의 지반에다 "A는 A가 아니다"라는 부정 내지 결여의 균열을 가져와서, 자기의 현재를 초월하고자 하는 원리다. 사르트르는 자기의 한계를 초월하고자 하는 원리야말로 인간적 의식, 곧 자유의 본질이라고 생각했다.

'사랑'의 철학에서 '타자성'의 문제가 주목되어야 하는 이유도 여기에 있다. '소유'와 '자아'관념이 아니라 '여유'와 '딴사람'의 시각에서 사랑을 인식한다는 것은 사랑과 사랑의 대상에 대해 '다른 각도와 높이'를 갖는 것이다. 이는 '타자'의 '타자성'을 '동일자의 제국주의'로 환원시키지 않는다는 점에서 동일자의 철학 바깥에 위치한다. 레비나스에

---

49) 위의 책, 99면.

의하면, '표상'이란 동일자가 타자를 자신의 논리에 따라 재구성한 것, 즉 동일자가 타자에 있어서 받아들일 수 없는 것을 제거한 뒤에 타자를 자기화하여 구성한 것을 가리킨다. '소유'와 '자아'관념에 근거한 '소유' 로서의 사랑 역시 이러한 표상의 논리를 따른다. 동일성의 철학에서 자아, 그리고 자아의 정체성은 결국 동일자의 제국주의에 의해 조직된 표상들로 이루어진 자아의 세계와 다르지 않기 때문이다. "자아에 상관적인 타자는 동일자의 양태이다"라는 레비나스의 지적은 주체가 타자를 그대로 보는 것이 아니라 자신의 논리에 맞춰서 본다는 것을 뜻한다.

레비나스는 주체-타자의 문제 설정을 바탕으로 욕구(besoin)와 욕망(désir)을 명확하게 구분한다. 그에 의하면, '욕구'란 욕구의 대상을 흡수하고 나의 소유로 만드는 것과 관련된다. 이때 '나'는 세계를 구성하는 주인의 위치에 서게 된다. '욕구'는 '존재 안에 머무르려는 경향'을 타고난 존재자 일반의 숙명이라고 할 수 있다. 반면, '욕망'이란 '나' 자신에 몰두하여 끊임없이 '나'에게로 귀환하는 '욕구'와는 달리, '나'의 바깥 혹은 나와는 절대적으로 다른 타자에게로 가고자 하는 사유를 가리킨다. 레비나스는 그것을 절대적 존재에게로 향하고자 하는 '형이상학적 욕망'50)이라고 명명한다. 물론 "우리가 태어나지 않은 땅에 대한 욕망"으로 정의되는 레비나스의 '타자'는 "나보다 높은 곳에 있는 나의 주인처럼 내가 윤리적으로 행동하기를 명령하는" 신적·초월적 존재이다. 그럼에도 불구하고 레비나스의 '형이상학적 욕망'은 '나'라는 동일자의 제국으로 환원되지 않는 절대적 타자의 세계를 향한다는 점에서 김수영의 '사랑'과 닮아 있다. 후기시에 등장하는 김수영의 '사랑' 역시 구체적인 대상에 대한 소유가 아니라 세계 인식의 태도이자 새로운 관계성에 대한 명명이라는 점에서 '형이상학'에 가깝다.

---

50) 서동욱, 『차이와 타자』, 문학과지성사, 2000, 142면.

2) 사랑의 변용 능력과 긍정의 윤리학

김수영에게 있어서 '사랑'은 '변용 능력'의 의미로 표현된다. 변용 능력으로서의 사랑은 후기시에서 '시간성'에 대한 인식과 더불어 나타나는데, 그것은 '전통'과 '역사'에 대한 새로운 시각의 확보라는 측면에서도 중요한 의미를 지닌다. "근대적 전통은 여러 개의 단절로 이루어진 전통이며 그 단절의 하나하나는 새로운 시작을 뜻한다"는 옥타비오 파스의 지적처럼 근대적인 예술은 단절을 자신의 전통으로 삼아 왔다.[51] 근대 이전의 전통이 동일함의 유지에 초점을 맞춘 것이었다면, 근대의 전통은 끊임없이 달라지는 것을 지향한다. 물론 이때의 '달라지는 것'이라는 '혁신'의 관념은 '새로움'을 척도로 삼는다는 점에서, 비교 불가능한 절대적 '차이'나 '차이 그 자체'와는 근본적으로 다른 것이다.[52] 모더니즘으로 상징되는 근대 이후 예술은 '혁신'과 '새로움'을 척도로 삼되, 그것은 상대적인 '차이'에 불과하다. 근대적인 것이란 과거의 연속성이 아니며, 오늘은 어제의 소산이 아니라는 것이 역사와 전통에 대한 근대적 시간관념이다. 그러나 전통에 대한 '부정'의 논리는 일면 타당성을 지니지만, 동시에 한계 역시 지니고 있다. 그것은 먼저 문학(예술)의 역사를 앞 시대에 대한 '부정'의 관점으로 정의함으로써 동시적으로 전개되는 사조들을 도식적인 선조성으로 환원시킨다. 예술의 사조는 언제나 동시적으로 진행되어 왔으며, 심지어 그것은 선조적으로 인식될 때조차도 동시적인 현상에 가깝다. 또한 과거에 대한 부정을 예술의 발전 법칙으로 전제하는 이러한 논리는 '전통'이라는 개념이 '새로움' 내지 '민족적·국가적'이라는 개념의 등장 이후에 만들어진 것임을 설명하지 못한다. 그들은 이미 '전통'이라는 개념 자체가 근대의 산물이며, 따라서 근대 이전의 전통과 근대 이후의 전통을 구분하는 발상 자체가 근대

---

51) 옥타비오 파스, 김은중 역, 『흙의 자식들』, 솔, 1999, 15면.
52) 질 들뢰즈, 김상환 역, 『차이와 반복』, 민음사, 2004, 91면.

적 산물임을 인식하지 못한다. 근대이전의 예술가들은 자신들의 앞 세대의 예술을 '전통'이라는 개념으로 인식하지 않았으며, 따라서 거기에는 '전통'에 대한 감각 자체가 틈입하지 못한다.

한편 근대 이후에 '전통'은 주로 (민족)국가 담론과 결부되어 논의되었다. 민족적 정체성을 문화라는 관점에 접근할 때 유·무형의 가치들이 '전통'으로 추앙되었는데, 이러한 전통은 민족적·국수적인 민족주의의 외형을 두르고 반복적으로 등장했다. '전통'은 '망각'의 시간성으로부터 벗어나 현재 속으로 틈입할 때 '전통주의'라고 명명된다.53) 근대성이 '과거'·'현재'·'미래'라는 시간의 삼분법 중에서 '현재'에 가장 가까운 시간태라는 것은 주지의 사실이다. 그러나 그렇다고 해서 근대성이 '현재'로 환원될 수 있는 것은 아니다. 김수영에게 있어서 윤리적 염결주의를 의미하는 현대성은 과거―현재―미래를 가로지르는 매 순간의 결단이라는 점에서 '이미―항상' 현재적 시간성을 전제하고 있다. 그리고 어떠한 억압과 검열도 없는, 완전무결한 '자유'의 획득은 윤리적 염결주의의 미래적인 시간성에 근거하고 있다. 이처럼 김수영의 시에서 '이미―항상'의 현재와 '아직 오지 않은' 미래는 하나의 흐름을 형성한다. 그것은 '현재'의 윤리적인 삶의 태도가 미래로 뻗어나가는 것이 아니라, 이미 들어와 있는 미래적 가치가 현재적 삶을 구성하는 에너지라는 점에서 그렇다. 그러므로 김수영의 문학에서 '현재'와 '미래'라는 시간은 '이미―항상'의 '현재'라는 지향점을 향해 수렴된다. '전통'의 문제가 중요하게 다뤄져야 하는 이유도 이 때문이다. 시간성의 맥락에서 대개의 경우 '전통'은 과거의 표상으로 등장한다. 그러나 「현대식 교량」, 「거대한 뿌리」를 통해 드러나는 김수영의 '전통'에 대한 태도는 사뭇 다르다. 그는 '과거'라는 시간성을 '이미―항상'의 현재적 시간성으로

---

53) 전통주의란 역사상의 과거를 현재적 관점에서 새롭게 구성하고 그것의 부활 혹은 지속을 도모함으로써 과거와 현재 사이에 살아있는 관계를 정립하려는 기획을 의미한다. 황종연, 「한국문학의 근대와 반근대」, 동국대 박사논문, 1992, 10면.

바꿔놓음으로써, 전통을 탈역사화시킨다. 여기서 '이미―항상'의 현재는 종종 '순간'으로 언표화되는데, 그것은 앞서나감의 미래와 반복의 과거를 동시에 포함하는 현재의 시간성이라고 할 수 있다.[54] 이는 김수영의 '순간'[55]이 미래와 과거를 내속하는 '현재'라는 것을 의미한다.

> 現代式 橋梁을 건널 때마다 나는 갑자기 懷古主義者가 된다
> 이것이 얼마나 罪가 많은 다리인줄 모르고
> 植民地의 昆蟲들이 二四시간을
> 자기의 다리처럼 건너다닌다
> 나이 어린 사람들은 어째서 이 다리가 부자연스러운지를 모른다
> 그러니까 이 다리를 건너갈 때마다
> 나는 나의 心臟을 機械처럼 중지시킨다
> (이런 연습을 나는 무수히 해왔다)
>
> 그러나 문제는 이러한 反抗에 있지 않다
> 저 젊은이들의 나에 대한 사랑에 있다
> 아니 信用이라고 해도 된다
> 「선생님 이야기는 二十년 전 이야기이지요」
> 할 때마다 나는 그들의 나이를 찬찬히
> 소급해가면서 새로운 여유를 느낀다
> 새로운 역사라고 해도 좋다
>
> 이런 驚異는 나를 늙게 하는 동시에 젊게 한다
> 아니 늙게 하지도 젊게 하지도 않는다

---

54) 김상환은 김수영의 이러한 현재성을 "과거의 미래적 도착"으로 해석한다. 김상환, 『풍자와 해탈 혹은 사랑과 죽음』, 민음사, 2000, 16~20면 참조

55) 남진우는 김수영 문학의 미적 근대성의 핵심이 '순간'의 시학이라고 주장한다. 그러나 김수영에게 있어 모더니티의 문제는 현재의 문제로 환원될 수 없으며, '문화적 낙후성'과 '속물성'에 의해 지배되는 현재적 상황을 극복한 후에 가능하다는 점에서 미래의 문제이기도 하다. 남진우, 「미적 근대성과 순간의 시학 연구」, 중앙대 박사논문, 2000, 22~37면 참조.

이 다리 밑에서 엇갈리는 기차처럼
늙음과 젊음의 분간이 서지 않는다
다리는 이러한 停止의 증인이다
젊음과 늙음이 엇갈리는 순간
그러한 速力과 速力의 停頓 속에서
다리는 사랑을 배운다
정말 희한한 일이다
나는 이제 敵을 兄弟로 만드는 實證을
똑똑하게 천천히 보았으니까!56)

인용시는 '과거'와 '현재', '전통'과 '모더니티' 사이의 긴장이 '사랑'
의 비전으로 통합되는 과정을 보여주는 작품이다. 이 시에서 '현대식
교량'은 '사랑'을 배우는 주체이자 동시에 과거와 현재, 전통과 근대가
만나는 매개체라고 할 수 있다. 화자가 굳이 이 다리를 가리켜 '현대식
교량'이라고 말하는 까닭도 그것이 근대화의 산물이기 때문이다. 1연에
서 화자는 이 '현대식 교량'을 일컬어 '죄 많은' 다리라고 말하는데, 그
것은 3, 4행에 나타나듯이 "식민지의 곤충"들이 "자기의 다리"처럼 활
보하기 왕래하고 있기 때문이다. 이 타자들의 활보가 다리를 '부자연스
러운' 공간으로 만든다. 식민지의 '곤충'이 구체적으로 무엇을 가리키는
지는 알 수 없으나, '다리'가 1960년대라는 시·공간 속에서 전통보다는
근대의 산물에 가깝다는 것, 일제 식민지의 경험과 유산을 고스란히 담
고 있다는 것 등은 사실이다. 따라서 '나이 어린 사람들'로 대표되는 신
세대에게 그곳은 일상적 공간이지만, 전통과 근대의 충돌로 인해 정체
성의 혼란을 겪고 있는 화자에게 그곳은 타자의 공간이다. 이러한 타자
의 공간을 건너가면서 화자가 느끼는 '회고주의'적 감정이란 그것을 무
자각적으로 받아들이는 사람들에 대한 '반항'의 표현이다. 화자는 그곳
이 결코 자신의 고유한 공간이 아님을 깨닫기 때문에 기계처럼 '심장'

---

56) 「현대식 교량」, 『전집』 1, 235면.

을 멈추는 것이다.

그러나 2연에서 이러한 반항의 감정은 '여유'로 바뀐다. 젊은이들의 화자에 대한 '사랑'과 '신용'으로 인해 1연에서의 '반항'은 '여유'와 '새로운 역사'로 변모된다. 새로운 역사는 '새로운' 역사인 동시에 새로운 '역사'이다. '새로움'이라는 언명 속에서 역사가 과거의 단순한 반복이 아니라 그것의 변형이라는 사실이 암시되어 있다. 이때의 새로움이란 과거의 특정한 순간과 비교되는 상대적 새로움이 아니라, '변용'과 '긍정'을 매개로 획득된 인식의 절대적 새로움에 해당한다. 이러한 깨달음으로 인해 과거는 '이미 아닌 현재' 속에서 벗어나 미래와 연결되며, 이때 과거와 미래의 계기성으로서 현재가 부각되는 것이다. 과거와 미래의 응축으로서의 순간, 이것이 3연에서 '순간'이라는 형태와 '정지의 증인'으로 표현된다. 이러한 시간성은 과거에서 현재를 거쳐 미래로 흘러가는 선조적인 근대적 시간 의식과는 사뭇 다른 것이다. 또한 이러한 시간 의식은 인공성의 절대적 영역을 건설하기 위해 자연을 배제시키는 모든 작용을 긍정한 보들레르, "선조들은 저주한다"라는 견자의 편지를 통해 전통에 대한 증오를 강화시킨 랭보 등과 구분되는 김수영의 근대성이다.

화자는 3연에서 '반항'이 '사랑'으로, '신용'으로, '새로운 역사'로 바뀌는 '순간'의 경험을 '경이'라고 표현한다. 이 시에서 이러한 순간의 현재적 의미가 중요한 까닭은 3연에서 보여지듯 모든 시간적 구성이 여기에서 기인하기 때문이다. 즉 현재에 의해 응축되는 과거와 미래는 "나를 늙게 하는 동시에 젊게 한다 / 아니 늙게 하지도 젊게 하지도 않는다"는 구절에서처럼 모든 시간의 집약점이다. 다리는 결국 '젊음과 늙음', '전통과 모더니티', '속도와 속도'가 '경향'이라는 자신만의 특성을 잃고 융합되는 지점을 상징한다. 사랑에 의한 이러한 융합이 '적'을 '형제'로 만든다. 그러나 「현대식 교량」이 보여주는 차이의 통합을 정반합의 변증법적 과정으로 받아들여서는 곤란하다. 그것은 차라리 "합이

없는 대립자의 통일"이라는 벤야민의 "정지의 변증법"57)에 가깝다. '사
랑'의 통합적 방식은 '새로운 역사'에서처럼 변용 능력으로서의 '새로
움'이기 때문이다. 역사철학적 맥락에 따르면 과거·현재·미래라는 세
가지 시간의 양태 가운데 핵심적인 역할을 하는 것은 '과거'와 '미래'이
다. 그것은 '역사'라는 이야기(story)가 '어디에서'라는 시작 관념과 '어디
로'라는 목적 관념에 의해 지배되기 때문이다. 그러나 역사철학적인 인
식과는 무관하게 '현재'가 '상석에 앉을 수 있는 권리'를 얻게 되는 때
가 있다. 그것은 바로 "현재가 미래를 건축하고자 할 때"이다.58) 미래를
건설하려는 자에게 '현재'란 앞당겨 사용한 '미래'와 같다. 그는 미래를
위해 과거를 긍정하지만, 동시에 그것은 이미 도래한 미래적 가치들 위
에서 행해지는 미래·현재적 긍정이다. 김수영의 「거대한 뿌리」는 이처
럼 미래를 위해 과거를 긍정하는 현재의 인식을 담고 있는 작품이다.

> 나는 아직도 앉는 법을 모른다
> 어쩌다 셋이서 술을 마신다 둘은 한 발을 무릎 위에 얹고
> 도사리지 않는다 나는 어느새 南쪽식으로
> 도사리고 앉았다 그럴 때는 이 둘은 반드시
> 以北친구들이기 때문에 나는 나의 앉음새를 고친다
> 八·一五 후에 김병욱이란 詩人은 두 발을 뒤로 꼬고
> 언제나 일본여자처럼 앉아서 변론을 일삼았지만
> 그는 일본대학에 다니면서 四年동안을 제철회사에서
>
> 노동을 한 強者다
>
> 나는 이사벨 버드 비숍女史와 연애하고 있다 그녀는
> 一八九三년에 조선을 처음 방문한 英國王立地學協會會員이다
> 그녀는 인경전의 종소리가 울리면 장안의

---

57) 페터 지마, 허창운 역, 『문예미학』, 을유문화사, 1993, 162면.
58) 고병권, 앞의 책, 54면.

남자들이 모조리 사라지고 갑자기 부녀자의 世界로
화하는 劇的인 서울을 보았다 이 아름다운 시간에는
남자로서 거리를 無斷通行할 수 있는 것은 교군꾼,
내시, 外國人의 종놈, 官吏들 뿐이었다 그리고
深夜에는 여자는 사라지고 남자가 다시 오입을 하러
闊步하고 나선다고 이런 奇異한 習慣을 가진 나라를
세계 다른 곳에서는 본 일이 없다고
天下를 호령한 閔妃는 한번도 장안外出을 하지 못했다고……

傳統은 아무리 더러운 傳統이라도 좋다 나는 光化門
네거리에서 시구문의 진창을 연상하고 寅煥네
처갓집 옆의 지금은 埋立한 개울에서 아낙네들이
양잿물 솥에 불을 지피며 빨래하던 시절을 생각하고
이 우울한 시대를 패러다이스처럼 생각한다

버드 비숍女史를 안 뒤부터는 썩어빠진 대한민국이
괴롭지 않다 오히려 황송하다 歷史는 아무리
더러운 歷史라도 좋다
진창은 아무리 더러운 진창이라도 좋다
나에게 놋주발보다도 더 쨍쨍 울리는 追憶이
있는 한 人間은 영원하고 사랑도 그렇다

비숍女史와 연애를 하고 있는 동안에는 進步主義者와
社會主義者는 네에미 씹이다 統一도 中立도 개좆이다
隱密도 深奧도 學究도 體面도 因習도 治安局
으로 가라 東洋拓植會社, 日本領事館, 大韓民國官吏,
아이스크림은 미국놈 좆대강이나 빨아라 그러나
요강, 망건, 장죽, 種苗商, 장전, 구리개 약방, 신전,
피혁점, 곰보, 애꾸, 애 못 낳는 여자, 無識쟁이,
이 모든 無數한 反動이 좋다
이 땅에 발을 붙이기 위해서는

　　―第三人道敎의 물속에 박은 鐵筋기둥도 내가 내 땅에
　　박는 거대한 뿌리에 비하면 좀벌레의 솜털
　　내가 내 땅에 박는 거대한 뿌리에 비하면

　　怪奇映畵의 맘모스를 연상시키는
　　까치도 까마귀도 응접을 못하는 시꺼먼 가지를 가진
　　나도 감히 想像을 못하는 거대한 거대한 뿌리에 비하면 …… 59)

　인용시에서 '역사'와 '전통'에 대한 인식은 '변용'과 '긍정'의 능력으로 표현된다. '비숍여사(女史)와의 연애'란 단적으로『조선과 그 이웃 나라들』의 독서의 체험을 가리키는 것이며, 화자는 바로 그 책과 비숍이라는 이방인의 눈을 통해 조선의 역사를 새롭게 인식한 경이를 표현하고 있다. 그러나 역사에 대한 변용과 긍정이 종래의 역사 그 자체를 긍정하는 몰역사적 태도를 의미하지는 않는다. 「거대한 뿌리」에서 그것은 "요강, 망건, 장죽, 種苗商, 장전, 구리개 약방, 신전, 피혁점, 곰보, 애꾸, 애 못 낳는 여자, 無識쟁이" 등으로 이어지는 '반동'의 계보학을 형성하고 있다. '반동'이란 일차적으로 '곰보'와 '무식쟁이'처럼 사회적으로 억압받고 배제되는 타자들이며, 나아가 '사회학'적으로 혹은 '실생활'과 '의학상'에서 쇠퇴해 가는 사어(死語)들을 가리킨다. 그것들은 이미 '새로움'이라는 상품적 가치를 상실한 사회적 타자들의 타자성에 대한 표상이라고 할 수 있다. 산문 「가장 아름다운 우리말 열 개」에서 김수영은 이러한 사어가 "순수한 우리말"임을 강조하고 있는데, 주목할 것은 사어에 대한 그의 애정이 '회고미학'이나 '민족주의'적인 발상과는 무관하다는 점이다. 그에 의하면 아름다운 우리말이란 "진정한 시의 테두리 속에서 살아있는 낱말들"이며, 따라서 그것이 반드시 '순수한 우리 고유의 낱말'이 되어야 할 이유는 없다. 오히려 그것은 '제3인도교'처럼

----

59) 「거대한 뿌리」, 『전집』 2, 225~226면.

당대 민중의 현재적 삶 속에 뿌리내리는 언어에 가깝다. 이러한 인식의 전환, 즉 스러져 가는 전통과 과거를 현재적 가치로 새롭게 변용시키는 능력은 그 자신이 '새로움'이라고 명명한 인식의 태도와 매우 밀접한 관련을 지닌다. 산문 「시적 인식과 새로움」에서 확인되듯, 김수영에게 새로움이란 기교나 언어의 문제가 아니라 '인식'의 새로움이다.[60] 6연에 등장하는 '제3인도교'가 그의 실수로 인해 잘못 표기되었다는 사실은 널리 알려져 있다. 그러나 그는 굳이 '제3인도교'라는 '진공의 언어' 속에서 '현대성'의 순수성, 즉 '냉혹한 영원성'을 모색한다.

'비숍' 여사에 의해 발견된 조선적 현실은 서구적 근대성의 한국적 변용을 의미한다. 이 서구적 근대성의 한국적 변용이야말로 김수영 문학을 관통하는 문제의식 중의 하나이다. 특이한 사실은 전통과 역사에 대한 발견이 '비숍'이라는 '타자의 시선'을 통해 행해졌다는 것인데, 이는 곧 김수영이 주장한 모더니티가 서구적 근대성과 전통의 절충이 아니라는 사실을 말해준다. 민족주의 담론에서 흔히 전통은 고유의 내적 계기와 배타적 규정성으로 정의된다. 대부분의 경우 전통에 관한 논의들이 민족주의와 밀접한 관련을 지니는 까닭 역시 이러한 배타적 자기동일성 때문이다.[61] 그러나 인용시에서 전통이란 외부의 시선을 통해 들여다본 내부이며, 따라서 그것은 내부와 외부로 환원되지 않는 제3의 시·공간이다. 근대성에 대한 이러한 인식론적 통찰이야말로 "역사의식의 跛行을 누구보다도 먼저 시정해야 할" 지성으로서의 시인의 통찰이자 역사의식을 보여주는 부분이다. 그는 이미 「광야」에서 "이제 나는

---

60) "시적 인식이란 새로운 진실(즉 새로운 리얼리티)의 발견이며 사물을 보는 새로운 눈과 각도의 발견이다. (…중략…) 시에 있어서 인식적 시의 여부를 정하려면 우선 간단한 방법이, 거기에 새로운 것이 있느냐 없느냐, 새로운 것이 있으면 어떤 모양의 새로운 것이냐부터 보아야 할 것이다. 인식은 본질적으로 새로운 것이다. 나는 이 말을 백 번, 천 번, 만 번이라도 되풀이해 말하고 싶다." 「시적 인식과 새로움」, 『전집』 2, 399면.

61) 전통과 민족주의의 관계에 대해서는 한수영, 「근대문학에서의 '전통' 인식」, 문학과 사상연구회, 『20세기 한국문학의 반성과 쟁점』, 소명출판, 1999, 172~176면 참조.

曠野에 드러누워도/時代에 뒤떨어지지 않는 나를 發見하였다. (…중략…) 이제 나는 광야에 드러누워도/공동의 운명을 들을 수 있다”는 진술을 통해 ‘전통’과 ‘현대’ 사이의 새로운 관계성을 깨달았음을 암시하고 있다. ‘전통’과 ‘현대’ 사이의 이 새로운 관계성이 「거대한 뿌리」에서 ‘현대성’으로 표상되며, 또한 이 ‘현대성’이 전통은 물론 반동에 대한 새로운 긍정을 이끌어 낸다. 그것은 4연에서 “전통은 아무리 더러운 전통이라도 좋다”와 “역사는 아무리 더러운 역사라도 좋다”로, 5연에서 “이 모든 무수한 반동이 좋다”로 각각 반복된다. 그러나 ‘전통’과 ‘역사’에 대한 ‘좋다’의 긍정성이 민족주의에 대한 긍정이나 역사에 대한 순응주의적 태도를 의미하는 것은 아니다.

역사와 전통에 대한 새로운 ‘긍정’과 ‘적(敵)’을 ‘형제(兄弟)’로 만드는 사랑의 ‘실증(實證)’을 통해 확인되는 김수영의 사랑을 우리는 ‘긍정의 윤리학’이라고 명명할 수 있다. 윤리적 태도로서의 ‘긍정’이란 ‘딴 사람’(「생활(生活)의 극복(克服)」)처럼 타자의 타자성을 긍정하는 것이며, ‘이사벨 버드 비숍女史’와의 연애로 표현되는 외부적 시각을 타자의 시각을 획득하는 것이며, 그러한 타자의 시선을 통해 자기의 역사와 전통을 다른 높이와 각도에서 새롭게 인식하는 것이다. 김수영은 이 모든 인식의 전환의 한 가운데에 ‘사랑’을 위치시켰다. ‘긍정’을 윤리적 태도라고 말할 수 있는 까닭은 그것이 ‘도덕’과는 달리 존재보다 우월한 일자(l’Un)를 전제하지 않는다는 사실 때문이다. 니체의 말처럼, 도덕은 존재하는 것들에 대한 심판의 체계이기 때문에 존재보다 우월한 어떤 것을 전제한다. 도덕은 존재에 대한 일자의 심판이라는 점에서 억압적이다. 반면 윤리학은 순수 존재론에서 출발한다. 순수 존재론에서 모든 존재자는 존재 안에 놓여 있다는 점에서 동등하며, 실존한다는 것은 변용하고 변용받는 행위로 규정될 뿐이다. 들뢰즈는 스피노자의 영향 아래에서 윤리학의 고유한 과업을 ‘할 수 있는 것의 끝까지 가는 것’이라고 정의한다. 여기에서 ‘할 수 있는 것’이란 “그 존재의 다른 존재들과의 관계에 의해서 필연적으로, 그리고 일정하게 실현"되는 '변용 능력'을 의미한다.[62] 윤리학에 대한 이러한 인식은 김수영의 「시(詩)여, 침을 뱉어라」의 "詩作은 '머리'로 하는 것이 아니고, '심장'으로 하는 것도 아니고, '몸'으로 하는 것이다. '온몸'으로 밀고 나가는 것이다. 정확하게 말하자면, 온몸으로 동시에 밀고 나가는 것이다. (…중략…) 온몸으로 동시에 온몸을 밀고 나가는 것이 되고, 이 말은 곧 온몸으로 바로 온몸을 밀고 나가는 것이 된다. 그런데 시의 사변에서 볼 때, 이러한 온몸에 의한 온몸의 이행이 사랑이라는 것을 알게 되고, 그것이 바로 시의 형식이라는 것을 알게 된다"와 동일한 의미이다.

이상에서 우리는 김수영의 후기 시에서 '사랑'은 타자성에 대한 긍정에서 출발하여 역사와 전통에 대한 변용 능력을 거침으로써 긍정의 윤리학으로 수렴되는 과정을 살펴보았다. 그것은 한 마디로 새로운 가치의 창출이라는 인식의 전환에서 '적(敵)을 형제(兄弟)로 만드는 실증(實證)'의 행동학(éthologie)으로 확장되는 과정이었다. 「사랑의 변주곡(變奏曲)」에서 이러한 인식과 행동학은 '삶'의 문제로 표현된다. 단적으로 말하자면, 그것은 세계 속에서 '사랑'을 발견하는 것이다.

> 욕망이여 입을 열어라 그 속에서
> 사랑을 발견하겠다 都市의 끝에
> 사그러져가는 라디오의 재갈거리는 소리가
> 사랑처럼 들리고 그 소리가 지워지는
> 강이 흐르고 그 강건너에 사랑하는
> 암흑이 있고 三월을 바라보는 마른나무들이
> 사랑의 봉오리를 준비하고 그 봉오리의
> 속삭임이 안개처럼 이는 저쪽에 쪽빛
> 산이

---

62) 질 들뢰즈, 이진경·권순모 역, 『스피노자와 표현의 문제』, 인간사랑, 2003, 364~365면.

사랑의 기차가 지나갈 때마다 우리들의
슬픔처럼 자라나고 도야지우리의 밥찌끼
같은 서울의 등불을 무시한다
이제 가시밭, 덩쿨장미의 기나긴 가시가지
까지도 사랑이다

왜 이렇게 벅차게 사랑의 숲은 밀려닥치느냐
사랑의 음식이 사랑이라는 것을 알 때까지

난로 위에 끓어오르는 주전자의 물이 아슬
아슬하게 넘지 않는 것처럼 사랑의 節度는
열렬하다
間斷도 사랑
이 방에서 저 방으로 할머니가 계신 방에서
심부름하는 놈이 있는 방까지 죽음같은
암흑 속을 고양이의 반짝거리는 푸른 눈망울처럼
사랑이 이어져가는 밤을 안다
그리고 이 사랑을 만드는 기술을 안다
눈을 떴다 감는 기술—불란서혁명의 기술
최근 우리들이 四·一九에서 배운 기술
그러나 이제 우리들은 소리내어 외치지 않는다

복사씨와 살구씨와 곶감씨의 아름다운 단단함이여
고요함과 사랑이 이루어놓은 暴風의 간악한
信念이여
봄베이도 뉴욕도 서울도 마찬가지다
信念보다도 더 큰
내가 묻혀사는 사랑의 위대한 도시에 비하면
너는 개미이냐

아들아 너에게 狂信을 가르치기 위한 것이 아니다

사랑을 알 때까지 자라라
人類의 종언의 날에
너의 술을 다 마시고 난 날에
美大陸에서 石油가 고갈되는 날에
그렇게 먼 날까지 가기 전에 너의 가슴에
새겨둘 말을 너는 都市의 疲勞에서
배울 거다
이 단단한 고요함을 배울 거다
복사씨가 사랑으로 만들어진 것이 아닌가 하고
의심할 거다!
복사씨와 살구씨가
한번은 이렇게
사랑에 미처 날뛸 날이 올 거다!
그리고 그것은 아버지같은 잘못된 시간의
그릇된 瞑想이 아닐 거다[63]

인용시에서 주목할 부분은 '사랑'이 발견의 대상이라는 사실이다. 그것은 이미 존재하는 실체적 대상에 대한 객관적 인식이 아니라 '욕망' 속에서 '사랑'을 '발견'하는 주관의 문제로 형상화된다. "욕망이여 입을 열어라 그 속에서/사랑을 발견하겠다"나 "사랑을 만드는 기술"을 통해 암시되듯이 사랑은 객관적으로 존재하는 그 무엇이 아니라, 의지나 능력에 따라 발견·변용되는 것이다. '사랑'에 대한 이러한 인식은 '개체'를 능력으로 정의하는 스피노자의 논법을 연상시킨다. 스피노자에 따르면 존재란 곧 '능력'이다. '능력'이란 소유하거나 양도할 수 있는 사물은 아니지만, 모든 사물이 그것을 통해 자신의 존재를 표현하는 '힘'이라고 할 수 있다. 그는 존재할 수 없는 것은 무능력이고, 존재하는 것은 능력이라는 관점을 취했다. 스피노자의 '능력' 개념과 니체의 '권력 의

---

63) 「사랑의 변주곡(變奏曲)」, 『전집』 1, 271~273면.

지'는 그것들이 각각 존재들의 양적 등급을 표현한다는 점에서 일치한다. 스피노자가 개체의 본질을 '능력'이라고 정의할 때, 그것은 모든 존재가 그것을 갖고 있으며 그것에 따라 욕망한다는 것을 의미한다. '능력'과 '욕망'의 관계에서 스피노자는 능력이 욕망에 선행하며, 능력에 따라 욕망이 발생한다고 주장했다. 그러므로 '능력'은 "할 수 있지만 하지 않은" 가능성과 근본적으로 다른 것이다. 스피노자의 '능력' 개념은 김수영의 '사랑'을 이해하는 데 있어 유용하게 사용될 수 있는데, 그것은 「사랑의 변주곡(變奏曲)」에서 확인되듯이 김수영의 '사랑' 역시 대상을 긍정하고 변용하는 '능력'에 해당되기 때문이다.

1~2연에서 화자는 '라디오의 재갈거리는 소리'와 강 건너편의 '암흑', 마른 나무들의 '봉오리'와 '기차', 심지어 "가시밭, 넝쿨장미의 기나긴 가시가지"마저도 사랑으로 인식한다. 도시의 과잉된 움직임과 속도에서 '설움'과 '피로'를 느끼던 예전의 모습은 사라지고, '소리', '암흑', '마른 봉오리', '가시가지' 등 불모의 상징마저도 긍정하는 화자의 모습에선 한층 성숙해진 삶의 태도를 읽을 수 있다. 이처럼 불모성의 표상들이 사랑으로 인식되는 것은 그것들 자체가 긍정적 가치를 갖고 있기 때문이 아니다. 그것은 화자에 의해 발견된 '사랑'이라는 점에서 세계를 긍정하는 '능력'과 관계된다. 이 시에서 부정적 대상에 해당하는 '욕망'의 정체가 전혀 중요하지 않은 이유도 이 때문이다. 화자는 '라디오 소리', '기차', '마른나무의 봉오리', '장미의 가시', '주전자'의 끓는 물, '고양이의 눈' 등 주변 세계 모두에서 사랑을 발견하는 바, 그것들은 모두 사랑의 변주들이다.

사랑의 격렬한 감정은 4연에서 '난로 위에 끓어오르는 주전자의 물'로 비유되는데, 그것은 '열렬'하지만 결코 끓어 넘치지 않는다는 점에서 일정한 '절도(節度)'를 갖고 있다. 뿐만 아니라 여기에서 화자는 '적'으로 간주했던 가족들 사이의 관계조차도 '사랑으로 이어'지고 있다고 인식한다. 그것은 「이혼취소(離婚取消)」의 '화해'나 「현대식(現代式) 교량(橋梁)」의

'적(敵)'을 '형제(兄弟)'로 만드는 '실증(實證)'과 연관되지만, 결코 끓어 넘치지 않는다는 점에서 격정과는 구분된다. 결코 과잉되지 않는 '절도(節度)'의 사랑을 화자는 일종의 '기술'로 간주하는데, 그것은 "눈을 떴다 감는"에서 나타나듯이 한 번의 '응시'와 한 번의 '긍정'으로 표현된다. 눈을 뜬다는 것은 곧 '바로 보마'의 의지와 동일한 것으로, 세계를 정확하게 응시하겠다는 지성적 작용에 해당한다. 그러나 사랑은 그러한 응시만으로 성립되는 것은 아니다. 응시가 사태에 대한 집중의 방식으로 표명되는 부정적 감정의 표현이라면, 눈을 감는 것은 그러한 부정을 거친 이후에 찾아오는 신성한 긍정에 해당된다. 그는 이러한 긍정의 기술을 '프랑스 혁명'과 '사(四)·일구(一九)'에서 배웠다고 말한다.

한편 「사랑의 변주곡(變奏曲)」에서 또 하나 주목할 사실은 '사랑'이 씨앗의 이미지로 형상화된다는 점이다. 화자는 '복사씨'와, '살구씨'와, '곶감씨'에서 아름다운 단단함을 발견한다. '씨'의 '단단함'이란 여러지만 무한한 가능성을 지닌 생명의 본원적 에너지를 의미하며, 사랑의 '고요함'이란 혁명이 결코 소리 높여 외치는 목소리의 강도와 비례하지 않는다는 것을 의미한다. 그것은 온몸으로 밀고 가는 것이되 소리높이 외치는 것이 아니며, 세상을 바꾸는 것이되 먼저 자신의 삶과 시선을 바꾸는 것이다. '단단한 고요함'으로 상징되는 '씨'(생명)의 세계는 「이사(移舍)」의 "이제 나의 방은 막다른 방 / 이제 나의 방의 옆방은 自然이다"라는 인식과 연관된다. 4·19를 전후하여 창작된 김수영의 시에서 빈번하게 발견되는 이미지는 '방'의 모티프이다. 「그 방을 생각하며」의 "革命은 안되고 나는 방만 바꾸어버렸다"와 「여편네의 방에 와서」의 '여편네의 방', 「피아노」의 "그 방은 바로 어제 내가 혁명을 기념한 방" 등에서 '방'은 단순한 삶의 공간이라기보다는 '신념'의 공간적 비유에 해당한다. 그것들은 모두 4·19의 불완전성으로 인해 현재 상황을 막다른 방으로 만들어버렸으며, 화자는 이제 자신의 옆방이 '자연(自然)'이라고 주장하고 있는 것이다. '방'이 신념의 공간적 표상이라면, "이제 나의

방의 옆방은 自然이다”는 「이사(移舍)」의 진술은 의미심장하다고 할 수
있다. 주지하듯이 1968년을 전후하여 김수영은 「꽃잎」 연작과 「풀」을
썼는데, 그 작품들에서 ‘자연’은 새로운 인식의 전환을 매개하는 역할을
하고 있기 때문이다. 「사랑의 변주곡(變奏曲)」에 등장하는 ‘씨’의 이미지
역시 이러한 관점에서 이해할 수 있다.

그러나 끓어오르는 물이 넘치지 않는 절도의 경지나 소리 없이 세상
을 바꾸는 사랑의 고요함 역시 언어로는 설명할 수 없는 경지에 해당한
다. “아들아 너에게 狂信을 가르치기 위한 것이 아니다／사랑을 알 때
까지 자라라”에서 화자는 사랑이 가르침의 대상이 아니라 스스로 터득
해야 하는 것임을 역설(力說)하고 있는데, 이 역시 일차적으로 ‘사랑’이
언표화될 수 있는 대상이 아님을 의미하는 것이다. 만약 ‘사랑’이 일종
의 신념에 해당한다면, 그것은 그것을 습득한 존재에게는 삶의 방향이
되지만, 그렇지 못한 존재에게는 교조화된 ‘광신’으로 전락할 위험이 있
기 때문이다. 7연에서 화자가 아들에게 ‘사랑’에 대해 전해주는 정보는,
‘도시의 피로’에서 ‘단단한 고요함’을 배울 것이라는 것, 복사씨가 사랑
으로 만들어진 것이 아닌가 하고 의심할 때가 오리라는 것, 그리고 복
사씨와 살구씨가 한 번은 사랑에 미쳐 날뛸 날이 오리라는 것이다. 「사
랑의 변주곡(變奏曲)」에서 가장 난해한 부분이 바로 여기이다. 여기에서
화자는 자신의 예언적 교훈이 ‘그렇게 먼 날까지 가기 전’에 실현될 것
임을 믿는다. 그것은 아주 이른 시기에는 어렵겠지만, 그렇다고 해서 영
원히 불가능한 전망은 아니라는 것을 강조하기 위한 장치에 해당한다.
그럼에도 불구하고 마지막 행에서 그는 자신이 암시한 그 모든 일들이
‘잘못된 시간의 명상’이 되지 않기를 바라고 있다.

여기에서 시인은 ‘잘못된 시간’과 ‘그릇된 명상(瞑想)’처럼 부정형을
반복적으로 사용하고 있다. 그리고 이 이중의 부정을 통해 그는 자신의
‘사랑’이 시대착오적인 ‘명상(瞑想)’에 불과했음을 고백하고 있다. 중요
한 것은 시대착오의 책임이 김수영 자신에게 있는 것이 아니라는 사실

이다. 그는 아들 세대가 의심하고 발견할 '사랑'이 자기가 생각했던 '사
랑'과 다르지 않다고 주장한다. 도시의 피로에서 단단한 고요함을 배울
것으로 시작되는 일련의 예언적 성찰은 결국 김수영 자신이 걸어왔던
과정을 그대로 옮겨놓은 것에 불과하다. 그렇다면 그것은 왜 '그릇된
명상(瞑想)'에 해당하는 것일까? 그것은 바로 시간이 잘못되었기 때문이
다. 그는 자신이 생각한 '사랑'의 윤리가 현실에서는 실현될 수 없음을
간파했다. 그것은 너무 일찍 도착해버린 미래였기 때문이다. 그는 일찍
도착한 미래가 시대착오에 불과하다는 것을 알았지만, 또한 그것이 '그
렇게 먼 날까지 가기 전'에 올바른 것이었음이 입증되리라는 것 역시
믿었다. "아들아 (…중략…) 사랑을 알 때까지 자라라"는 이처럼 언어로
설명될 수 없는 삶의 불협화음을 아들 세대가 직접 깨닫기를 희망한 그
의 예언이라고 할 수 있다.

　이상에서 살폈듯이 김수영에게 '사랑'은 긍정의 윤리학이다. 그것은
세계와 대상에 대한 긍정이지만, 반드시 '예'라는 형식으로만 발화되는
것은 아니다. 「거대한 뿌리」의 '반동의 계보학'이 말해주듯이, 그것은
'부정'적 계기를 포함한 긍정이다. 이럼 점에서 김수영의 역사와 전통에
대한 긍정은 니체의 그것을 닮아 있다. 니체는『짜라투스트라는 이렇게
말했다』에서 낙타의 긍정과 사자의 부정을 비교한다. 낙타의 긍정은 짐
을 날라야 한다는 의무에서 비롯되는 것이며, 따라서 거기에는 어떠한
부정도 포함되지 않는다. 그것은 긍정의 탈을 쓴 부정적 권력이다. 반면
사자의 부정은 이미 존재하는 모든 가치의 능동적인 파괴라는 점에서
신성한 것이다. 니체는 아이의 신성한 긍정에는 사자의 신성한 부정이
선행해야 한다고 주장한다. 여기에서 우리는 긍정이 순응주의와 구분되
는 지점을 확인할 수 있다. 긍정이란 수락하는 것, 복종하는 것, 감당하
는 것, 떠맡는 것이 아니다.[64] 긍정이란 '신성한 부정'과 함께 오지 않

---

64) "긍정하는 것은 존재하는 것의 짐을 떠맡는 것도 책임을 지는 것도 아니고, 살아있
　　는 것을 해방시키고, 짐을 덜어주는 것이다. 긍정하는 것은 가볍게 만드는 것이다." 질

는다면, 그 자체로는 아무 것도 아니다. 그러므로 긍정의 윤리학은 동시에 부정의 윤리학이며, 파괴를 통해 새로운 가치를 창조하는 작업을 가리킨다. 우리는 긍정의 윤리인 '사랑'에서 '속도'의 모더니티와 근대적 권력의 편재성을 극복할 수 있는 새로운 가치를 발견할 수 있으며, 이것이야말로 김수영 문학의 미적 근대성이라고 말할 수 있을 것이다.

들뢰즈, 이경신 역, 『니체와 철학』, 민음사, 1998, 319면.

결론

한국문학사에서 모더니즘은 두 번의 굴절을 경험했다. 이상과 김수영의 문학이 바로 그것이다. 이 글에서 필자는 이상과 김수영의 문학을 '미적 근대성'이라는 개념을 통해 살펴보았다. 한국문학사에서 이상과 김수영은 각각 1930년대와 1960년대를 대표하는 모더니즘 작가로 평가되어 왔다. 이들의 문학은 넓은 의미에서 모더니즘적 경향으로 포괄되지만, 또한 모더니즘이라는 문예사조의 특성으로 환원되지 않는 특징을 지니고 있다. 이는 모더니즘이라는 사조적 관점이 이상과 김수영의 문학을 이해하는 데 있어서 적절한 시각을 제공하면서도 동시에 일정한 제약으로 작용하고 있음을 의미한다. 알다시피 예술에서 모더니즘은 매우 광범위한 외연을 지닌 개념으로 사용된다. 뿐만 아니라 모더니즘이라는 사조적 이해는 리얼리즘과의 대당적 관계라는 비평적 논란으로부터 결코 자유롭지 못하다. 한 작가의 작품 세계를 넓은 의미에서 모더니즘으로 규정하는 것은 그의 작품이 모더니티 일반과 맺고 있는 역동

적인 관계를 간과하기 쉽다는 방법론적 약점을 지니기 마련이다. 그것
은 모더니즘이라는 방법론적 규정이 모더니티에 대한 예술의 관계를
온전하게 드러내기 어렵다는 판단과 동일한 맥락에 놓여 있다. 이상과
김수영의 문학 역시 동일하게 모더니즘으로 이해되고 있지만, 실제로
그들의 작품이 보여주는 세계인식이나 문학적 특징은 매우 상이하다.
이러한 차이는 일차적으로 시대적 조건의 차이라는 외적 요인의 결과
이겠지만, 또한 그들의 문학이 모더니티와 맺고 있는 관계의 위상학적
차이에서 발생하는 문제라고 할 수도 있을 것이다.

이 연구는 모더니즘으로 통칭되는 이상과 김수영의 문학적 특징의
차이가 그들이 모더니티 일반과 관계 맺는 상이한 방식에서 기인한다
는 가설에서 출발하였다. 이상과 김수영의 문학은 모더니즘이라는 예술
적 지표보다는 미적 근대성이라는 개념에 의해 보다 분명하게 드러나
는 측면이 강하다. 그것은 사조로서의 모더니즘이 다양성보다는 통일
성, 특수성보다는 보편성을 중심적 가치로 삼는 반면, 미적 근대성이 모
더니티에 대한 작가의 개별적 인식이나, 예술 작품이 모더니티와 관련
되는 다양한 양상에 주목하기 때문이다. 뿐만 아니라 미적 근대성은 모
더니즘의 영역에 국한되지 않고 근대성이라는 지반 위에서 리얼리즘과
모더니즘을 동시에 사고할 수 있다는 장점을 갖는다. 최근 모더니즘 문
학에 관한 연구가 미적 근대성이라는 문제의식으로 확장되고 있는 까
닭도, 모더니즘을 리얼리즘에 대한 비판이나 대립의 관점이 아니라 근
대성에 대한 비판적 이해라는 관점에서 고찰해야 한다는 문학사적 요
청에 따른 것으로 보인다.

주지하듯이, 그동안 한국의 근·현대문학사는 리얼리즘과 모더니즘
의 대립과 갈등이라는 제한적 시각 하에서 주로 논의되어 왔다. 이러한
문학사적 시각은 두 가지 사조의 바깥에 놓여 있는 많은 문학적 경향들
을 암묵적으로 배제하는 결과를 낳았으며, 나아가 문학사를 기술하는
하나의 관점이 되지 못함으로써 문학사의 통합적 서술을 불가능하게

만드는 폐해를 양산했다. 본 연구는 근·현대문학사가 리얼리즘과 모더니즘의 대립이 아니라, 그 각각이 근대성에 대한 미적 태도와 반응이라는 전제에서 출발했다.

문학에서 '모더니티'나 '미적 근대성'은 일회적 사건으로 정의되지 않는다. 특히 한국에서 모더니즘이 수용·확산되는 과정은 이를 뚜렷하게 보여준다. 한국에서 모더니즘이 본격적으로 논의되기 시작한 것은 1930년대의 일이다. 이는 1930년대의 모더니즘이 서구적 보편인 '근대'의 표상으로 수입되었음을 의미한다. 그럼에도 불구하고 그것은 이미지즘·주지주의·초현실주의 등처럼 다양하게 굴절되면서 수용되었다. 모더니즘의 확산과 굴절은 한국 전쟁을 전후한 시기에도 반복적으로 목격된다. 모더니즘에 관한 기존의 논의들은 일제 강점기 하의 모더니즘과 전후의 모더니즘을 동일하게 '모더니즘'이라는 서구적 척도를 통해 바라보았다. 그러나 많은 연구들이 밝혔듯이, 모더니즘이란 하나로 존재하는, 고정·불변의 개념이 아니다. 모더니즘이 근대에 대한 미적 반응의 일종이라면, 그것은 '근대'의 정체와 성격을 어떻게 규정하느냐에 따라 상이한 방식으로 드러날 수밖에 없다.

근대, 즉 모더니티라는 개념은 외연의 범위를 어떻게 설정하느냐에 따라 상이한 양상으로 드러난다. 도식적으로 양분하자면, 모더니티는 그것이 담론화되는 맥락에 따라서 '제도'로서의 모더니티와 '태도'로서의 모더니티로 구분될 수 있다.

제도로서의 모더니티란 새로운 교통수단과 문명, 근대적 제도나 표상의 성립 등을 가리키는데, 그것은 1930년대 모더니즘 문학의 주요한 물질적 토대이면서 또한 삶의 근거이기도 했다. 반면 태도로서의 모더니티는, 짐멜이 지적했듯이 새로운 문명과 제도가 주체에게 가져다주는 심리적 자극에 대한 반향이라고 할 수 있다. 포우(Edgar Allan Poe)의 「군중 속의 남자」에 등장하는 '무관심'이나, 보들레르의 '댄디즘' 같은 독특한 삶의 태도는 근대 문명의 등장으로 인해 변화된 삶에 대응하려는 주체의 심리적 거리 두기라는 점에서 동일하다. 그렇다고 제도로서의 모더니티와 태도로서의 모더니티가 명확하게 구분된다고 단정하기는 어렵다. 그럼에도 미적 근대성을 "근대에 대한 미적 저항"이라고 정의할 때, '근대'의 의미가 무엇인지를 보다 명확하게 부각시켜 준다는 점에서 이러한 구분은 유효하다고 할 수 있다. 뿐만 아니라 이러한 구분에 근거할 때, 이상과 김수영의 문학이 갖는 미적 근대성의 상이한 양상 역시 보다 명확해진다.

이상 문학의 미적 근대성은 모더니티의 제도적 측면과 밀접한 관련을 지닌다. 그것은 한 마디로 '도시'라는 새로운 체험의 공간으로 요약되는 바, 이상 문학의 미적 근대성은 도시적 삶의 체험에서 출발한다고 할 수 있다. 제도로서의 모더니티는 작가의 성향이나 세계관에 따라서 문명에 대한 동경으로 형상화되거나, 그것에 대한 비판적 인식으로 표출되기도 했지만 '도시'공간에 근거하고 있다는 점에서는 동일하다. 이상 문학에 등장하는 '백화점'이나 기하학, 건축학적 언어, 다방과 거리 체험은 그것 자체가 이미 제도로서의 모더니티를 표상하고 있다. 마샬 버먼이 지적했듯이, 모더니티의 관점에서 도시는 보편적 의미를 지닌다. 다시 말해 1930년대 '경성'은 식민지의 수도라는 특수한 성격을 갖지만, '도시화'라는 측면에서 볼 때 그것은 세계사적 근대라는 보편성을 갖는다고 할 수 있다. 이상의 문학에서 '도시'는 사유의 대상이기 이전에 이미 삶의 공간으로 확고하게 자리잡고 있다. 따라서 이상 문학의 미적 근대성을 근대에 대한 미적 저항이라는 단순한 논리로 환원시켜서는 안 될 것이다. 이상 문학의 미적 근대성은 주로 새로운 삶의 조건으로 등장한 '도시'와, 도시적 삶이 강제하는 시각 체계의 변화라는 관점에서 살필 수 있으며, 이때 '도시'가 반드시 부정적인 대상으로 인식되는 것만은 아니기 때문이다.

한편 김수영 문학의 미적 근대성은 태도로서의 모더니티와 밀접하게 관련된다. 주지하듯이 김수영이 추구한 모더니티의 내포적 의미는 윤리적 염결성을 바탕으로 근대 자본주의적 일상의 낙후성과 속물성을 극복하는 것이었다. 모더니티를 삶에 대한 윤리적 태도와 연결짓는 인식틀이 제도로서의 모더니티와 무관한 것은 아니지만, 김수영의 문학은 근대적 '속도'와 '규율'에 대한 비판을 통해 드러나듯이, 일상을 지배하는 근대적 가치들에 대한 비판에 집중하고 있다. 특히 산업화의 결과인 근대의 획일주의를 절대적 자유의 상태인 혁명을 통해 극복하려는 발상이나, 사랑을 타자에 대한 긍정의 윤리로 정의하는 대목은 모더니즘이라는 사조적 이해의 틀을 넘어선 것이라고 할 수 있다. 이상의 아이러니적 세계 인식이 모더니티에 대한 우회적인 비판의 성격을 띤다면, 김수영의 모더니티에 대한 비판은 보다 본질적인 영역에까지 확장된 것이라고 할 수 있다. 김수영의 「자(尺)」와 「노고지리」에서 명확하게 드러나듯이, 그에게 있어서 모더니티는 근대적 척도를 벗어나는 일이며, 나아가 모더니티의 가치 체계 전반을 반성할 수 있는 시선을 획득하는 것이라고 할 수 있다.

그러나 이러한 차이점에도 불구하고 이상과 김수영의 문학은 모더니티 일반에 대한 비판적 시각이라는 점에서는 매우 유사하다. 앞서 지적했듯이, 이상의 아이러니적 세계인식과 김수영의 「노고지리」는 동일하게 근대 세계를 내려다보는 시선이다. 뿐만 아니라 이들은 1930년대와 1950년대의 모더니즘이 보여준 '새로운 것'에 대한 매혹, 즉 새 것 컴플렉스에 대해서도 일정한 거리를 두고 있었다. 이러한 사실이야말로 그들의 문학을 모더니즘이라는 사조적 관점으로 포괄할 수 없는 뚜렷한 이유이기도 하다. 이상과 김수영 문학의 미적 근대성은 모더니티의 가치 체계를 근본적으로 극복하려 했다는 점에서 모더니즘은 물론 모더니티 일반의 외부를 향한 것이었다고 말할 수 있다.

이상의 논의를 간략히 정리하면 다음과 같다.

1장에서는 '미적 근대성'이 '미적 자율성'이나 '모더니즘'과는 다른 범주에 속하는 개념이라는 사실을 밝혔다. 선행 연구들이 보여주는 개념의 혼란은 보들레르의 '모데르니테'를 작품 중심의 미학주의에 국한시킴으로써 발생한 결과라고 할 수 있다. 이러한 현상은 미적 근대성이 일회적으로 정의될 수 있는 안정적 개념이 아니라는 사실에서 발생하는 문제이기도 하다. 미적 근대성은 '근대(성)'으로 명명되는 특정한 가치 체계의 위상학적 차이, 혹은 그것이 모더니티 일반과 맺은 관계의 상이함에 따라 서로 다른 특징으로 드러난다. 그럼에도 불구하고 그것은 '근대(성)'에 대한 태도라는 점에서는 일정한 공통적인 외연을 갖고 있다. 이는 '미적 근대성'이라는 문학사 기술의 방법론으로서 갖는 의의이기도 하다. 본 연구의 결과에 의하면, 미적 근대성은 두 가지의 서로 다른 방향성으로 구분할 수 있다. 하나는 새로운 삶의 조건으로 등장한 '도시'에 대한 인식, 그리고 '도시'가 근대적 주체들에게 강제하는 시각 체계의 변동에 대한 문학적 대응 양상이다. 다른 하나는 '모더니티'라고 총칭될 수 있는, 근대성 일반에 대한 비판적 인식이다. 전자가 이상의 문학을 통해 드러나는 미적 근대성이라면, 후자는 김수영의 문학에서 확인되는 미적 근대성의 내용이라고 할 수 있다.

2장에서는 이상의 문학의 미적 근대성이 새로운 삶의 공간으로서의 '도시'와, 새로운 삶의 조건이 개인들에게 강제한 시각 체제의 변동에 대한 문학적 응전이라는 사실을 해명했다. 먼저, 그것은 1920년대에 본격화된 일제의 도시계획과 그로 인해 새롭게 등장한 백화점, 다방, 도로 체험이라는 '거리의 모더니즘'으로 정리할 수 있다. 백화점과 쇼윈도, 그리고 새롭게 등장한 대로(大路)와 열차 등의 문명체험은 근대인들의 시각 체계를 급격하게 변화시켰다. 이는 이상의 문학에서 '유동하는 시선', 즉 파노라마적 시선의 형태로 드러난다. 르네상스 이래로 인간의 시각은 원근법이라는 관습에 종속되어 있었다. 원근법은 보는 이의 눈에서 멀어질수록 사물은 점점 더 작게 보인다는 사실에 근거하여 리얼리티의 환영을 만들어내는 기하학적 공식이라고 할 수 있다. 그러나 그것은 근대의 등장과 더불어 파노라마적 시선으로 바뀌게 된다. 이는 감각적인 차원에서 근대가 도시의 문제라는 사실을 말해준다. 파노라마적 시선은 기본적으로 도시적 감각이다. 이상은 '경성'이라는 도시를 중심으로 세계를 이해했으며, 그것은 '경성'과 '성천'이라는 대칭적 인식을 통해서도 명확하게 확인된다. 파노라마적 시선과 더불어 이상 문학을 관통하는 또 하나의 시선은 '오감도' 연작을 통해 드러나는 '기하학'이다. 그러나 이상은 기하학적 대칭성을 통해 질서나 조화를 추구하지 않았고, 오히려 탈대칭이라는 고유의 전략으로 그것에 맞서고자 노력했다. 이상 문학의 상징적 소재라고 할 수 있는 '거울'의 불투과성 역시 대칭성보다는 비대칭성이라는 관점에서 접근할 때 보다 많은 정보를 제공한다. 기존의 연구들은 이상이 경성고공을 졸업한 건축가였으며, 실제로 총독부 산하에서 건축에 관계되는 실무를 했었다는 전기적 사실에 지나치게 집착함으로써, '건축'이나 '수학', '기하학' 등을 무비판적으로 합리적 이성과 등치시켜 왔다. 이상이 기하학적 대칭성을 교묘하게 교란시킴으로써 근대성 자체에 대해 비판적 인식을 노정했다는 것은 본 논문의 독창적인 해석 중의 하나이다.

  3장에서는 김수영의 문학에서는 미적 근대성이 모더니티 자체에 대한 비판으로 드러난다는 사실을 중점적으로 해명했다. 김수영은 '현대성'을 속물성과 획일주의로 상징되는 근대에 대한 삶의 윤리적 태도라고 정의했다. 그것은 시대 구분이나 계몽의 기획이 아니라, 미래의 목표, 즉 텔로스(telos)를 결여하고 있는 '현재'를 경험하고 이해하는 윤리의 문제였다. 김수영의 문학에서 확인되는 모더니티 비판은 대략 두 가지로 정리할 수 있다. 하나는 '속도'라는 근대적 척도에 대한 비판이다. 근대의 상징인 속도는 김수영에게 '피로'의 원인이었고, 그는 지속적으로 속도의 피로로부터 벗어나기를 갈망했다. 다른 하나는 근대 권력의 규율적 성격에 대한 비판이다. 19세기 이래 혁명 담론은 국가 권력에 대한 비판으로 집중되었다. 그러나 김수영에게 혁명이란 국가 권력이나 국가 장치의 문제가 아니라 정신과 육체에 동시에 작용하는 근대적 규

율의 억압성으로부터 완전하게 벗어나는 것이었다. 김수영은 그것을
'자유'라고 명명했다. 근대의 억압적 성격에 대한 이러한 인식은 새로움
에 열광하던 동시대의 모더니즘과는 사뭇 다른 것이었으며, 아울러 국
가 권력의 정당성과 폭력성을 문제 삼았던 당시의 비판적 지식인들의
인식과는 구분되는 것이었다. 김수영 문학에서 근대성 비판은 최종적으
로 '사랑'이라는 개념으로 집약된다. 본 연구는 김수영의 '사랑'이 자유
의 극한적 상태를 향한 지향이었으며, 동시에 타자성에 대한 긍정이었
다는 사실을 확인할 수 있었다. 이처럼 김수영 문학의 핵심적인 문제의
식은 '자유'와 '사랑'의 문제로 축약할 수 있다. 그는 '사랑'이라는 관계
성의 표현을 통해 전통과 역사를 새롭게 긍정하고, 미래의 시선으로 현
재를 바라보는 새로운 경지에 도달하게 된다. 본 연구에서는 그러한 경
지를 굳이 모더니즘이나 리얼리즘이라는 종래의 문학적 경향으로 환원
하지 않았다. 그것은 김수영의 문학을 리얼리즘이냐 모더니즘이냐는 협
소한 진영론보다는, 김수영의 문학이 근대(성)과 어떠한 위상학적 관계
를 맺고 있는가를 살펴보는 것이 문학사적으로 가치 있는 행위라고 판
단했기 때문이다.

1930년대 김기림과 임화의 기교주의 논쟁에서 촉발된 모더니즘 문학
에 대한 이해는 오늘날에 이르기까지 또 다른 예술적 표지인 리얼리즘
과의 대타적 관계 속에서 논의되어 왔다. 그것은 작가 중심의 도덕주의
와 작품 중심의 미학주의라는 두 가지 가치의 반복적 대립이라고 정리
할 수 있다. 이러한 맥락에서 모더니즘 문학은 종종 예술의 사회성에
대한 비판적 근거로서 평가되었다. 그러나 리얼리즘과의 대립이라는 통
념에서 한 발 나아간다면, 모더니즘 문학은 다양한 세계인식의 양상이
나 모더니티에 대한 비판적 태도와 같은, 이른바 예술의 사회성을 뚜렷
하게 보여준다고 할 수 있다. 이는 이상과 김수영의 문학에서 단적으로
확인된다. 물론 미적 근대성을 모더니즘과는 구분되는 별개의 개념으로
설정할 때, 그리고 그것을 모더니티에 대한 예술의 반응양상이라고 정

의할 때, 그것은 리얼리즘에도 동일하게 적용될 수 있어야 할 것이다.
이는 미적 근대성이 리얼리즘과 모더니즘을 근대성이라는 문제틀 위에
서 동시에 사고해야 한다는 원칙적인 차원에서도 그러하다. 그럴 때만
이 미적 근대성이라는 문제의식이 보다 객관적·보편적으로 정초될 수
있을 것이다.

제2부

이면異面들

제 1 장

김수영 문학의 근대성과 전통

시간 의식을 중심으로

1. 머리말

한국문학사에서 김수영은 오랫동안 리얼리즘과 모더니즘이라는 근대적 이분법 속에서 논의되어 왔다. 특히 김경린·박인환 등과 함께 발간한 신시론 시집 『새로운 도시와 시민들의 합창』은 그의 문학을 1950년대 모더니즘의 연장선에서 평가하는 결정적 계기가 되었다. 그의 시와 산문들이 보여주는 전통 서정에 대한 혐오와 현실 참여성, 형식과 기법의 파격적인 외양 등은 이러한 평가의 근거가 되기도 하였다. 유럽 중심의 서구 모더니즘이 보여주는 전통에 대한 부정과 문명 비판성야말로 어쩌면 그의 문학적 특성과 일치하는 것인지도 모른다. 한편 그의 4·19 이후 시들이 보여주는 현실 참여적 성격과 유고작 「풀」에 대한 상징적 해석은 그를 단숨에 리얼리스트의 반열에 올려놓기도 하였다.

　　물론 김수영의 시와 산문에 나타나는 근대성의 징후들, 가령 유동과 변화, 지성과 윤리, 자유와 혁명의 문제의식들은 모더니즘과 리얼리즘의 잣대 하에서 설명될 수도 있다. 그러나 유럽의 모더니즘이 보여주는 부정의 미학이나 변화와 개혁의 의지, 시대에 대한 자의식 등은 그에게서 동일한 양상으로 나타나지 않는다. 이는 특히 전통과 근대를 둘러싼 논의들에서 여실히 드러난다. 그의 전통에 대한 입장은 보들레르에서 말라르메를 거쳐 랭보로 이어지는 유럽 모더니즘의 반전통론과 분명 구분된다. 보들레르의 근대성이 '유행'과 '일시성'을 중심으로 한 '파리의 비전'이었다면, 김수영의 근대성은 문화적 속물성과 낙후성, 근대와 전근대의 징후들이 혼재하는 낙후된 도시 서울의 비전이었다.1)

　　이 글은 김수영의 시와 산문에 나타난 근대성의 문제를 전통과의 관련 속에서 살펴보고, 나아가 50~60년대의 현실과 그의 근대성이 어떠한 방식으로 접맥되었는가를 살펴보고자 한다. 이는 역사적 시기 구분의 차원을 지칭하는 '근대'가 아니라 리얼리즘과 모더니즘을 동시에 포괄하는 넓은 의미에서의 '근대성'을 탐구하려는 시도이며, 나아가 사회·철학적인 근대성으로 환원되지 않는 문학의 '미적 근대성'을 밝혀내고자 하는 시도이다. 따라서 이 글은 김수영의 초기 문학에 나타난 전통과 근대 사이의 단절을 실존론적 시간성을 바탕으로 고찰하는 한편, 그의 후기시에서 드러나는 '전통'과 '역사'에 대한 긍정성을 새로운 모더니티에 대한 사유와 관련지어 읽어보고자 한다.

---

1) 미셸 푸코의 지적처럼 보들레르의 댄디주의가 "변화무쌍한 흐름 속에 놓인 상태 그대로의 자신을 받아들이는 것이 아니라, 자기 자신을 복잡하고 힘든 가공의 대상으로 삼는 것"이라면, 근대성에 대한 보들레르와 김수영의 인식은 유사하다고 말할 수 있다. 백낙청, 「문학과 예술에서의 근대성 문제」, 『창작과비평』, 창작과비평사, 1993년 가을, 15면 참조.

2. 근대성, 미적 근대성, 전통

한국문학사에서 근대성(modernity)은 오랫동안 중요한 문제로 취급되어
왔다. 이는 우리의 문학적 현실이 전통과 근대라는 상이한 가치를 동시
에 추구하면서 발전해왔기 때문이기도 하며, 나아가 우리 사회가 서구
적 의미의 시민 사회 혹은 자본주의를 이상적 발전 모델로 설정해왔기
때문이다. 즉 문학 및 예술의 영역을 제외한다면, 우리 사회에서 근대성
은 근대화(modernization)와 크게 구분되지 않은 채 논의되어 왔다. 그리고
이때의 근대화란 서구 자본주의의 성립과 발전 과정을 의미하는 것으
로, 과학과 기술의 혁신, 생산의 산업화, 민족국가의 발달 등으로 특징
지어진다.

철학사 및 사회사의 관점에서 볼 때, 근대는 이성과 계몽, 진보와 발
전, 개인과 도시, 문명 비판과 해방의 비전처럼 다양한 스펙트럼을 지닌
용어이다. 일찍이 베버는 근대를 '탈주술화'와 '합리성'으로 대표되는
이성의 시대로 파악하였으며, 하버마스는 근대를 의사소통의 합리성의
시대로 정의하였다. 서구 철학사에서 근대는 대개 이성 및 주체의 시대
와 동일시된다. 한편 아도르노는 『계몽의 변증법』에서 근대를 이성의
자연에 대한 맹목적 지배로 파악하는 한편, 이러한 이성의 폭력성을
'도구적 이성'이라고 명명했다. 그는 근대를 "도구적 이성과 상품 물신
숭배라는 이중의 지상명령에 의해 강요된 근대 자본주의 사회의 비합
리성과 야만주의"가 드러나는 시·공간으로 파악했다. 그러나 상이한
차이에도 불구하고 종래의 연구들은 근대가 근대적 주체로 상징되는
'개인화의 과정'이며, 과거와의 단절을 표명하는 '차별화의 과정'이라는
점에 대체적으로 동의하고 있다. 이러한 합의에는 근대성이 동질적인
시대정신으로 환원될 수 있으며, 나아가 서구의 비서구에 대한 지배가
타당성을 지닐 수 있다는 제국주의적 발상이 담겨 있다. 로렌스 카훈의

지적처럼 근대성은 서로 다른 시기에 출현하여 발전했으며 종종 소급적으로만 '근대적'이라고 정의할 수 있는 제도적·문학적·철학적 줄기들이 서로 얽혀 있는 집합체에 다름 아니다. 근대성이 동질적인 시대정신이 아니라 이질적인 흐름들의 집합체라는 데서 우리는 그것이 민족 문화와 전통에 따라 상이한 방식으로 변용될 수 있는 가능성을 확인할 수 있다. 근대란 "개인의 삶과 경험을 폭넓은 역사적 양식의 혁신과 쇠퇴라는 지배적 서사와의 관련 속에 위치 지우려는 시도"[2]에서 사후적으로 구성된 것이며, 동시에 "역사의 단위를 동질성의 시간으로 끊어내기"[3] 위해 고안된 개념이기 때문이다.

　　문학에서의 근대성의 문제는 근대로 환원되지 않는 모더니즘의 특성, 즉 미적 근대성(asthetic modernity)에 대한 문제의식에서 제기되었다.[4] 또한 미적 근대성이 자본주의적 근대에 대한 예술적 저항이라는 내용을 지닌다. 앞서 언급했듯이 역사·철학적인 맥락에서 근대성은 이성과 계몽, 진보와 발전, 개인과 도시, 문명 비판과 해방의 비전 등처럼 다양하게 드러난다. 이러한 사회·철학적인 의미에서의 근대성을 문학연구에 그대로 적용할 때, 우리는 두 가지의 딜레마에 직면하게 된다. 하나는 근대적 가치들의 비평행적 발전 문제이다. 앞서 지적했듯이 근대는 다양한 가치들의 흐름이 공존하는 이질적 집합체이다. 이는 근대성을 논의하는 논자들이 저마다 상이한 가치 체계들로서 근대성을 정의한다는 사실에서도 드러난다. 문제는 근대성의 가치들이 상이한 영역에서 상이한 방식으로 드러난다는 점인데, 가령 문학·예술의 영역에서의 근대성과 사회·철학의 영역에서의 근대성은 시기적으로도 가치적으로도 일치하지 않는다. 근대성에 대한 이러한 환원 불가능성으로 인해 결국 문

---

2) 리타 펠스키, 김영찬·심진경 역, 『근대성과 페미니즘』, 실천문학사, 1998, 37면.
3) 김성기, 「세기 말의 모더니티」, 『모더니티란 무엇인가』(김성기 편), 민음사, 1994, 20면.
4) 미적 근대성이란 역사·철학적인 의미로 환원되지 않는 문학·예술의 근대성을 의미하며, 이러한 문제의식의 근저에는 모더니즘과 리얼리즘을 포괄하는 넓은 의미에서의 모더니즘 개념이 전제되어 있다. 마샬 버먼의 『현대성의 경험』이 대표적인 경우이다.

학은 철학적 근대성으로 환원되지 않는 자신만의 독특한 근대성을 주
장하기에 이르렀으며, 이것이 바로 미적 근대성에 대한 문제의식을 촉
발시켰다.

　근대적 가치들의 비평행적 발전은 근대를 특정한 시기로 분절할 수
없는 없다는 두 번째 딜레마로 이어진다. 근대에 대한 논의들은 대개
서양의 철학과 예술 영역에서 특정한 시기를 지칭하는 용어로 사용된
다. 이러한 구분의 근간에는 데카르트의 합리주의, 로크의 개인주의 등
처럼 철학사의 주요한 문턱이 전제되어 있다. 그러나 앞서 언급했듯이
근대성의 가치들이 상이한 영역에서 상이한 방식으로 정의되는 한, 근
대는 단 하나의 시점으로 정의될 수 없다. 따라서 이제 근대에 대한 문
제는 '언제부터'라는 시기의 문제가 아니라 근대성의 다양한 발현들, 즉
'어떤 근대성'에 주목하는 양상으로 변모되고 있다. 근대를 역사 서술의
특정한 방식과, 시간성의 특수한 경험 및 역사의식으로 정의하려는 시
도들이 여기에서 기인한다.

　사회·철학적 영역에서의 근대성과 문학·예술 영역에서의 근대성
사이의 불일치는 미적 근대성의 문제를 촉발시켰으며, 이러한 논의는
단연 보들레르에게로 귀결된다. 마샬 버먼은 『근대성의 경험』에서 모더
니즘과 근대화 사이에 존재하는 복합적이고 역동적인 관계에 주목함으
로써 미적 근대성 논의에 중요한 단초를 제공하였다. 그는 '거리의 모
더니즘'으로 일컬어지는 보들레르의 모더니즘이 혼돈과 유동의 원초적
공간인 '도시'와 연관되어 있으며, 도시야말로 공공의 삶을 향한 욕망과
투쟁의 장소라고 명명한다. 그에 의하면 맑스와 보들레르는 "근대 생활
의 모순으로부터 빠져나오는 길이 아니라, 그 모순 속으로 더욱 확실하
고 깊숙하게 들어가는 길"을 제공한 근대 주창자들이다. 버먼은 이러한
논의를 통해 근대인들이 "그들이 상실했던 세계보다 더 좋은 세상을 창
조할 만한 힘"5)을 가지고 있음을 발견한다. 버먼의 근대가 아도르노의
그것과 확연하게 구분됨은 사실이다.

그러나 보들레르를 비롯한 여타의 모더니스트들이 주장하는 '전통과의 단절'을 기존의 문학·예술적 관습을 파괴하고 부정하는 것으로 받아들여서는 곤란하다. 그것은 역사를 바라보는 근대 특유의 방식6)이며 시간성(temporality)의 표현일 뿐이다. 설령 모더니즘이 '부정의 미학'을 전면에 내세울 때조차도 이러한 사정은 마찬가지이다. 이처럼 전통과 근대 사이에 대한 새로운 문제의식은 근대를 하나의 커다란 단절로 경험하는 비서구사회에서 특히 중요한 문제로 부각된다. 비서구인들에 있어서 전통이란 이념적 지향의 문제가 아니라 삶의 문제이며 습속의 문제이다. 그들이 근대를 급속한 전통의 해체와 서구화로 인식할 경우, 그들은 상당한 정체성의 혼란을 경험하게 된다. 특히 한국의 예처럼 일제 식민지에서 해방과 6·25라는 시대사적인 사건들을 압축적으로 경험한 경우, 전통과 근대는 사뭇 대립적인 양상으로 드러나기도 한다. 전통과 근대가 상이한 가치를 표상함은 물론 그것들이 한 사회 안에서 대립과 갈등의 양상으로 진행되는 것이다. 따라서 그러한 반목은 어떠한 방식으로든 절충되고 봉합될 필요가 있는데, 이 봉합의 방식에 따라 문학에서는 다양한 미적 근대성의 테제들이 제기된다.

3. 실존론적 물음으로서의 '위치'와 '설움'

김수영의 글쓰기는 유독 '나'의 문제에 집중되어 있다. 비록 그가 모더니즘적 영향으로부터 자유롭지 못하다 하더라도, 그의 글 속에서 '나'

---

5) 마샬 버먼, 윤호병 역, 「왜 아직도 모더니즘이 문제인가」, 『현대성과 정체성』(스콧 래쉬·죠나단 프리드먼 편), 현대미학사, 1997, 54면.
6) 황종연, 「모더니즘의 망령을 찾아서」, 김성기 편, 앞의 책, 196면.

의 문제는 주로 실존론적인 물음의 방식으로 제기된다. 그것은 산문 「무제」의 "하여간 악마의 작업을 통하여서라도 내가 밝히고 싶은 것은 나의 위치이다", 산문 「이일 저일」의 "요즈음 나의 심정은 우선 내 자신의 문제가 더 급하다. 내 영혼의 문제가 더 급하다", 산문 「제 정신을 갖고 사는 사람은 없는가」의 "결국 모든 문제는 '나'의 문제로 귀착된다"처럼 지속적으로 반복된다. 김수영의 '나'에 대한 물음은 "나의 위치"에서 드러나듯이 '나'의 문제인 동시에 '위치'의 문제이다. 그리고 이때 '위치'의 문제는 다분히 실존론적 성격을 띠고 있다.

'나'의 문제가 실존론적인 물음으로 이어진다는 것은 근대와 전근대 혹은 전통과 근대 사이의 충돌 지점에서 자신의 정체성을 확인하려는 의미로 해석된다. 주지하듯이 근대 이전 사회에서 정체성은 주로 가족 등과 같이 외부적으로 주어졌다. 그러나 근대는 근대적 주체인 개인에게 사적인 장소를 용인하는 한편 자신의 정체성에 대한 내적 정당성을 요구하게 되었다. '위치'의 문제가 정체성의 존재 물음(Seinsfrage)으로 이어지는 까닭은 한국의 근·현대사가 급속한 서구화와 문명화의 길을 걸었기 때문이다. 해방 공간에서 6·25를 거쳐 60년대에 이르기까지 급속도로 진행된 근대화의 물결은 전통적 가치들과 근대적 가치들의 혼재 상황을 야기했으며, 이러한 현상은 당대의 지식인들에게 정체성의 상실과 위기감을 가중시켰다. 김수영 문학을 관통하는 하나의 문제의식, 즉 '문화적 낙후성'과 '속물성'이란 바로 전통과 근대의 충돌에서 파생하는 불협화음을 의미한다. 이런 점에서 그의 실존론적인 물음은 동시에 당대 지식인들의 문제이기도 하다. 그의 초기시에 나타나는 '단절'과 '죽음', '설움'의 감정과 이미지는 전통적 질서로부터 외따로 떨어진 존재가 감당해야만 하는 실존론적 상실감의 깊이를 분명하게 보여준다.

屏風은 무엇에서부터라도 나를 끊어준다

등지고 있는 얼굴이여

주검에 醉한 사람처럼 멋없이 서서

屛風은 무엇을 向하여서도 無關心하다

주검에 全面같은 너의 얼굴 우에

龍이 있고 落日이 있다

무엇보다도 먼저 끊어야 할 것이 설움이라고 하면서

屛風은 虛僞의 높이보다도 더 높은 곳에

飛瀑을 놓고 幽都를 점지한다

가장 어려운 곳에 놓여있는 屛風은

내 앞에 서서 주검을 가지고 주검을 막고 있다

나는 屛風을 바라보고

달은 나의 등뒤에서 屛風의 主人 六七翁海士의 印章을 비추어주는 것이
었다

—「병풍」⁷⁾ 전문

인용시 「병풍」은 김수영의 초기 대표작 중의 하나이다. 이 시에서 '병풍'의 수직적 형상은 "무엇에서부터라도 나를 끊어준다"라는 구절에서 나타나듯 '단절'의 이미지로 형상화된다. 용과 낙일, 비폭과 유도 등이 그려진 병풍은 "죽음의 전면", "내 앞에 서서 죽음을 가지고 죽음을 막고 있다"에서처럼 죽음 그 자체로 인식된다. 이 죽음 앞에서 화자는 "무엇보다도 먼저 끊어야 할 것이 설움"이라고 다짐을 한다. 이때 병풍은 죽음과 삶의 경계는 물론 전통과 전근대적 가치 사이의 화해할 수 없는 시간적 거리를 의미한다. 즉 병풍을 포함하여 그 저편에 놓인 '죽음'은 전통으로 명명되는 전근대적 가치의 시효 만료를, 병풍의 이편에 놓인 화자는 전통과 분리된 상태로 근대를 강요받는 전후 한국사회의

---

7) 김수영의 「병풍(屛風)」은 그가 생전에 간행한 시집 『달나라의 장난』(춘조사, 1959)에 발표된 것과 약간의 차이점을 보인다. 특히 5행의 조사 '의'가 '에'로, '죽음'이 모두 '주검'으로 표기된 점은 주목할 점이다. 최두석, 「김수영의 시세계」, 『김수영 다시 읽기』(김승희 편), 프레스21, 2000, 40면 참조.

지식인을 의미한다고 볼 수 있다. 병풍의 위치가 "가장 어려운 곳에 놓여" 있는 까닭 역시 이러한 이유 때문이다. 병풍으로 표상되는 죽음은 현실의 화자에게 무관심한데, 여기서 화자는 이러한 과거와 현재 사이의 단절을 시간성의 내적 계기를 통해 받아들인다. 즉 그것은 구체적이고 고정적인 역사적 사건으로서의 죽음이 아니라 과거와 현재가 불연속적인 데서 오는 단절감으로서의 죽음이며 설움이다. 이러한 설움과 위기감은 또 다른 초기시 「토끼」에서 알레고리적인 방식으로 반복된다.

> 토끼는 태어날 때부터
> 뛰는 訓練을 받는 그러한 運命에 있었다
> 그는 어미의 입에서 誕生과 同時에 墜落을 宣告받는 것이다
> (…중략…)
> 生後의 토끼가 살기 위하여서는
> 戰爭이나 혹은 나의 眞實性모양으로 서서 있어야 하였다
> 누가 서있는 게 아니라
> 토끼가 서서 있어야 하였다
> 그러나 그는 캉가루의 一族은 아니다
> 水牛와 生魚같이
> 晋程을 맞추어 우는 법도
> 습득하지 못하였다
> 그는 고개를 들고 서서 있어야 하였다
>
> —「토끼」 부분

　인용시에 등장하는 '토끼'는 '추락'의 운명을 지니고 태어났다. 추락이란 출생과 동시에 부모로부터 버려지는 것이며, 이는 해방 공간에서 6·25에 이르는 기간 사이에 새롭게 등장한 젊은 세대들이 감당해야 했던 전통의 부재와 사상적 혼란을 암시한다. 따라서 인용시에 나타난 운동과 정지는 문화적 상징이라기보다는 생존 전략의 일종이며, 이는 곧 당대를 살아가는 젊은 세대들에게 강요되었던 외적 억압으로서의 질서

와 근대였다. "音程을 맞추어 우는 법"도 익히지 못한 채 오직 살아남기 위해서 뛰거나 서 있음을 강요당하는 토끼는 그러나 "캉가루의 일족"이 아니다. 토끼와 대립적인 위치에 놓은 캉가루는 근대 혹은 비전통의 담지체로서 그에서 "고개를 들고 서서 있어"야 하는 막막함과 설움을 가져다주는 존재이다.

또 다른 초기시 「달나라의 장난」은 토끼와 캉가루의 이러한 대립을 팽이와 프로펠러의 대립으로 변주한다.

> 팽이가 돌면서 나를 울린다
> 제트機 壁畵밑의 나보다 더 뚱뚱한 주인 앞에서
> 나는 결코 울어야할 사람은 아니며
> 영원히 나 자신을 고쳐가야 할 運命과 使命에 놓여있는 이 밤에
> 나는 한사코 放心조차 하여서는 아니될 터인데
> 팽이는 나를 비웃는 듯이 돌고 있다
> 비행기 프로펠러보다는 팽이가 記憶이 멀고
> 강한 것보다는 약한 것이 더 많은 나의 착한 마음이기에
> 팽이는 지금 數千年前의 聖人과같이
> 내 앞에서 돈다
> 생각하면 서러운 것인데
> 너도 나도 스스로 도는 힘을 위하여
> 공통된 그 무엇을 위하여 울어서는 아니된다는 듯이
> 서서 돌고 있는 것인가
> 팽이가 돈다
> 팽이가 돈다

—「달나라의 장난」 부분

인용시 역시 설움의 정서가 짙게 배어있는 작품이다. "무엇보다도 먼저 끊어야 할 것이 설움"이라던 「병풍」의 화자는 이미 이 시에서부터 등장하고 있다. "속임 없는 눈"으로 아이가 돌리는 팽이를 바라보는 화

자는 어느새 설움을 느낀다. 물론 이 시에서 설움의 감정은 "都會안에서 쫓겨다니는 듯이 사는/나의 일이며/어느 小說보다도 신기로운 나의 生活"에서 촉발된다. 그러나 일상사의 고단함은 작품의 후반부에 접어들면서 사라지고, 그 자리에 팽이와 비행기 프로펠러의 대립이 나타난다. 화자는 "영원히 나 자신을 고쳐가야 할 운명과 사명"의 강박으로 인해 한 순간도 '방심'해서는 안 된다고 스스로를 다그친다. 근대적 주체로서의 개인인 '나'에 대한 과도한 집착이야말로 김수영의 시가 보여주는 근대성의 한 단면이다. 특히 산문 「삼종유감」에서의 등장하는 "아아, 나는 작가의―만약에 내가 작가라면―사명을 잊고 있는 것이 아닌가. 나는 타락해있는 것이 아닌가. 나는 마비되어 있는 것이 아닌가. 이 극장에, 이 거리에, 저 자동차에, 저 텔레비전에, 이 내 아내에, 이 내 아들놈에, 이 안락에, 이 무사에, 이 타협에, 이 체념에 마비되어 있는 것이 아닌가. 마비되어 있지 않다는 자신에 마비되어 있는 것이 아닌가"라는 구절이나 산문 「시의 뉴 프론티어」에 나타난 "나 대 전 세상이다"라는 도발적인 문제의식은 이러한 사실을 단적으로 보여준다.

그러나 설움을 극복하고자 하는 화자의 의지는 '나'를 비웃는 듯 돌아가는 '팽이'에 의해 좌절된다. 그것은 인용시에 나타나듯이 "비행기 프로펠러보다 팽이가 記憶이 멀"기 때문이다. 여기서 '기억'이란 사물과의 심리적 거리를 나타내는 수단이다. '프로펠러'는 한편으론 "근대화해가는 자본주의의 고도한 위협의 복잡하고 거대하고 민첩하고 조용한 파괴작업"에서처럼 근대의 상징이지만, 다른 한편으론 전쟁과 산업화로 인해 팽이보다 친숙해진 사물이다. 반면 팽이는 이러한 근대화의 물결에 밀려 서울에서는 찾아보기가 힘들어진 전통을 상징한다. 전후 한국사회, 그것도 수도 서울에서 프로펠러보다 팽이가 기억이 더 멀다는, 즉 팽이보다는 프로펠러가 더욱 친숙하게 느껴진다는 것은 상식적인 이야기처럼 들린다. 그러나 화자가 팽이에서 느끼는 설움은 팽이의 회전과 자신의 삶이 동일하게 "스스로 도는 힘"에 의해 유지되어야 한

다는 사실 때문이다. 이것은 앞서 지적했듯이 전통으로부터 분리된 근
대적 주체가 아직 근대의 습속에 적응하지 못한 상태에서 정체성의 상
실을 실존론적 위기로 받아들이고 있음을 보여주는 부분이다. 결국 김
수영의 초기시에서 나타나는 설움과 죽음의 정조는 전통과 근대의 대
립·충돌에서 오는 정체성의 위기를 시화(詩化)한 결과이다.

4. '현재', 미적 근대성의 시간성

1) '지성'과 '양심'으로서의 근대성

김수영의 초기시가 보여주는 것이 '설움'과 '죽음'의 세계라면, 중기
이후의 시들은 '지성'과 '양심', '자유' 등으로 대표되는 윤리적 세계를
보여준다. 윤리적인 문제가 중요한 방법론으로 부각되는 까닭은 그가
삶의 시·공간인 일상을 시적 소재로 삼았기 때문이다. 근대적 의미에
서 일상이란 매 순간의 절대적 현재에 의해 지배되는 세계이다. 현재라
는 시간 의식이 윤리적인 차원의 문제와 결부될 때, 그것은 곧 삶의 바
람직한 방향에 대한 성찰이기도 하다. 하이데거의 초기 철학은 주체의
판단이 중요한 계기로 작용하는 이러한 현재적 상황을 '결단'으로 명명
한다. 김수영이 윤리적 차원에서의 현재에 주목한다는 사실은 곧 그가
보들레르만큼이나 자신을 응시하는 인간이었음을 말해준다.
　김수영의 근대성에 대한 인식 역시 윤리적 차원에서의 문제이다. "현
대성과 의식과 겸손이 동의어가 된다."8) 그에게 있어 근대성은 예술적

---

8) 「멋」, 『전집』 2, 민음사, 1981, 93면.

기법의 차원이 아니라 삶의 방식의 문제였다. 이처럼 근대성이 삶의 문제로 귀결될 때, 그것은 '바로 보는' 정시(正視)의 의식, '완전'을 추구하는 '온몸'의 문제 그리고 진정한 자기로부터 우러나오는 '양심'의 문제가 된다. 그가 박인환으로 대표되는 당대의 모더니스트들에게서 느낀 혐오감 역시 이러한 사정에서 기인한다. 그는 '목마'와 '숙녀', '정원' 등 유행과 새로움에 경도된 박인환의 시어를 '식언'의 폐해이며 '낡은 말'이라고 비판하고 있다. 그러나 이러한 비판은 결코 시어의 문제에 국한되지 않는다. 왜냐하면 박인환에 대한 그의 적대감이 "寅煥이가 이 말을 실천하지 않고 죽은 것을 보면 그놈도 진정으로 믿고 한 말은 아닌 것 같다"[9]에서 나타나듯이 '실천'이라는 윤리적 차원에서 비롯되기 때문이다. 모더니스트들에 대한 윤리적 비판은 초현실주의 화가 박일영에 대한 평가에서도 동일하게 반복된다. "복쌍은 인환이를 속이듯이 나까지도 속인 것이 분명하다. 그는 나한테는 가면을 쓰라고 하면서 내가 보기에는 그 가면을 자기는 오늘날까지도 쓰지 않고 있기 때문이다." 근대성에 대한 김수영의 인식이 '새로움'의 추구가 아니었음은 다음의 인용문에서도 나타난다.

> 시의 모더니티란 외부로부터 부과하는 감각이 아니라 내면에서 우러나오는 지성의 화염이며, 따라서 그것은 시인이 ─육체로서─ 추구할 것이지 시가─ 기술면으로─ 추구할 것이 아니다. 그런 의미에서 젊은 시인들의 모더니티에 대한 태도가 근본적으로 안이한 것 같다.[10]

김수영에게 근대성은 '외부'로부터 주어지는 '감각'의 표현방법이나 기술이 아니라 '내면'에서 우러나오는 '지성'의 산물이다. 근대성이 윤리의 문제이며, 나아가 외부로부터 주어지는 것이 아니라 내면에서 우

---

9) 「벽」, 『전집』 2, 민음사, 1981, 77면.
10) 「모더니티의 문제」, 『전집』 2, 민음사, 1981, 350면.

러나오는 것이라는 지적은 그의 근대성에 대한 인식을 이해하는 데 중요한 단서가 된다. '하이브로우한 멋'을 추구하는 기교로서의 근대성이야말로 그에게는 '피로'의 주원인이었다. 이처럼 근대성이 새로움으로 환원되지 않을 때, 그것은 유행과 소비주의, 끊임없는 혁신으로서의 도시생활의 일시적 특성들에 의한 삶의 미학화를 내세우는 모데르니테(modernite)와 구분된다. 또한 그것은 생산력의 발전과 진보 개념에 의해 추동되는 근대화와도 단적으로 구분된다. "현대적인 단어—'표출' '선명한 혼돈' '유·무한' '천체' '가구류' '반 고호' '표정'—를 과부족없이 배합해서 소기의 성과를 거두고 있지만, 이러한 맵시있는 신선한 표면적인 모더니티는 사실상 이 작자가 모더니티를 추구하지 않고 있는 데 대한—의식적이든 무의식적이든 간에—변명이나 장식 같은 인상을 준다"에서처럼 그에게 근대성은 더 이상 현대적인 감각의 언어나 새로움의 문제가 아니다. 오히려 그것은 "시인은 최고도의 지성이며, 상상력은 모든 능력들 중에서 가장 과학적인 것이다"에서처럼 지성과 상상력 사이의 일치의 문제이다. 물론 이때 지성과 상상력이란 어디까지나 '양심'과 '자유'라는 단어에서 보여지듯 철저하게 자신의 신념과 문제의식에서 출발하는 것이어야 하며, 그것의 성취는 '온몸'의 시학이 보여주듯 완전이라는 단 하나의 목표만을 추구할 때 가능해진다.

자유와 양심은 시간성의 차원에서 습관[壁]과 대조를 이룬다. 전자가 하이데거적인 의미에서 근원적 시간성의 개시성을 의미한다면, 후자는 그것을 은폐하고 축소하는 왜곡된 시간태이다. 습관이야말로 본질적 자아의 발견을 가로막는 자기 상실과 소외로서의 '한계'이며, 이러한 습관으로부터 탈은폐된 자아의 본래적 시간성이 바로 자유와 양심이다. "거짓말이 없다는 것은 현대성보다도 사상보다도 백배나 더 중요한 일"에서처럼 그는 자유와 양심의 문제를 현대성보다도 선차적인 것으로 파악한다. 그러나 이 글이 현대성과 양심을 양자택일의 방식으로 바라보는 것은 아니다. 오히려 그것은 양심이 근대성의 전제조건임을 강조하려는 의도를 지니고 있다. 김수영의 산문 「현대성에의 도피」역시 '현대성'을 문제삼는 글이 아니다.11) 이 글에서 김수영은 서정주를 "'신라'에의 도피나 '순수'에의 도피"로, 송욱과 박이도 등의 시를 "현대성에의 도피"로 규정한다. 글의 종결부, 가령 "「모자」에의 도피를 위시해서 「토요일」에의 도피, 「매립지」에의 도피, 「온실」에의 도피, 「하여지향(何如之鄕)」에의 도피 등등"에서 나타나듯이 여기서 비판의 핵심은 '전통'이 아니라 '도피'의 문제이다. 도피란 특정한 세계와 이념을 전제한 상황에서 모든 문제를 거기로 환원시키려는 근대적 사유 방식을 의미한다. 김수영은 근대의 '획일주의적' 사고와 삶을 특정한 방식으로 분절하고 통제하는 윤리12)에 강한 불신을 표명했는데, 이는 '제도'로 표상되는 그러한 장치들이 존재를 본래성으로부터 탈각시키기 때문이다. 하이데거에 의하면 이러한 도피는 비본래성의 실존 구조, 즉 '기대하며 ― 망각하는 ― 현재화'에 '빠져있는' 것이다. 그리고 이때의 현재란 "세계-속에-있음으로서의 터-있음이 탈자적으로 앞서 나가면서-자기에게-다가오는 동시에 자기를-다시-되찾아오며-자기에게로-돌아오는 가운데 자기가 관계하는 세계내부적인 존재자와의 개방적인 만남을 위한 세계의 지평적인 개시성"13)으로서의 순간과는 구분된다. 인간은 '각자성(Jemeinigkeit)'의 방식으로 자신을 선택 혹은 상실하며 살아간다. 이때

---

11) 오문석은 '신라에의 도피'라는 김수영의 언급을 전통을 시에 끌어들이는 것에 대한 비판으로 이해하고 있다. 그러나 여기서 비판의 핵심은 전통이 아니라 '도피'이며, 당시의 모더니스트 및 신진 시인들이 보여준 수많은 도피들을 겨냥하고 있다. 또한 "전통을 소유하고는 있을지언정 이미 그 안에 거주하지는 않는다"는 발상은 김수영의 문제의식과 상반되는 듯하다. 오문석, 「김수영의 시간 의식 연구」, 『한국시학연구』 5호, 2001, 140면.

12) 김수영의 글에서 '윤리'는 긍정과 부정의 양측면을 모두 지닌다. 그러나 윤리가 양심, 자유 등을 의미할 때 그것은 '윤리'라는 말에 적합하지만, 인간의 삶을 특정한 방식으로 분절하는 근대적 통제 방식을 의미할 때 그것은 '도덕'에 가깝다. 전자가 내면에서 발생하는 것이라면, 후자는 외부적으로 주어지고 강요된다. 이는 '도덕'과 '윤리'를 구분하고 있는 니체의 태도를 연상시킨다.

13) 신상희, 『시간과 존재의 빛』, 한길사, 2000, 106면.

'나'가 스스로를 선택함으로써 자신의 고유한 존재 자체를 문제삼을 경우, 그것은 자신에게로 귀환하는 본래적 자기존재로서의 실존으로 귀결된다. 그러나 만약 '익명성'에 안주하거나 그것을 자신의 실존으로 오인하는 경우, 그는 습관과 도피의 늪 속에 빠져 있게 된다. 김수영이 근대성의 전제조건으로 내세우고 있는 자유와 양심은 바로 은폐된 각자성을 재발견함으로써 자신의 실존에 근거하는 존재 물음을 제기하는 존재의 실존 방식을 의미한다. 그것은 결코 외부적으로 주어지거나 강요되는 것이 아니며 전적으로 자신의 내부에서 발원하는 것이어야 한다. 양심의 문제는 이러한 자기 인식의 차원을, 그리고 자유란 각자성의 충만한 상태를 의미한다. 이러한 실존의 확립이 '바로 보마'에서 나타나듯이 지성의 산물이라는 것 역시 주지의 사실이다.

2) 변용으로서의 역사 · 전통과 근대성

김수영에게 있어서 '지성'과 '양심'으로서의 윤리적 결단이 '현재'라는 시간성을 통해 드러난다는 것은 이미 지적되었다. 이는 현재가 매순간 결단의 시간인 동시에 과거와의 접점임을 말해준다. 이처럼 '더 이상 현재가 아닌' '망각'의 시간성으로부터 벗어난 과거와의 접점을 하이데거는 '순간'으로서의 현재라고 명명했다. 이는 김수영의 후기시를 지배하는 중요한 문제의식이 전통과 모더니티의 새로운 관계 속에서 전개되고 있음을 말해준다. 근대와 전통의 충돌에서 오는 '설움'과 '죽음'의 비극성이 후기시에 이르러 '결단'의 현재성에 의해 극복되고, 그 결과 '사랑'의 미학이라는 새로운 비전이 등장하게 된다.

김수영의 후기시가 보여주는 '전통'과 '역사'에 대한 긍정적 인식 역시 이러한 시간성에 바탕을 두고 있다. '전통'이 더 이상 현재가 아닌 '망각'의 시간성으로부터 벗어나 현재 속으로 틈입할 때 그것은 '전통

주의'라고 명명된다.[14] 그렇다고 해서 근대성이 전적으로 현재의 문제
로 환원되는 것은 아니다. 왜냐하면 근대성은 윤리적 결단과 '현재—과
거'의 시간성 속에서 제기되는 것이지만, 그것이 '사랑'의 형태로 확인
되는 것은 어디까지나 미래의 문제이기 때문이다. 하이데거의 철학이
이미 밝혔듯이, 본래적 시간성에 바탕을 둔 실존은 "앞서나가면서도—
반복하는—순간"의 구조를 형성한다. 그리고 이때 현재로서의 '순간'은
앞서나감의 미래와 반복의 과거를 동시에 포함하는 시간성이다.[15] 그럼
에도 불구하고 김수영의 시를 '순간'의 시학[16]으로 명명할 수 있다면,
이때의 '순간'이란 미래와 과거가 내속하는 현재일 것이다.

> 現代式 橋梁을 건널 때마다 나는 갑자기 懷古主義者가 된다
> 이것이 얼마나 罪가 많은 다리인줄 모르고
> 植民地의 昆蟲들이 二四시간을
> 자기의 다리처럼 건너다닌다
> 나이 어린 사람들은 어째서 이 다리가 부자연스러운지를 모른다
> 그러니까 이 다리를 건너갈 때마다
> 나는 나의 心臟을 機械처럼 중지시킨다
> (이런 연습을 나는 무수히 해왔다)
>
> 그러나 문제는 이러한 反抗에 있지 않다
> 저 젊은이들의 나에 대한 사랑에 있다

---

14) 전통주의란 역사상의 과거를 현재적 관점에서 새롭게 구성하고 그것의 부활 혹은
지속을 도모함으로써 과거와 현재 사이에 살아있는 관계를 정립하려는 기획을 의미한
다. 황종연, 「한국문학의 근대와 반근대」, 동국대 박사논문, 1992, 10면 참조.
15) 김상환은 김수영의 이러한 현재성을 "과거의 미래적 도착"으로 해석한다. 김상환,
『풍자와 해탈 혹은 사랑과 죽음』, 민음사, 2000, 16~20면 참조.
16) 남진우는 김수영 문학의 미적 근대성의 핵심이 '순간'의 시학이라고 주장한다. 그러
나 김수영에게 있어 모더니티의 문제는 현재의 문제로 환원될 수 없으며, '문화적 낙
후성'과 '속물성'에 의해 지배되는 현재적 상황을 극복한 후에 가능하다는 점에서 미
래의 문제이기도 하다. 남진우, 「미적 근대성과 순간의 시학 연구」, 중앙대 박사논문,
2000, 22~37면 참조.

아니 信用이라고 해도 된다
「선생님 이야기는 二十년 전 이야기이지요」
할 때마다 나는 그들의 나이를 찬찬히
소급해가면서 새로운 여유를 느낀다
새로운 역사라고 해도 좋다

이런 驚異는 나를 늙게 하는 동시에 젊게 한다
아니 늙게 하지도 젊게 하지도 않는다
이 다리 밑에서 엇갈리는 기차처럼
늙음과 젊음의 분간이 서지 않는다
다리는 이러한 停止의 증인이다
젊음과 늙음이 엇갈리는 순간
그러한 速力과 速力의 停頓 속에서
다리는 사랑을 배운다
정말 희한한 일이다
나는 이제 敵을 兄弟로 만드는 實證을
똑똑하게 천천히 보았으니까!

—「현대식 교량」 전문

　　인용시는 '과거'와 '현재', '전통'과 '모더니티' 사이의 긴장이 '사랑'의 비전으로 통합되는 과정을 보여준다. 이 시에서 '현대식 교량'은 '사랑'을 배우는 주체이자 동시에 과거와 현재, 전통과 근대가 만나는 매개체이다. 화자가 굳이 이 다리를 가리켜 '현대식 교량'이라고 말하는 까닭도 그것이 근대화의 산물이기 때문이다. 1연에서 화자는 이 '현대식 교량'을 일컬어 '죄 많은' 다리라고 말하는데, 그것은 3, 4행에 나타나듯이 "식민지의 곤충"들이 "자기의 다리"처럼 왕래하기 때문이다. 이 타자들의 활보가 다리를 '부자연스러운' 공간으로 만든다. 식민지의 곤충17)이 구체적으로 무엇을 가리키는지는 알 수 없으나, '다리'가 1960년

---

17) 식민지의 곤충은 외국인이거나 60년대 한국사회의 현실에 대해 무자각적인 태도로

대라는 시·공간 속에서 전통보다는 근대의 산물에 가깝다는 것, 일제 식민지의 경험과 유산을 고스란히 담고 있다는 것 등은 사실이다. 따라서 '나이 어린 사람들'로 대표되는 신세대에게 그곳은 일상적 공간이지만, 전통과 근대의 충돌로 인해 정체성의 혼란을 겪고 있는 화자에게 그곳은 타자의 공간이다. 이러한 타자의 공간을 건너가면서 화자가 느끼는 '회고주의'적 감정이란 그것을 무자각적으로 받아들이는 사람들에 대한 '반항'의 표현이다. 화자는 그곳이 결코 자신의 고유한 공간이 아님을 깨닫기 때문에 기계처럼 '심장'을 멈추는 것이다.

　그러나 2연에서 이러한 반항의 감정은 '여유'로 바뀌게 된다. 젊은이들의 화자에 대한 '사랑'과 '신용'으로 인해 1연에서의 '반항'은 '여유'와 '새로운 역사'로 변모된다. 새로운 역사는 '새로운' 역사인 동시에 새로운 '역사'이다. '새로움'이라는 언명 속에서 역사가 과거의 단순한 반복이 아니라 그것의 변형이라는 사실이 암시되어 있다. 이러한 깨달음으로 인해 과거는 '이미 아닌 현재' 속에서 벗어나 미래와 연결되며, 이때 과거와 미래의 계기성으로서 현재가 부각되는 것이다. 과거와 미래의 응축으로서의 순간, 이것이 3연에서 '순간'이라는 형태와 '정지의 증인'으로 표현된다. 이러한 시간성은 과거에서 현재를 거쳐 미래로 흘러가는 선조적인 근대적 시간 의식과는 사뭇 다른 것이다. 또한 이러한 시간 의식은 인공성의 절대적 영역을 건설하기 위해 자연을 배제시키는 모든 작용을 긍정한 보들레르, "선조들은 저주한다"라는 견자의 편지를 통해 전통에 대한 증오를 강화시킨 랭보 등과 구분되는 김수영의 근대성이다. 화자는 3연에서 '반항'이 '사랑'으로, '신용'으로, '새로운 역사'로 바뀌는 순간의 경험을 '경이'라고 표현한다. 이 시에서 이러한 순간의 현재적 의미가 중요한 까닭은 3연에서 보여지듯 모든 시간적 구성이 여기에서 기인하기 때문이다. 즉 현재에 의해 응축되는 과거와 미

살아가는 다수 대중일 수 있다. 또한 그것이 서구 문명의 대표, 즉 자동차를 의미하는 것일 수도 있다.

래는 "나를 늙게 하는 동시에 젊게 한다 / 아니 늙게 하지도 젊게 하지
도 않는다"는 구절에서처럼 모든 시간의 집약점이다. 다리는 결국 '젊
음과 늙음', '전통과 모더니티', '속도와 속도'가 '경향'이라는 자신만의
특성을 잃고 융합되는 지점을 상징한다. 사랑에 의한 이러한 융합이
'적'을 '형제'로 만든다. 그러나 「현대식 교량」이 보여주는 차이의 통합
을 정반합의 변증법적 과정으로 받아들여서는 곤란하다. 그것은 차라리
"합이 없는 대립자의 통일"이라는 벤야민의 "정지의 변증법"18)에 가깝
다. '사랑'의 통합적 방식은 '새로운 역사'에서처럼 변용으로서의 '새로
움'이기 때문이다.19)

> 나는 이사벨 버드 비숍女史와 연애하고 있다 그녀는
> 一八九三년에 조선을 처음 방문한 英國王立地學協會會員이다
> 그녀는 인경전의 종소리가 울리면 장안의
> 남자들이 모조리 사라지고 갑자기 부녀자의 世界로
> 화하는 劇的인 서울을 보았다 이 아름다운 시간에는
> 남자로서 거리를 無斷通行할 수 있는 것은 교군꾼,
> 내시, 外國人의 종놈, 官吏들 뿐이었다 그리고
> 深夜에는 여자는 사라지고 남자가 다시 오입을 하러
> 闊步하고 나선다고 이런 奇異한 習慣을 가진 나라를
> 세계 다른 곳에서는 본 일이 없다고
> 天下를 호령한 閔妃는 한번도 장안外出을 하지 못했다고……

---

18) 페터 지마, 허창운 역, 『문예미학』, 을유문화사, 1993, 162면.
19) 김수영에게 새로움이란 기교나 언어의 문제가 아니라 인식의 새로움이다. 산문 「시
    적 인식과 새로움」에 등장하는 다음과 같은 구절에서 잘 드러난다. "시적 인식이란 새
    로운 진실(즉 새로운 리얼리티)의 발견이며 사물을 보는 새로운 눈과 각도의 발견이다.
    (…중략…) 시에 있어서 인식적 시의 여부를 정하려면 우선 간단한 방법이, 거기에 새
    로운 것이 있느냐 없느냐, 새로운 것이 있으면 어떤 모양의 새로운 것이냐부터 보아야
    할 것이다. 인식은 본질적으로 새로운 것이다. 나는 이 말을 백 번, 천 번, 만 번이라도
    되풀이해 말하고 싶다."

傳統은 아무리 더러운 傳統이라도 좋다 나는 光化門
네거리에서 시구문의 진창을 연상하고 寅煥네
처갓집 옆의 지금은 埋立한 개울에서 아낙네들이
양잿물 솥에 불을 지피며 빨래하던 시절을 생각하고
이 우울한 시대를 패러다이스처럼 생각한다

버드 비숍女史를 안 뒤부터는 썩어빠진 대한민국이
괴롭지 않다 오히려 황송하다 歷史는 아무리
더러운 歷史라도 좋다
진창은 아무리 더러운 진창이라도 좋다
나에게 놋주발보다도 더 쩅쩅 울리는 追憶이
있는 한 人間은 영원하고 사랑도 그렇다

비숍女史와 연애를 하고 있는 동안에는 進步主義者와
社會主義者는 네에미 씹이다 統一도 中立도 개좆이다
隱密도 深奧도 學究도 體面도 因習도 治安局
으로 가라 東洋拓植會社, 日本領事館, 大韓民國官吏,
아이스크림은 미국놈 좆대강이나 빨아라 그러나
요강, 망건, 장죽, 種苗商, 장전, 구리개 약방, 신전,
피혁점, 곰보, 애꾸, 애 못 낳는 여자, 無識쟁이,
이 모든 無數한 反動이 좋다
이 땅에 발을 붙이기 위해서는
─第三人道教의 물속에 박은 鐵筋기둥도 내가 내 땅에
박는 거대한 뿌리에 비하면 좀벌레의 솜털
내가 내 땅에 박는 거대한 뿌리에 비하면

怪奇映畵의 맘모스를 연상시키는
까치도 까마귀도 응접을 못하는 시꺼먼 가지를 가진
나도 감히 想像을 못하는 거대한 거대한 뿌리에 비하면……
─「거대한 뿌리」 부분

변용으로서의 새로운 역사는 인용시에서처럼 "요강, 망건, 장죽, 種苗商, 장전, 구리개 약방, 신전, 피혁점, 곰보, 애꾸, 애 못 낳는 여자, 無識쟁이" 등 '반동'의 계보학을 형성한다. '반동'이란 일차적으로 '곰보'와 '무식쟁이'처럼 사회적으로 억압받고 배제되는 타자들이며, 나아가 '사회학'적으로 혹은 '실생활'과 '의학상'에서 쇠퇴해 가는 사어(死語)들을 가리킨다. 산문 「가장 아름다운 우리말 열 개」에서 김수영은 이러한 사어가 사라져 가는 "순수한 우리말"임을 강조하는 한편 이 사어들이 자신의 유년과 관계되어 있음을 밝히고 있다. 그러나 그의 사어에 대한 애정이 '회고미학'이나 '민족주의'와 등치되는 것은 아니다. 그에 의하면 아름다운 우리말이란 "진정한 시의 테두리 속에서 살아있는 낱말들"이며, 따라서 그것이 반드시 '순수한 우리 고유의 낱말'이 되어야 할 이유는 없다. 오히려 그것은 '제3인도교'처럼 당대 민중의 현재적 삶 속에 뿌리내리는 언어와 가깝다. 6연에 등장하는 '제3인도교'가 그의 실수로 인해 잘못 표기되었다는 사실은 널리 알려져 있다. 그러나 그는 굳이 '제3인도교'라는 '진공의 언어' 속에서 '현대성'의 순수성, 즉 '냉혹한 영원성'을 모색한다.

'비숍' 여사에 의해 발견된 조선적 현실은 서구적 근대성의 한국적 변용을 의미한다. 이 서구적 근대성의 한국적 변용이야말로 김수영 문학을 관통하는 문제의식 중의 하나이다. 특이한 사실은 전통과 역사에 대한 발견이 타자인 비숍 여사에 의해 행해졌다는 것인데, 이는 곧 김수영이 주장한 근대성이 서구적 근대성과 전통의 절충이 아니라는 사실을 말해준다. 민족주의 담론에서 흔히 전통은 고유의 내적 계기와 배타적 규정성으로 정의된다. 대부분의 경우 전통에 관한 논의들이 민족주의와 밀접한 관련을 지니는 까닭 역시 이러한 배타적 자기 동일성 때문이다.20) 그러나 인용시에 등장하는 전통이란 외부의 시선을 통해 들

---

20) 전통과 민족주의의 관계에 대해서는 한수영, 「근대문학에서의 '전통' 인식」, 문학과 사상연구회, 『20세기 한국문학의 반성과 쟁점』, 소명출판, 1999, 172~176면 참조.

여다본 내부이며, 따라서 그것은 내부와 외부로 환원되지 않는 제3의 시·공간이다. 근대성에 대한 이러한 인식론적 통찰이야말로 "역사의식의 跛行을 누구보다도 먼저 시정해야 할" 지성으로서의 시인의 통찰이자 역사의식을 보여주는 부분이다. 그는 이미 「광야」에서 "이제 나는 曠野에 드러누워도 / 時代에 뒤떨어지지 않는 나를 發見하였다······ 이제 나는 광야에 드러누워도 / 공동의 운명을 들을 수 있다"는 진술을 통해 '전통'과 '현대' 사이의 새로운 관계성을 깨달았음을 암시하고 있다. '전통'과 '현대' 사이의 이 새로운 관계성이 「거대한 뿌리」에서 '현대성'으로 표상되며, 또한 이 '현대성'이 전통은 물론 반동에 대한 새로운 긍정을 이끌어 낸다. 그것은 4연에서 "전통은 아무리 더러운 전통이라도 좋다"와 "역사는 아무리 더러운 역사라도 좋다"로, 5연에서 "이 모든 무수한 반동이 좋다"로 각각 반복된다. 그러나 '전통'과 '역사'에 대한 '좋다'의 긍정성이 민족주의에 대한 긍정은 아니다. 그의 지적처럼 민족주의가 수도 서울의 근대적 비전이 될 수는 없기 때문이다.21) 마찬가지로 그는 서구적 근대성의 원형을 한국의 '현대성'으로 받아들이지 않는다. 「비」에 등장하는 "瞬間이 瞬間을 죽이는 것이 現代 / 現代가 現代를 죽이는 「종교」 / 現代의 종교는 「出發」에서 죽는 榮譽"라는 진술이나 작가 유정에게 보내는 서한 속의 "요즘 스피드와 빈곤에 대해서 생각하고 있어요. 스피드＝욕망＝양의 존중＝김수영이 고집하는 質의 향상의 不俱戴天之仇"라는 구절은 속도와 일시성, 양을 유일한 가치로 받아들이는 서구적 근대성에 대한 탁월한 성찰이자 비판이다.

　　김수영은 언어의 변화를 이끄는 것은 삶의 변화라고 인식했다. 이 상

---

21) "우리들의 실생활이나 문화의 밑바닥의 정밀경(精密鏡)으로 보면 민족주의는 문화에는 적용되어서는 아니된다. 언어의 변화는 생활의 변화요, 그 생활은 민중의 생활을 말하는 것이다. 민중의 생활이 바뀌면 자연히 언어가 바뀐다. 전자가 주(主)요, 후자가 종(從)이다. 민족주의를 문화에 독단적으로 적용하려고 드는 것은, 종을 가지고 주를 바꾸어보려는 우둔한 소행이다. 주를 바꾸려면 더 큰 주로 발동해야 한다." 김수영, 「가장 아름다운 우리말 열 개」, 『전집』 2, 민음사, 1981, 282면.

식적인 지적을 통해, 그는 당시의 시들이 보여주는 회고적 취향과 민족주의적 경향을 비판한다. 과거의 언어들을 마치 현재의 언어인 양 취급하는 그들의 태도 속에는 60년대 한국인의 삶이 그 이전의 전통을 동일하게 반복하고 있다는 믿음이 내재되어 있다. 김수영이 주장했듯이, 그러한 민족주의가 시로 표현될 때 그것은 시를 재래의 서정과 감상이라는 협소한 틀 속에 고착시키는 결과를 불러온다. 김수영은 〈현대시〉 동인으로 대표되는 당대의 모더니스트들이 보여준 무국적성의 근대성은 물론 '서정'과 '감상'을 주조로 하는 민족주의적 경향의 시들을 모두 비판했다. 그리고 이러한 비판은 앞서 밝혔듯이 그것들의 절충이 아닌, 전통의 변용을 통해 냉혹한 영원성으로서의 '현대성'을 발견에로 귀착된다. 따라서 이 시에 등장하는 '거대한 뿌리'란 그의 현대성에 대한 모색은 물론 실존론적 위기감을 상쇄하고 극복하는 계기로서의 '전통'이자 '역사'이며, 또한 그것은 언제나 변용의 대상으로서의 '전통'이자 '역사'를 의미한다.

5. 근대성과 근대의 극복

김수영의 문학은 1950~60년대 한국사회를 배경으로 한 근대성에 대한 새로운 인식을 보여준다. 그의 근대성에 대한 인식은 실존론적인 차원에서 '나'의 문제로 제기되었으며, 특히 초기시에 나타난 '설움'과 '죽음'의 이미지는 근대와 전통 사이에 가로놓인 거대한 단절의 경험에서 기인하는 것이었다. 이후 설움과 죽음의 감정은 '양심'과 '윤리'의 지성적인 미적 근대성에 의해 극복되는데, 그 결과 후기시에 이르러 전통과 근대는 전혀 다른 문제의식 속에서 통합된다. 그것은 서구적 근대성과 한국적 전통 그 어느 것으로도 환원되지 않는 새로운 인식론적 가치로서의 근대성이며, 그는 이것이야말로 "서구가 아닌 된장찌개를 먹는 동양의 후진국으로서의 역사의식을 체득한" 지성, 즉 시인이 고민해야 할 문제라고 생각했다.

김수영 문학의 전반적인 특성은 산문 「시작 노우트」에 나타나는 다음의 구절에서 단적으로 드러난다. "갱생=변모=생리의 변경(자기개조)=힘=생=자의식의 괴멸=애정" 그에게 있어서 '지성'의 문제는 윤리와 양심의 문제의식이 보여주듯이 '개인'의 문제였다. 이는 또한 '갱생'과 '변모', '생리의 변경'에서처럼 근대적 주체로서의 개인이 역사의식을 전제로 한 상태에서 체득하고 감당해야 할 자기 '삶(생)'의 문제이기도 하였다. 결국 그것은 '애정'의 문제로 귀결되는데, 그의 후기시가 보여주는 '사랑'에의 집착이야말로 그가 발견한 낙후된 도시 서울의 근대적 비전이었다.

그는 근대성을 서구적 근대화와 동일한 것으로 간주하지 않았다. 주지하듯이 그는 서구적 근대성의 가치들, 가령 산업화와 자본주의, 양과 속도 등을 유일한 척도로 내세우는 자본주의적 근대성에서 극도의 혐오감을 느꼈다. 오히려 그에게 근대성이란 '현재'에 내속하는 과거와 미래라는 하이데거 철학의 시간 의식과 관련된다. 이 현재의 의미는 그의 문학에서 두 가지 방식으로 대별되는데 그 하나는 양심과 윤리에서처럼 실존론적인 결단의 순간으로 드러난다. 다른 하나는 '자유'와 '사랑'의 가치들과 관련된다. 그는 비서구적 전통과 역사의식을 지닌 1960년의 한국사회가 지향해야 할 가치로서 자유와 사랑을 내세운다. 그러나 이러한 가치들이 두께를 지닌 현재로서의 '현실' 위에서 모색되는 것이라고 하더라도 그 완성은 어디까지나 미래적인 문제였다. 그것은 어쩌면 영영 도달할 수 없는 불가능한 미래였는지도 모른다. 그 불가능한 미래 속에서 그는 '냉혹한 영원성'으로서의 미적 근대성을 발견하고자 했다.

제2장

모더니즘의 초극과 동양 인식

김기림의 30년대 중반 이후 비평을 중심으로

1. 들어가며

1933년에 등장한 〈구인회〉의 모더니즘은 카프의 계급문학과 더불어 조선의 문학이 '근대'를 경험하는 하나의 방식이었다. 구인회의 멤버 중에서도, 특히 김기림은 모더니즘을 가장 의식적인 차원에서 지향하고 수용한 시인이자 비평가이다. 1930년대 후반, 이른바 서구적 '근대'의 종언에 대한 문명사적인 진단과 역사철학적 담론이 지배적 위치를 차지하기 이전까지, 그는 서구의 근대를 충실히 모방하고 수용한, 나아가 그것이 보편적 근대의 모습이라고 생각한 세계주의자의 한 사람이었다. 1930년대 후반에서 40년대 초반에 발표한 평문들이 서구적 근대에 대한 새로운 시각을 견지하고 있음에도 불구하고, 그의 문학이 항상 모더니즘의 맥락에서 언급되는 것도 이러한 사정과 무관하지 않은 듯하다. 본 연구는

1930년대 후반에서 40년대 초반, 김기림이 발표한 평론과 수필에 나타난 '근대'와 '동양'에 대한 인식의 변모가 당시 유행했던 '동양주의'나 '근대의 초극'이라는 논리와 어떤 상관성을 지니는가에 대해서 살펴보려 한다. 주요 연구 대상은 「모더니즘의 역사적 위치」(39.10), 「산」(39.2), 「동양의 미덕」(39.9), 「조선문학에의 반성(우리 신문학과 근대의식)」(40.10), 「동양에 관한 단장」(41.4) 등이다. 세계 공황(1929), 만주사변(1931)과 나치즘의 등장(1933)으로 시작되어 중일전쟁(1937)과 태평양전쟁(1942)으로 귀결되는 이 시기는 일본 군국주의의 지배가 파시즘적 성향으로 치달았던 시기이며, 이에 따라 많은 문인들이 '친일'로 급격하게 경사되던 때였다. 연이은 전쟁과 서구의 몰락, 그리고 일본의 급부상이라는 객관적 정세는 일본은 물론 조선의 지식인들에게도 '위기'의 감각으로 다가왔다. "현대는 역사의 전형기라 말한다. 전형기란 말 그대로 커다란 위기이다"[1]라는 서인식의 진단처럼, 1차 세계대전과 세계 공황은 서구의 보편적 근대가 붕괴되고 있다는 느낌을 주기에 충분했으며, 일본과 조선의 지식인들은 이러한 위기론에 근거해 근대에 대한 총체적 비판과 새로운 세계의 지도 원리를 모색해야 한다는 '세계사적 임무'를 스스로에게 부과했다. 고야마 이와오의 "세계사의 철학"이란 메이지유신 이후 '세계사' 속으로 편입되어 보편적인 '문명'의 수용자가 되기를 갈망했던 일본이 '세계사' 속에서 자기를 표상하는 한 방식이었다.

 1937년 중일전쟁 이후, 일제의 식민지 통치는 더욱 강화되었는데, 이를 계기로 많은 지식인들이 '친일'에로 경사되었다. 물론 '친일'의 문제는 일제의 강압과 회유라는 정황적 증거만으로 설명될 수 없다. 1937년 중일전쟁을 계기로 근대화의 논리에 이끌려 친일로 나아간 사람들과, 1940년대 초반 근대의 초극이라는 논리에 근거해 신체제론에 대해 옹호한 사람들에게는 강압이나 회유 이상의 '논리'와 '사상'이 있었다. 같

---

1) 서인식, 『역사와 문화』, 학예사, 1939, 223면.

은 시기 김기림 비평 역시 이러한 '논리'에 근거해서 이해할 필요가 있
다. 최근 김재용은 「동시성의 비동시성과 침묵의 저항」이라는 글에서
김기림이 "식민지"라는 조선의 특수성을 놓치지 않았으며, 그로 인해
구미의 근대와는 다른 자신의 근대를 자각하고, 나아가 구미의 근대와
그것을 반복한 일본의 근대를 동시적으로 응시함으로써 식민주의에 함
몰되지 않을 수 있었다고 평가했다.[2] 그러나 서구적 근대를 보편적 모
델로 간주했던 30년대 초반의 김기림에게 '식민지'에 대한 자각이 얼마
나 강했는지는 의문이다. 주지하듯이, 그는 18세에 일본으로 건너가 그
곳에서 영문학을 공부했으며, 1925년부터 1939년까지 사이에 그가 조선
에 머물렀던 시기는 불과 5~6년에 지나지 않는다. 이는 그의 근대 인식
이 식민지라는 조선의 특수성보다는 당시 일본에 의해 수입된 서구적
보편으로서의 근대에 머물렀을 가능성이 농후하다는 것을 말해준다.
1939년 이후 김기림이 발표한 글들이 흥미로운 것도 이 때문이다. 선행
연구들에 의하면, 동의든 강제든 그가 구체적인 친일·부일을 했다는
증거는 없다. 그럼에도 불구하고 그의 평문들은 1930년대 후반 당시 역
사철학적 담론을 근거로 친일의 논리를 재생산해 온 일군의 지식인들,
그리고 자발적 동의와 타율적 강제에 의해 친일의 논리를 반복한 문인
들의 내적 논리와 놀라울 정도의 유사성을 보인다. 본고는 30년대 후반
이후에 발표된 김기림의 평문들이 지속적으로 타자(일본)의 시선에 의해
'근대'를 포착하고 있으며, 그러한 분열의 경험이 40년 이후 그를 침묵
으로 몰아간 것은 아닐까라는 가설에서 출발한다.

---

2) 김재용, 『협력과 저항』, 소명출판, 2004, 207~210면.

2. 모더니즘의 결산과 근대의 초극

김기림의 모더니즘은 세기 말의 "센티멘탈·로맨티시즘"과 카프의 "편내용주의"에 대한 이중의 부정에서 시작되었다. 그는 모더니즘이 "문명 속에서" 자라난 "문명의 아들"이자 "도회의 아들"이라고 주장했다. "조선에서는 모더니스트들에 이르러 비로소 20세기의 문학은 의식적으로 추구되었다"3)라는 진술에서 확인되듯, 그에게 "20세기의 문학"과 "모더니즘"과 "근대 문학"은 사실상 같은 것으로 인식되었다. 물론 일제 강점기 대부분의 지식인들이 그랬듯이, '모더니즘'이나 '근대' 혹은 '문명'에 대한 그의 이해는 일본이라는 대타자의 영향권 하에 놓여 있었다. 〈구인회〉로 대표되는 1930년대의 모더니즘 문학 역시 유럽이 아닌, 일본으로부터 수입된 '박래품'이었다. 김기림의 문학과 그 변화 과정을 이해하기 위해서는 먼저 그의 삶의 여정에 관한 간략한 고찰이 필요하다. 1908년 함북 함성군에서 태어난 그는 1925년(18세)에 일본으로 건너가 1929년(22세)에 귀국하기까지 동경 입교(立敎)중학과 일본대학에서 수학했다. 1930년 대학 졸업과 동시에 귀국하여 『조선일보』에 취직하지만, 1936년(29세) 다시 동북제대 법문학부로 두 번째 유학을 떠나 『조선일보』에 복직하게 되는 1939년까지 거기서 머무른다. 그리고 1940년 『조선일보』가 폐간되자 8월 귀향하여 고향 가까운 곳에서 교사생활을 했다. 이처럼 그는 젊은 시절의 대부분을 일본에서 보냈으며, 특히 만주사변(1931)과 중일전쟁(1937) 같은 역사적 사건을 그곳에서 경험했다.

김기림의 모더니즘 문학론은 '전통'에 대한 강한 반발에서 시작되었다. 그가 주장한 이른바 '과학적 시학'이란 근대 과학의 분석적 방법을 문학에 적용함으로써 문학을 '과학의 대상'으로 취급하려는 시도였다.

---

3) 김기림, 「모더니즘의 역사적 위치」, 『김기림 전집 2』, 심설당, 1988, 56면. 이하에서는 전집을 인용할 경우 전집의 권수와 페이지만을 명기함.

40년대 초반에 이르러 '모더니즘'에 대한 비판적 태도가 전면화 될 때 조차 그는 '과학'이라는 관념을 버리지는 않았다. 이처럼 '과학'이 근대의 핵심적 척도로 등장할 때, '동양'의 위치는 의심의 대상으로 전락할 수밖에 없다. 그는 조선의 근대화가 더디고 기형적으로 진행되는 것은 봉건적·유교적 구사상이 사회에 독소처럼 퍼져있기 때문이며, 따라서 모더니즘으로 대표되는 과학적 시학은 "동양적 부동성에 반역하는 창조적 정신"이 되어야 한다고 주장했다. 또한 동양적·구세대적 글쓰기가 '감정'에 의존하는 것이었다면, 모더니즘·신세대의 글쓰기는 '지성'을 바탕으로 이성에 의해 '제작'되는 문학이어야 한다고 주장했다. 그는 조선의 근대적 특수성을 간과한 채 근대성을 보편적인 세계주의의 현실로 확대시키는 한편 그 위에 문명비판을 세우는 것이 지성의 역할임을 굳게 믿었다. 결국 전통에 대한 강한 부정과 혐오는 전통과 근대, 자연과 과학, 감상과 지성이라는 이항대립의 체계를 바탕으로 창작에서 지성적인 의식의 작용이 필수적임을 역설하는 데로 나아갔다.

"새로운 시"를 써야 한다고 주장했던 그는 1939년 10월 『인문평론』에 발표된 「모더니즘의 역사적 위치」에서 돌연 "영구한 모더니즘이란 듣기만 해도 몸서리치는 말이다"라는 말로 "모더니즘 결산서"를 제출한다. "모더니즘의 역사적 위치에 대한 물음"이라는 문제의식에서 기술된 이 글에서 김기림은 '모더니즘'을 "역사적 필연성과 발전"의 과정에서 생겨난 산물로 이해할 것을 주장함으로써 그것을 하나의 과정으로 평가절하 한다. 모더니즘은 근대문학과 동일한 의미가 아니라, 다만 그것의 한 과정일 뿐이라는 것이다. 모더니즘에 대한 이러한 이해가 〈구인회〉 결성 당시부터 지속된 것이었는지, 아니면 30년대 후반의 역사적 현실 때문에 바뀌었는지는 명확하지 않다. 그러나 39년 이전에 발표된 여러 평문들을 살펴볼 때, 김기림에게 모더니즘이란 대개 근대문학과 동일한 의미로 사용되었다고 할 수 있다. 김기림이 「모더니즘의 역사적 위치」에서 모더니즘의 '결산'을 주장하는 근거는 30년대 중반에 이르러 모더니즘이 위기에 봉착했다는 판단 때문이다. "「모더니즘」은 30년대 중쯤에 와서 한 위기에 다닥쳤다"는 인식이 바로 그것이다. 그러나 김 기림이 모더니즘의 위기라고 주장한 1930년대 중반은 이상의 「날개」와 「지주회시」, 박태원의 「천변풍경」 등이 발표된 모더니즘의 전성기이기 도 했다.4) 김기림이 30년대 중반을 모더니즘의 위기라고 진단하는 근거 는 크게 두 가지이다.5) 하나는 모더니즘이 중요한 가치로 옹호했던 "말 의 중시"가 "기교주의적 말초화"를 초래했다6)는 것이며, 다른 하나는 "명랑한 전망 아래 감수하던 오늘의 문명이 점점 심각하게 어두워가고 이지러"졌다는 것이다. 전자가 문학 내적인 원인이라면, 후자는 문학 외 적인 역사적 맥락에서 도출된 근거에 해당한다. 그는 모더니즘의 위기 를 극복하기 위해서는 "시를 기교주의적 말초화에서 끌어"내는 한편, "문명에 대한 시적 감수에서 비판"에로 방향을 돌려놓아야 한다고 주장 한다. 그가 이러한 문제의 해결책으로 제시한 대안이 바로 "경향파와 모더니즘의 종합"이다.

> 조선에 있어서의 지금까지의 신문화의 「코스」를 한 마디로 요약한다면 그
> 것은 「근대」의 추구였다. 따라서 이른바 신문학의 발생 당초의 그 성격은 서
> 양에 있어서의 「르네상스」와 부합되는 점이 많다. 그도 그럴 것이 「르네상스」
> 는 근대정신의 발상이었고 「근대」를 추구하는 후진사회가 우선 「르네상스」의
> 정신과 방법을 채용한 것은 극히 자연스러운 일이었다. …… 그러나 당장의
> 문제는 그런 데만 있는 것이 아니다. 실은 엉뚱한 딴 곳에서 튕겨져나왔다. 그
> 것은 이것이다. 우리가 개화당초부터 그렇게 열심으로 추구해오던 「근대」라는

---

4) 서준섭, 『모더니즘 문학연구』, 일지사, 1988, 234면 참조.

5) "그것은 안으로는 〈모더니즘〉의 말의 중시가 이윽고 그 말류의 손으로 언어의 말초
화로 타락되어가는 경향이 어느새 발현되었고, 밖으로는 그들이 명랑한 전망 아래 감
수하던 오늘의 문명이 점점 심각하게 어두워가고 이지러가는 데 대한 그들의 시적 태
도의 재정비를 필요로 함에 이른 때문이다. 이에 시를 기교주의적 말초화에서 다시 끌
어내고 또 문명에 대한 시적 감수에서 비판에로 태도를 바로잡아야 했다." 『전집』 2,
57면.

6) 김기림, 「시에 있어서의 기교주의의 반성과 전망」, 『조선일보』, 1935.2.14.

것이 그 자체가 한 막다른 골목에 부딪쳤다는 것이 바로 그 일이다. 그리하여 「르네상스」 이래 오늘까지도 근대사회를 꿰뚫고 내려오던 지도 원리는 그것에서 연역할 수 있는 모든 답안을 남김없이 끄집어 내놓아 보였다. 그래서 얻은 최후의 해답이라는 것이 결국은 근대라는 것은 이 이상 발 하나 옮겨 놓을 수 없는 상태에 다달았다는 심각한 인상이다. 「파리」의 낙성으로써 가장 상징적으로 표현된 곤혹이 바로 그것이다. 일찌기 이원조씨는 우리 논단의 원리의 상실을 통탄하였다. 원리의 상실이란 다름아닌 사상의 상실이라고 하면 오늘 남은 것은 사유만의 형해라는 것이 우리 자신의 속임없는 소묘일 것이다. 최근 10년간 우리가 끌어들인 여러가지 사상 「모더니즘」·「휴머니즘」·「행동주의」·「주지주의」 등등은 어찌 보면 전후 구라파의 하잘 것 없는 신음 소리였으며 「근대」 그것의 말기적 경련이나 아니었던가.

김기림이 1940년 10월 『인문평론』에 발표한 「조선문학에의 반성」은 그가 『조선일보』 강제폐간 후 고향으로 돌아가기 직전에 씌어진 평문이다. 이 글에서 그는 조선의 신문화가 밟아온 '코스'를 "근대의 추구"로 요약한다. 여기에서 우선 주목할 사실은 그가 '근대'를 르네상스적 전통에 국한시켜 인식하고 있다는 점이다. "근대시민사회의 이데올로기로서의 근대정신의 발아"를 의미하는 르네상스의 정신이 세계와 인간을 발견했으며, 그것이 계몽주의 시기를 거치면서 '이성'에 의해 절대화되었다는 것이다. 사실, '근대'의 출발점을 르네상스에서 찾는 발상은 30~40년대 지식인들이 공유하고 있던 보편적 감각이었다고 해도 과언이 아니다.[7] '근대'의 기원을 르네상스에서 찾는 이러한 인식틀은 1942년 7월 일본의 잡지 『문학계』가 주도했던 「지적협력회의—근대의 초극」에서 스즈키 시게타카(鈴木成高)에 의해 재검토되지만, 커다란 반향을 일으키지는 못한 것처럼 보인다. 그는 '유럽적 근대'가 프랑스 혁명에서 출발하며, "정치상으로 데모크라시, 사상상으로 리버럴리즘, 경제상으로는

---

7) 그것은 비슷한 시기에 발표된 김남천의 「소설의 장래와 인간성문제」(『춘추』, 1941.3)나 임화의 「휴매니즘 논쟁의 총결산—현대문학과 휴매니티의 문제」(『조광』, 조선일보사, 1938.4)에서도 거의 동일하게 반복된다.

자본주의가 되며, 그런 것들이 19세기를 대표할 수 있다”고 주장했다.8)
‘근대’를 민주주의·자유주의·자본주의로 요약하는 스즈키의 논리는,
근대를 개인주의·자유주의·민주주의로 설명하는 김기림의 이해와 매
우 닮았다. ‘근대’의 기원과 본질을 무엇에서 찾는가는 당시의 역사적
상황에서는 매우 중요한 문제였다. 그것은 일본의 ‘동아협동체’과 ‘동아
연맹체’가 표면적으로 내세운 논리가 ‘근대의 초극’이었으며, 따라서 무
엇을 ‘근대’로 설정하느냐에 따라 초극의 방향이나 전략이 달라질 수밖
에 없기 때문이다.

　다음으로 「조선문학에의 반성」에서 주목할 사실은 김기림이 ‘근대’
를 ‘선진 / 후진’이라는 시간적 문제로 파악하고 있다는 점이다. 1930년
대 중반까지 김기림에게 ‘근대’는 서구적 보편으로서의 근대와 동일한
것이었다. 그러나 30년대 후반을 거치면서, 특히 제1차 세계대전과 ‘파
리의 낙성’이라는 세계사적 사건을 목도하면서 그러한 인식은 서서히
사라진다. 당시의 일본의 지식인들이, 그리고 조선의 지식인들이 그랬
듯이 서구 문명의 몰락이라는 징후는 “근대라는 것은 이 이상 발 하나
옮겨 놓을 수 없는 상태에 다달”했다는 근대의 파산선고로 인식되고,
다시 그것은 “종점에서는 선후의 구별 없이 한데 모여 서게 되는 것이
고 동시에 새로운 출발점에서는 한 열에 설 수 있”다는 자신만만한 확
신으로 연결되었다. 이처럼 이 시기 김기림의 평문에서 확인되는 근대
에 대한 인식은 일본 지식인들의 그것과 닮아 있다. 이 시기 서구의 몰
락이라는 역사적 경험과 서구의 극복, 즉 근대의 초극이라는 문제의식
은 하위주체인 식민지 지식들의 실감이라기보다는 서양과의 최종 전쟁
이 임박했다고 생각했던 일본에 가까운 것이었다.

　그렇다면 적극적인, 혹은 자발적인 동의에 근거한 친일문학자가 아
니었던 김기림에게서 왜 이런 시선이 발견되는 것일까? 그것은 일차적

---

8) 이경훈 역, 「근대의 초극 좌담회」, 『다시 읽는 역사문학』(한국문학연구회 편), 평민
　사, 1995, 219~221면 참조.

으로 김기림이 '근대'는 물론 '서구의 몰락'이라는 사건조차 '일본'을 매개로 삼아 경험했기 때문인 듯하다. 당시 일본과 조선의 지식인들에게 서구의 몰락이라는 역사철학적 경향은 1차 대전이라는 전쟁과 서구 근대의 상징이었던 파리의 함락 같은 세계사적 사건에서 촉발된 것이었다. 이런 의미에서 중일전쟁 직후에 상당수의 문인들이 이른바 친일의 길로 접어들었다는 것은 주목할 필요가 있다. 놓치지 말아야 할 점은 일본과 조선의 지식인들이 주장한 '역사철학적 경향'이라는 것이 영·미를 정점으로 하는 '서양'의 보편이 일본의 또 다른 이름인 '동양'으로 이동하는 것을 의미한다는 사실이다. "여기서 문제가 되는 것은 단순히 극동만이 아니라 서양에 대한 동양이다. 바꿔 말하면 그리스·로마문화에 뿌리를 둔 유럽문화권 국가에 대비되는 동양이다. 그것은 대체로 아시아에 해당한다고 할 수 있다. 아시아라고 하면 말할 나위도 없이 구세계의 북동부를 지칭한다."9) 특히, 김기림에게 있어서 '서양의 몰락'이라는 경험은 '모더니즘'에 대한 입장의 변화를 가져온다는 점에서 특히 중요하다고 할 수 있다. 인용문의 마지막에 등장하듯이, 그는 '서구의 몰락'과 '근대의 초극'을 통해 모더니즘을 한낱 "구라파의 하잘것 없는 신음소리"로 여기게 되었다. 1930년대 초반 "주지적 시는 졸렌의 세계다 (…중략…) 시는 나뭇잎이 피는 것처럼 물이 흐르는 것처럼 자연스럽게 쓰여져서는 안 된다. 피는 나뭇잎, 흐르는 시냇물을 지배하는 것은 자연의 법칙이다. 가치의 법칙은 아니다. 시는 우선 지어지는 것이다"10)에서 확인되듯이, '지성'을 중심으로 한 주지적인 모더니즘을 추구하던 그가 30년대 후반에 이르면 모더니즘을 조선문학이 거쳐야 하는 하나의 과정으로 평가절하한다.

　사실 오늘에 와서 이 이상 우리가 「근대」 또는 그것의 지역적 구현인 서양

---

9) 고야스 노부쿠니, 이승연 역, 『동아 대동아 동아시아』, 역사비평사, 2005, 114~115면.
10) 「감상에의 반역」, 『전집』 2, 79면.

을 추구한다는 것은 아무리 보아도 우스워졌다. 「유토피아」는 뒤집어진 셈이
되었다. 구라파 자체도 또 그것을 추구하던 후열의 제국도 지금에 와서는 동
등한 공허와 동요와 고민을 가지고 「근대」의 파산이라는 의외의 국면에 소집
된 셈이다.
　벌써 한 지역만을 요리할 수 있는 원리의 성공이라는 것은 가망이 없다. 그
것은 조만간 세계적 규모에서 시련을 이기고 승리를 증명하기까지는 오늘의
원리라고 불리워질 수가 없다. 이런 의미에서 우리는 오늘을 단순한 서양사의
전환이라고 부르지 않고 보다 더 함축있는 의미에서 세계사의 전환이라고 형
용한다. 또 원리의 발견이라는 세계사적 계기는 반드시 구라파만의 당면한 특
권이 아니다. 왜 그러냐 하면 종점에서는 선후의 구별없이 한데 모여서게 되
는 것이고 동시에 새로운 출발점에서는 한 열에 설 수 있기 때문이다. 우리의
초조와 흥분은 실로 여기 유래하는 것이다.

　앞서 지적했듯이, 모더니즘의 영향권 내에서 김기림은 ‘근대’의 문제
를 시간의 선/후관계로 파악했다. 그러나 이제 ‘근대’의 문제는, “「근대」,
또는 그것의 지역적 구현인 서양”에서 확인되듯 공간의 문제로 전환된
다. 근대의 문제를, 혹은 보편의 문제를 시간의 축에서 공간의 축으로
옮겨놓는 이러한 인식의 전환은 일본 제국주의가 내세운 ‘동양주의’와
‘근대의 초극’, 그리고 ‘동아협동체’ 등의 논리를 이해하는 데 있어서
결정적이다. 인용문에서 김기림은 ‘근대’의 문제를 공간의 축으로 옮겨
놓음으로써 서구의 근대를 “우스워졌다”라고 평가한다. 이런 맥락에서
본다면 “「유토피아」는 뒤집어진 셈이 되었다. 구라파 자체도 또 그것을
추구하던 후열의 제국도 지금에 와서는 동등한 공허와 동요와 고민을
가지고 「근대」의 파산이라는 의외의 국면에 소집된 셈이다”라는 부분
이 갖는 상징적 의미는 크다고 할 수 있다. ‘전도된 유토피아’의 의미가
서구의 몰락을 의미하는지, 아니면 거기에서 촉발된 새로운 보편으로서
의 동양주의를 의미하는지는 명확하지 않다. 다만, 일본의 ‘동양주의’가
서구의 근대/문명을 비판하고 동양적 정체성을 새로운 보편으로 설정

하는 과정, 즉 근대를 시간의 축에서 공간의 축으로 이동시키는 태도와 김기림의 인식이 거의 일치한다는 것을 확인할 수 있다. 그것은 이어지는 문장, 즉 "벌써 한 지역만을 요리할 수 있는 원리의 성공이라는 것은 가망이 없다. 그것은 조만간 세계적 규모에서 시련을 이기고 승리를 증명하기까지는 오늘의 원리라고 불리워질 수가 없다"에서 보다 명확하게 드러난다.

보편적 근대를 의미하던 '서양'은 이제 "한 지역"의 보편성, 다시 말해 특수성으로 전락한다. 그러나 이러한 논리적 인식이 곧바로 세계사적 보편으로서의 '동양'으로 연결될 수는 없다. 서구의 보편성 상실이 동양의 보편성을 의미하는 것은 아니기 때문이다. 일본의 지식인들은 '유럽세계사'의 일원적 지배를 해체하기 위해 '다원주의'11)와 '동양적 특수성'12)라는 논리를 사용하는데, 그것은 어느 순간 '세계사적 의미'13)를 지니면서 '보편성'의 획득하게 된다. 김기림은 서구의 몰락, 다시 말해 유럽의 보편성이 상실되는 것을 "서양사의 전환"이 아니라 "세계사의 전환"이라고 못박는다. 이것은 미키 키요시를 비롯하여 고사카 마사아키, 니시타니 게이지, 고야마 이와오 등 교토학파를 대표하는 젊은 철학자들의 시각과 완전히 동일하다. 이러한 언표적 동일성은 이어지는 문장, 즉 "우리의 초조와 흥분"에서 절정에 도달한다. 이 흥분과 초조의 감정이 30년대 후반 역사철학적 전망 내지 '세계사의 관점'을 내세워 '동양'이 세계사의 보편적 담지가 된다고 공언했던 일군의 철학자·문

---

11) "우리는 지구상의 인유세계 속에서 무수한 세계사를 인정해야 하고 또 무수한 역사적 세계를 인정해야 한다. 일단 역사적 세계의 다원성을 인정하는 것이 세계사를 거짓 없이 고찰할 수 있는 필수 조건이다." 고야스 노부쿠니, 앞의 책 37면에서 재인용.
12) "이 세계는 지리적·역사적·경제적 연대성이나 인종적·민족적·문화적 친근성에 기초하며, 나아가 긴밀한 정치적 통일성을 갖춘 세계라야만 한다. 그리고 그 정치적 통일성은 현실적으로 한 국가의 주도 하에 유지되어야 하며, 거기에 이른바 주권의 질적 분할과 새로운 배분적 조직이 필요하게 될 것이라고 생각한다." 위의 책, 46면.
13) "세계사적 민족이란 세계사적 문제를 해결하는 주체가 되는 민족이다. 이런 과제를 수행해가는 민족이다." 위의 책, 45면.

학가들, 그리고 그러한 논리를 바탕으로 '동아신질서'를 주장했던 일본의 사상가들이 느꼈던 그것과 다르다고 할 수 있을까?

중일 전쟁의 세계사적 의의는 공간적으로 보면 동아의 통일을 실현함으로써 세계의 통일을 가능하게 하는 데에 있다. 이제까지 '세계사'로 일컬어져 온 것도 실은 유럽 문화의 역사에 지나지 않았다. 그것은 '유럽주의'의 입장에서 본 것이었다. 1914~1918년의 소위 세계전쟁은 서양의 사상가들도 말하는 것처럼 이 유럽주의의 자기 비판이라는 의의를 지녔다. 유럽의 역사가 곧 세계사는 아니라는 것, 유럽 문화가 곧 세계 문화는 아니라는 것이 자각되기에 이르렀다. 유럽주의의 붕괴는 동시에 유럽 사상으로서는 세계사의 통일적인 이념이기를 포기한 것이다. 이와 같은 유럽주의의 뒤를 이어 적극적으로 동아시아의 통일을 실현함으로써 진정한 세계사의 통일을 가능하게 하고, 세계사의 새로운 이념을 분명하게 한다고 하는 것이 중일 전쟁이 갖는 의의라 하지 않을 수 없다. (…중략…) 동아의 통일은 이제 새롭게 실현되어야 할 과제이다. 그리고 동아의 통일이 실현되지 않으면 진정한 세계의 통일은 존재하지 않으며 동아의 통일은 세계로부터 고립되기 위한 것이 아니라 오히려 세계가 진정으로 세계적으로 되기 위하여 요구되는 것이다.[14]

1931년 '동아협동체론'의 이론적 리더였던 미키 키요시가 쓴 「신일본의 사상원리」의 일부분이다. 미키 키요시를 비롯한 당시의 '동아신질서론'자들은 근대를 유럽이라는 특수성 내지 지역화함으로써 암묵적으로 동양을 세계사의 중심으로 옮겨 놓는 논리적 전략을 구사했다.[15] 미키 키요시는 중일 전쟁의 의미, 나아가 일본·만주·중국을 포함하는 동아협동체의 성립이 갖는 세계사적 의미를 "시간적으로는 자본주의 문제의 해결, 공간적으로는 동아 통일의 실현"이라 요약했다. 물론, 미키 키

---

14) 최원식·백영서 편, 『동아시아인의 '동양' 인식』, 문학과지성사, 1997, 53면.

15) 미키 키요시의 동아협동체론에 대해서는 다음의 논문을 참조. 함동주, 「중일전쟁과 미키 키요시의 동아협동체론」, 『동양사학연구』 56호, 동양사학회, 1996; 함동주, 「미키 철학과 동아협동체론」, 『이화사학연구』 25호, 이화사학연구소, 1999.

요시의 '동아협동체론'은 일본·만주·중국의 연합체를 지향한다는 점
에서 '조선'의 자리는 없다. 일본은 만주와 중국에 대해서는 협동의 논
리를 내세웠지만, 조선에 대해서는 내선일체를 강요했다. 그들에게 '조
선'은 협동의 대상이 아니라 동화의 대상이었다. 미키 키요시의 '동아신
질서론'은 만주와 중국의 지식인들을 향한 일본의 구상, 특히 중일 전
쟁의 세계사적 의미를 드러내는 것이었음에도 불구하고 그의 세계인식
이 30년대 당시 조선 지식인들의 그것과 매우 흡사하다는 것은 아이러
니컬한 일이라고 할 수 있다.

3. '동양주의'와 옥시덴탈리즘

　1930년대 일본과 조선에서 '동양' 또는 '동양주의'라는 개념은 서구
근대에 대한 대타적인 의미로 사용되었다. 주지하듯이, 서구의 근대를
보편적 근대로 인식한 일본은 메이지 이후 서양의 문물과 제도를 급속
하게 받아들임으로써 빠르게 근대화되었으며, 그러한 근대화의 힘은
'청일전쟁'과 '러일전쟁'을 통해 확인되었다. 특히 러일 전쟁의 승리는
일본이 아시아를 벗어나 유럽을 상대로 새로운 질서를 모색하는 결정
적인 계기가 되었다. 1930년대 이후 일본에서는 '동아'라는 개념이 강한
정치적 의미를 띠게 되었고, 그 내포적 의미 또한 급속히 팽창되어 갔
다.16) 중일 전쟁을 전후한 시기부터 일본은 중국을 '지나'라고 부름으
로써 동양의 일부분으로 격하시키고, 대신 '일본'과 '동양'을 실체적 차
원에서 동일화하기 시작했다. 이처럼 1930년대에 등장한 '동양' 내지

---

16) 일본에서 '동양'이 문명론적인 개념으로 사용되기 시작한 것은 오카쿠라 텐신이 「동
　양의 이상」을 발표한 이후의 일이다.

'동양주의'는 단순한 지리적 차원과 문화권의 의미를 넘어서는 문명사
적인 의미로 사용되었으며, 일본의 동양은 서양의 전체성을 대신한 일
본 중심의 전체성을 가리키는 개념이었다. "아시아 또는 '동양'이란 바
로 일본의 제국주의적인 침략에 의해 형성된 지역적 질서이다."[17] 나아
가 일본에 의해 사용된 동양주의는 일종의 전도된 오리엔탈리즘으로서
의 옥시덴탈리즘(Occidentalism)이라고 할 수 있다.[18] 오리엔탈리즘이 동양
을 타자화했다면, 옥시덴탈리즘은 스스로가 동양을 세계의 중심에 놓으
려 한다는 점에서 동양중심주의 내지 거꾸로 선 오리엔탈리즘이라고
할 수 있다. 그러나 서구의 오리엔탈리즘에 의해 구성된 동양(Orient)이
실체적 진실과 무관하듯, 옥시덴탈리즘에 의해 재구성되는 동양 역시
실체적 진실이 아닌 이미지와 '상상의 공동체'에 불과하다. 1930년대 담
론의 지형에서 '동양주의'가 중요한 까닭은 그것이 단순히 서양을 타자
화하는 차원에서 그치지 않고, 나아가 일본을 제외한 동양의 여러 국가
들마저 타자화함으로써 일본의 국가적·문화적 정체성을 확립했기 때
문이다. 1930년대 조선의 지식인들이 역사철학적 감각이나 세계사적 관
점을 내세워 서구의 근대를 '유럽'이라는 지역의 문제로 격하시키고, 그
러한 지역의 논리를 앞세워 동양(일본)의 세계사적 의무를 강조한 것은
언표적 차원에서 접근한다면 일본의 논리를 그대로 반복한 것에 지나
지 않는다.[19]

　동양주의 담론에 대해 상술한 까닭은 앞서 살폈던 서구의 보편적 근

---

17) 강상중, 이경덕·임성모 역, 『오리엔탈리즘을 넘어서』, 이산, 1997, 133면.

18) 동양주의와 옥시덴탈리즘의 관계에 대해서는 강상중, 이경덕·임성모 역, 위의 책;
　샤오메이 천, 정진배·김정아 역, 『옥시덴탈리즘』, 강, 2001 참조

19) 조선의 지식인들이 모두 이러한 논리에 함몰되어 있었던 것은 아니다. 가령 서인식은
　역사철학의 입장을 견지하면서도 "민족과 민족의 상극은 한 민족이 특수한 원리에 의
　하여 해소할 수 없으며 동양과 서양의 상극은 동양의 특수원리에 의하여 해소할 수 없
　는 것이다. 일반적으로 그 어떠한 사실의 대립이든 그 대립을 통일에까지 인상할 수
　있는 것은 그 양자를 포섭할 수 있는 보담 높은 차원의 종합적 원리이다"라고 주장하면
　서 동양주의가 세계사의 원리가 될 수 없다고 주장했다. 서인식, 앞의 책, 212~213면.

대에 대한 비판이 결국 '동양'의 특수성이나 보편성을 긍정하는 데로 귀결될 수밖에 없기 때문이다. 아래에서는 1930년대에서 해방 이전까지 김기림이 남긴 평문과 '동양'을 언급한 수필들에 대해 살펴보려 한다. 사실 김기림의 글에서 '동양'에 대한 긍정적 언표나 예찬의 목소리를 발견하는 것은 무척 어려운 일이다. 그것은 그가 1930년대 중반까지 모더니즘의 영향권 하에서 세계주의자의 면모를 강하게 띠고 있었고, 모더니즘이나 서구적 근대에 대한 비판적 자세를 취한 30년대 중반 이후에도 '과학'에 대한 맹신만큼은 버리지 않았기 때문이다. 태평양전쟁의 전운이 무르익은 1940년대 초반, 조선의 많은 지식인·문학인들이 친일·부일의 길로 내달았을 때, 김기림은 "시의 과학으로서의 시학"을 구축하는 데 전념했다. 이러한 태도는 1940년 2월 『문장』에 발표된 「시학의 방법」과 같은 해 10월 『인문평론』에 발표된 「조선문학에의 반성」에서 명확하게 확인된다. 앞서 살폈듯이, 그 글에서 김기림은 서구적 근대가 결정적인 위기에 봉착함으로써 세계사적 보편의 의미를 상실하는 장면에서 감격과 흥분을 표현했다. 그는 서구적 근대가 르네상스에서 기인하는 것이며, 따라서 근대의 초극은 르네상스적 가치를 뛰어넘는 일이라고 주장했다. 그럼에도 불구하고 그는 서구의 근대 과학에 대한 평가만은 유보한다. "근대정신 그것 속에는 물론 버릴 것도 많겠으나 한편 추려서 새 시대에 유산으로 넘길 부분은 무엇 무엇일까. 가령 사실의 정확한 계산과 법칙에 대한 열렬한 경도로써 표현할 수 있는 과학정신은 「근대」 그것의 청산장에서 어떻게 취급되어야 할 것인가. 그것은 근대문명 그것의 착잡 거대한 구조의 기사가 아니었던가. 그것을 부려온 고주의 실책은 오늘와서는 감출 수 없으나 그렇다고 해서 기사의 지식과 지혜의 산모인 과학정신조차를 고발하려는 것은 무모나 만용이 아닐까. 잘못된 것은 고주의 의욕이었다. 새로운 세계의 구조에 있어서도 과학정신은 의연히 가장 정확한 지표일 것이고 또 과학은 가장 신뢰할 수 있는 조언자일 것이다." 이러한 세계주의자, 또는 과학주의자의 면모를 고려할 때 동양이 긍정적인 의미로 인식되기는 어려운 듯하다.

1930년대 중반에서 40년대 초반까지 김기림은 '동양'에 관한 네 편의 글을 남겼다. 「동양인」(1935.4)과 「산」(1939.2), 「동양의 미덕」(1939.9), 「동양에 관한 단장」(1941.4)이 그것들이다. 이 중에서 「산」은 두 번째 유학 당시에, 나머지는 모두 국내에서 집필되었다. 효율적인 논의를 위해 다소 길지만 네 편의 글 중 중요한 부분을 차례로 인용한다.

① 대체로 동양인은 사물을 전체적으로 통솔하는 지성이 결여한 것이 통폐다. 서양인의 「피아노」는 「키」가 수십 개나 되는데 동양인의 피리는 구멍이 다섯 개 밖에 아니된다. 「타고어」가 그만한 성공을 한 것은 우연하게도 그가 위대한 우울의 시대를 타고난 까닭인가 한다. (…중략…) 인간의 결핍이 아니라 지성의 결핍은 동양의 목가적 성격의 결함인 것 같다. (…중략…) 이러한 결함을 자위하는 의견이 있다. 즉 동양적인 것의 본질은 정적인 데 있다는 자기 도취부터 의식적으로 그러한 방향에로 우리의 예술을 시들어버리게 하는 견해가 있다. 나는 이러한 퇴영적인 패배주의적 호소 속에서는 믿을만한 아무 것도 찾아내지 못한다. (…중략…) 내가 기회 있는 대로 지성을 고조하고 「센티멘탈리즘」을 배격하려고 하는 것은 이 순간에 있어서의 모든 모양의 육체적 비만과 동양의 성격적 결함으로부터 애써 도망하려는 까닭이다.

② 갑자기 「東洋」이라는 말이 사람들의 입끝에 오른다. 진실로 「東洋의 얼굴」은 한 폭 목계(牧谿) 속에 숨어 있는지도 모르겠다. 만약에 오늘 서양이 걸어가는 길이 단순히 인간의 기계화의 길이라고 말하면 3,4세기를 두고 꾸민 찬란한 의상을 두른 구라파보다는 차라리 한 폭 목계를 가릴 것이다. 참말로 오늘의 혼란을 구원할 예리한 교훈을 동양은 가지고 있느냐. 눈을 감고 숨을 죽이고 그윽히 지나오고 지나가는 바람 속에서 「東洋의 소리」를 들으려고 귀를 기울여본다.

③ 이러한 서양적 행복의 내용에 하나 더 동양적인 조건을 가할 때, 나는 비로소 그 행복에 견딜 수 있으리라. 그것은 명상이다. 호화스러운 궁전이나 휘황한 야회를 차라리 피해서 한떨기 수선화를 가꾸거나 어린 사슴의 등을 어

루만지는 시간에 오히려 더 행복을 느끼는 경우가 있다. 역시 그것은 동양의
미덕의 하나인가 보다. 혹은 가족과 사무를 함께 버리고 혼자서 산이나 바다
로 간다든지 그렇지 않으면 가족을 모두 시골이나 극장으로 보내놓고 다만
혼자 자빠져서 달을 쳐다보는 괴벽의 효용을 잘 아는 것은 역시 동양사람일
성싶다. (…중략…) 나는 물론 「老僧이 忘歲月하고 石上에 看江雲」하는 그러
한 허무에의 도망을 권하는 것은 아니다. 동양에는 확실히 그러한 유의 명상
이 횡행했다. 굴욕과 무위에 찬 낡은 동양의 풍속이다. 젊은 동양이 가지고 싶
어하는 것은 그러한 미풍은 아니다. 흘러가는 구름 위에도 오히려 역사의 물
구비를 그려보고, 바람 소리 속에서도 세기의 잡담 밑에서 꿈틀거리는 새로운
동향을 만져보는 일이다. 고독과 정밀(靜謐) 속에 있는 때 비로소 우리는 일상
적인 잡념을 거두어 버리고 본질적인 것과 가장 잘 마주설 수 있는 때문이다.

④ 또 하나의 다른 감상주의가 있다. 오늘에 와서는 서양은 돌아볼 여지조차
없는 것이라 속단하고 그 반동으로 실로 손쉽게 동양문화에 귀의하고 몰입하
려는 태도가 그것이다. 그것은 관념적으로는 매우 하기 쉬운 일이고 또 경솔한
사색 속에 즉흥적으로 떠오르기 쉬운 아름다운 포말이기는 하다. (…중략…)
서양문화가 일정한 거리에까지 물러선 것처럼 동양문화도 한번은 어느 거리밖
에 물러가서 우리들의 새로운 관찰과 평가에 견디어야 할 것이다. 그래서 그것
은 우리들의 새로운 태도와 방법으로써 다시 발견되어야 할 것이다. 동양은 그
저 덮어놓고 경도될 것이 아니라 다시 발견되어야 하리라고 말했다. 그러면 어
떻게 발견될 것인가. 서양적인 근대문화가 우리들의 시야에서 한창 관찰되기
에 알맞은 거기로 마침 우리가 물러선 기회에 우리는 이 근대문화의 심판장에
서 무엇을 명일의 문화로 가져갈 유산인가를 반성해야 할 것이다. 우리는 서양
적인 근대문화가 다음 문화에 남겨줄 가장 중요한 유산의 하나는 「과학적 정
신=태도=방법」이 아닌가 생각한다. 과학문명이 아니다. 과학하는 정신, 과학
하는 태도, 과학하는 방법이다.(동양) 동양은 감상적으로 즉흥적으로 현학적으
로 몰입되거나 감탄만 될 것이 아니라 바로 과학적으로 발견되어야 할 것이다.

1935년에 발표된 「동양인」은 그의 세계주의자로서의 면모가 잘 드러
나는 글인데, 여기에서 그는 동양의 특징을 한 마디로 "지성의 결핍"이

라고 정의한다. 피아노의 '키'와 피리의 '구멍'의 비교에서 잘 보여지듯, 그에게 '동양'은 서양과의 비교대상, 특히 서양의 우월성이나 동양의 후진성을 강조하기 위해 인용되는 부정적인 것에 불과하다. "내가 기회 있는 대로 지성을 고조하고 「센티멘탈리즘」을 배격하려고 하는 것은 이 순간에 있어서의 모든 모양의 육체적 비만과 동양의 성격적 결함으로부터 애써 도망하려는 까닭이다"라는 문장에서 드러나듯이, 여기에서 우리는 서구적 근대에 대한 비판적 문제의식이 전면화되기 이전 '지성'과 '모더니즘'에 경사되어 있는 김기림의 모습을 확인할 수 있다.

다음으로 ②는 1939년 2차 유학에서의 귀국을 앞두고 센다이의 하숙집에서 씌어진 「산」의 일부분이다. 여기에서 주목할 점은 동양에 대한 재발견의 의지가 엿보인다는 사실이다. 이전 시기 동양에 대해 부정적인 판단으로 일관했던 그의 면모를 고려한다면, 이러한 재발견의 태도는 사뭇 다른 모습이라고 할 수 있다. 그러나 "「東洋의 소리」를 들으려고 귀를 기울여본다"라는 다소 모호한 진술을 근거로 동양에 대한 그의 사유를 동양주의에의 함몰이라고 판단할 만한 근거가 보이지는 않는다. 다음으로 ③은 1939년 9월에 발표된 「동양의 미덕」의 일부분이다. '동양의 미덕'이라는 제명 자체가 흥미로운 이 글에서 김기림은 '동양'을 "「老僧이 忘歲月하고 石上에 看江雲」하는 그러한 허무에의 도망"과는 구분한다는 점에서 단순한 전통론과는 다르지만, '명상'을 동양의 미덕으로 평가한다는 점에서 동양주의의 혐의가 약간은 엿보인다.

한편 ④「동양에 관한 단장」은 1930년대에 유행했던 옥시덴틸리즘적인 동양관과는 사뭇 다른, 그러면서도 전통론으로 함몰되지 않는 독특한 동양관을 제시한다는 점에서 주목할 만하다. 이 글이 발표된 1941년 4월은 일본의 영미와의 최종전쟁이 목전에 임박한 시기였고, 그만큼 식민지에 대한 일제의 탄압 역시 가중되고 있었다. 이 글에서 눈여겨봐야 할 부분은 "근대문화는 모순 상극에 찬 그 말기 징후를 조만간 청산할 국면에 직면하여야 하였다"나 "근대문화의 말기 현상은 반드시 「스펭

글러」의 「서양의 몰락」을 기다릴 것 없이도 식자의 걱정을 사기 시작하였던 것이다" 등에서 엿보이는 세계인식이다. 이러한 구절에는 이미 "세계사의 철학"이라는 일본 제국주의의 논리가 전제되어 있다.[20] 이 글에서 김기림은 '동양문화'가 올바로 이해되기 위해서는 객관적 거리가 필요하며, 그것은 곧 "새로운 태도와 방법"에 의해 재발견되어야 하는 것이라고 주장한다. 이러한 주장은 "오늘날 필요한 것은 동아 신질서의 건설이라는 일본의 사명이란 입장에서 일본 문화의 전통을 반성하는 것이다. 뿐만 아니라 이 신질서의 건설에는 신문화의 창조가 필요하며 일본주의는 단순한 복고주의여서는 안 된다"는 미키 키요시의 논리와 다르지 않다. '과학적 정신'이라는 근대적 가치를 앞세우는 김기림의 논리나, 일본의 전통에 대한 반성을 전제한 위에 협동주의를 내세우는 미키 키요시의 논리는, 동일하게 민족주의를 벗어나려는 노력의 하나라는 점에서 묘한 공통점을 지닌다. 한편 김기림은 유독 이질적인 문화의 접촉에 대한 관심을 강조하고 있는데, 그것은 "동양이 늙어 지쳤을 때 그는 젊은 서양과 만났던 것이다"에서 절정에 달한다. 이러한 논리적 방향이 동양주의 내지 아시아주의와 직접적으로 맞닿아 있는 것인지는 알 수 없지만, "동양에 태어난 문화인에게 있어서 이 순간은 바로 새로운 결의와 발분과 희망에 찰 때라 생각된다. 수동적으로 압도된

---

20) 구모룡, 「식민성 근대주의의 한 양상」, 『문학수첩』, 문학수첩, 2005년 여름, 244면. 「지적협력회의−근대의 초극」은 1942년에 열렸지만, 이 당시 이미 김기림은 '근대의 초극'이라는 일본의 담론으로부터 강한 영향을 받고 있었던 듯하다. 특히 해방 직후 간행된 시집 『바다와 나비』의 서문에 등장하는 다음과 같은 구절은 당시 일본은 물론 조선의 지식인이 근대의 초극이라는 문제에 대해 얼마나 민감하게 반응하고 있었는가를 알려준다. "1939년 제2차 세계대전의 발발은 벌써 피할 수 없는 「근대」 그것의 파산의 예고로 들렸으며 이 위기에선 「근대」의 초극이라는 말하자면 세계사적 번민에 우리들 젊은 시인들은 마조치고 말았던 것이다. 이러한 일들이 일본제국주의의 조선에 대한 점점 고조로 향하는 정치적 문화적 침략의 급한 「템포」와 집중사격과 함께 다닥쳤으며 따라서 생활의 체험을 통해서 실감되어 왔던 것은 물론이다. 1945년 8월 15일까지 약 5~6년 동안의 중단과 침묵은 다름 아닌 우리 시단의 세계와 자신에 대한 이중의 커다란 고민을 품은 침통한 표정이었다." 김기림, 『바다와 나비』(1946) 머리말에서.

모양으로만 넘쳐 들어오던 서양문화는 드디어 우리와의 사이에 한 거리를 두고 잠시 물러섰다. 아니 차라리 한 개 현혹에 가까운 태도로써 몸을 그 속에 던져 빠져 있었던 서양문화에서 잠시 우리가 물러서게 되었다"라는 현실인식에서는 서양의 파탄과 동양문화의 특수성/보편성을 주장했던 일본 사상가들의 목소리가 뚜렷하게 확인된다.

물론 김기림이 주장한 동양의 재발견이 동시대 조선의 지식인들이 경사되었던 이데올로기로서의 동양주의와는 뚜렷하게 구분된다. 가령 『조광』 42년 5월호에는 "동양정신특집"이라는 제하에 신남철의 「동양정신의 특색」, 주병건의 「동양정신의 본질」, 서두수의 「문학의 일본심」, 듀란트의 「서양문명의 몰락」, 손명현의 「동양정신과 서양정신」, 금강학인의 「동양정신의 인식론」 등 6편의 논문이 실려 있다. 슈펭글러의 『서구의 몰락』을 개괄하고 있는 듀란트의 「서양문명의 몰락」을 제외하면, 신남철과 주병건은 '동양주의'의 두 가지 선택지를 보여준다는 점에서 흥미롭다. 신남철은 「동양정신의 특색」에서 아시아의 역사철학적 특징을 특유의 정체성(停滯性)에서 찾는다. "아세아의 역사철학적 특징은 그 사회의 정체성(停滯性)에 있다. …… 이렇게 보아올 것 같으면 원시적 합일성에 의하여 특징적으로 표현할 수 있던 주객의 대립, 자연과 인간과의 불이일원, 종교와 과학의 미분화 등 소이연이 해명될 것이라고 생각한다." 흥미로운 것은 근대 과학과 문명이라는 척도 하에서 부정적인 특징으로 간주되던 아시아적 정체성이 이 시기에 이르면 긍정적인 의미로 뒤바뀐다는 사실이다. 다음으로 주병건은 「동양정신의 본질」에서 동양정신과 서양정신의 차이를 '식염'과 '백당'에 비유한다. 그는 '동양'문화의 보편성을 주장했던 미키 키요시와는 달리 '동양'의 상대적 특수성을 강조한다. 흥미로운 것은, 이들 두 사람 모두가 '동양'의 특징이 공간적 차이에서 기인하는 것으로 판단한다는 사실이다. 물론 이들 사이에는 차이점도 존재한다. 그것은 신남철이 "동양사회의 문화적 정신의 현재라는 역사적 계단에 있어서 그것의 위상을 파악하여 동양이라는 한 개

의 문화권을 구체적 보편자에 의하여 주체적으로 한 개의 「세계」로서의
통일적 성격을 부여하지 않아서는 아니 될 것이다"처럼 보편성을 강조
하는 반면, 주병건은 동양과 서양의 차이를 "산천의 형승과 한서의 차
이"같은 "자연의 형세"에서 찾음으로써 특수성을 강조하는 입장을 취한
다는 점이다. 자연의 형세에 근거하는 주병건의 이러한 논리는 와쓰지
데쓰로우가『풍토』에서 주장했던 내용과 매우 흡사하다.[21]

21) "식염은 함하고 백당은 감한 것이, 소금과 사탕의 본질이라. 색택은 같으나 그 본질
이 다른 것을 소금더러 왜 달지 않으냐고 책하며, 사탕더러 왜 짜지 않으냐고 책한다
면, 그 본질을 혼동시키는 것이니, 불합리에 심한 것이다. …… 그러므로 동아에 생하
여 서양의 문물사상만을 숭배함도 착오이며 서양에 서하면서 동아의 문물사상만을 칭
미함도 허위이니 필야동양인은 동아의 시령 풍토며 문물, 제도, 사상에 생장하고 노사
하며 서양인은 구주의 시령, 풍토며 문물, 제도, 사상에 생장하고 노사되는 것이니 그
리해야만 되고 그리하게만 된다. …… 동양의 정신은 먼저 동양인의 사(史)적 생활과
사상체계를 주로 고찰하여야 할 것이니, 국가생활로 보면 황국은 황조천조대신께서
황손경경저존에 신칙을 수하셔서 이 풍위원서수국에 강림하심으로부터 만세일계천황
께옵서 황조의 신칙을 봉하여 영원히 치리하심으로 신민은 억조심을 일로하여 충효의
대도를 리하여 천업을 익찬함이 만고불이의 아국체이다. …… 대개 관원도진의 애군의
지성과 남정성의 보국의 충의가 천백년이래로 함영하고 훈화하고 결정되여 금일 일본
정신이 세계에 무차하고 동양에 유일한 즉 동양정신의 통일귀결된 직계를 성하니 차
가어찌 우연함이리오. 상으로 성자신손의 계승하심과 하로 현준충의에 전통으로 융화
결합된 대업이라하겠도다. …… 천운의 순환함이 왕하고 복치 아니함이 없을 새 대동
아의 건설이 일일일로 촉진됨을 따라 사천년 이래에 발원한 충효의 대도와 명분의 대
의가 천지로 더부러 궁진함이 없고 일월로 더불어 광을 쟁하여, 동양의 정신적 통일은
고사하고 세계를 휘둘러 덮어서 우리의 정신이 천의 복한 바와 지의 재한 바와 일월
의 조하는 바와 상□의 추하는 바와 다 통합될 날이 멀지 아니함을 추상케 된다. 진일
토록 봄을 찾아다니다가 봄을 보지 못하고, 집에 도라와보니 창전의 매화가지에 봄이
벌써 십분이나 차 있다 한 시와 같이 동양정신은 다른 데 찾을 것 없이 가까운 황국에
있다 일본정신이 곧 동양정신의 진수이니 국체의 존엄한 데 있다함은 등전동호가 벌
서 말한 바이다. 유교가 지나에서 발원했으나 결실은 일본에 와 되었으니 황도에 순화
한 유교가 곧 이것이다. 대개 비상한 사람이 있은 후에 비상한 공이 있는 것이니 충의
의 사(士)가 천일에 맹세하고 금석을 관철할 성력을 다하여 이것을 초창하고 이것을
윤색하고 이것을 완미하고 계술하는 인물이 대대로 핍치 안이함이 어찌 우연함이리오
필야일출지국의 지령인걸하고 식족병강하여 상에게서서는 호생지덕으로 백성 사랑하
기를 자와 같이 하고, 하의 신민은 일의로 봉상하기를 부모와 같이 함에 있지 아니한
가. 천지자연의 물이 있으면 천지자연의 성이 있다함은 이미 상술한 바이다. 생을 동
양에 둔 자 어찌 일일이라도 잊을 것이냐. 정신일도에 하상불성가." 주병건, 「동양정신
의 본질」,『조광』, 조선일보사, 1942.5.

김기림의 동양에 대한 재발견이 신남철과 주병건이 보여주는 친일의 논리로서의 동양주의와 구분되는 것은 사실이다. 이는 모더니즘의 세례를 강하게 받았던 김기림과 역사철학적 경향에 노출되어 있었던 당시의 철학자들의 조건의 차이에서 발생하는 문제일 것이다. 유럽의 근대를 보편적 가치로 믿어 왔던 김기림은 서양의 몰락이라는 역사적 현실을 '세계사적 전환'이라고 일본의 시각에는 동의할 수 있었지만, 자신이 '감상주의'라고 비판했던 '동양'의 세계로 돌아갈 수는 없었던 듯하다. 이는 그가 서구의 근대를 떠받치고 있는 가치들을 비판할 때조차도 '과학'에 대한 믿음만큼은 결코 버리지 못한 장면에서도 확인된다. 1940년 이후 김기림의 '침묵'은 적극적인 의미에서의 '저항'이라기보다는 사유의 아포리아가 강제한 침묵이라고 할 수 있다.[22] 유럽의 보편성을 의심하는 순간 그의 세계주의와 모더니즘은 균열되기 시작했다. 나아가 일본을 정점으로 한 '동양'이 서양, 즉 유럽을 대신하여 세계사적 보편성을 획득했다는 일본 파시즘의 논리 앞에서 그의 비판적 사유는 정지되고 말았다. 서인식이 그랬듯이, 보편주의적 관점을 견지했던 김기림에게 '동양'은 특수성 이상의 의미로 인식될 수 없었기 때문이다.

---

22) 서인식 역시 이 시기에 침묵을 지킨다. 그는 "동양도 보편성에서 제외되지 않는다"고 하면서, 서구적 보편성과 대비하여 동양적 특수성을 새로운 세계사의 원리로 상정하려는 태도에 대해 명시적으로 비판한다. "동양과 서양의 상극은 동양의 특수원리에 의해서 해결할 수는 없는 것이다. …… 단순한 동양주의가 세계사의 원리가 될 수 없음은 두 가지 의미에서다. 하나는 기성의 도그마로서의 동양의 전통적 원리가 세계적 원리가 못 된다는 것, 다른 하나는 뮈토스로서 동양주의인데, 이 역시 동양적 뮈토스로서만 문제되는 한 그렇게 될 수 없다는 것이다." 서인식, 앞의 책, 212~213면.

4. 나오며

　본고는 1930년대 중반 이후에 발표된 김기림의 평문과 수필을 중심으로 그의 문학이 근대의 초극과 동양의 재발견으로 귀결되는 과정에 대해 살폈다. 30년대 초반, 〈구인회〉의 결성에서 시작된 김기림의 모더니즘 문학론은 중일 전쟁을 거치면서 급속히 일본 제국주의의 논리에 근접해 갔다. 당시 조선의 많은 문인들이 직·간접적으로 친일을 강요받았던 것과는 달리, 그는 자신의 사유의 흐름 속에서 일본 제국주의의 논리를 수용한 것처럼 보인다. 그것은 무엇보다도 그가 1920~30년대의 대부분을 일본에서 보냈으며, 특히 예술과 철학에 관한 지식의 절대적 부분을 일본 유학을 통해 얻은 것과는 무관하지 않다. 그는 무의식적으로 일본의 시선을 통해 서구를 응시했으며, 따라서 그의 모더니즘 역시 유럽의 그것이라기보다는 일본에 의해 번역된 박래품에 가까웠다. 모더니즘적인 성향과 일본 유학의 경험은 그를 세계주의자로 바꿔놓았으며, 이러한 세계주의적 관점 하에서 그는 시와 비평을 썼다고 할 수 있다. 그의 문학에서 조선의 식민지적 특수성에 대한 자각이 두드러지지 않는 이유도 여기에서 기인한다.

　해방 직후 발간된 시집 『바다와 나비』의 서문에서 그가 밝혔듯이, '근대의 초극'이라는 세계사적 번민은 일본은 물론 조선의 지식인들에게도 상당한 영향을 끼쳤다. 1939년을 전후해서 발표한 일련의 평문들, 다시 말하면 「모더니즘의 역사적 위치」에서 「동양에 관한 단장」에는 고민했던 유럽의 근대를 넘어서 새로운 세계사적 질서를 창출해야 한다는 일본지식인들의 문제의식이 짙게 투영되어 있다. 그것은 가령 「조선문학에의 반성」에 등장하는 다음과 같은 구절에서 확연히 드러난다. "오늘에 와서는 한 민족만을 구할 수 있는 원리라는 것은 벌써 있을 수 없다. 한 민족을 건질 수 있는 것은 동시에 세계적인 원리여야 한다. (…

중략…) 그런데 구주에 있어서 혹은 결산기 뒤에 앞으로 기대하는 신질서의 건설에는 제 민족이 민족의 자격으로 참가할 것으로 보이는데 이 민족을 내포하면서도 민족을 초월해야 할 신질서에 있어서 민족 상호간의 정신적 이해와 융합을 가능하게 할 유력한 수단은 무엇일까.” 한 민족의 구원하면서 동시에 세계적인 원리일 수 있는 것이란 미키 키요시가 “민족과 민족을 결합시키는 것은 이와 같은 비합리적인 것일 수 없으며 공공성을 띤 것, 세계성을 띤 것이 필요하다. 동아협동체의 사상은 합리적인 협동주의가 아니면 안 된다”고 주장했던 동아협동체의 논리를 그대로 반복한 것에 불과하다. 김기림은 미키 키요시의 협동체론에서 조선이 협동의 대상이 될 수 없다는 것을 깨닫지 못했으며, 나아가 그러한 협동이 결국 중국에 대한 무력 침공이라는 방식을 통해서만 가능했다는 역사의 교훈 역시 고려하지 않았다. 김기림은 이러한 논리의 딜레마에 빠진 채 40년대 초반을 보냈으며, 곧 긴 침묵에 들어갔다. 따라서 1940년을 전후한 시기에 발표된 김기림의 평문이 “1930년대 초반부터 그가 걸어온 지적 행정에서 자연스럽게 도출된 것”이라고 주장은 재고될 필요가 있다. 특히 「조선문학에의 반성」에 등장하는 '민족'이 조선을 의미하는 것인지 일본을 의미하는 것인지도 명확하지 않다. 내선일체의 논리를 고스란히 수용하지 않는다면, 적어도 조선이 동양의 보편성을 획득하고 세계사적 임무를 떠맡을 수 있는 가능성은 전무했기 때문이다. 이런 점에서 당시 조선의 철학자들이나 문학자들의 주장에 등장하는 '조선' 또는 '조선적인 것'의 함의가 재해석되어야 한다는 지적23)은 새겨들을 만하다. 아울러 김기림의 모더니즘에 대한 질문 역시 여기에서 다시 시작될 필요가 있을 듯하다.

---

23) 김예림, 『1930년대 후반 근대인식의 틀과 미의식』, 소명출판, 2004, 43면.

제 3 장

지성주의의 파탄과 국민문학론

중일 전쟁 이후의 최재서 비평을 중심으로

1. 들어가며

최재서의 '국민문학'은 지성주의의 파탄과 부정에서 출발한다. 1930년대 중반, 영미의 주지주의에 근거해 비평 활동을 시작한 그는 '개성'·'지성'·'모랄론'·'풍자문학론'·'리얼리즘론' 등 30년대 비평계에 주요한 논점을 제공함으로써 카프 해체 이후의 비평계에 새로운 방향성을 제시했으며, 『인문평론』(1939)·『국민문학』(1941)의 창간과 편집을 맡으면서 친일문학에로 기울었다. 식민지 시기 최재서의 비평은 대략 세 시기로 구분된다. ① 평론집 『문학과지성』(1938)으로 대표되는 주지주의 시기. ②『인문평론』과 『국민문학』을 창간하고 일제의 국책문학에 동조하던 시기. 일문(日文) 평론집 『전환기의 조선문학』(1943)은 바로 이 시기의 사상을 집약하고 있다. ③ 1944년 1월 이시다 고조(石田耕造)로 창씨개명을 하고 일제의 천황제 파시즘과 그 문학적 이념인 국민 문학론에 매진하던 시기. 1944년 4월 『국민문학』에 발표된 「받드는 문학」은 이 시기의 대표적인 비평문이다.

최근 포스트 콜로니얼리즘과 동아시아 담론의 등장으로 인해 친일문학에 대한 재평가 작업이 활발하다. 탈국가·탈민족주의적 관점에서 친일문학을 새롭게 조명하려는 이러한 시도는 식민지 시기의 문학에 대한 이분법적 평가의 실효성에 대한 질문을 함축하고 있다. 이는 식민지 시기의 문학이 민족적 감정으로 환원될 수 없는 그 이상의 논점들을 내포하고 있음을 의미한다. 민족주의적 관점에서 접근할 때, 최재서의 국민문학은 주지주의로부터의 일탈이자 반민족적 문학행위로 평가될 수밖에 없다. 그러나 최재서의 국민문학론 내에는 간과할 수 없는 단절이 존재하며, 이 단절로 인해 그의 국민문학론은 주지주의와 일정한 연속성마저 보여준다. 이러한 관점에서 이 글은 세 시기의 연속과 단절의 지점을 새롭게 구성함으로써 최재서 비평에서 국민문학론이 갖는 함의와 사상적 배경을 살펴보려 한다. 주지하듯이 식민지 조선에는 세 가지 비평적 흐름이 존재했다. 민족주의와 계급주의(카프의 국제주의), 그리고 세계주의(모더니즘)이 그것들이다. 중일전쟁 이후 조선의 비평계가 급속하게 친일문학으로 경사되는 과정에서 목격되는 소위 '친일의 논리'는 결코 하나가 아니었는데, 이는 친일문학 내에도 사상적 편차가 존재했음을 의미한다. 친일문학을 일제의 국책문학과 동일한 것으로 간주하는 경향이 있지만, 실제로 친일의 논리는 조선의 지식인들에게 수용되는 과정에서, 각각의 비평가들이 견지하고 있던 사상의 맥락에 따라 상이한 굴절을 보여주었다. 1930년대 후반, 일본은 조선에 대해 내선일체를 강요했지만 조선의 비평계가 그것을 받아들이는 방식은 사상의 편차에 따라 매우 다른 양상을 보였다. 이러한 관점 하에서 본 연구는 중일전쟁 이후, 최재서의 내선일체의 논리가 주지주의 비평에 어떻게 습합되었는가를 살펴보려 한다.

2. 주지주의와 지성주의

최재서는 1934년 『조선일보』에 「현대주지주의 문학이론의 건설」(1934. 8.7~20)과 「비평과 과학―현대주지주의 문학이론의 건설 속편」(1934.8.31~ 9.7)을 발표하면서 본격적인 비평 활동을 시작했다. 카프의 지도비평이 한계에 도달한 상황에서 최재서의 주지주의 문학론은 '현대정신'의 방향을 탐구하는 한 방법으로 등장했다.[1] 비평집 『문학과 지성』의 첫머리에 실려 있는 이 글들에서 최재서는 T. E. 흄, T. S. 엘리엇, H. 리드, I. A. 리차즈 등 20세기의 초반 영국문단에서 유행했던 '주지적 경향'을 수입·소개하고 있다. 특히, 최재서는 흄의 '불연속적실재관'에서 근거한 "과학적 절대태도와 기하등적 예술과 고전주의적 문학"이 "과거 전통에 대한 시대적 불만을 이론적으로 인식하고 신시대의 막연한 교망(翹望)을 의식적으로 추구"[2]하는 한편 낭만주의의 '연속적 실재관'과 '인본적 태도'에 대해 단절의 선을 그었다고 평가한다. 비록 흄의 『명상록(Speculation)』을 요약한 것에 불과하지만, 낭만주의에 대한 비판에서 현대의 정신을 찾으려 했던 영국의 비평가들에 주목했다는 점에서 최재서의 비평적 태도는 일정 정도 동시대성을 획득하고 있었다.

이 시기 최재서는 네 사람의 주지주의 사상가들에게서 낭만주의적 세계관과는 근본적으로 구분되는 현대정신의 가능성을 목격했으며, 이 현대정신을 근거로 혼란스러운 현대에 새로운 질서를 도입하고자 노력했다. 그가 엘리엇의 몰개성론이나 전통론에 커다란 관심을 보인 까닭도 그것이 개인을 "무한한 가능성을 가진 그릇"으로 정의하는 낭만주의

---

1) 김윤식은 『한국근대문학사상연구』 1에서 최재서에게 주지주의는 피상적이거나 기질적 측면에 속하는 비본질적인 것이었으며, 따라서 한갓 고의적 실수에 불과했다고 평가한다. 김윤식, 『한국근대문학사상연구』 1, 일지사, 1984, 234~247면 참조.
2) 최재서, 「현대주지주의문학이론」, 『문학과지성』, 인문사, 1938, 2면.

적 인간관에 대한 비판으로 제시되었기 때문이었다. 그는 「현대주지주의문학이론」에서 고전주의에 대한 흄의 다음과 같은 정의를 인용한다. "우리는 고전적 견해를 이(낭만주의—주: 인용자)와 정반대의 것이라고 정의할 수 있다. 즉 인간이란 지극히 고정되고 제한된 동물이여서 그 본성은 영구불변하다. 그래서 인간으로부터 좀 가치 있는 것을 기대하랴면 전통과 조직화에 의하야 이를 훈련할 수밖에 없을 것이다." 이처럼 최재서의 주지주의는 낭만주의적 세계관("인생관에 있어서의 인본주의요 예술에 있어서 자연주의요 문학에 있어서 낭만주의")에 대한 비판에서 출발한다는 점에서 김기림과 유사하지만, '지성', '모랄' 등의 정신적 태도를 절대시한다는 점에서 김기림과 구분된다.

> 現代가 混沌하다함은 다시 말하면 現代가 依據할 傳統과 信念을 잃었단 말이다. 이 잃어진 傳統과 信念에 代身될만한 傳統과 信念을 探求하고 摸索하는 精神이 곧 不安과 焦燥를 特徵으로 삼는 現代精神이다. 그리고 現代人은 이 엄청난 代用物을 科學가운데에 求하랴고 한다. 果然 科學이 次代의 人類를 統制할만한 人生觀을 提供하겠느냐함에 對하야 疑惑이 不無하다. 現代精神의 悲劇的 一面은 반듯이 이곳에서 생겨난 것이라고 볼 수 있다. 그러나 何如튼 現代精神이 科學에 絶對的 期待를 갖이고 있는 것만은 事實이다. 따라서 우리가 現代批評理論 가운데서 많은 科學援用을 目睹함은 當然한 일이라 할 것이다. 나는 이러한 主知的 傾向을 鮮明하게 表示하는 批評家로서 리챠즈와 리이드 두 사람을 든다.3)

사르트르가 '1850년대 세대'라고 명명했던 19세기 유럽의 모더니즘 운동은 파리와 비엔나를 중심으로 전통에 대한 단절과 부정, 새로운 삶의 조건인 도시화가 개인에게 강요하는 긴장과 분열에 대한에 심리적 반응을 예술화하는 방향으로 나아갔다. 아방가르드 운동이 부정 자체를 자신의 전통으로 삼음으로써 개인의 윤리를 강조하는 방향으로 나아갔

---

3) 최재서, 「비평과 과학」, 『문학과지성』, 인문사, 1938, 19면.

다면, 영국의 주지주의는 전통의 대체, 즉 새로운 전통을 발견함으로써 개인의 개성을 역사적 전통 속으로 안착시키려는 방향으로 나아갔다. 현대의 '혼돈'이란 바로 현대 이전의 전통과 신념이 상실되었음에도 불구하고 그것을 대신할 전통과 신념이 부재하는 상황을 가리키며, '불안'과 '초조'는 그 부재의 심리적 상태라고 할 수 있다. 최재서는 "현대정신의 비극적 일면"이 종교(기독교)와 맑스주의로 대표되는 보편적 질서의 부재에서 기인하며, 이러한 보편적 질서가 부재하는 현대를 사실의 세기라고 명명한다. 「현대주지주의문학이론」에서 강조하는 '사실(리얼리티)'이란 바로 이것이었다.4) 유럽의 모더니즘과 달리 최재서에게는 질서에 대한 강박이 존재한다. "질서는 결코 소극적이 아니라 창조적이고 또 사람을 불완전과 죄악으로부터 피난하여 주는 힘이 된다. 따라서 사회제도는 필수불가결하게 된다"(「현대주지주의문학이론」)나 "항결가티 자기의 개유적 개성을 주장하는 것보다는 도리혀 우리가 발견할 수 있는 최타당한 통제원리를 탐색하는 것이 현명할 것이다"(「시대적 통제와 예지」) 같은 진술이 이를 증명한다. 즉 이 시기 최재서는 단층파나 이상(李箱)의 문학이 보여주는 '의식의 분열'이 보편자(전통과 질서)의 부재에서 발생하는 현상이라고 생각했으며, 주지주의적 세계관에 근거해서 새로운 '절대적 가치'(전통)를 세움으로써 현대의 혼돈을 극복할 수 있다고 보았다. 이러한 관점에서 그는 전통을 "과거에 지나간 것을 지각할 뿐만 아니라 과거가 지금도 존재하고 있다는 것을 지각함"이라는 역사적 의식으로, 시인을 "보통적 정서와 사상을 독자적으로 결합할 특별한 매개를 갖이고" 있는 존재로 정의한다. 최재서는 예술가에게 전통이 중요한 까닭은 그것이 "작가에 의하여 지켜져야 할 바 하나의 궤도를 주기 때문이 아니라, 개성을 풍부하게 하고 또 개성의 기교성(寄矯性)을 훈련하여 바른 역사적 의식을 가지"도록 하기 때문이다.5)

---

4) '사실의 세기'에 관해서는 이양숙, 「최재서와 모더니즘 그리고 국민문학」, 『문학수첩』, 문학수첩, 2005년 가을, 462면 참조

최재서의 주지주의 문학론에서 주목할 점은 두 가지이다.

첫째, 고전적 의미에서의 전통을 국민이나 민족 단위로 정의하는 것이다. 그는 「시대적 통제와 예지」에서 전통을 "국민이나 민족의 경험의 총합이며 예지의 체계"로 정의한다. 코스모폴리탄적인 감각을 바탕으로 세계시민주의를 지향했던 김기림과 달리 최재서는 전통의 확립에 주목함으로써 국가와 민족이라는 근대적 단위를 벗어나지는 않았다. 그러나 그는 식민지 조선에서 계승할 전통을 발견하지 못했고, 이는 훗날 동양 혹은 일본이라는 확장된 단위에서 전통을 발견하려는 노력으로 이어진다. 식민지 시기 제국의 담론이었던 동양론이 조선의 지식인들에게 중요한 논점을 제공한 것은 바로 이 때문이었다. 전통에 대한 논의는 결국 40년대의 국민문학론 속에서 문화와 국가를 동일한 것으로 간주하는 방향으로 나아가는데,[6] 이는 "예술에는 국경이 없다하더라도 예술가에게는 조국이 있다"[7]라는 진술로 압축된다.

둘째, 새로운 전통과 질서를 '과학'에서 찾으려했다는 점이다. 식민지 시기 조선의 문단은 일본의 직접적인 영향권에 있었고, 이로 인해 영미의 주지주의는 "시에 있어서 과학적 방법"[8]이라는 의미로 수용되었다. 최재서가 「비평과 과학」에서 H. 리이드의 심리학과 I. A. 리챠즈의 『시와 과학』을 집중적으로 소개하고 있는 것도 이 때문이다. 주지하듯이 중일전쟁 이후 일본은 동양론과 근대초극론을 내세워 유럽의 과학주의를 비

---

5) 최재서, 「비평과 모랄의 문제」, 『최재서평론집』, 청운, 1961, 21면.

6) "문화 옹호와 국가 옹호는 별개의 것이 아니라 가깝지도 멀지도 않은 사이임을 우리들은 프랑스의 비극으로부터 배웠다. 문화를 옹호하기 위해서 국가를 옹호한다고 하는 것은 어폐가 있지만, 원래 양자는 동일한 것이기 때문에 문화를 위해서라도 국가를 지켜야만 한다는 말은 지당할 것이다. 그것이 그렇지 않다고 생각한 것은 역시 19세기 코스모폴리타니즘의 환상이었던 것이다. 국가적 굴레를 벗어나서만 문화는 발달할 수 있다고 하는 문화주의적 사고방식은 19세기적 환상과 함께 대포소리에 낳아가버리고 말았다." 최재서, 노상래 역, 「문학정신의 전환」, 『전환기의 조선문학』, 영남대 출판부, 2006, 29면.

7) 최재서, 노상래 역, 「우감록(偶感錄)」, 앞의 책, 118면.

8) 김윤식, 『한국근대문학사상연구』 1, 일지사, 1984, 240면 참조

판하는 방향으로 나아갔다. 당시 '과학주의'와 '휴머니즘'은 세계최종전쟁을 직감하고 있었던 일본의 사상계에서는 상식으로 통용되고 있었다. 그러나 영국의 주지주의에서 출발한 최재서에게는 과학주의에 대한 비판의 논리가 없었으며, 이는 과학으로 과학을 극복해야 한다는 사상적 딜레마로 작용할 위험이 있었다.

3. 신체제와 국민문학론

중일전쟁은 일본과 조선의 지식인들에게도 커다란 영향을 끼쳤다. 1937년 7월 중일전쟁을 감행한 일본은 제2차 국공합작으로 인해 전쟁이 장기전의 국면에 접어들자 1938년 국가총동원법을 공포, 본격적인 전시동원체제를 구축하기에 이른다. 만주국의 수립과 중일전쟁을 기점으로 본격화된 일본의 대륙침략은 아시아주의가 전면화되는 직접적 계기가 되었으며, 무한 점령 직후인 1938년 11월 고노에 내각에 의해 발표된 동아신질서(東亞新秩序) 건설의 구상은 사회주의자들이 전향하고 조선 지식인들의 반일의식을 약화시키는 역할을 했다.[9] 실제로 동아신질서 구상이 함축하고 있었던 반자본주의적 성격은 사회주의자들에게 새로운 희망으로 인식되었다. 주지하듯이 동아신질서는 당시 일본의 수상이었던 고노에 후미마로(近衛文麿)가 무력에 의한 정복정책을 포기하고 중국과 화해할 뜻을 밝힌 대(對)중국 전략의 일환이었다. 고노에 내각은 중일전쟁이 교착상태에 빠지자 "동아시아에서 이웃하고 있는 일본과 만주와 支那의 삼국이 각자의 개성을 존속시키면서도 東亞保全

---

9) 중일전쟁을 전후한 시기 사회주의자들의 전향에 대해서는 홍종욱, 「중일전쟁기(1937~1941) 사회주의자들의 전향과 그 논리」, 서울대 석사논문, 2000 참조

의 공동사명 하에서 굳게 단결하여야 하는 관계를 지닌 것은 진정 역사
의 필연"이라는 논리를 내세워 중국의 민족주의를 회유하기 시작했다.
중일전쟁이 침략전쟁이 아니라 동양의 영구적 평화를 정착시키기 위한
성전이라는 논리가 등장한 것도 바로 이때인데, 이를 위해서 일본은 전
쟁을 백인종과 황인종의 대결로 몰아감으로써 나름의 정당성을 확보하
려 했고, 또 이를 근거로 조선의 지식인들에게 협조를 구하기도 했다.
고노에의 이론적 후원자였던 미키 키요시와 소화연구회가 제시한 동아
협동체론은 결국 동아신질서 선언의 이론화작업이었던 셈이다.[10]

　30년대 후반 일본의 아시아정책은 두 가지로 담론화되었다. 하나는
미키 키요시의 동아협동체론이며, 다른 하나는 이시하라 간지의 동아연
맹론이다.[11] 이들 대아시아정책은 결국 동아신질서를 이론적으로 뒷받
침하기 위해 제시된 것이었다. 지배의 범위가 넓어지면서 일본은 종래
의 정체성은 물론 식민지와 본국의 관계를 지속적으로 조율해야 한다
는 요청에 부딪히게 되었다. 이런 점에서 아시아주의 혹은 아시아 담론
의 등장은 필연적이었다. 나아가 이러한 요청은 새로운 정체성에 맞춰
일본 내부도 개혁되어야 한다는 새로운 상황으로 이어졌다. 순혈민족론
과 혼합민족론이, 그리고 동아협동체론과 동아연맹론이 동시에 등장할
수밖에 없었던 이유도 이 때문이었다.

　1941년 11월 최재서에 의해 창간된 『국민문학』이 조선총독 미나미
지로(南次郎)에 의해 1940년 10월 제창된 '신체제운동'의 문학적 표현인
것은 사실이지만, 최재서의 국민문학론 내부에는 조선의 특수성을 보전
해야 한다는 논리와 함께 아시아의 세력관계 속에서 우위를 점하려는

---

10) 미키 키요시의 사상과 동아협동체론에 대해서는 함동주, 「중일전쟁과 미키 키요시
　　[三木淸]의 동아협동체론」, 『동양사학연구』 56호, 동양사학회, 1996, 161~170면 참조.
11) 윤대석은 동화와 이화라는 관점에서 당시 일본의 대아시아정책을 고찰할 필요가 있
　　으며, 이때 일본의 대아시아정책이 갖고 있는 논리적 모순성·양가성이 동아협동체론
　　과 동아연맹론이라는 사상을 통해 드러난다고 보았다. 윤대석, 「1940년대 '국민문학'
　　연구」, 서울대 박사논문, 2006, 32~48면 참조.

식민지 지식인들의 무의식이 짙게 투영되어 있다. 주지하듯이 일본의 대아시아정책은 각각의 국가나 민족에 따라 다르게 적용되었다. 일본은 조선에 대해서는 내선일체(內鮮一體)를 주장했는데 이는 합방 이후 반복적으로 등장했던 일시동인(一視同仁)이나 동조동근론(同祖同根論)과 별반 다르지 않은 것이었다. 동아신질서론의 대체물인 대동아공영권의 구상 속에서 일본은 조선과 대만에는 동화정책을, 그 외의 지역에 대해서는 협동주의를 택했는데,12) 이러한 정책의 차이는 조선의 지식인들이 조선 이외의 지역에 대한 심리적 우월감을 갖게 되는 계기가 되었다. 따라서 최재서의 국민문학론을 이해함에 있어 간과하지 말아야 할 점은 국민 문학론의 구상이 일본의 국책문학이라는 단일한 문제의식으로 설명될 수 없으며, 이는 조선과 일본의 관계를 어떻게 설정하느냐에 따라 상이한 방향으로 나아갈 수밖에 없다는 것을 이해하는 것이다. 이러한 방향의 변화는 최재서 개인의 이력, 다시 말해 지성주의의 포기와 창씨개명이라는 사건과 밀접한 연관성을 지니고 있다. 이광수는 1940년 2월 12일 창씨개명 접수가 시작된 다음날 가야마 미쓰로(香山光郎)으로 창씨개명을 한 반면, 국민문학론였던 최재서가 1944년 1월에 이르러서야 이시다 고조(石田耕造)로 창씨개명한 까닭은 무엇이었을까.

일본 문단에서 국민문학론에 관한 논의가 시작된 것은 1937년 이후이다.13) 아사노 아키라(淺野晃)를 비롯하여 '일본 낭만파'와 『문학계』에 의해 주장된 국민문학론은 시민의식에 근거한 서구 근대문학의 개인주의와 자유주의를 비판하는 한편, 고대 일본의 문화예술을 발굴하고 복고적 전통주의에 근거하여 천황제파시즘을 옹호하는 국책문학의 성격이 강했다. 아시아주의의 전면화로 인해 동양과 서양이 반정립 관계로 인식되는 상황에서 일본적인 것, 동양적인 것에는 근대의 종언과 초극

---

12) 위의 글, 66면.

13) 아사노 아키라의 국민문학론에 대해서는 정창석, 「'전쟁문학'에서 '받들어 모시는 문학'까지」, 『일어일문학연구』 35집, 한국일어일문학회, 343~347면 참조

이라는 의미가 부여되었다. 서구의 근대예술이 자유주의적 개인들의 개성의 산물임에 반해 국민문학은 강력한 국가주의를 바탕으로 서구적 문학과는 질적으로 구분되는 가치를 제시하고 나아가 서구적 근대의 한계를 극복하겠다는 의도를 띠고 있었다. 1940~41년 사이에 일본은 신체제운동의 후속조치로 조선의 문예잡지를 통합하고『동아일보』,『조선일보』등의 언론을 강제 폐간시켰다. 당시『인문평론』을 주재하고 있었던 최재서는 총독부의 시책에 발맞추어 조선 유일의 문예잡지인『국민문학』을 창간했는데, 그가 밝힌 편집요강은 다음과 같다. ① 국체 개념의 명징, ② 국민 의식의 앙양, ③ 국민 사기의 진흥, ④ 국책에의 협력, ⑤ 지도적 문화이론의 수립, ⑥ 내선문화의 종합, ⑦ 국민문화의 건설. 국체 개념의 명징이란 국체에 반(反)하는 일체의 사상, 즉 민족주의, 사회주의, 개인주의, 자유주의 등을 배격함을 의미하며, 국민의식의 앙양이란 일본 국민으로 새롭게 태어날 주체들에게 필수적인 '정열'을 심어주는 것을 가리킨다. 또한 국민 사기의 진흥이란 국민들의 의식을 흐리는 비애, 회의 등의 퇴폐적 기분을 일소하는 것이며, 국책에의 협력이란 문학의 비판적 기능을 포기함으로써 국가 시책을 지지하고 작품화하는 것을 의미한다. 이러한 세부 항목들이 궁극적으로 내선문화의 종합과 국민문화의 건설이라는 내선일체의 논리로 귀결됨은 주지의 사실이다.

　최재서는 주지주의 문학론에서 지성을 통해 상실된 절대적 가치를 대신할 전통을 발견하려 했었다. 그에게 있어서 모랄은 '작가적 자각'14)의 기초이며, 현대의 문제는 "모랄리티가 없이 모랄에의 지향"15)만이 존재하는 데서 비롯되는 것이었다. 모랄은 "주체와 객체, 감성과 지성, 정서와 사상이 종합하는 곳"16)에서 성립되지만, 불행히도 그는 30년대의 조

---

14) 최재서, 「작가와 모랄의 문제」,『문학과 지성』, 인문사, 1938, 263면.
15) 최재서, 「비평과 모랄의 문제」,『최재서 평론집』, 청운, 1961, 26면.
16) 위의 글, 23면.

선에서 개인의 개성이 깃들일 전통적 의식(도그마)을 발견하지는 못했다. 그렇기 때문에 지성이란 이름으로 행해진 비건설적 문학이론인 주지주 의는 회의적 태도로서의 모랄을 가능하게 할지언정 새로운 대안이 되지 는 못했다. 그렇지만 주지주의 시기 최재서는 문학이 내셔널리즘으로 환 원되는 것에 명확하게 반대했으며, 지성과 모랄을 통해 비평의 비판적 기능, 즉 비평의 도그마적 성격을 회복함으로써 서구적 의미의 교양론으 로 나아가려 했다. 미키 키요시의 「교양론」의 영향 하에서 집필된 「교양 의 정신」(『인문평론』 2호, 1939.11)은 이를 명시적으로 보여준다. 그러나 국 민문학론 시기에 접어들면 최재서는 일본과 독일의 문화론의 영향으로 인해 문학이 아닌 문화의 중요성을 강조하기 시작하며, 현대의 새로운 전통을 일본이라는 국가주의 속에서 발견하려는 태도를 보여준다. 1943 년에 출간된 평론집 『전환기의 조선문학』의 첫머리에 「전환기의 문화 이론」을 배치한 것은 이런 점에서 매우 상징적이다.

그렇다면 국가는 어떤 힘으로 문화에 통일을 부여할 수 있는가? 그것은 국 가 이상(理想) 이외에는 있을 수 없다. 전 국민에게 목표와 표준을 부여할 수 있을 만한 높고 원대한 이상이 없으면, 국민문화는 발전은커녕 유지하는 것조 차 의심스러울 것이다. 어떤 커다란 국가 이상이 있어서, 그것이 풍속, 도덕, 제도, 법률, 학문, 예술 등의 내부에서 각각 객관시되어 구체화될 때 비로소 국민문화는 성립한다. 원래 문화라는 것은 가치 체계(그것은 이상을 내면적으 로 응시하는 모습이다)의 제도화일 뿐이다. 지금까지 개인적인 혹은 외래적인 가치 체계를 신봉하여 온 국민에게 국가적인 가치 체계를 부여하는 것이 오 늘날 모든 국가의 당면한 긴급과제여야 한다. 우리 자신을 뒤돌아본다면, 우 리들은 전통의 집을 떠나 오랜 동안 타인의 집 앞에서 길을 잃고 헤매고 있 다. 서구풍의 생활을 지극히 표면적으로 모방하여 그것을 문화생활이라고 여 겼다. 또 이러한 문화의 저속화에 내심 경멸의 마음을 가진 소위 문화주의자 들도 영혼의 고향을 소위 '코스모폴리탄적 대기' 안에 두고, 발붙일 곳을 찾다 지쳐 헤매고 있는 꼴이었다.17)

전통의 지평은 '국가'로 바뀌었지만, '전통'과 '가치체계'에 대한 관심
은 주지주의 시기와 동일하게 반복되고 있다. 그 스스로 "일본 국가의
모습을 발견하기까지의 영혼의 기록"이자 "일억 국민의 길"에 대한 승
인이라고까지 주장한 『전환기의 조선문학』의 서두는 이처럼 '문학'이
아니라 '문화'에서 시작된다. 이 글에서 최재서는 '문화생활'과 '문화주
의'를 구분하는데, 전자가 근대화(modernization)에 가까운 서구적 근대의
물질성을 의미한다면, 후자는 "합리적으로 자리매김 된 영원성이 있는
것을 문화가치에 부여하는" 것을 가리킨다. 전자가 근대적 일상을 지배
하는 물질적인 것이라면, 후자는 "시공을 초월하여 무한하게 추구되어
져야만" 하는 정신적인 것이라고 할 수 있다. 최재서는 문화 자체를 목
적으로 보는 이 문화주의를 '국가적 입장'에서 문제 삼아야 한다고 주
장한다. 즉 서구적 문화생활에 젖어 있는 조선의 현실을 문화주의로 극
복하되, 문화의 순수성을 옹호한다는 것 때문에 '문화를 위한 문화'라는
자유주의적인 발상으로 경사되는 것을 막아야 한다는 것이다. 그에 의
하면, 개인주의적인 영리 추구가 종교적·도덕적 제약이나 국가의 통제
를 벗어날 때 자본주의와 자유주의의 문제가 발생하듯이, 문화 또한 국
가적 통제나 전통의 도그마를 벗어나면 예술 자체를 "멸사봉공해야 할
신"으로 떠받드는 문제를 발생시킨다. 따라서 위기에 처한 문화는 "새
로운 국가적 계획과 통제 하에 국민갱생의 길"을 걸어야 하며, 이때 문
화적 분열은 극복될 수 있다. 이러한 주장에는 몇 가지 전제가 따르는
데 첫째, 서구적 문화생활을 문화주의라는 정신으로 극복해야 한다는
것, 둘째, 국가적 이념의 통제에 의해 문화는 비로소 "국민의 통일과 단
결"이라는 "제1의 요건"을 충족시킬 수 있다는 것, 셋째, 그렇게 함으로
써 자본주의적·자유주의적 문화 개념과 그에 근거한 코스모폴리타니
즘을 극복할 수 있다는 것이다. 이러한 주장의 밑바탕에는 근대 유럽문

---

17) 최재서, 노상래 역, 「전환기의 문화이론」, 앞의 책, 19~20면.

화가 근본적인 위기에 직면했으며, 그 위기를 일본으로 상징되는 동양적 가치에 의해 극복할 수 있다는 동양주의와 근대초극론의 감각이 짙게 투영되어 있다.

현대 문화의 위기를 좀 더 구체적으로 살펴보면, 세계관에 있어서 자유주의·합리주의의 실격, 사회에 대한 실증주의적 관찰의 부적합, 정치에 있어서 민주주의의 무력화, 세계경제의 파탄, 개인주의적 문학의 막다름 등과 같은 일련의 사상(事象)을 지적할 수 있다. 문학만 보더라도 개인이 인류적인 입장에서, 다만 독창성만을 가지고 인류 문화에 기여한다고 하는 근대적 관념은 더 이상 용인되지 않는다. 말하자면, 모든 민족의 문화적 선수가 모여서 그 창조적 능력을 경연하는 올림피아의 장은 폐쇄되었다. 그런 능력은 좀더 구체적으로 절실한 민족의 생존과 국가의 영위에 바쳐져야만 할 것을 요청받고 있다. 파리의 함락은 많은 교훈과 동시에 많은 문제를 우리들에게 가져다주었다. 프랑스는 문화가 극도로 발달하였기 때문에 독일군에게 패했다고 흔히 이야기한다. 그러나 이것은 피상적인 관찰에 지나지 않는다. 문화의 발달이 국민을 약체화시킨다는 것은 이치에 맞지 않는 이야기로 역사적으로도 증명되지 않는다. 예를 들어 페리크레스 시대의 그리스, 엘리자베스 시대의 영국은 문화적으로 볼 때 절정에 있었을 뿐만 아니라 국력에서도 가장 충실했었다. 이치로 따져도 문화 유산이 없는 야만인이 문명인보다 전쟁에 강하다고 할 수는 없다. 오히려 조국의 문화를 지키고자 하는 데에서 이론을 초월한 전투력이 생겨나는 것은 아닐까? 때문에 프랑스의 패전 원인은 다른 방향에서 탐색되어야만 한다는 것을 암시한다. 즉 프랑스는 1790년의 혁명 이래 스스로 요람화된 문화의 코스모폴리타니즘 때문에 문화의 국가성을 등한시한 것은 아니었을까? 그래서 이 훌륭한 문화까지도 말발굽에 유린되는 비운에 빠졌던 것은 아닐까? 이것이 당연한 해석이 아닐까 생각한다. 그래서 문화 옹호와 국가 옹호는 별개의 것이 아니라 가깝지도 멀지도 않은 사이임을 우리들은 프랑스의 비극으로부터 배웠다. 문화를 옹호하기 위해서 국가를 옹호한다고 하는 것은 어폐가 있지만, 원래 양자는 동일한 것이기 때문에 문화를 위해서라도 국가를 지켜야만 한다는 말은 지당할 것이다. 그것이 그렇지 않다고 생각한 것은 역시 19세기 코스모폴리타니즘의 환상이었던 것이다. 국가적 굴레를 벗어나서만 문화는 발달할 수 있다고 하는 문화주의적 사고방식은 19세기적 환상과 함께 대포소리로 날아가 버리고 말았다.[18]

최재서는 도덕(전통)의 생명과 작용을 위기에 빠뜨리는 두 가지 현상을 공업화와 도회화라고 지적하는데, 그것은 "세계관에 있어서 자유주의·합리주의의 실격, 사회에 대한 실증주의적 관찰의 부적합, 정치에 있어서 민주주의의 무력화, 세계경제의 파탄, 개인주의적 문학의 막다름" 같은 동양주의에 입각한 근대초극론의 문제의식 바로 그것이었다. 그에 따르면 프랑스혁명에서 출발하는 서구의 자유주의 문화가 위기에 처하게 된 까닭은 "문화의 국가성"을 간과했기 때문이며, 따라서 문화를 보호하기 위해서는 먼저 문화와 국가를, 개인과 국가를 유기체로 간주하는 "문화의 국민화"가 선행되어야 한다. 최재서의 국민문학론은 바로 이 문화의 국민화의 한 방편으로 고안된 것이었다. 이러한 맥락에서 그는 조선의 근대문학이 르네상스에서 발원한 서구의 근대정신을 모방한 것이었으며, 세계사적인 대전환기에 직면하여 조선의 근대문학과 모더니즘을 근본적으로 비판한 김기림의 비평을 고평(高評)한다. 국민문학의 관점에서 볼 때 문학이 교육이라는 '신념'을 버리고 "개성을 가치를 보고"로 간주한 모더니즘은 '미신'에 불과하며 심리주의적 리얼리즘은 '역겨운 병적 문학' 이상이 될 수 없다. 그렇다면 문학에서의 국민의식이란 무엇인가? 그것은 "자신은 일개 개인이 아니라 한 사람의 국민이라고 하는 의식, 따라서 자기 자신 한 사람으로는 의미도 가치도 없는 존재이며, 국가에 의해서 처음 의미와 가치를 부여받는다고 하는 자각"[19]이다. 이처럼 문학이 국민의식과 동일한 것으로 간주될 때 "개인의 사생활―의식주, 연애, 결혼, 아니 생로병사"[20]까지도 모두 국사(國

---

18) 최재서, 노상래 역, 「문학정신의 귀환」, 앞의 책, 28~29면.
19) 최재서, 노상래 역, 「국민문학의 요건」, 앞의 책, 51면.
20) 최재서, 노상래 역, 「우감록」, 앞의 책, 115면.

事)로 간주되기에 이른다.

4. 지방주의에서 받들어 모시는 문학으로

1940년대의 국민문학론은 국가총동원이라는 신체제운동의 문학적 표현이었다. 이 시기 일제의 통치전략은 내선일체의 슬로건으로 압축되는 바 국민문학론 또한 신체제운동의 정당성과 내선일체의 역사적 의의에 대한 맹목적 옹호로 채워진다. 그러나 친일문학의 상징으로 여겨지는 40년대의 국민문학론이 일본의 식민지 지배정책을 고스란히 반복하기만 했던 것은 아니었다. 절대다수의 국민문학론자들이 내선일체를 옹호하고 국가주의로 함몰된 것은 사실이지만, 그 속에는 조선적 특수성을 모색함으로써 사유의 차원에서나마 제국―식민지 관계로 환원되지 않는 독특한 이론에 대한 모색 또한 존재했다.

1940년대 조선 지식인들의 사유방식을 이해하기 위해서는 먼저 두 가지 사건을 주목해야 한다. 그 하나는 1940년 6월 15일 파리의 함락이고, 다른 하나는 1942년 5월 징병제 실시 선언이다. 1940년 11월에 행해진 최재서의 강연록 「신체제와 문학」에서 잘 드러나듯이 유럽의 후발국가 독일이 유럽의 수도 파리를 함락시킨 역사적 사건은 조선의 지식인들에게도 커다란 충격으로 다가왔다. 1938년 무한 삼진의 함락에서 동양의 신질서 수립을 어렴풋하게 예감했던 조선의 지식인들은 파리의 함락에서 세계사의 전환을 실감했고, 일본이 동양의 맹주가 되어 새로운 질서를 건설하기 시작했음을 인정하지 않을 수 없었다. 서구적 근대에 대한 비판이 본격적인 근대극복론, 근대종언론, 근대초극론으로 나아가게 된 것도 바로 이 무렵의 일이다. 한편 징병제의 실시는 내선일체와 황민화에 새로운 국면으로 작용했다. "작년 12월 8일 아침, 우리는 황공하게도 선전(宣戰)의 조칙을 받들었고, 또 지난 5월 8일 조선에 징병 제를 실시한다는 발표를 접하였다. 우리 국민은 그 순간 진리의 모습을 한 태양신의 자태를 우러러, 마음의 암운이 한꺼번에 불식되는 상쾌함을 느꼈던 것이다"21)라는 진술에서 확인되듯이 태평양 전쟁의 발발은 세계사적 전환의 시작이었고, 징병제는 완전한 내선일체, 즉 내선의 차별이 사라지는 것으로 받아들여졌다. 최재서가 경험한 마음의 '상쾌함'이란 바로 새로운 정체성의 확임에서 기인하는 명확함이었다. 징병제의 실시는 일본에 대한 판단을 망설였던 지식인들이 "자신의 입장을 결정해야만 할 최후의 기회"처럼 느껴졌고, 최재서가 인용하고 있듯이, 조선의 많은 지식인들에게 태평양전쟁의 개전은 "왔구나, 이것으로 올 데까지 왔다고 느꼈다", "희미하던 것이 환해져 활짝 갠 기분이다"와 같은 느낌을 불러일으켰다.

중일전쟁 이후 일본의 대(對)조선 정책은 두 개의 대립되는 방향으로 동시에 진행되었다. 그 하나는 내선일체와 일선동조론으로 표현되는 동화의 방향이고, 다른 하나는 제국―식민지 관계의 유지를 위한 이화의 방향이다.22) 일본은 제국―식민지의 범위 안에서 조선에 동화정책을 펼쳤지만, 그것은 역설적으로 제국―식민지 관계를 무력화시키거나 '일본'이라는 정체성 자체를 변화시켜야 하는 역설적 결과를 가져온다는 점에서 사실상 실현불가능한 것이었다. 이런 점에서 조선은 식민지가 아니라 내지의 일부이며 "내선일체의 최후는 내선 무차별 평등에 도달하는 것"23)이라는 주장은 이데올로기에 불과했다. 동화가 지나치게 강

---

21) 위의 글, 138면.

22) 일본은 식민지였던 조선과 대만에 대해서는 동화정책을, 괴리국가인 만주에 대해서는 일본인 주도의 협화정책을, 군사점령지역이었던 동남아와 북태평양에 대해서는 자립을 표방한 식민지 정책을 각각 펼쳤다. 일본의 식민지 정책에 대해서는 윤대석, 『식민지 국민문학론』, 역락, 2006, 15~41면; 윤대석, 「1940년대 '국민문학' 연구」, 서울대 박사논문, 2006, 23면 참조.

조되어 제국=식민지가 되는 순간, 즉 식민지가 식민지가 아니라 일본의 일부분이 되는 순간 제국─식민지의 관계는 해체되어 버린다. 그러므로 동화는 항상 그 속에 차별화의 전략을 내포할 수밖에 없다. 동아신질서와 대동아공영권을 역사적 정당성으로 삼았던 일본은 동화를 강조하면서도 끊임없이 식민지와 자신을 차별화해야 하는 딜레마를 경험해야 했다. '민족'과 '국가'가 불일치하는 상황에서 내선일체를 주장한 지식인들 역시 비슷한 분열에 직면해야 했는데, '조선인은 어떻게 일본인이 될 수 있는가'라는 최재서의 물음은 바로 이 분열의 딜레마를 단적으로 보여준다. 식민지 지식인의 내선일체관, 즉 민족협동론과 민족동화론의 대립은 이 분열의 구체적 표현이었다.

최재서는 「조선문학의 현단계」에서 이러한 딜레마를 다음과 같이 정리한다. "오늘날 일본문학은 한편으로는 순수화의 도를 점점 높여감과 동시에 다른 한편으로는 확대의 범위를 점점 넓혀 갈 것이다. 전자는 전통의 유지와 국체 명징과 관련된 것이며, 후자는 이민족의 포용과 세계신질서의 건설과 관련된 일이다. 전자가 천황으로 귀일하는 경향이라면 후자는 팔굉일우(八紘一宇)를 드러내는 일이라고 해야 할 것이다. 이 두 가지 면의 작용이 어떠한 모순이나 자가당착 없이 동시에 행해져야 함은 당연하다." '천황귀일'이 일본적인 것을 강조하는 순혈론에 가깝다면, '팔굉일우'는 혼합민족론에 해당한다. 전자가 일본의 순수성을 강조함으로써 결과적으로 이화의 효과를 낳는 것이라면, 후자는 이화작용이 제국─식민지의 관계를 해체시키지 않도록 범위를 제한한다는 점에서 동화의 효과를 낳는 것이라고 할 수 있다. 일찍이 최재서는 일본의 식민지 지배가 이러한 딜레마에 봉착하게 된다는 사실을 깨달았으며, 그 해답을 두 방향의 동시공존에 의해서만 가능하다고 생각했다. 동화

---

23) 남차랑(南次郎), 「사변의 장래와 내선일체[事變の將來と內鮮一體]」, 방기중, 「조선 지식인의 경제통제론과 '신체제' 인식」, 『일제하 지식인의 파시즘체제 인식과 대응』(방기중 편), 혜안, 2005, 42면에서 재인용.

와 이화가 서로를 배척하지 않음으로써 일본적인 것과 조선적인 것이 함께 새로운 국가 일본의 정체를 만들 수 있다는 것, 이것이 바로 주지주의자 최재서가 '지성'으로 돌파하려 했던 지점이다.

일본문학과 대립하여 조선문학이 있는 것이 아니다. 일본문학의 일환으로서 조선문학이 있는 것이다. 다만 조선문학은 충분히 독창성을 가진 문학일 터이므로, 장래의 일이기는 하지만 조선문학으로서의 일부분을 확보하게 될 것이다. 조선문학을 논하는 경우, 그것을 구슈문학이나 북해도문학과 비교하는 사람이 많다. 물론 일본의 지방문학으로 파악할 것이겠지만, 그렇다고 틀렸다 말할 수는 없다. 그러나 양자는 결코 동렬에 나란히 놓을 성질의 것은 아니다. 조선문학은 구슈문학이나 동북문학이 아니면 대만문학 등이 가지고 있는 지방적 특이성 이상의 것을 갖고 있다. 그것은 풍토적으로나 기질적으로도 다르다. 따라서 사고형식상으로도 내지와는 다를 뿐만 아니라, 오랫동안 독자적인 문학 전통을 함유하고 있으며, 또 현실적으로도 내지와는 다른 문제와 요구를 지니고 있다. 앞으로도 조선문학은 이들 현실과 생활 감정을 소재로 하게 될 것이므로, 내지에서 생산되는 문학과는 상당히 다른 문학이 될 것이다. 굳이 예를 찾는다면, 그것은 영국문학에 있어서 스코틀랜드문학과 같은 것이 아닐까? 그것은 영문학의 일부분이지만 스코틀랜드적 성격을 견지하여 다수의 공헌을 하고 있다. 또 언어 문제가 시끄러웠던 때에 자주 조선문학을 아일랜드 문학에 비교하는 경향도 있었는데, 그것은 위험하다. 아일랜드 문학은 역시 영어를 사용하고는 있지만, 정신은 처음부터 반(反)영국적이며 영국으로부터의 이탈이 그 목표였다. 이런 이유로 나는 조선문학의 멸망을 외치는 절망론에 대해서나 조선문학을 말살하려는 하는 획일론에 대해서도 찬성하지 않는다. 다만 그 취지는 말할 것도 없이, 조선의 창조적 능력을 살려서 신일본 문화건설에 기여하고자 하는 것이다.

1942년 8월에 발표된 이 글에서 최재서는 조선문학을 일본문학의 '지방문학'으로 개념화한다. 이때의 '지방'은 중심의 권력을 전제하는 주변이 아니다. 소위 '신지방주의'라고 불리는 최재서의 국민문학론 구상은 "시국에 협조할 수 있는 최소한의 자존심"24)인 동시에 '지성'의 방법으로 모색한 일본인 되기의 방편이라고 이해할 수 있다. 그는 일본문학의 범위 내에서 조선문학이 지방문학임을 부정하지 않지만, 또한 지방문학으로서의 조선문학이 큐슈나 동북아 문학과 같은 지역문학으로 평가되는 것에는 단호하게 반대한다. 이는 조선문학이 중앙 혹은 중심으로 설정된 일본(동경)의 변방이 아니라, 비록 국가이념을 훼손하지 않는 범위 내일지라도 일정한 독자성을 갖는다는 것을 의미한다. 이를 정당화하기 위해 최재서는 조선문학이 "사고형식상으로도 내지와는 다를 뿐만 아니라, 오랫동안 독자적인 문학 전통을 함유하고 있으며, 또 현실적으로도 내지와는 어떻게 다른 문제와 요구를 지니고 있"다고 주장한다. 식민지 시기의 국민문학론에서 이 독자성의 의미를 읽어내는 것은 매우 중요하다. 그것은 정치권력의 힘 관계와 달리 일본문학과 조선문학을 중심과 주변이라는 이항적 관계로 환원시키지 않기 때문이다. 일본문학이 중심이 아니라는 논리는 결국 "외지문학을 포용함으로써 일본문학의 질서" 또한 재조정을 거치지 않을 수 없다는 논리로 확장된다. 어떻게 이러한 논리적 구성이 가능할까? 그것은 앞서 지적했듯이 일본의 식민지 정책이 동화와 이화라는 상반된 방향으로 동시에 진행될 수밖에 없고, 나아가 점령 지역이 확장될수록 일본의 국가 이념 자체가 새롭게 구성되어야 한다는 인식에 근거한다. 최재서에게 있어서 일본의 국가이상이란 이미 존재하는 일본의 정체성과 동일한 것이 아니라 발굴되고 재구성되어야 할 미래적 가치였다. 지방문학으로서의 조선문학이라는 사유는 시인 김종한이 「일지(一枝)의 윤리」에서 주장한 지방문화론을 원용25)한 것이다. 이러한 관점에서 그는 일본 국민으로서의 입장을 망각하지 않는 한 "조선의 작가가 작품에서 향토색을 띠려고 하는 것은 조

---

24) 윤대석, 『식민지 국민문학론』, 역락, 2006, 27면.
25) 최재서가 인용한 김종한의 지방문화론은 다음과 같다. "동경도 경성도 동일한 전체 내에서 하나의 공간적 단위에 지나지 않을 것이다. 이러한 자부와 자각을 가질 때 처음으로 우리는 지방에서 봉공하는 자신의 직역에 안심입명할 수 있다. 김종한, 「일지의 윤리」, 『국민문학』, 인문사, 1942.3.

금도 나쁜 일이 아니며 오히려 당연한 일"26)이라고 주장하고, "미국에
서 더욱 조악해져버린 유럽의 퇴폐문화"27)를 형식적으로 모방한 것에
불과한 동경(東京)의 문화도 배격되어야 한다는 주장을 내놓는다.

　이처럼 최재서의 국민문학론은 비록 신체제운동의 문학적 표현에 불
과했지만 상당한 논리로 무장되어 있다. 식민지 시기 민족협동론에 입
각해서 내선일체를 주장했던 일군의 사상가들이 동아신질서와 대동아
공영권이라는 파시즘적 현실 하에서 자기 정체성을 정당화할 수 있는
이론적 근거를 구했다면, 최재서는 지방문학이라는 개념을 통해 민족동
화론과는 다른 차원에서 조선문학의 가능성을 모색하려 했다. 이런 점
에서 최재서의 국민문학론은, 그 자신의 주장처럼 단순한 국책문학과는
다르며, 오히려 조선적 특수성을 포기하지 않는 범위에서 어떻게 조선
인이 일본인이 될 수 있는가라는 근본적인 물음에 대한 해답의 성격을
지닌다. 이러한 질문과 대답이 지성주의의 산물임은 분명하다. 그러나
조선적 특수성에 대한 사유는 징병제 실시를 계기로 흥미로운 변화를
보여준다.

　　아무래도 피로써 국토를 지킨다는 각오가 없으면 조국 관념은 생기지 않는
　다. 지금까지의 내선일체 운동이 관념적인 운동이었던 것은 결코 아니지만,
　그것이 단순한 관념론으로 끝난 부분도 있었다. 그것은 반도인이 끝까지 피로
　써 일본 국토를 지킨다는 외곬의 보장성이 없었기 때문으로 여겨진다. 이번에
　야말로 반도인이 흔들림 없는 조국 관념을 굳건히 가져야만 하며 또 그렇게
　될 것이다. (…중략…) 지금 조선문학이 표현할 수 없는 막다른 길에 접어든
　근본적인 원인은 작가들에게 국민적 정열이 희박했다는 데 있다. 그러나 이처
　럼 한 마디로 작가만을 탓할 수도 없다. 젊은 작가들 사이에서 국민적 정열을
　가지려 하나 가질 수 없다는 고뇌가 타인의 상상을 넘어서고 있다는 것은 일
　례이다. 국민적 정열이라는 것이 설득이나 권유나 더구나 명령이나 호령에 의

---

26) 최재서, 노상래 역, 「국민문학의 입장」, 앞의 책, 99면.
27) 위의 글, 100면.

해 생기는 것은 아니다. 조국을 위해서 스스로 피를 흘려 생명을 버리고 싸우는 일에서부터 국민적 정열은 용출한다. (…중략…) 징병제를 실시로 반도인의 지위가 비약적으로 향상될 것이라는 점은 명료하다. 이미 내선일체 운동의 강령은 조선인이 진정으로 황국신민이 됨으로써 대동아공영권에 지도적 민족이 되어, 그 건설에 참여해야 한다고 하였다.[28]

신념은 가르침을 받을 수 있는 것이 아니다. 스스로 획득해야만 하는 것이다. 몸이 그 경우에 처하여 자연히 몸에 배는 것이다. 반도 지식인에게 이와 같은 흔들리지 않는 신념의 기반을 제공해 준 것은 징병제 실시의 발표이다. (…중략…) 반도인이 일본에 대하여 조국 관념을 가질 유일한 길은 제국 군인이 되어 직접 국토방위의 임무를 맡는 것 외에는 없다고 생각한다. 그 일이 이루어지기까지 정신적 준비로써 여러 가지 애국운동이 행해졌다. 그런 애국 운동이 효과를 봐서 이번에 영예로운 은사를 받을 수 있었던 것이다. 그러나 사상운동만으로는 조국 관념이 생길 수 있을까? 만일의 경우에 자기의 피를 흘려, 아니 가장 사랑하는 자식의 목숨까지도 바치는 데서, 비로소 진정한 조국 관념은 생긴다고 생각한다. 자기와 국가가 피로써 연결된다. 이것을 내지 동포와 관련지어 말하면 어디까지라도 운명을 함께 한다는 것이다. 이로써 만대에 걸친 조국 관념은 확연하게 수립되는 것이다.[29]

사실 징병제의 실시는 황민화에 대한 어느 정도의 믿음이 없으면 실현 불가능한 정책이다. 그러므로 조선에서의 징병제 실시를 전후하여 일본인들에게서 "조선인을 징병으로 전장에 내몰았을 경우 조선인 병대(兵隊)가 무기를 어느 쪽으로 향할 것인가"라는 배반에의 우려가 쏟아져 나온 것은 당연한 것이었다. 조선에서의 징병제는 병력의 부족을 해소하기 위해 취해진 매우 현실적인 정책이었지만, 동시에 조선인들에게 일본 국민의식을 확립시키기 위해 의도적으로 취해진 전략적 정책이기도 했다.[30] 조선에서의 징병제 실시를 위해 일본은 병역의 의무를 내지

---

28) 최재서, 노상래 역, 「징병제 실시의 문화사적 의의」, 위의 책, 143~146면.
29) 최재서, 노상래 역, 「징병제 실시와 지식계급」, 위의 책, 151~152면.

인에 국한시킨 명치헌법의 조항을 바꾸었다. 이러한 정책의 변환은 당시 지식인들에게 억압이 아니라 차별의 해소로 받아들여졌는데, 이런 맥락에서 몇몇 지식인들은 병역의 의무는 의무가 아니라 특권이라는 주장을 서슴지 않았다. "의무보다 더 많은 부름"이란 바로 이 특권으로서의 병역을 가리킨다.

징병제의 실시와 동시에 최재서의 일본인 되기는 지성주의에서 감성주의로 급격하게 변모한다. 두 편의 인용에서 확인되듯이 국어의 문제라든가 지방문학이라는 논리적 연관성이 사라진 자리를 '피'와 '신념'에 입각한 동화론이 차지하게 된다. 「징병제 실시의 문화사적 의의」에서 그는 내선일체의 관념성이 피로써 국토를 지킴으로써 극복될 수 있으며, '국민적 정열'이란 고뇌나 설득의 문제가 아니라 "조국을 위해서 스스로 피를 흘려 생명을 버리고 싸우는 일"로써 확립될 수 있다고 주장한다. 흥미로운 점은 조선인이 피 흘려 일본을 지킴으로써 조선인이 진정으로 황국신민이 될 수 있으며, 나아가 일본이라는 제국 내에서 조선인의 위치가 "대동아의 지도 민족"으로 상승될 수 있다는 생각이다. 이러한 '피'의 논리는 「징병제 실시와 지식계급」에서 '신념'의 문제로 표출된다. 일본인 되기, 즉 황국신민이 되는 것은 더 이상 논리와 지성을 통한 문제가 아니라 신념을 획득하는 것이며, "반도인이 일본에 대하여 조국 관념을 가질 유일한 길은 제국 군인이 되어 직접 국토방위의 임무를 맡는 것" 외에는 있을 수 없다는 몰지성주의야말로 이 시기 최재서의 사유가 위치한 지점을 가장 극명하게 보여준다. '지성'과 '모랄'이 '피'와 '신념'으로 바뀌는 지성주의의 파탄이 도달할 수 있는 결론은 개인과 국가가 피로써 연결되고, 이를 통해 내지인과 조선인이 공동의 운명으로 묶일 수 있다는 황국신민화에 근거한 내선일체의 논리 이상이 아니다. 그러나 그것은 내선일체의 불가능성을 신념과 결단으로 돌파했

---

30) 징병제에 대해서는 최유리, 『일제 말기 식민지 지배정책연구』, 국학자료원, 1997, 179~197면 참조.

다는 점에서 진정한 내선일체와는 거리가 먼 것이었다. 1944년 1월의 창씨개명은 바로 이것의 명시적 표현에 불과하다.

문제는 늘 간단명료하였다.—너는 일본인이 될 자신이 과연 있는가? 이런 질문은 다시 다음과 같은 의문을 일으켰다. 일본인이란 무엇인가? 일본인이 되기 위해서는 어찌해야 하는가? 일본인이기 위해서는, 조선인이라는 것을 어떻게 처리해야 하는가? 이들 의문은 이미 지성적인 이해나 이론적인 조작만으로 되는 일이 아닌 마지막 장벽이었다. 그렇지만 이 장벽을 뛰어넘을 수 없는 한, 팔굉일우도 내선일체도 대동아공영권의 확립도 세계신질서의 건설도, 통틀어 대동아전쟁의 의의조차 아리송해진다. 조국관념의 파악이라고는 하지만 이들 의문에 대한 명확한 대답을 지니지 않는 한, 구체적 현실적이라고 할 수는 없다. 여기서 나 자신의 체험을 말해보자. 나는 작년 말경부터 여러 가지로 자신을 정리하리라고 깊이 마음먹고 새해 첫날에는 우선 그 시작으로 창씨를 했다. 그리고 2일 아침에는 이것을 고하기 위해 조선신궁에 참배하였다. 그 앞에 깊이 머리 숙이는 순간 나는 맑은 대기 속에 빨려들어 모든 의문에서 해방된 느낌이었다.—일본인이란 천황에 봉사하는 국민이다.31)

결국 최재서는 1944년 석전경조(石田耕造)로의 창씨개명과 동시에 지방문학으로서의 조선문학, 조선적인 것을 완전히 포기하고 천황사상에 귀의한다. "일본인이기 위해서는, 조선인이라는 것을 어떻게 처리해야 하는가"라는 질문으로 집약되는 인용문의 내용은 이 시기 최재서의 고민이 무엇이었는가를 단적으로 보여준다. 체험에 근거한 창씨개명의 변이라고 할 수 있는 이 글은 창씨개명을 전후한 시기 최재서의 내면을 뚜렷하게 보여준다. "나는 오직 새해 첫날 신궁 앞에서 감득했던 그 맑은 기분을 문학에다 구현시켜 가자는 염원뿐, 그 밖에 아무런 이론적 준비가 있는 것도 아니다"라고 밝히고 있거니와 '해방된 느낌'은 이미 지성이나 논리로는 설명될 수 없는 것이다. "받들어 모시는 문학은 천

---

31) 최재서, 「받들어 모시는 문학」, 『친일문학작품집』 1(김병걸·김규동 편), 실천문학사, 1986, 389~390면.

황에게 봉사하는 문학이다"라는 인상적인 구절로 시작하는 이 글에서 최재서는 40년대 초반의 국민문학론에 대해 비판적 검토를 개시한다. 그 비판의 요지는 국민문학론이 "『고사기』와 『일본 서기』, 『만엽집』이 인용되고 진연(眞淵) 선장(宣長)이 새삼 거론되고, 혹은 신국론이나 팔굉일우(八紘一宇)나 내선일체가 주장되긴 했더라도 요컨대 그것은 문학론의 전개로서 이론적으로 거기까지 갔"을 뿐 "피맺힌 신념과 정열"을 수반하지는 못했다는 것이다. 이러한 결핍을 그는 "지성적 이해"와 "감성적 습관"의 불일치라고 명명한다.

5. 나오며

1930년대 중반, 최재서의 비평은 주지주의를 통해 현대가 상실한 전통을 회복하려는 모색의 일환에서 시작되었다. 당시 그는 30년대의 모더니즘 문학이 보여주는 분열과 권태가 전통의 상실을 가장 극명하게 보여주는 예라는 점에서 높이 평가했으며, 일단의 영미 비평가들이 보여주었던 지성주의와 과학주의를 통해 그것을 해명하려 했다. 김기림의 코스모폴리탄적인 비전과 달리, 최재서의 모더니즘은 강력한 전통(도그마)의 확립을 통해 현대의 정신에 방향성을 제공하는 것을 목적으로 삼았다. 그러나 그는 식민지 조선에서 현대의 전통을 발견하지는 못했으며, 이러한 비관적 인식은 중일전쟁 이후 급속하게 일본의 국가주의에 포획되는 결과를 가져왔다. 주지하듯이 중일전쟁 이후의 최재서 비평은 넓은 의미에서 친일문학의 범주에 포함되는 것이었는데, "조선인은 어떻게 일본인이 될 수 있는가"라는 질문으로 요약되는 이 시기의 비평적 고민이 지성주의를 포기한 것은 아니었다. 30년대 후반에서 40년대 초반에 걸친 최재서의 비평은, 따라서 한 개인의 문제의식이라기보다는 식민지 조선의 모더니스트들이 공통적으로 직면하고 있었던 문제이기도 했다.

1940년대 초반 최재서는 『국민문학』을 창간·주재하면서 본격적인 친일문학으로 나아갔다. 그러나 이 시기에 주창된 국민문학론은 일본의 내선일체 논리를 그대로 수용한 국책문학이 아니라, 제국—식민지라는 특수한 관계 하에서 조선문학의 특수성을 긍정하기 위한 지성주의의 산물이었다. 최재서가 44년까지 창씨개명을 하지 않았던 것도 이 때문이었다. 그러나 태평양전쟁의 발발과 징병제의 실시로 인해 그의 지성주의는 사실상 무력화되는데, 그것은 이 시기에 발표된 그의 평문들이 '피'·'신념'·'의지'·'결단' 등과 같은 몰지성적 언표로 일관하고 있음에서도 확인된다. 1944년에 발표된 「받들어 모시는 문학」은 결국 지성주의에 의한 일본인 되기가 불가능함을 깨달은 최재서가 신념을 통해 그 불가능을 돌파하는 모습을 보여준다는 점에서 40년대 초반의 국민문학론과는 사뭇 다른 양상을 보인다. 그의 비평세계는 결국 천황제파시즘이라는 일본국가주의의 논리로 귀결되고 말았지만, 창씨개명 이전까지의 비평적 행보는 조선의 모더니스트들이 운명적으로 부딪힐 수밖에 없었던 사상의 변동과 굴절을 가장 명확하게 보여준다.

1. 기본 자료

김수명 편, 『김수영 전집』 1, 민음사, 1981.
________, 『김수영 전집』 2, 민음사, 1981.
김수영, 『거대한 뿌리』, 민음사, 1974.
_____, 『달의 행로를 밟을지라도』, 민음사, 1976.
_____, 『시여, 침을 뱉어라』, 민음사, 1975.
_____, 『퓨리턴의 초상』, 민음사, 1976.
김윤식 편, 『이상 문학 전집』 2, 문학사상사, 1991.
________, 『이상 문학 전집』 3, 문학사상사, 1993.
이승훈 편, 『이상 문학 전집』 1, 문학사상사, 1989.
임종국 편, 『이상 전집』 1~3, 태성사, 1956.

2. 국내 논저

(1) 평론 및 논문

강상희, 「1930년대 모더니즘 소설의 내면성 연구」, 서울대 박사논문, 1998.
강연호, 「김수영 시 연구」, 고려대 박사논문, 1995.
강웅식, 「김수영의 시의식 연구」, 고려대 박사논문, 1997.
_____, 「자기 촉발의 힘에 이르는 길」, 『작가세계』 여름호, 세계사, 2004.
강은교, 「김수영 시의 모티브 연구」, 『김수영 다시 읽기』(김승희 편), 프레스21, 2000.
곽영윤, 「대도시 공간과 새로운 미적 체험」, 홍익대 석사논문, 2004.
권영민, 「이상문학, 근대적인 것으로부터의 탈출」, 『문학사상』, 문학사상사, 1997.12.
_____, 「진실한 시인과 시의 진실성」, 『문예중앙』 겨울호, 중앙일보사, 1981.
권오만, 「김수영 시의 고백시적 경향」, 『김수영 다시 읽기』(김승희 편), 프레스21,
        2000.
_____, 「김수영 시의 기법론」, 『한양어문연구』 13, 한양대 국어국문과, 1995.
김경숙, 「실존적 이성의 한계인식 혹은 극복 의지」, 『1960년대 문학연구』, 깊은샘,
        1998.
김기림, 「고 이상의 추억」, 『조광』, 조선일보사, 1937.6.
김기중, 「윤리적 삶의 밀도와 시의 밀도」, 『김수영 다시 읽기』(김승희 편), 프레스21,

2000.

김명인, 「근대성과 미적 근대성」, 『불을 찾아서』, 소명출판, 2000.

______, 「급진적 자유주의의 산문적 실천」, 『작가연구』 제5호, 새미, 1998.

김성기, 「세기 말의 모더니티」, 『모더니티란 무엇인가』(김성기 외), 민음사, 1994.

김수이, 「거대한 피로, 미완의 혁명」, 『황해문화』 가을호, 새얼문화재단, 1998.

______, 「김춘수와 김수영의 비교연구」, 경희대 석사논문, 1992.

김승구, 「이상 문학에 나타난 욕망의 기호생성의 상관성 연구」, 서울대 박사논문, 2004.

김승희, 「김수영의 시와 탈식민주의적 반(反)언술」, 『김수영 다시 읽기』(김승희 편), 프레스21, 2000.

______, 「이상 시 연구」, 서강대 박사논문, 1992.

김유중, 「1930년대 후반기 한국 모더니즘 문학의 세계관 연구」, 서울대 박사논문, 1995.

김윤식, 「모더니티의 파탄과 초월」, 『심상』, 심상사, 1974.2.

______, 「이상 소설의 유형」, 『한국문학의 리얼리즘과 모더니즘』(김윤식·정호웅 편), 민음사, 1989.

______, 「한국 모더니즘 문학연구(1)」, 『한국학보』 50, 일지사, 1988.

______, 「한국 모더니즘 문학연구(2)」, 『한국학보』 52, 일지사, 1988.

김은영, 「이상시에 나타난 아이러니와 자의식의 분열양상」, 『사림어문연구』 11, 사림어문학회, 1998.

김정환, 「벽의 변증법」, 『창작과비평』 겨울호, 창작과비평사, 1998.

김종윤, 「김수영 시 연구」, 연세대 박사논문, 1987.

김종철, 「시적 진리와 시적 성취」, 『문학사상』 9월호, 문학사상사, 1973.

______, 「첨단의 노래와 정지의 미―김수영의 「폭포」」, 『문학사상』, 문학사상사, 1976.9.

김주연, 「교양주의의 붕괴와 언어의 범속화」, 『김수영의 문학』(황동규 편), 민음사, 1983.

김춘식, 「김수영의 초기시―설움과 자의식과 자유의 동경」, 『작가연구』 제5호, 새미, 1998.

김 현, 「자유와 꿈」, 시선집 『거대한 뿌리』 해설, 민음사, 1974.

김현승, 「김수영의 시사적 위치와 업적」, 『창작과비평』 가을호, 창작과비평사, 1968.

김혜순, 「김수영 시 연구―담론의 특성 연구」, 건국대 박사논문, 1993.

______, 「문학적 『장자』와 김수영의 시 담론 비교 연구」, 『김수영 다시 읽기』(김승희 편), 프레스21, 2000.

나병철, 「이상의 모더니즘과 혼성적 근대성의 발견」, 『현대문학의 연구』 14, 평민사, 2000.

남기택, 「김수영과 신동엽 시의 모더니티 연구」, 충남대 박사논문, 2003.
남진우, 「미적 근대성과 순간의 시학 연구」, 중앙대 박사논문, 2000.
노용무, 「김수영 시 연구」, 전북대 박사논문, 2001.
노지승, 「1930년대 작가적 자기 인식과 그 문학적 생산력에 관한 고찰」, 『한국현대문
　　　학연구』 7집(한국현대문학회 편), 월인, 1999.
류광우, 「이상 문학 텍스트의 구현방식과 의미연구」, 충남대 박사논문, 1993.
박수연, 「김수영 시 연구」, 충남대 박사논문, 1999.
＿＿＿, 「작가연구자료」, 『작가세계』, 세계사, 2004년 여름호.
＿＿＿, 「전근대에서 근대로, 근대에서 다른 근대로」, 『실천문학』, 실천문학사, 1999
　　　년 가을호.
박주현, 「김수영 문학에 나타난 내면적 자유 연구」, 서울대 박사논문, 2003.
박지영, 「김수영 시 연구―시론의 영향관계를 중심으로」, 성균관대 박사논문, 2002.
박현수, 「토포스의 힘과 창조성 고찰」, 『한국학보』 봄호, 일지사, 1999.
손유경, 「1930년대 다방과 ‘文士’의 자의식」, 『한국현대문학연구』 12집(한국현대문
　　　학 편), 월인, 2002.
신범순, 「1930년대 모더니즘에서 산책자의 꿈과 재현의 붕괴」, 『한국현대시사의 매
　　　듭과 혼』, 민지사, 1992.
＿＿＿, 「이상문학에 있어서의 분열증적 욕망과 우화」, 『국어국문학』 103, 국어국문
　　　학회, 1990.
신형철, 「김수영 시에 나타난 ‘사랑’과 ‘죽음’의 의미 연구」, 서울대 석사논문, 2002.
엄성원, 「한국 모더니즘 시의 근대성과 비유 연구」, 서강대 박사논문, 2002.
염무웅, 「김수영론」, 『창작과비평』 가을호, 창작과비평사, 1976.
염복규, 「식민지 근대의 공간경험」, 『문화과학』 가을호, 문화과학사, 2004.
오문석, 「김수영의 시론 연구」, 연세대 박사논문, 2002.
유중하, 「하나에서 둘로―김수영 그 이후」, 『창작과비평』 가을호, 창작과비평사, 1999.
유희석, 「이상과 식민지 근대」, 『창작과비평』 봄호, 창작과비평사, 2003.
이경훈, 「미쓰코시, 근대의 쇼윈도우」, 『현대문학연구』 15집, 한국문학연구학회,
　　　2000.
＿＿＿, 「질투의 수사학」, 『연세어문학』 30·31, 연세대 국어국문과, 1999.
이광호, 「한국근대시론의 미적 근대성 연구」, 고려대 박사논문, 1998.
이기성, 「1950년대 모더니즘 시의 시간의식과 글쓰기」, 이화여대 박사논문, 2002.
이은정, 「김수영 시의 수용 양상―상반된 해석의 문제」, 『김수영 다시 읽기』(김승희
　　　편), 프레스21, 2000.
＿＿＿, 「김수영과 김춘수 시학의 대비적 연구」, 이화여대 박사논문, 1993.
이재복, 「이상 소설의 몸과 근대성에 관한 연구」, 한양대 박사논문, 2001.
이정호, 「‘오감도’에 나타난 기호의 질주―라깡의 정신분석을 원용한 ‘오감도’ 읽기」,

『문학사상』 10월호, 문학사상사, 1997.

이종대, 「김수영 시의 모더니즘 연구」, 동국대 박사논문, 1993.

이종명, 「고층에 그리는 풍경의 이단―옥상정원」, 『조선일보』, 1933.10.4.

이진경, 「근대적 주체의 역사이론을 위하여」, 『근대주체와 식민지 규율권력』(김진
　　　균·정근식 편), 문화과학사, 1997.

이화경, 「이상문학에 나타난 주체와 욕망 연구」, 전북대 박사논문, 2000.

임홍배, 「시와 혁명―김수영 후기시의 난해성 문제」, 『창작과비평』 겨울호, 창작과비
　　　평사, 2003.

장석원, 「김수영 시의 '반복' 연구」, 『한국근대문학연구』, 한국근대문학회, 2001년 하
　　　반기.

＿＿＿, 「김수영 시의 수사적 특성 연구」, 고려대 박사논문, 2004.

정남영, 「김수영의 시와 시론」, 『창작과비평』 가을호, 창작과비평사, 1993.

정인하, 「이상의 초기시에 나타난 건축적 담론」, 『건축역사연구』 제8권 1호, 한국건
　　　축역사학회, 1999.

정효구, 「김수영 시에 나타난 사랑」, 『20세기 한국시와 비평정신』, 새미, 1997.

조영복, 「1930년대 산책자들과 근대성의 담론」, 『한국모더니즘 문학의 근대성과 일
　　　상성』, 다운샘, 1996.

조현일, 「김수영의 모더니티관에 관한 연구」, 『작가연구』 제5호, 새미, 1998.

주은우, 「스펙터클과 시선의 도시공간」, 『문화과학』 가을호, 문화과학사, 2004.

＿＿＿, 「현대성의 시각 체제에 관한 연구」, 서울대 박사논문, 1998.

진순애, 「한국 현대시의 모더니티 연구」, 성균관대 박사논문, 1997.

차원현, 「1930년대 모더니즘 소설에 나타난 미적 주체의 양상에 관한 연구」, 서울대
　　　박사논문, 2001.

최두석, 「김수영의 시세계」, 『김수영 다시 읽기』(김승희 편), 프레스21, 2000.

＿＿＿, 「현대성과 참여시론」, 『한국현대시론사연구』, 문학과지성사, 1998.

최미숙, 「한국 모더니즘시의 글쓰기 방식에 관한 연구」, 서울대 박사논문, 1997.

최원식, 「서울·동경·New York」, 『문학동네』 겨울호, 문학동네, 1998.

최재서, 「리얼리즘의 심화와 확대」, 『조선일보』, 1936.10.31.

최학출, 「1930년대 한국모더니즘의 근대성과 주체의 욕망체계에 대한 연구」, 서강대
　　　박사논문, 1995.

최현식, 「'곧은 소리'의 요구와 탐색」, 『작가연구』 제5호, 새미, 1998.

최혜실, 「〈소설가 구보씨의 일일〉에 나타난 '산책자' 연구」, 『한국현대소설의 이론』,
　　　국학자료원, 1994.

＿＿＿, 「괴델, 에셔, 이상」, 『한국 근대문학의 몇 가지 주제』, 소명출판, 2002.

＿＿＿, 「이상문학에 나타난 이항대립 해체로서의 근대성」, 『한국현대소설의 이론』,
　　　국학자료원, 1994.

하정일, 「김수영, 근대성 그리고 민족문학」, 『실천문학』 봄호, 실천문학사, 1998.
한계전, 「1930년대 모더니즘 시에 있어서의 문명비판」, 『국어국문학』 114호, 국어국
　　　문학회, 1995.
＿＿＿, 「전후시의 모더니즘적 특성과 그 가능성」, 『시와시학』 봄·여름호, 시와시학
　　　사, 1991.
한명희, 「김수영의 시정신과 시방법론 연구」, 서울시립대 박사논문, 2000.
＿＿＿, 「새로운 문학, 전위의 문학을 향하여」, 『작가세계』 여름호, 세계사, 2004.
한상규, 「1930년대 모더니즘 문학의 미적 자율성 연구」, 서울대 박사논문, 1998.
한수영, 「'일상성'을 중심으로 본 김수영 시의 사유와 방법(1)」, 『작가연구』 제5호, 새
　　　미, 1998.
＿＿＿, 「근대문학에서의 '전통' 인식」, 『20세기 한국문학의 반성과 쟁점』(문학과 사
　　　상 연구회), 소명출판, 1999.
황국명, 「포위된 시적 혁명―시적 근대성 비판」, 『시와사상』, 시와사상사, 1999년 봄호
황도경, 「이상의 소설과 공간 연구」, 이화여대 박사논문, 1993.
황종연, 「모더니즘의 망령을 찾아서」, 『모더니티란 무엇인가』(김성기 외), 민음사,
　　　1994.
＿＿＿, 「한국문학의 근대와 반근대」, 동국대 박사논문, 1992.
황지헌, 「홈패인 공간에서 매끄러운 공간으로」, 『문학과경계』 창간호, 문학과경계사,
　　　2001.

(2) 단행본

강웅식, 『김수영 신화의 이면』, 웅동, 2004.
고병권, 『니체, 천 개의 눈, 천 개의 길』, 소명출판, 2001.
김명인, 『김수영, 근대를 향한 모험』, 소명출판, 2002.
김상환, 『풍자와 해탈 혹은 사랑과 죽음』, 민음사, 2000.
김성수, 『이상 소설의 해석』, 태학사, 1999.
김소운, 『하늘 끝을 날아도』, 동아출판공사, 1968.
김승희 편, 『김수영 다시 읽기』, 프레스21, 2000.
＿＿＿, 『이상』, 문학세계사, 1993.
김유중, 『한국 모더니즘 문학의 세계관과 역사의식』, 태학사, 1996.
김윤식, 『이상 문학 텍스트 연구』, 서울대 출판부, 1998.
＿＿＿, 『이상 연구』, 문학사상사, 1987.
＿＿＿, 『이상소설연구』, 문학과비평사, 1988.
김주현, 『이상 소설 연구』, 소명출판, 1999.
문광훈, 『시의 희생자 김수영』, 생각의나무, 2002.

박현수, 『모더니즘과 포스트모더니즘의 수사학』, 소명출판, 2003.
서동욱, 『차이와 타자』, 문학과지성사, 2000.
서준섭, 『한국 모더니즘 문학연구』, 일지사, 1988.
윤영애, 『파리의 시인, 보들레르』, 문학과지성사, 1998.
윤태영·송민호, 『절망이 기교를 낳고』, 교학사, 1968.
이경훈, 『이상, 철천의 수사학』, 소명출판, 2000.
이성욱, 『한국 근대문학과 도시문화』, 문화과학사, 2004.
이승훈, 『모더니즘 시론』, 문예출판사, 1995.
______, 『이상시 연구』, 고려원, 1987.
이진경, 『근대적 시·공간의 탄생』, 그린비, 2002.
______, 『근대주체와 식민지 규율권력』, 문화과학사, 1997.
조영복, 『한국 모더니즘 문학의 근대성과 일상성』, 다운샘, 1997.
주은우, 『시각성과 현대성』, 한나래, 2003.
최문규, 『(탈)현대성과 문학의 이해』, 민음사, 1996.
______, 『문학이론과 현실인식』, 문학동네, 2000.
최하림, 『자유인의 초상』, 문학세계사, 1982.

3. 국외 논저

Adorno, T, W, 홍승용 역, 『미학이론』, 문학과지성사, 1987.
Anderson, Perry, 김영희·유재덕 역, 「근대성과 혁명」, 『창작과비평』 여름호, 창작과비평사, 1993.
Baudelaire, Charles, 박기현 역, 「현대적 삶의 화가─모더니티, 댄디, 예술가」, 『세계의문학』 봄호, 민음사, 2002.
Benjamin, Walter, 반성완 역, 『벤야민의 문예이론』, 민음사, 1983.
______________, 조형준 역, 「아케이드 프로젝트」, 『세계의문학』 봄호, 민음사, 2002.
Benjamin, Walter, 차봉희 역, 「중앙공원」, 발터 벤야민, 차봉희 역, 『현대사회와 예술』, 문학과지성사, 1980.
______________, *Charles Baudelaire : A Lyric Poet in the Era of High Capitalisn*, New Left Books, 1973.
______________, *The Acades Project*, Harvard University Press, 1999.
Berman, Marshall, 윤호병 역, 「왜 아직도 모더니즘이 문제인가」, 『현대성과 정체성』 (스콧 래쉬·조나단 프리드먼, 윤호병 외역), 현대미학사, 1994.
______________, 윤호병·이만식 역, 『현대성의 경험』, 현대미학사, 2004.
Blanchot, Maurice, 박혜영 역, 『문학의 공간』, 책세상, 1990.

Bohrer, Karl Heinz, 최문규 역, 『절대적 현존』, 문학동네, 1998.

Buck-Morss, Susan, 정성철·백문임 역, 「대중문화의 꿈 세계」, 『모더니티와 시각의 헤게모니』(마이클 레빈 편), 시각과언어, 2004.

Bürger, Peter, 최성만 역, 『미학이론과 문예학 방법론』, 문학과지성사, 1987.

Cahoone, Lawrence E, *The Dilemma of Modernity*, State University of New York Press, 1992.

Calinescu, Matei, 이영욱 외역, 『모더니티의 다섯 얼굴』, 시각과언어, 1993.

Callinicos, Alex, 임상훈·이동연 역, 『포스트모더니즘 비판』, 성림, 1994.

Corbusier, Le, 이관석 역, 『건축을 향하여』, 동녘, 2002.

De Mann, Paul, *Blindness & Insight*, Methuen & Co., Ltd, 1983.

Deleuze, Gilles, 김상환 역, 『차이와 반복』, 민음사, 2004.

__________, 이경신 역, 『니체와 철학』, 민음사, 1998.

__________, 이진경·권순모 역, 『스피노자와 표현의 문제』, 인간사랑, 2003.

Eagleton, Terry, *Walter Benjamin or Towards a Revolutionary Criticism*, Verso, 1981.

Felski, Rita, 심진경·김영찬 역, 『근대성과 페미니즘』, 실천문학사, 1998.

Ferry, Luc, 방미경 역, 『미학적 인간』, 고려원, 1994.

Foucault, Michel, 오생근 역, 『감시와 처벌』, 나남, 1994.

Giddens, A, The Consequences of Modernity, Polity Press, 1992.

Giedion, Sigfried, 김경준 역, 『공간·시간·건축』, timespace, 2003.

Gorden, Colin, 홍성민 역, 『권력과 지식』, 나남, 1991.

Abrams, M. H, 최상규 역, 『문학용어사전』, 보성, 1994.

Habermas, J, 윤평중 역, 「근대성―미완의 과제」, 『푸코와 하버마스를 넘어서』, 교보문고, 1990.

Hošek, Chaviva & Parker, Patricia, 윤호병 역, 『서정시의 이론과 비평』, 현대미학사, 2003.

Hughes, Robert, 최기득 역, 『새로움의 충격』, 미진사, 1991.

Jauss, Hans. R, 김경식 역, 『미적 현대와 그 이후』, 문학동네, 1999.

__________, 장영태 역, 『도전으로서의 문학사』, 문학과지성사, 1983.

Kern, Stephen, 박성관 역, 『시간과 공간의 문화사 1880~1918』, 휴머니스트, 2004.

Koselleck, Reinhart, 한철 역, 『지나간 미래』, 문학동네, 1998.

Lefebvre, Henri, 박정자 역, 『현대세계의 일상성』, 세계일보사, 1990.

__________, 이종민 역, 『모더니티 입문』, 동문선, 1999.

Levi-Stauss, C, 안정남 역, 『야생의 사고』, 한길사, 1996.

Lukàcs, G, 반성완 역, 『소설의 이론』, 심설당, 1985.

Meschonnic, Henri, 김다은 역, 『모데르니테 모데르니테』, 동문선, 1999.

Morett, Franco, 김의영·성은애 역, 「소설의 형식과 근대성―프랑코 모레티와의 대화」, 『안과밖』(영미문학연구회 편), 창작과비평사, 2002년 상반기.

Muecke, D. C, 문상득 역, 『아이러니』, 서울대 출판부, 1986.

Nietzsche, F, 『서광』, 청하, 1983.

Paz, Octavio, 김은중 역, 『흙의 자식들 외』, 솔, 1999.

Rignall, John, *Benjamin's Flaneur and Problems of Realism*, The Problems of Modernity, Routledge, 1989.

Rosenberg, Harold, *The Tradition of the New*, Horizon, 1959.

Sartre, J. P, 손우성 역, 『존재와 무』(Ⅱ), 삼성출판사, 1990.

Schivelbusch, Wolfgang, 박진희 역, 『철도여행의 역사』, 궁리, 1999.

Sedlmayr, Hans, 남상식 역, 『현대예술의 혁명』, 한길사, 2004.

Simmel, G, "The Metropolis and Mental Life", *The Sociology of Georg Simme l*, Free Press, 1950.

Swingewood, A, 박형신·김민규 역, 『문화사회학 이론을 향하여』, 한울, 2004.

Touraine, Alain, 정수복·이기현 역, 『현대성 비판』, 문예출판사, 1995.

Virilio, Paul, 이재원 역, 『속도와 정치』, 그린비, 2004.

Von Moos, Stanislaus, 최창길·예명해 역, 『르 꼬르뷔제의 생애』, 기문당, 1999.

Welsch, W, 박민수 역, 『우리의 포스트모던적 모던』, 책세상, 2001.

Zima, Peter, 허창운 역, 『문예미학』, 을유문화사, 1993.

炳谷行人, 박유하 역, 『일본 근대문학의 기원』, 민음사, 1996.

朝鮮建築會, 이경훈 역, 「미쓰코시 경성 지점 신축 공사 개요」, 『이상 리뷰』 3호, 역락, 2004.

初田亨, 이태문 역, 『백화점』, 논형, 2003.